Margaret Forster
Christabel

Margaret Forster
Christabel
Roman

Aus dem Englischen
von Dietlind Kaiser

Arche

Die englische Originalausgabe erschien 1991
u. d. T. *The Battle for Christabel*
bei Chatto & Windus Limited, London

Umschlag: Max Bartholl
Satz: Uhl + Massopust, Aalen
Druck und Bindung: Wilhelm Röck, Weinsberg
Printed in Germany
ISBN 3-7160-2129-6

Christabel

Für meine Freundinnen und Nachbarinnen Sue John und Prue Burnet, die mir zuhörten.

Erstes Kapitel

Heute habe ich die Schlacht um Christabel verloren. Ich habe den ganzen Krieg verloren (verstehen Sie mich recht, dies ist die Geschichte eines Krieges). Ich habe nichts dabei gewonnen, keine Orden, keine Trophäen, lieber Gott im Himmel, nichts als Narben, Wunden, ein Trauma... Wenn ich ein Mann wäre, wenn es sich um einen Männerkrieg gehandelt hätte, dann wäre ich als Verwundeter nach Hause geschickt, aus dem Kriegsgebiet ausgeflogen worden, unter schweren Beruhigungsmitteln, und bei der Landung des Flugzeugs, wenn ich in die auf dem Rollfeld wartende Ambulanz gebracht worden wäre, hätten Menschen darüber geweint, was für ein Jammer das war, und um die Vergeudung eines edlen jungen Männerlebens.

Aber um mich weint niemand. Kein Mensch hat auch nur einen einzigen Gedanken an mein Leiden verschwendet. Ich stelle mir vor, daß sie – *die*, die verhaßten *Die* – nicht glauben, daß ich gelitten habe. Auf alle Fälle glauben sie, ich hätte kein Recht zu der Behauptung, gelitten zu haben, nicht in dem Maß, wie Camilla und Mrs. Blake und sogar Betty zugestanden wird, gelitten zu haben. Und natürlich Christabel. Alle Welt ist sich darüber einig, daß Christabel gelitten hat. Das war der einzige Punkt, in dem Einigkeit herrschte. Und das ist auch der Grund dafür, daß dieser Krieg so blutig und heftig geführt worden ist, denn wir alle glauben, Christabel am besten zu verstehen und deshalb das Recht zu haben, über ihre Zukunft zu bestimmen.

Kriege haben lange Vorgeschichten, nicht wahr? Ich erinnere mich daran, wie langweilig es in der Schule war, die Ursachen von Kriegen zu lernen, ehe wir zum Krieg selbst kamen (der sich dann als genauso langweilig herausstellte). Wir mußten immer weiter zurückgehen, uns mit der Wirtschaft und mit den gesellschaftlichen Mustern beschäftigen, die völlig belanglos zu sein schienen. Dann wurde alles so sauber, so ordentlich, bis man sich fragte, warum niemand etwas dagegen unternommen hatte, wenn das alles so offensichtlich war.

Dieser Krieg war anders. Er hatte keine verwickelten Ursachen. Er hatte nur eine. Rowena. Rowena war die Ursache, sie ganz allein. Sie wußte, was sie auslöste. Sie kannte die wahrscheinlichen Folgen – besser gesagt, die möglichen Folgen – von Anfang an, sogar schon vor dem eigentlichen Anfang. Sie kannte sie, weil ich sie ihr deutlich machte und ihr immer wieder vorhielt, wie alles enden könne, und sie war durchaus bereit, mir recht zu geben. Aber es war ihr gleichgültig. Sie wollte, was sie wollte, und sie war entschlossen, es zu bekommen. Ihre Entschlossenheit war schwindelerregend, denn von Natur aus war sie in keiner Weise entschlußfähig, kein starker Mensch wie ich (wie hätte ich den Krieg überleben können, wenn ich nicht stark gewesen wäre?). Rowena war schwach, wankelmütig, leicht zu beeinflussen. Leicht zu beeinflussen von Menschen wie mir. Aber als es wirklich wichtig wurde und es nötig gewesen wäre, sie zu beeinflussen, hatte ich überhaupt keinen Einfluß auf sie.

Wenn ich zurückdenke, muß ich mich fragen, ob Rowena von mir erwartete, daß ich sie daran hinderte. Ist es möglich, daß sie das erwartete? Falls jemand ihr Verhalten von damals, als alles anfing, analysieren wollte, wäre die Schlußfolgerung bestimmt, es sei seltsam, daß ich der einzige Mensch war, dem Rowena es sagte, dem Menschen, von dem sie wußte, daß er strikt dagegen wäre. War es eine Prüfung, die ich nicht bestanden habe? Aber so zu denken, heißt Rowena mißzuverstehen. Du meine Güte – sich überhaupt vorzustellen, daß die chaotische Rowena so listig hätte vorgehen können. Nein, es gibt eine viel einfachere Erklärung: Rowena sagte es mir, weil sie meine Hilfe brauchte. Sie wußte, daß sie es ohne meine Hilfe nicht schaffte. Und sie wußte, daß ich ihr nie im Leben geglaubt hätte, es sei ein Zufall gewesen, und daß ich sie im Stich gelassen hätte, sobald ich merkte, daß ich hereingelegt worden war. Deshalb sagte sie mir, was sie vorhatte, ehe sie es tat, und sie wußte, daß ich entsetzt und wütend sein, toben und schimpfen und alles Erdenkliche tun würde, um es ihr auszureden, aber sie wußte auch, daß ich ihr ihren Willen lassen würde, sobald der Proteststurm sich gelegt hatte. Das war seit jeher das Muster in unserem Leben. Wir verbergen nichts voreinander. Wir tolerieren die Maßstäbe der anderen nicht – natürlich bin ich viel intoleranter als Rowena –, aber wir kennen sie und bekennen uns zu unserer Verschiedenheit.

Mir fällt auf, daß ich das Präsens benutze, daß ich wie selbstverständlich ins Präsens hineingerutscht bin, und ich kann nichts dagegen tun. Im Augenblick kommt mir die Vergangenheit wie die Gegenwart vor und manchmal, was mich besonders erschreckt, sogar wie die Zukunft. Aber Rowena ist tot, ist seit fast zwei Jahren tot, und alles, was sie betrifft, sollte im Perfekt stehen. Wenn ich nicht so wütend wäre, so mörderisch wütend, wenn ich nicht eben die letzte Schlacht verloren hätte, wäre ich vielleicht gefaßter und könnte die Tempi auseinanderhalten, aber in meinem jetzigen Zustand scheint mir das gleichgültig zu sein. Rowena lebt in meinem Kopf und in meinem Herzen, und unter diesen Umständen liegen mir grammatikalische Feinheiten fern. Ich streite mich immer noch mit ihr, den ganzen Tag, die ganze Nacht lang, und während sie im Leben keinem Streit gewachsen war, hat sie sich im Tod seltsamerweise zu einer starken Gegnerin entwickelt. Sie überzeugt mich oft davon, daß ich unrecht habe, und es gibt nicht viele Menschen, denen das gelingt.

Ich habe den Verdacht, daß meine Stärke meine Schwäche war – wie bei vielen Frauen. Es gilt immer noch nicht als weiblich, stark zu sein, das ist immer noch eine Eigenschaft, die an Frauen nicht bewundert wird, wenn sie nicht versteckt oder mit einem konventionellen Äußeren und dem Einsatz dessen, was man Charme nennt, übertüncht wird. Ich habe keinen Charme. Ich habe weder natürlichen Charme, noch habe ich die aufgesetzte Variante kultiviert. Charme geht mir völlig ab.

Rowena hatte natürlich Charme, schlicht und einfach deshalb, weil sie so schusselig und hilflos war und soviel lächelte. Soweit ich mich erinnern kann, hat ihr das nie viel genützt, aber jedesmal, wenn Mrs. Blake darüber seufzte, wie hoffnungslos es mit ihr war, tröstete sie sich schließlich mit den Worten: »Aber wenigstens hat Rowena einen gewissen Charme.« In den Augen ihrer Mutter, in den Augen von Mrs. Blake, wären ihre Fehler unverzeihlich gewesen, wenn sie nicht über diese Eigenschaft verfügt hätte. Ihre Unordentlichkeit, ihre Unzuverlässigkeit, ihr Mangel an Ehrgeiz oder Talent, ihre Gier, die Tatsache, daß sie nicht vertrauenswürdig war, das alles ließ sich ertragen, weil sie Charme hatte. Oder ließ sich zumindest von Zeit zu Zeit ertragen, denn ehe Christabel auf die Welt kam, sah Mrs. Blake Rowena nicht oft. Sie sah sie nicht oft und war im Grunde froh darüber, denn sie hatte für ihr zweites Kind nicht viel übrig. Ihre ganze Liebe galt Camilla, die in jeder Hinsicht vollkommen war und ebenfalls Charme besaß.

Doch Camilla liebte Rowena. Vielleicht auf etwas herablassende Weise, aber wenn Sie unter Liebe verstehen, daß man jemanden gern hat *und* sich um ihn kümmert, dann liebte Camilla ihre kleine Schwester. Sie waren zehn Jahre auseinander, und das machte es lange Zeit etwas schwierig, aber als sie beide erwachsen waren, standen sie sich recht nahe, vor allem nach dem Tod von Henry, Camillas Mann. Natürlich blieb Rowena in ihrer Nähe, weil sie Camilla ausnutzte, wie sie alle Welt ausnutzte. Camilla war sehr, sehr nützlich für sie, weil sie reich war, ein bezauberndes Heim in London besaß und Rowena niemals, niemals abwies, ganz gleich, wie lästig sie ihr wurde. Bis ich mich Rowenas annahm und mit ihr eine Wohnung mietete, hatte Camilla sehr unter der Gegenwart ihrer geliebten kleinen Schwester zu leiden. Sie nahm sie monatelang auf, verlangte keinen Penny von ihr, und alle taten so, als ob das eine Ideallösung wäre, weil Rowena doch so gut mit dem Kind umgehen konnte. Von wegen. Von allen Märchen, die sich um Rowena Blake rankten, war das das absurdeste, und doch wurde es bewußt von ihrer ganzen Familie weitergesponnen. Oh, sie liebte Kinder, aber sie konnte nicht mit ihnen umgehen. Sie war eine Katastrophe, weil sie selbst ein Kind war. Ich schwöre, daß sie, als sie mit sechsunddreißig Jahren starb, nicht reifer war, als sie es bei unserem Kennenlernen mit fünf Jahren war. Als wir beide fünf waren, meine ich.

Wir wohnten nebeneinander. Nur relativ kurze Zeit, etwa sechs Jahre, aber das reichte aus, unsere seltsame

Freundschaft zu festigen. Man könnte sagen, daß mich Mrs. Blake auf Rowena ansetzte, die sie damals schon ständig und bis aufs Blut reizte. Während Camilla ruhig und fleißig gewesen war und sich immer mit etwas Sinnvollem beschäftigte, Flöte spielte, war Rowena als Kind übermäßig lebhaft und destruktiv. Sie brauchte Spielkameraden, aber wenn sie welche hatte, kam sie schlecht mit ihnen aus, und alle Treffen endeten mit Tränen, Rowenas Tränen.

Obwohl Mrs. Blake eine nüchterne Frau war, erzählte sie meiner Mutter, sie könne den romantischen Gedanken nicht abschütteln, die Umstände ihrer Geburt hätten Rowenas Wesen mitgeformt. Sie war während eines Sturms geboren, auf der Insel Skye, auf die Mr. Blake im Monat vor der Entbindung mit seiner Frau gefahren war, um ruhige Ferien zu verbringen. Mrs. Blake lag im Bett, schaute hinaus auf den Wind, der alles plattwalzte, und hatte einen *rowan-tree*, eine Eberesche, im Blick, die während der langen Stunden der Geburt – ihre Wehen hatten unerwartet eingesetzt – mit einer solchen Wucht geschüttelt und gepeitscht wurde, daß Mrs. Blake meinte, die Eberesche müsse entwurzelt worden sein und die scharlachroten Beeren hätten sich wie Blut über die Erde ergossen. Aber am nächsten Morgen, als ihr Kind geboren und alles still war, schaute sie wieder aus dem Fenster, und da stand die zähe kleine Eberesche, leuchtete und glitzerte in der Sonne und sah aus, als wisse sie gar nichts davon, so heftig durchgerüttelt worden zu sein. Daher der Name, daher die Moral, und Mrs. Blake hatte bestimmt eine Moral im Sinn – sie ist diese Art von Frau. Das Problem war nur, daß Rowena nichts damit anfangen konnte, die nicht nur ihren Namen verabscheute – er ist nicht besonders modern –, sondern auch nicht mochte, nach einem Baum benannt zu sein und sich die ganzen Geschichten anhören zu müssen, daß er Stürme überlebte. Sie hätte lieber wie ich Isobel geheißen, schlicht und herkömmlich.

Mrs. Blake wußte auf den ersten Blick, daß ich die richtige für Rowena war. Ich war ein stämmiges Kind, breitschultrig, ziemlich groß, mit einem eckigen Kinn und einem äußerst ernsten, *äußerst* ernsten Gesichtsausdruck. Das klingt, als wolle ich mich häßlich machen, aber das war ich nicht. In Wahrheit war ich recht attraktiv, aber ich wirkte auch ziemlich einschüchternd. Ich hatte diesen festen Blick, habe ihn vermutlich, so gut wie sicher, immer noch – dieses unverwandte Geradeausschauen, das manche Menschen zum Zusammenzucken bringt. Als ich noch klein war, wirklich klein, machte dieser Blick Erwachsene nervös, und ich bekam sogar zu hören, ich solle nicht »unhöflich« sein. Zum Glück waren meine Eltern nicht so dumm, obwohl ihnen mein berühmter Blick eine Spur peinlich war. Meine Mutter meinte liebevoll, wenn ich ein bißchen lächelte, seien die Leute vielleicht nicht ganz so beleidigt, und mein Vater glaubte, ein Zwinkern könne helfen, aber fast im selben Atemzug mußte er über einen derart schwachsinnigen Vorschlag lachen. Doch Mrs. Blake wußte sofort, als sie mich sah, daß ich dazu geschaffen war, Rowena zu zähmen.

Wir wurden jeden Tag zusammengesteckt. Das klingt, als ob wir Vieh gewesen und in einen Pferch gesperrt worden wären, und ganz abwegig ist der Vergleich nicht. Ich war das brave Kälbchen und Rowena das Lämmchen, das dauernd herumhüpfte. Aber wir mochten uns sofort, aus Gründen, die wir beide nie verstanden haben. Wir hatten nichts gemeinsam, gar nichts. Ich mochte Spiele, alle Spiele, während Rowena völlig unkoordiniert war. Sie konnte nicht einmal dann einen Ball fangen, wenn man ihn ihr vorsichtig in die offenen Hände warf, traf keinen, mit welcher Art von Schläger auch immer. Sie konnte nicht rennen, obwohl sie so leicht und schlank aussah, daß sie schnell hätte sein können, und nach etwa hundert Stunden Training schaffte sie es gerade, paddelnd wie ein Hund die flache Seite des Schwimmbeckens zu durchqueren, und fühlte sich ohne die Schwimmflügel immer noch nicht sicher. Rowenas einzige sportliche Eigenschaft war ihr Durchhaltevermögen. Auf Wanderungen war sie allen anderen überlegen, und einmal gewann sie einen Gehmarathon beim Schulsportfest, was sie überglücklich machte. Sie war nicht klug. Das Lesen fiel ihr schwer, selbst von Comics, aber dumm war sie nicht. Die Blakes hatten sie, wie nicht anders zu erwarten, testen lassen, und sie schnitt dabei durchschnittlich ab. Sie konnte Lesen nicht ausstehen, das war alles. Seltsamerweise fiel ihr das Schreiben leichter, damit hatte sie keine Schwierigkeiten. Sie hatte nicht nur eine gute, deutliche Handschrift, sondern auch einen recht flüssigen Stil. Dadurch kam sie in der Schule zurecht. Sie trödelte in jeder Klasse das ganze Jahr über im unteren Drittel herum, aber wenn die Prüfungen kamen, schaffte sie es, in den meisten Fächern zu bestehen, in denen es darauf ankam, Wörter aneinanderzureihen.

Natürlich war ich nicht während ihrer ganzen Schulzeit mit ihr zusammen, deshalb können meine Bemerkungen nicht völlig zutreffen. Wir gingen gemeinsam in die Grundschule, in Edinburgh, aber die Blakes meinten bald, Rowena brauche besondere Aufmerksamkeit, und sie kam auf eine Privatschule. Aber wir sahen uns immer noch regelmäßig, auch als meine Familie nach Cockermouth in Cumbria zog – ich war elf – und dort mit der Sekundarschule anfing. Die Blakes blieben in Edinburgh, aber Rowena und ich verbrachten in den nächsten sieben Jahren unsere Ferien gemeinsam, bis wir beide die Schule verließen, genauer gesagt, bis ich sie verließ, denn ich hatte im Juni Geburtstag und war Rowena, die am 25. September Geburtstag hatte, ein volles Schuljahr voraus. Dann entstand eine Lücke, eine lange. In den nächsten vier Jahren kamen wir selten zusammen, obwohl ich an der Edinburgh University studierte und Rowena oft zu Hause war. Wir trafen uns gelegentlich, waren aber nicht mehr vertraut miteinander.

An diesen biographischen Daten wird Ihnen eine gewisse Förmlichkeit auffallen. Sie wirken ein bißchen konserviert, ein bißchen vorgefertigt, und das ist kein Wunder. Ich habe das alles in den letzten beiden Jahren viele Male aufgeschrieben, daher die Glätte. Ich kann Rowenas Leben in zehn Zeilen zusammenfassen, wenn ich muß, und ich habe es tun müssen. Vielleicht ist das gar nicht so überraschend, vielleicht könnten wir alle unsere Geschichte in zehn Zeilen aufschreiben, aber für mich hat das von jeher etwas Bedrückendes gehabt. »Könnten Sie nicht einfach aufschreiben, was Sie über Rowena wissen, ihr Leben und so, ihren Hintergrund, ihre Laufbahn, das wäre eine große Hilfe, zehn Zeilen reichen.« Zehn Zeilen? Ihr Leben, ihre Laufbahn, ihr Hintergrund? Das waren die Worte der gräßlichen Maureen. Wenn ich nur geweint hätte. Wenn ich nur zusammengebrochen wäre und geschluchzt hätte. Aber so, wie ich bin, kam die Verzweiflung als Wut heraus. Ich lief puterrot an und brüllte: »Was in aller Welt verlangen Sie da von mir?« Und dann wurde Maureen ihrerseits rot und sagte, es bestehe kein Grund zur Aufregung, es sei doch bloß für die Akten.

Die Akten. Gott, wie Maureen die Akten liebt. Sie sind ihr Leben, ihre Bibel, ihre *raison d'être.* Ich habe gehört, wie sich ihre Stimme vor Panik überschlägt, wenn die Akten irgendwie verlegt worden sind, wie sie schrill vor

Entsetzen wird, wenn sie nicht sofort zugänglich sind. Und das Erstaunliche für mich ist, wie unscheinbar, wie jämmerlich unzulänglich diese angebeteten Akten sind. Mir sind sie geradezu peinlich. Als mir zum erstenmal gestattet wurde, Rowenas Akte zu sehen – nur deshalb, weil ich meinen Beitrag abzeichnen mußte –, fiel mir auf, daß Maureen eine Analphabetin ist. Ehrlich. Es liegt nicht nur an der unbeholfenen Behördensprache; sie weiß nicht, wie man einen Satz baut. Ihre Interpunktion ist grauenhaft, sie hat nicht die leiseste Ahnung, wohin ein Punkt gehört, und ihr Wortschatz ist ärmlich. Sie ist nicht fähig, etwas zu schildern, strampelt sich mit *Klischees* ab, die sie – ja, woher bezieht? Aus Lehrbüchern für Sozialarbeit? Aus Psychologieaufsätzen im amerikanischen Stil? Woher stammt dieser ganze Quatsch über »im Einklang mit den eigenen Gefühlen sein«, »sich zu einem Engagement verpflichten« und so weiter? Ganz einfache Erklärungen sind in Kauderwelsch verpackt, nichts wird je in schlichten, einfachen Worten ausgedrückt. Und trotzdem muß Maureen als leitende Sozialarbeiterin einen akademischen Grad haben, oder nicht? Jedenfalls muß sie einen Hauptschulabschluß in Englisch haben. Wer ihre Berichte liest, würde das nicht glauben.

Noch ein Fehler. Als sie mir zum erstenmal einen Bericht zum Lesen gab, den ersten über Rowena, blieb ich an den Worten »gelangweilt über« hängen. Da hieß es, die Antragstellerin wirke »gelangweilt über ihre Arbeit«. Ich schaute auf und sagte es laut, stellte es in Frage. Maureen sagte, das stimme, Rowena habe gewirkt, als ob sie über ihre – und ich unterbrach sie. »Ich habe mir Gedanken über die Grammatik gemacht«, sagte ich, »nicht über den Wahrheitsgehalt. Tut mir leid.« Ich sagte, es tue mir leid, obwohl ich es hinterher bereute. Und ich sagte es freundlich und lächelte. Ich benahm mich nicht überheblich. Aber Maureen, da bin ich mir sicher, haßte mich von jenem Augenblick an, wenn sie mich nicht schon vorher gehaßt hatte. Sie schob sich die rot eingefaßte Brille auf die spitze kleine Nase, kniff den Mund zusammen und schenkte mir einen Blick, meinem eigenen würdig, und ich wußte, daß ich sehr dumm gewesen war. Es hatte keinen Sinn, mir Maureen zur Feindin zu machen, begriff ich doch eben erst, daß sie mächtig war (obwohl ich damals noch keine Ahnung hatte, wie mächtig). Wenigstens hatte ich ihre Sprechweise nicht kritisiert, die ebenfalls grauenhaft war, nicht viel besser als die von Betty. Vielleicht ist es ein Triumph für die Sozialämter, daß die dort Beschäftigten keine gräßlichen Wohltätertypen aus der Mittelschicht mehr sind. Ja, wenn ich darüber nachdenke, ist das ein Fortschritt. Natürlich haben Sie es nur ein kleines Stück weiter oben in der Hierarchie, schon bei Stella Freeman, der Vorgesetzten von Maureen, die sie die Gruppenleiterin nennen, mit einem vertrauteren Typus zu tun. Maureen ist ruppig, realistisch, sie vermittelt den Eindruck, sie kenne die Umstände, unter denen die meisten ihrer Klienten leben, bestens. Ich bezweifle, daß Stella Freeman viel Ahnung davon hat, deshalb ist mir Maureen vergleichsweise lieber. Glaube ich.

Ich habe sie nicht kennengelernt, als sie vor Jahren zu Rowena kam. Sie kam nur zweimal. Beim ersten Mal wollte sie die Wohnverhältnisse inspizieren, und davor veranstalteten wir einen himmelschreienden Großputz. Wir lebten damals im Dreck, obwohl wir beide unseren entsetzten Besuchern gern versicherten, die Wohnung sei zwar unordentlich, aber im Grunde sauber. Ich bezweifelte das. Die meisten Leute hätten sie vermutlich nicht für sauber gehalten. Wie oft wischten wir zum Beispiel den Küchenboden? Nur wenn etwas besonders Klebriges darauf verschüttet worden war. Es war ein sehr praktischer Boden, ein Belag aus gesprenkeltem Kork, der wirklich sehr schmutzig sein muß, ehe es auffällt. Mit dem Badezimmerboden hatten wir weniger Glück. Er war mit schwarzweißen Vinylfliesen ausgelegt, aber seit wir vor fünf Jahren eingezogen waren, sah er eher grauweiß aus. Das ist eigentlich verwunderlich, wenn man bedenkt, welch ein sauberes, gesundes Leben ein Badezimmerboden im Vergleich mit einem Küchenboden führt. Ehe Maureen kam – ich wette, ihre Böden sind makellos –, schrubbten wir den Badezimmerboden, und ich muß sagen, daß er hinterher ziemlich aufregend aussah. Hübsch. Ich begriff, warum manche Leute süchtig nach Hausarbeit werden. Wir waren beide schrecklich stolz, schrien uns gegenseitig an, wenn die andere auch nur den nackten Fuß auf eine weiße Fliese setzte. Und wir saugten Staub, aber das nahm ein ziemlich verheerendes Ende. Uns war nicht bewußt gewesen, wie gut der dunkelgraue Nadelfilz den Müll schluckte, und als Rowena den Staubsauger – einen Handstaubsauger – über den Wohnzimmerboden schob, blockierte er gleich darauf und gab fürchterliche Geräusche von sich. Wir brachten ihn nicht wieder in Gang, obwohl wir ein Sammelsurium aus Gummibändern, Flaschenverschlüssen, Haarspangen, Einpennystücken und Streichhölzern aus seinem Rachen holten. Wir mußten beide Schlafzimmer mit Handfeger und Schaufel saubermachen. Zum Glück war dort fast die gesamte Bodenfläche zugestellt. Die kleine Abstellkammer, die bis dahin voller Gerümpel gewesen war, krempelten wir völlig um. Sogar Maureen bewunderte sie überschwenglich, sagte, sie sei ideal für ein »Kleines«. Natürlich stand nichts darin. Sie ist nur ein kleiner Schlauch, drei auf zwei

Meter, mit einem schmalen Fenster, aber weiß gestrichen, mit einem neuen dunkelblauen Teppich und einer blauweißen Jalousie sah es sehr einladend aus.

Aber der Großputz nützte nichts. Eines Tages kam ich nach Hause und traf Rowena mit Augen an, die vor lauter Weinen fast nicht mehr zu sehen waren. Maureen hatte sie als Pflegemutter abgelehnt. In dem Brief, abgefaßt in Maureens entsetzlichem Englisch, stand, Rowena sei ungeeignet. Wenigstens war er getippt, obwohl das die Fehler noch schlimmer machte. Was für Schweine waren sie gewesen, Rowena hinzuhalten, aber ihr Urteil war natürlich gerechtfertigt. Rowena wäre als Pflegemutter eine Katastrophe gewesen. Selbst jetzt, wo ich Betty so gut kennengelernt habe und über den ganzen Schrecken des Systems Bescheid weiß, muß ich Maureen recht geben. Ich kann mir nicht vorstellen, warum sie sich überhaupt die Mühe machte, unsere Wohnung zu besichtigen, denn wie vollkommen sie ihr auch erscheinen mochte, sie hatte nicht vor, Rowena als Pflegemutter zu empfehlen, ebensowenig wie die Adoptionsbehörden bereit waren, ihr ein Kind zu vermitteln. Ich hätte größere Chancen gehabt. Ich meine das ganz ernst. Schauen Sie sich an, wonach sich diese Leute richten, schauen Sie sich an, wonach sie sich richten müssen: Hintergrund, Laufbahn, Referenzen, allgemeines Erscheinungsbild. Sehen Sie sich an, wie ich im Vergleich zu Rowena abschneide: Universitätsstudium, hervorragende, gut bezahlte Stellung, tadellose und eindrucksvolle Referenzen, ordentliches Äußeres. Das einzige, was gegen mich gesprochen hätte – und für meine Chancen so verhängnisvoll gewesen wäre wie für die von Rowena –, wäre mein Status als Single gewesen, daß ich keine feste Beziehung hatte.

Ich glaube, Maureen könnte Rowena für lesbisch gehalten haben. Der Gedanke, daß das eine Rolle gespielt haben mag, ärgert mich, aber ich bin mir verflucht sicher, daß er es getan hätte, daß er es tut. Als sie nach diesen wahnsinnig wichtigen »festen Beziehungen« gefragt wurde, konnte Rowena nur mich nennen. Sie sagte, Maureen habe gesagt, Freundinnen zählten nicht, daß sie sich seit drei Jahren mit jemandem, den sie so gut wie ihr Leben lang kenne, eine Wohnung teile, zähle nicht. Wichtig waren feste Beziehungen zum anderen Geschlecht oder – und Rowena sagte, sie habe den Satz in der Luft hängen lassen.

Sie wurde später gefragt, ob sie Freunde habe. Unglücklicherweise gab Rowena eine frivole Antwort. »Ja«, sagte sie, »wenn ich welche kriegen kann.« Das kam überhaupt nicht gut an. Die folgenden Fragen gehörten in die Kategorie »Versuchen Sie, Freunde zu bekommen?« und »Wenn Sie einen Freund haben, warum bauen Sie dann keine...« ja, jetzt kommt es, »...feste Beziehung auf?« Rowena, in ihrer Naivität, sagte, das hätte sie gern getan, aber die Männer, die sie anzögen, seien immer verheiratet oder hätten keine Lust, sich zu binden. Diejenigen, die dazu bereit seien, finde sie im allgemeinen langweilig. Sie erwartete Zustimmung von Maureen. Wie konnte sie nur auf diesen Gedanken kommen? War ihr Maureens Ehering nicht aufgefallen? Merkte sie denn nicht, daß Maureen der Typ war, der den Jungen von nebenan heiratet, genauso farblos, mit genau derselben Angst, nie jemand anders zu finden? Alles, was Maureen verkörperte, war an ihrer Kleidung abzulesen, an ihrer Frisur, sogar an ihrem Gang. Aber Rowena hatte keinen Durchblick. Sie fing nie Signale auf. Doch Maureen konnte das. Maureen sah alles, sie erkannte Rowenas Hunger, ihre Verzweiflung, und sie schreckte davor zurück. Frauen, die bei dem Gedanken, nie ein Kind zu haben, in Panik geraten, sollten nie eines bekommen. Einfach, nicht wahr?

Ich hasse Maureen. Mein Leben lang habe ich gesagt, daß ich Menschen hasse, und es hat selten gestimmt. »Dieser ganze Haß«, sagte meine Mutter immer, und: »Spar dir deinen Haß um Himmels willen für etwas Hassenswertes auf.« Maureen ist hassenswert. Sie ist hassenswert wegen ihres Mangels an Mitgefühl, wegen ihres Mangels an Originalität, weil ihr jedes echte Mitleid fehlt. Ich hasse ihr albernes, verlegenes Räuspern, ihre zappelige Art, ihr hochtrabendes Gehabe, ihre extrem, extrem konventionellen Ansichten. Einmal, am Anfang, als wir noch ein relativ freundliches Verhältnis zueinander hatten, habe ich sie gefragt, warum sie Sozialarbeiterin geworden sei. »Ich helfe gern den Unterprivilegierten«, sagte sie, ohne auch nur eine Spur rot zu werden. *Du bist selber unterprivilegiert, meine Liebe, dachte ich, und du hast nichts zu geben.* Aber was hätte ich von ihr erwarten können? Das ist bestimmt die Standardantwort, vielleicht sogar die richtige Antwort, so korrekt wie die Behauptung einer Krankenschwester, dafür sorgen zu wollen, daß es den Kranken besserginge. Keine Schwester sagt, sie sei morbid, Blut, Geschwüre und Krankheiten faszinierten sie oder es sei ein großartiges Gefühl, Macht zu haben.

Hinter Maureens unprofessioneller Feindseligkeit Rowena gegenüber steckte natürlich die Tatsache, daß sie eindeutig nicht unterprivilegiert war. Als sie sich als Pflegemutter bewarb, bekam sie Sozialhilfe, aber davon ließ sich Maureen keinen Augenblick lang täuschen. Erstens das Auto, Rowenas schicker kleiner Metro, offensichtlich funkelnagelneu. Mrs. Blake hatte ihn ihr gekauft, als ihr Mann gestorben war. Beide Töchter bekamen von dem Geld aus der Lebensversicherung einen Urlaub und ein

Auto. Dummerweise hatte Rowena das Auto Maureen gegenüber erwähnt, weil sie glaubte, das verbessere ihre Chancen als künftige Pflegemutter. »Ich habe Zeit«, habe sie gesagt, erzählte sie mir, »und ich bin motorisiert, ich könnte die Kinder im Auto in den Park und zur Schule fahren; es ist ein ganz sicheres Auto, fabrikneu.« Ich war nicht dabei, deshalb kann ich nicht behaupten, ich wisse, wie Maureen darauf reagierte, aber es läßt sich leicht erraten, nicht wahr? Ich wette – genauer gesagt, ich weiß es –, daß Maureen kein eigenes Auto hat. Ohne einen Kredit vom Sozialamt kann sie sich kein Auto leisten. Viele andere mit ihrem Gehalt bringen das Geld dafür auf, aber Maureen sparte, um ein Haus zu kaufen. Jeder Penny, den sie und ihr Mann, ein Beamter, sparen, wird für diesen Traum zurückgelegt: »Der Traum meines Lebens«, wie sie einmal sagte. Deshalb kamen das glänzende rote Auto plus Sozialhilfe sehr schlecht bei ihr an, obwohl ich annehme, daß Maureen gegen ihre Voreingenommenheit ankämpfte, wie das alle guten Sozialarbeiter tun sollten. Dazu kam der Urlaub in Kenia. Sechs Wochen, stellen Sie sich das vor. »Im nächsten Monat bin ich nicht hier«, sagte die blöde Rowena zu Maureen, als sie ihre Wohnung inspizierte. »Mummy verwöhnt mich mit einem Urlaub in Kenia. Aber ich glaube, daß ich vor dem nächsten Monat sowieso noch nicht auf der Liste stehe, oder?« Keine Chance, mein Herzblatt, nicht im nächsten Monat und in keinem anderen.

Und als sie aus Kenia zurück war, bekam sie den kalten, von Fehlern strotzenden Brief von Maureen, die sich für ihre Anfrage »in bezug auf Verwendung als Pflegemutter« bedankte, aber bedauerte, daß sie »aufgrund der Gepflogenheiten des Bezirksamtes« für ungeeignet gehalten werde. Ich hätte Verdacht schöpfen müssen, als keine

Tränen flossen, keine Hysterie aufkam. Rowena knüllte den elenden Brief zusammen, warf ihn beiseite und sagte, das mache ihr nichts aus, jetzt sei es ihr wirklich nicht mehr so wichtig. Warum bin ich bei diesem »jetzt« nicht aufmerksam geworden? Ich glaube, ich war einfach erleichtert, daß mir eine Szene erspart blieb. Szenen mit Rowena dauerten lange, lange Zeit und laugten mich aus. Sie konnte achtundvierzig Stunden am Stück weinen, und das erledigte sie nicht im stillen, den Kopf im Kissen vergraben, hinter geschlossener Schlafzimmertür. Weinen war für Rowena eine Arbeit, bei der sie sich große Mühe gab; sie strengte sich an, die Tränenkanäle mit Wasser zu versorgen, verwendete gewaltige Konzentrationskraft auf die plärrenden Schluchzer, an denen sie sich verschluckte, und warf sich vom Sessel auf das Sofa, auf das Bett und wieder zurück, in verheerenden Ausbrüchen des Kummers. Dem zu entgehen war schon etwas wert, und ich war entsprechend dankbar. Mit dem, was als nächstes kam, war ich nicht ganz so zufrieden. Das war die Ankündigung, Rowena wolle Tagesmutter werden. Für behinderte Kinder. Für geistig behinderte Kinder. »Rowena«, sagte ich. »Was soll denn das schon wieder heißen? Ich habe im ganzen Leben noch nie so etwas Anmaßendes, Absurdes und Arrogantes gehört. Für wen hältst du dich eigentlich? Für Mutter Teresa? Maureen würde es dir ebensowenig erlauben, auf einer Liste von Tagesmüttern zu erscheinen, wie sie dir erlaubt hat, Pflegemutter zu werden.«

In diesem Fall ging der Schuß gegen mich los. Was wußte Maureen darüber? Nichts. Es gibt eine dunkle Unterwelt der Kinderbetreuung, von der das Sozialamt nichts weiß, besser gesagt, von der sie wissen, über die sie aber keine Macht haben. In London wimmelt es von Müttern, die keine andere Wahl haben, die ihre Babys und Kleinkinder »Tanten« überlassen müssen. Und sie legen sich krumm, um dafür zu bezahlen. Sie können die jämmerlichen Anschläge im Fenster sämtlicher Zeitungshändler in Ihrer Gegend sehen – »Tagesmutter gesucht für liebes Mädchen, fünfzehn Monate alt; nicht schwierig. 4 Pfund pro Stunde; von neun bis sechs an Werktagen«. Von neun bis sechs, an jedem Tag bis auf einen.

Später, als Christabel entwöhnt wurde, ging ich diesen Anzeigen auf den Grund. Wir hängten genau wie alle anderen eine in dem Fenster unseres Zeitungshändlers aus: »Tagesmutter gesucht für zehn Monate altes Mädchen, drei Stunden vormittags an Werktagen, 5 Pfund pro Stunde.« Fünf Pfund, lächerlich zu glauben, dadurch Bewerberinnen aus besseren Kreisen zu bekommen. Ich kann dazu nur sagen, wenn die, die sich meldeten, die besseren Kreise darstellten, stehe Gott den übrigen bei. Wir hatten jede Menge von Angeboten; die »Tanten« waren übereifrig. Drei besuchte ich jeweils zu Hause (wir stellten uns vor, daß Christabel dorthin gebracht werden sollte – unter den damaligen Umständen hielten wir das für besser). Ich ging hin, weil es mit Rowena so hoffnungslos war, aber eigentlich hätten wir zusammen hingehen sollen, damit sie mein Entsetzen geteilt und mir die Mühe erspart hätte, sie davon zu überzeugen.

Die erste Frau, die ich besuchte, wohnte in einer völlig ehrbaren Sozialbausiedlung auf dem Hügel uns gegenüber, einer neuen Siedlung, aus Backstein, nicht aus Beton, nicht allzu deprimierend und bis dahin noch frei von Abfall und Graffiti. Die Frau wohnte im dritten Stock, mitten in einer Reihe von sechs Wohnungen, die durch einen Balkon miteinander verbunden waren. Sie machte die Tür äußerst mißtrauisch auf, nur einen Spalt weit, so daß ich bis auf ihr Gesicht nichts sehen konnte. Die Kette war vorgelegt, und die Frau hatte es nicht eilig, sie abzunehmen, glaubte offenbar, das Gespräch könne durchaus geführt werden, ohne daß ich die Wohnung betrat. Es kam mir beleidigend vor, als ich mich erkundigte, ob ich sehen könne, wo Christabel für den Gegenwert von fünfzehn Pfund drei Stunden am Tag verbringen solle. Widerstrebend ließ die Frau mich hinein und murmelte etwas darüber, daß die Wohnung ziemlich unordentlich sei und daß sie keinen Besuch erwartet habe. Ich versicherte ihr, bei mir zu Hause herrsche auch das reine Chaos. Aber von Unordnung konnte keine Rede sein. Die Wohnung war aufgeräumt und makellos sauber. Weshalb also das Entsetzen? Es fällt mir schwer, das Gefühl von Trostlosigkeit zu beschreiben, das mich überfiel, als ich in dem winzigen Wohnzimmer stand, mit den sauber auf dem Fenstersims aufgereihten Topfpflanzen, und mir die beiden Kinderwagen anschaute. Die Kinderwagen standen im rechten Winkel zueinander, und ein Hund, ein häßlicher Mischling, war an eines der Räder angekettet. Der Hund schien zu schlafen, obwohl er beim Klang meiner Stimme die Ohren spitzte. Eines der Babys stieß kleine, schnüffelige Laute aus, und die Tagesmutter entschuldigte sich. »Normalerweise macht er keinen Lärm«, sagte sie, »es ist bloß, weil er erkältet ist. Gegen Mittag wird er abgeholt.« Ich stand dort und begriff nicht recht, warum ich lieber meinen Beruf aufgegeben hätte, als zuzulassen, daß Christabel hierherkam, und mir fiel nichts ein, was ich hätte sagen können. Also bewunderte ich die Begonie und sagte, wie schön ihre sei, während meine offenbar nicht recht gedieh. Einen Augenblick lang lebte die Frau auf, dann stand ich draußen auf dem Balkon und hörte, wie die Kette eingehängt wurde.

Die zweite Wohnung war besser und schlechter zugleich. Die Frau war älter und viel selbstbewußter. Keine Kette an der Tür, kein Hund. Sie wohnte im Souterrain eines alten Hauses, einem Haus, das dem ähnelte, in dem wir eine Wohnung hatten. Als sie die Tür aufmachte, plärrte ein Radio, und es roch angenehm nach Essen, nach einer Suppe, wie ich glaubte. Die Frau rauchte, wie es in Filmen aus den dreißiger Jahren üblich war, mit der Zigarette im Mundwinkel, ohne sie herauszunehmen. Sie hatte scharfe Augen, war munter und bat mich eifrig herein, sagte, sie habe nichts zu verbergen, und ich müsse alles so nehmen, wie ich es eben vorfände. Ich sagte, dazu sei ich bereit. Was ich vorfand, war schmutzig und gefährlich. Ihr Wohnzimmer war eine Todesfalle für kleine Kinder, voller Stolperdrähte, mit einem ungesicherten elektrischen Kamin und einem riesigen Fernseher gleich neben einem Laufstall, in dem sich drei Kinder unbestimmbaren Alters gegenseitig an den Haaren zogen und sich anbrüllten. Sie stellte das Gebrüll ab, indem sie in jeden Mund ein Bonbon steckte; dann hob sie ein Kind, einen Jungen, heraus und sagte ihm, er sei ein verdammter Stinker, und sie gerbe ihm das Fell, wenn er so weitermache. Aber sie gab ihm einen Kuß, und er lachte und erwiderte den Kuß. Sie war also kein Tyrann, kein grausames Ungeheuer. Ich bin mir sicher, daß diese Kinder mehr Glück hatten als die anderen. Als ich ging, nachdem ich eine Tasse Tee abgelehnt hatte (ein weiterer Pluspunkt für mich), wußte ich, daß *sie* wußte, ich würde nicht wiederkommen, und daß sie sich über meine offensichtliche Mißbilligung lustig machte. »Nicht wie zu Hause, was, meine Liebe?« sagte sie sarkastisch. »Wenn man sie abschieben muß, ist das nun mal kein schnuckliges Zuhause. Sie müssen nehmen, was Sie kriegen können, das ist das

Problem, und was Besseres als das hier finden Sie nicht, und das ist die Wahrheit.«

Vermutlich stimmte das. Die dritte Wohnung betrat ich nicht einmal. Sie lag im Erdgeschoß, und ich schaute durchs Fenster, ehe ich klingelte, und da waren *fünf*, ich wiederhole, fünf kleine Kinder, alle auf die eine oder andere Weise festgebunden. Drei saßen auf Kinderstühlen, festgeschnallt, jedes mit einer Rassel; eins lag in einem Sportwagen und schien sich im Gurt umgedreht zu haben, so daß das Gesicht hinter dem Verdeck des Sportwagens verschwand; und eins hing in einer am Türrahmen befestigten Babyschaukel. Der Fernseher lief, und kein Erwachsener war im Zimmer. Damit war der Fall erledigt.

Wir gaben den Gedanken auf, für Christabel eine Tagesmutter zu suchen. Aber was hätten wir getan, wenn wir wirklich arm und verzweifelt gewesen wären? Welche Wahl hätten wir gehabt? Maureen und ihre amtliche Liste, nehme ich an, aber bestimmt wären alle registrierten Tagesmütter ausgebucht gewesen. Unsere hochgestochenen Vorstellungen von liebevoller Einzelbetreuung, wie Christabel sie von Rowena bekam, hätten dann ziemlich töricht gewirkt. Rowena wäre jeden Tag gezwungen gewesen, qualvolle Sorgen durchzumachen, wenn sie das kostbare Kind in einer Wohnung zurückließ, die ihr nicht gefiel, betreut von einer Frau, die für uns nichts Vertrauenswürdiges hatte. Wenn sie nicht das Glück gehabt hätte, einen wahren Schatz zu finden, eine Frau, die in Fragen der Kinderbetreuung unserer Meinung war, eine Frau, wie Rowena selbst sein wollte, als sie ihren Anschlag im Laden aushängte: »Tagesmutter frei. Betreut bei sich oder kommt ins Haus. Liebt Behinderte gleichermaßen.«

Wieder einmal wußte ich nicht, ob ich lachen oder schreien sollte: »Liebt Behinderte gleichermaßen.« Als sie diese Meisterleistung von sich gab, starrte ich sie nur mit dem allseits bekannten festen Blick an. Wie hätte ich erklären sollen, was an diesen Worten falsch, *krankhaft* war. Und zudem noch so unbeholfen, die Sentimentalität hinter den Worten, so schlecht ausgedrückt. Ich verweigerte den Kommentar. Ich sagte ihr schlechtgelaunt, sie solle den Anschlag ruhig ins Fenster hängen. Ich machte sogar Witze, grauenhafte Witze, über die Lowry-Typen, die sich melden würden. Vergeudet. Rowena hatte noch nie etwas von L. S. Lowry gehört. Kunst war nicht ihre Stärke, aber welche Stärken hatte sie schon?

Wie auch immer, niemand meldete sich. Seltsamerweise wurde Rowena nicht überschüttet mit Angeboten, sich um blinde oder lahme oder geistig behinderte Babys und Kinder zu kümmern. Bewies das, daß ein behindertes Kind mehr geliebt wird als ein normales? Wie erstaunlich. Vielleicht bewies es schlicht und einfach, daß die Menschen offen zur Schau getragenem Altruismus mißtrauen. Vielleicht wurde Rowena für ein bißchen pervers gehalten.

Manche waren dieser Meinung. Zum Beispiel ihre Mutter, jedenfalls anfangs, als sie damit anfing, ihre schwarzen Freunde mit nach Hause zu bringen. Natürlich Rassismus, reiner, schlichter Rassismus, besser gesagt, unsauber und äußerst kompliziert. Mrs. Blake hatte keine schwarzen Freunde. Ich vermute, daß sie Jahr um Jahr in Stockdale, in Edinburgh, verbrachte, ohne je Schwarze zu Gesicht zu bekommen. Daß das für meine Eltern in Cockermouth galt, weiß ich genau – aber der Unterschied liegt darin, daß *sie* keine Rassisten waren, daß sie nicht zusammenzuckten und sich steif verhielten, als sie schließlich durch mich Schwarze kennenlernten. Ich wurde wütend, wenn Rowena ihre Mutter sogar noch in Schutz nahm, sagte, man könne ihr das nicht verübeln, sie habe ein behütetes Leben geführt, und es sei ein großer Schock. Mrs. Blake erzählte mir einmal, sie glaube, Rowena mache das nur, um sie zu ärgern, suche sich deshalb schwarze Freunde aus, meine ich. Ich sagte ihr, nichts könne weiter von der Wahrheit entfernt sein, Rowena fühle sich stark zu Schwarzen hingezogen und sie sich zu ihr. Falls es irgendwo eine Grundlage für die Anziehungskraft des ersten Augenblicks gibt, dann war es für Rowena die Hautfarbe. Später war es natürlich der Mann an sich, den sie, so wie bei allen anderen, mochte oder nicht mochte, und die schwarze Haut spielte keine Rolle dabei. Aber wenn ich mit Rowena eine Straße entlang oder in ein Pub ging, stieß sie mich an und machte eine Bemerkung darüber, wie hinreißend dieser oder jener Mann sei. Er war immer schwarz. Ich sagte ihr, mir werde übel, wenn ich hören müsse, daß sie jemanden seines Aussehens wegen kennenlernen wolle, ohne ein Wort von ihm gehört zu haben, aber sie sagte, nicht normal sei ich, und es liege am Aussehen, wenn man auf einen Mann »stehe«. Uh. So ein scheußliches Wort. Am Anfang war es ein Witz, daß sie die Formel »ich stehe auf ihn« übernahm. Aber dann wurde es ernst; wenn sie sagte: »Ich stehe auf ihn«, wurde ihr Gesicht lüstern, und ich konnte das nicht leiden. Aber laut Rowena bin ich prüde. Gut. Ich bin froh darüber.

Rowena war genauso stolz darauf, daß sie nicht prüde war. Ihr sexueller Appetit war riesig. Jahrelang haben wir dafür gekämpft, daß Frauen Sex so genießen wie Männer, daß sie dasselbe Recht haben, ihn auszukosten, aber Rowenas Verhalten zeigte mir die Gefahren. Am allerersten Abend mit einer neuen Bekanntschaft hatte sie Sex, ohne Vorgeplänkel, ohne auch nur daran zu denken, so etwas sei nötig. Falls ein Mann das wollte, hätte er immer noch Schwierigkeiten damit, er wäre auf etliche Präliminarien gefaßt, wenn er es nicht mit einer Prostituierten oder vielleicht einer Betrunkenen auf einer Party zu tun hätte. Rowena diktierte weit erfolgreicher und ausschließlicher, was sich abspielen sollte, als jeder Mann das gekonnt hätte. Natürlich konnten die meisten Männer anfangs ihr Glück nicht fassen. Rowena war so leicht zu haben und war so bereitwillig, daß es sie zu Recht verblüffte. Aber nach ein paar Wochen hielten sie sich nicht mehr für so glücklich, falls sie so lange durchhielten. Sie hatten geglaubt, an Rowena eine klassische Nymphomanin zu haben. Sie fanden heraus, daß sie an eine Frau geraten waren, für die Sex wie ein Händedruck zur Begrüßung war, die aber viele andere Ansprüche an sie stellte, Ansprüche, denen sie nicht unbedingt gewachsen waren. Nachdem sie das »Letzte« gegeben hatte (obwohl es in ihren Augen längst nicht das Letzte war), glaubte Rowena, sie werde automatisch geliebt und geschätzt. Wenn das nicht der Fall war, wurde sie weinerlich und ärgerte sich. Aber sie wollte den Mann deshalb nicht loswerden – statt dessen erwartete sie, daß er sie dafür entschädigte. Wieder und wieder wurde sie plötzlich verlassen, auf scheinbar brutale Weise: Der Liebhaber verschwand einfach spurlos. Dann kam die qualvolle Entdeckung, wie wenig sie über den Mann wußte, nicht, welchen Beruf er hatte, und oft nicht einmal, wo er wohnte. »Wie konnte er das nur tun?« jammerte sie. »Wie konntest du?« sagte ich dann.

Das alles ist so hoffnungslos wie der Versuch, die Ursache eines richtigen Kriegs herauszufinden. Es ist nicht einfach damit erledigt zu sagen, Rowena, Rowena selbst war die Ursache. Wie ich hätte wissen müssen, ist es wichtig zu erkennen, wie Rowena war, was sie dazu brachte, das Ganze anzufangen. Es ist nötig, entscheidend wichtig, immer weiter zurückzugehen, zu versuchen, das Muster ausfindig zu machen, falls es ein Muster gab. Und doch ist es jetzt, wo alles vorbei ist, sinnlos. Wozu strenge ich mich an? Rowena ist tot. Ich habe Christabel verloren. Ich kann mein eigenes Leben führen, und weil ich mich in den letzten beiden Jahren darüber beschwert habe, mir fehle die Zeit, es zu führen, sollte ich es jetzt wieder aufnehmen und dankbar sein. Aber es geht nicht, nicht so einfach. Ich kenne mich auf eine Weise, auf die Rowena sich nicht kannte, und ich weiß, daß ich nicht weitermachen kann, ohne mich von der ganzen Last zu befreien, die ich ihretwegen mit mir herumtrage. Ich brauche keinen Psychiater, keinen Therapeuten, keinen Berater, und auf keinen Fall brauche ich Maureen. Ich brauche eine Art Erklärung, eine Begründung für alles, was geschehen ist, und ich bin der einzige Mensch, der sie geben kann, indem ich mit äußerster Sorgfalt die Vergangenheit durchkämme. Und doch ist es so schwer, weil ich Rowenas Vergangenheit nicht völlig kennen kann, auch wenn ich besser über sie Bescheid weiß als alle anderen.

»Sie waren eine gute Freundin«, sagte Mrs. Blake. »Sie haben ihr, haben Rowena beigestanden, Sie haben sich in guten und bösen Tagen um sie gekümmert.« Ich murmelte etwas darüber, Rowena habe für mich dasselbe getan, aber Mrs. Blake schüttelte den Kopf und lächelte müde. »Nein«, sagte sie. »Rowena hat nur genommen. Sie hat nichts gegeben. Ich weiß nicht, warum sie so war. Camilla ist nicht so.« Camilla, die neben ihrer Mutter saß und zuhörte, sagte: »Wir waren einfach verschieden, Ma, das ist alles.« »Schwierigkeiten«, sagte Mrs. Blake mit gerunzelter Stirn, »sie hat immer Schwierigkeiten gemacht, ihr Leben lang, und selbst ihr Tod tut es noch.« Camilla brachte sie zum Schweigen und war eindeutig sowohl peinlich berührt wie auch entsetzt. Die kalten Worte ihrer Mutter waren so unpassend. Ich habe sogar gehört, wie sie ihre Mutter rügte, weil sie nicht weinte. »Du hast nicht getrauert, Ma«, sagte sie anklagend. »Getrauert?« sagte Mrs. Blake überrascht. »Ich habe Rowenas ganzes Leben lang getrauert. Die Trauer ist vorbei, das ist alles, es ist alles vorbei, ich habe nichts mehr übrig, in mir ist nichts mehr, ich bin fertig damit.«

Sonderbar, nicht wahr? Ihre Trauer war vorbei, als sie eigentlich nach normalem Brauch erst hätte einsetzen sollen. Und doch begriff ich im Gegensatz zu Camilla, was sie meinte, und war nicht schockiert. Das bringt mich darauf, daß vielleicht die Umstände von Rowenas Tod und der Tod selbst ein besserer Ausgangspunkt für mich wären als dieser Versuch, chronologisch vorzugehen. Und vielleicht habe ich mich selbst in dieser langen Zeit, in zwei langen Jahren, nie der Schrecklichkeit dieses Todes gestellt, habe ich versäumt, was Maureen meine »Trauerarbeit« nennt. Ich war zu beteiligt, zu beschäftigt, zu aktiv beim Kampf um Christabel und habe nicht zugelassen, daß mir die Tragödie ins Mark geht. Ich bin in diesem Punkt, um wieder Maureen zu zitieren, nicht im Einklang mit meinen Gefühlen. Ich will es auch gar nicht sein.

Ich will wirklich nicht auf jenem Berg stehen. Ich will die Verletzte nicht sehen, ich will die Schreie nicht hören, ich will die Bahre nicht tragen und nicht im Notarztwagen mitfahren. Es war schlimm genug, da einzugreifen, wo ich es mußte – als ich auf die Intensivstation im Krankenhaus von Carlisle kam. Es gelingt mir kaum, diese Erinnerung zu verkraften, ganz zu schweigen von den grauenhaften Einzelheiten davor. Und ich schäme mich bei dem Gedanken, obwohl ich nicht weiß, warum, daß ich keinen Versuch unternahm, mich mit diesen Einzelheiten vertraut zu machen. Die Leute versuchten, sie mir zu erzählen, aber ich verbot ihnen das Wort. Die Zeitungen brachten Berichte, aber ich las sie nicht. Ich war bei der gerichtlichen Untersuchung, aber alles, was gesagt wurde, ging an mir vorüber. Ich habe mir nie gestattet, mir die vier Stunden zwischen Rowenas Sturz und ihrem Anblick auf der Intensivstation vorzustellen.

Manchmal krochen mir Gedanken an ihre Schmerzen unter die Haut, und ich mußte aufspringen und irgend etwas tun, um sie zu verdrängen. Es ist der Gedanke an den Schmerz, den ich nicht ertragen kann, dieser höllische, brennende Schmerz, als dieser Felsen ... dieses spitze ... dieses Ding sie aufspießte. *Es hat keinen Sinn, sich daran zu erinnern.* Es ist widerlich, es breitzutreten. Ich hasse Menschen, die das tun, die Sensationslüsternen, die den Horror endlos wiederholen, die sagen, wie entsetzlich, wie grauenhaft, aber immer neue Einzelheiten hinzufügen und, während sie behaupten, ihnen sei übel, in jeder Hinsicht so wirken, als genössen sie es.

Ich versteckte mich hinter Christabel. Jemand mußte sich um sie kümmern, bei ihr sein. Christabel, die natürlich dabeigewesen war, die im Gegensatz zu allen anderen etwas sah und hörte und die sich im Alter von fünf Jahren so heroisch verhielt. Bei der gerichtlichen Untersuchung wurde viel Aufhebens von Christabels ruhigem Verhalten gemacht. In den Stunden nach dem Unfall fiel mir auf, zu welcher Merkwürdigkeit das Kind dadurch wurde. Die Menschen schienen sich vor ihr zu fürchten, es galt nicht als normal, so gefaßt zu sein. Ein Polizist sagte voller Überzeugung voraus, sie werde ganz plötzlich zusammenbrechen, und trug mir auf, sie »im Auge zu behalten«, als ob ich etwas anderes getan hätte. Aber ich hatte gesehen, was der Polizist nicht bemerkt hatte: die kleinen Anzeichen, die auf Entsetzen deuten.

Christabel hatte nicht mitbekommen, daß in Rowenas Brust ein spitzes Felsstück steckte. Sie hatte kein Blut gesehen, und sie hatte keine Schreie gehört – der Wasserfall war zu laut, und später war sie weder auf dem Berg noch im Notarztwagen. Die Leute im »Fish« hatten sie hereingeholt und vernünftigerweise in der Küche warten lassen, bis ich kam. Christabel sah nur, daß ihre Mutter ausrutschte und stürzte, fünfhundert Meter tief in den Wasserfall hinunterstürzte. Sie machte sofort kehrt und lief den Weg hinunter, auf dem sie heraufgekommen war. Sie kam nicht in die Nähe des Körpers ihrer Mutter. Der Weg führte sie in einem weiten Bogen vom Wasserfall weg. Sie erzählte unbefangen, sie habe sich beeilt, sie habe gewußt, daß Rowena abgestürzt sei, sich verletzt habe und Hilfe brauche. Ihre Schilderung dessen, was geschehen war und wo, war präzis. Die beiden Bergsteiger, die sie traf, die Leute im »Fish«, die Rettungsmannschaft von der Bergwacht – sie alle bekamen einen peinlich genauen Bericht zu hören, ohne auch nur einen Schluchzer. Aber ich sah, was sie nicht sahen, die Nagelspuren in den Handflächen, ihr steifes Rückgrat, das seltsame Flackern in den Augen, das wie ein nervöser Tick war. Und ich sah ihre Blässe, die sie nicht erkennen konnten, weil sie nicht wußten, daß auch eine schwarze Haut erbleichen, genauso blutleer werden kann wie eine weiße. Die stumpfe, graubraune Farbe war bei Christabel nicht die übliche. Sie hatte einen schönen Teint, eine dunkle, kräftige Honigfarbe mit einer Spur Rosa auf den Wangen. Im Kampf um die Gene der Rasse hatte ihr Vater triumphiert, was das Haar, die Augen und die Nase anbelangte, aber Rowenas helle Töne hatten seine Farbe stark abgeschwächt. Christabel war eindeutig ein Mischling, aber es war schwer zu erraten, welcher Abstammung sie war. Niemand merkte, daß sie aschfahl war, nur daß sie »farbig« war, fiel auf. Ein kleines farbiges Mädchen. Und ihre weiße Mutter. »Sagen Sie dem Vater Bescheid?« fragte mich der Polizist. »Es gibt keinen«, sagte ich. Ich ließ ihn und alle anderen im Glauben, Christabels Vater sei tot. Bis ich mit Maureen zu tun bekam und das Unheil seinen Lauf nahm.

Zweites Kapitel

Vielleicht fängt die Depression so an, mit der langsamen Reglosigkeit beim Aufwachen, der Lethargie, dem Gefühl der Verwirrung. Ich weiß es nicht. Ich bin mein Leben lang nicht depressiv gewesen, jedenfalls nicht so, daß ich es mit dem Ausdruck depressiv bezeichnet hätte. Traurig, natürlich, von Zeit zu Zeit ein bißchen gedämpft, ja, aber nicht, wie ich Depression definieren würde, so völlig ohne Glauben an die Aussicht auf Glück oder Freude in der Zukunft. Rowena jammerte ständig darüber, wie deprimiert sie sei, und das machte mich gereizt. Ich sagte ihr immer wieder, sie solle das Wort nicht mißbrauchen, ich sagte, es sei obszön, daß sie sich depressiv nenne, ich erinnerte sie an die vielen Kranken in psychiatrischen Anstalten, die klinisch depressiv waren, so hilflos und so ohne Hoffnung, daß sie um sich herum nichts als Finsternis sahen. Rowena, das wußte ich, hatte viel zuviel Energie, als daß sie hätte ernsthaft deprimiert sein können. Selbst, wie sie es sagte, selbst die Tatsache, daß sie es sagte, zeigte schon, daß sie keine Ahnung davon hatte, was Depressionen sind.

Aber vielleicht fängt es so an, mit einem Morgen wie diesem. Erst fragte ich mich, ob ich vielleicht krank sei. Ich befühlte mein Stirn (völlig kühl) und streckte die Glieder (keine Wehwehchen oder Schmerzen). Ich fühlte mich nur trotz zwölf Stunden Schlaf bleiern müde. Es war eine ungeheuerliche Anstrengung, aus dem Bett aufzustehen, und währenddessen fing ich zu weinen an. Das war nun wirklich albern. Ich weine nie. Mit einer weiteren Anstrengung meiner Willenskraft schaffte ich es, ins Bad zu kommen und zwang mich unter eine beißend kalte Dusche. Der Schock brachte mich zum Ächzen und Zittern, aber ich ertrug das nadelscharfe Wasser, bis mein Körper fast taub war. Als ich aus der Dusche kam, mich in ein Handtuch wickelte und in die Küche ging, hatte ich ein triumphales Gefühl – ich war mit meiner augenblicklichen Schwäche besser fertig geworden, als Rowena je die ihre bewältigt hatte. Sie brauchte andere Menschen. Im allgemeinen mich. Ich mußte ihr die Decke wegziehen, sie unter die Dusche schleppen, sie dazu zwingen, bis sie schreiend darunter stand. Und das tat ihr nie so gut wie mir. Sie brach zusammen, saß mit dem nackten Rücken an der gefliesten Wand und duckte sich, flehte mit dem Kopf in den Händen um Gnade. Nein, kalte Duschen taten Rowena nicht gut. Was sie wollte, war Tee und Mitgefühl. Sie hatte es gern, wenn ich auf Zehenspitzen hereinkam, sanft die Vorhänge zuzog, mich auf ihr Bett setzte, ihr Papiertaschentücher in die Hand drückte und mich erkundigte, was los sei.

Los war meistens, daß sie immer wünschte, sich in einen Mann zu verlieben, der sich auch in sie verliebt hatte. O Gott. Ich hielt es kaum aus. Das ist es, was sich die meisten Menschen wünschen, sie erwarten es von Kindesbeinen an, eine Erwartung, die in ein Märchen umschlägt, wenn Menschen sich dem dreißigsten Lebensjahr nähern, aber Rowena machte einen Anspruch daraus. »Ich will einen Liebhaber«, schrie sie. »Ich will einen, der immer bei mir bleibt.« Nichts anderes war wichtig. Sie wollte nichts davon hören, statt dessen in einer Arbeit oder in anderen Beziehungen Befriedigung zu finden oder Interessen zu entwickeln, in denen sie aufging. Ihr Selbstmitleid war widerlich. Und dann bekam das Leitmotiv eine andere Melodie und lautete jetzt: »Ich will ein Kind – das ist alles, was ich vom Leben will. Ich will ein Kind, ich will Mutter werden, das ist alles, was ich je sein wollte.« Eine Lüge. Ich kann mich nicht daran erinnern, daß Rowena je Mutter werden wollte. Ich kann mich nur daran erinnern, daß sie ständig Aufregung und Wirbel wollte und daß ihre Familie behauptete, sie liebe Kinder. Das lag im Interesse der Familie. Was sollten sie sonst mit ihr anfangen? Sie verabscheute die Schule, wollte die sechste Klasse gar nicht erst anfangen, ging mit sechzehn mit einem Hauptschulabschluß in drei Fächern ab und hatte keine Lust, irgend etwas zu tun. Die Blakes waren verzweifelt. Sie hatten das Gefühl, sie wolle weg von zu Hause – sie wollten sie weghaben, und wer könnte es ihnen verübeln –, deshalb mußten sie sich etwas ausdenken, wohin sie gehen konnte. Sie verfielen auf einen einjährigen Kurs in Kinderpflege in London. Rowena konnte bei Camilla wohnen, die eben geheiratet hatte und dort lebte.

So fing also die Karriere der lieben Rowena an. Gott weiß, wie die Blakes an diesen Kurs geraten waren, aber für jedermann mit gesundem Menschenverstand – mich zum Beispiel – taugte er nicht viel. Natürlich privat, an irgendeinem »College« mit eindrucksvoll klingendem Namen. Rowena sollte dort angeblich eine solide Grundausbildung in Säuglings- und Kinderpflege durchlaufen, und am Ende des Jahres fand sogar eine interne Prüfung statt. Man bekam ein Diplom, wenn man bestand, und konnte rein gar nichts damit anfangen. Aber das war nur der erste Schritt, oder sollte es jedenfalls sein. Es war geplant, daß Rowena danach eine Ausbildung machen sollte, die mit einer richtigen Qualifikation abschloß, entweder als diplomiertes Kindermädchen oder Kinderschwester. Sie wurde beides nicht, konnte schlicht und einfach die Prüfungen nicht bestehen. Ihre durchschnittliche Intelligenz und ihre früh erworbene Fähigkeit, recht ordentlich zu schreiben, nützten ihr überhaupt nichts. Die Blakes waren zu Recht entnervt. Sie war nicht dumm, was war also so schwierig? Sie konnte oder wollte sich nicht konzentrieren, das war das Problem. Sie sagte, ihre Gedanken schweiften ab. Deshalb schickten ihre Eltern sie nach Amerika, wo sie bei einer Cousine wohnte, und nach zwei Jahren kam sie mit einer dubiosen transatlantischen Qualifikation zurück, die hier nicht anerkannt wurde. Sie bekam keine Stelle in der offiziellen Kinderpflege, deshalb wurde sie Kindermädchen, ein Kindermädchen ohne britische Qualifikation.

Was war daran verkehrt? Nichts. Ein gutes Kindermädchen braucht nicht unbedingt die richtigen Abkürzungen hinter dem Namen. Aber Rowena war ein entsetzliches Kindermädchen, was ihre Arbeitgeber schnell herausfanden. Ich kann mir vorstellen, daß es ein schrecklicher Gedanke war, kleine Kinder Rowenas Obhut zu überlassen. Aber es gab Leute, die es taten, diejenigen, die eine scheinbar hochklassige Tagesmutter brauchten. Rowena hatte jede Menge Stellen. Die meisten behielt sie zwischen zwei und sechs Wochen, und ihre Referenzen wurden immer älter. Etliche Male entging sie mit knapper Not ernstem Ärger, wäre sogar fast in Gefahr geraten, strafrechtlich verfolgt zu werden. Das war, als sie einen Zweijährigen im Hydepark verloren hatte. Was den Fall noch schlimmer machte, war, daß sie nicht einmal wußte, wo sie ihn verloren hatte. Sie hatte sich hingesetzt, um eine Zigarette zu rauchen, und der Sportwagen stand mit dem

Rücken zu ihr. Das Verdeck war oben, die Regenschutzdecke lag darauf, und Rowena saß da, hielt den Wagen fest und rauchte, im Glauben, das Kind schlafe. Unglücklicherweise nickte sie selbst ein, und als sie wieder erwachte, stand sie einfach auf, ging weiter und beglückwünschte sich dazu, daß der kleine Jeremy so lange schlief. Sie ging nach Hause, einen Weg von gut vierzig Minuten, und erst als sie Jeremy herausheben wollte, merkte sie, daß er fort war. Die verzweifelte Mutter rief die Polizei und mußte dann hören, wie ihr Kindermädchen fast jede Frage mit »weiß nicht« beantwortete. Wie Rowena nun einmal war, konnte sie sich nicht mehr daran erinnern, auf welcher Parkbank sie gesessen hatte – als sie in den Park zurückgebracht wurde, konnte sie ihren Weg nicht rekonstruieren. Oh, alles ging gut aus – Jeremy war von einem anderen Kindermädchen gefunden worden, die ihn auf das nächste Polizeirevier brachte, und nach zwei Stunden war alles vorbei –, aber dieses Mal gab es keine Referenz für Miss Rowena Blake, und sie entging verflucht knapp einem Verfahren wegen Verletzung der Aufsichtspflicht.

Ich zeichne ein düsteres Bild, das unfair ist. Rowena war beliebt, wenn auch hoffnungslos. Kleine Kinder mochten sie (größere allerdings nicht). Keine Schweinerei schreckte sie, und schmutzige, klebrige Hände oder nasse Hosen oder Rotz im ganzen Gesicht waren ihr herrlich gleichgültig. Sie hatte außerdem eine hübsche Singstimme und hielt mit ihrem unerschöpflichen Repertoire von Kinderreimen viele Kinder bei Laune. Wenn sie nur ein etwa dreijähriges Kind betreuen mußte, war sie recht erfolgreich, solange andere Hilfen da waren, die sich um die profaneren und notwendigen Aspekte der Kinderbetreuung kümmerten. Katastrophal wurde es, wenn sie mehr als ein Kind hatte und für Mahlzeiten, saubere Kleidung und so weiter verantwortlich war. Dem war sie nicht gewachsen, und unter dem Druck des von ihr geschaffenen Chaos geriet sie allmählich in Panik. Wenn die Mutter nach Hause kam, sah die Wohnung aus, als ob eine Bombe eingeschlagen hätte, die Kinder liefen nackt herum, beschmiert mit Marmelade oder Honig, und Rowena war nirgends zu sehen. Sie wurde dabei ertappt, daß sie ein Bad nahm oder fernsah. Wer ließ sich so etwas gefallen? Vielleicht die Mütter, wenn sie entsprechend verzweifelt waren, aber die Väter nicht. Du meine Güte, nein. Den Vätern ging Rowena gewaltig auf die Nerven. Laut Rowena hieß es oft, sie oder ich, sie könnten diese Anarchie keinen Augenblick länger ertragen. Dann war es wieder Zeit, die Koffer zu packen.

Zehn solche Jahre, und dann sagt sie, sie will ein Kind, will Mutter sein; es sei ihre *Bestimmung,* ich bitte Sie, Mutter zu sein. Zunächst ignorierte ich sie, dann gab ich jedesmal, wenn sie damit anfing, sarkastische Kommentare ab. »Du bist wunderbar für die Mutterschaft geeignet, Rowena«, sagte ich. »Ich meine, du hast bewiesen, daß du über alle notwendigen Eigenschaften verfügst. Du bist so geduldig und ausgeglichen, und alle, buchstäblich alle sagen, daß du ein Organisationstalent bist.« Sie tat den ganzen Spott ab und sagte, es habe nichts mit Geduld oder Organisationstalent zu tun, eine gute Mutter zu sein; alles, was eine gute Mutter brauche, sei Liebe, und sie, Rowena Blake, habe Liebe im Überfluß zu geben. Dann sagte sie, es habe nichts damit zu tun, ob sie eine gute oder schlechte Mutter sei, sie folge einem natürlichen Instinkt. Sie empfinde ein überwältigendes natürliches Verlangen, sich fortzupflanzen, und es bringe sie um, wenn das unterdrückt werde. Die Natur, sagte sie, befehle ihr, ein Kind zu bekommen.

Ich riet ihr, der Natur zu sagen, sie solle den Mund halten. Das sagte ich, wenn ich zu Ende gelacht hatte. Wenn Rowena ernst war, was selten vorkam, hatte sie einen derart trauervollen Ausdruck, daß es mich jedesmal zum Lachen brachte. Sie hatte die Gewohnheit, den Mund offen hängenzulassen, was die Mundwinkel nach unten zog, bis sie aussah wie ein übertrieben trauriger Clown. Und sie blinzelte heftig, während sie ihren Fall vortrug, blinzelte zur Bekräftigung und machte sich zur Karikatur ihrer selbst.

Als sie kurz nach ihrem dreißigsten Geburtstag anfing herumzujammern, sie wolle ein Kind, hatte sie zufällig gerade keinen Freund. Ein Mann, den sie sehr gemocht und der sie auch nach der üblichen Abkühlungsphase ebenfalls sehr gern gehabt hatte, war eben nach Ghana zurückgekehrt. Er sagte, er schreibe. Er schrieb nicht. Rowena genoß es, sich nach ihm zu sehnen – das war ein neues Gefühl –, aber ich glaube nicht, daß sie besonders verletzt war. Es verstörte sie leicht, daß kein neuer Mann am Horizont auftauchte, und noch mehr, daß ihr kein Mann auffiel, dem sie glühende Avancen hätte machen können.

»Das Problem ist«, verkündete sie eines Tages im Ton einer Offenbarung, »daß ich mich nicht mehr für Männer interessiere. Ich will ein Kind. Alle anderen Instinkte sind verschwunden. Ich will keinen Sex mehr. Ich will ein Kind, ich *will* wirklich ein Kind.« Ich fragte, was sie sich vorstelle, eine jungfräuliche Geburt oder eine Spritze. Das mit der Spritze verstand sie nicht. Ich erklärte es ihr, soweit es ging, mit einfachen, einsilbigen Worten, und das war ein großer Fehler. Rowena war fasziniert von der Existenz der künstlichen Befruchtung. Sie war hingerissen von dem Gedanken, dafür zu bezahlen, daß ihr der

Samen eines anonymen Spenders injiziert wurde. Sie sprang auf und küßte mich, sagte, ich sei ein Genie, und dann ging es weiter: »An wen wende ich mich, Isobel? Wie mache ich das?« Ich sagte rasch, ich hätte keine Ahnung, und als sie schmollte und fragte, ob ich ihr helfen wolle, sagte ich, auf keinen Fall, mich schockiere der bloße Gedanke, er stoße mich ab. »Warum?« fragte sie, die kindliche Unschuld in Person. »Warum? Was ist denn daran verkehrt?«

Einfach alles. Es ist seltsam, daß ich, die überzeugte Feministin, so heftig gegen Frauen bin, die sich entscheiden, den Vater auszuschließen. Oh, ich habe alle Argumente darüber gehört, die Rowena schließlich verinnerlichte und breitwalzte, daß die Natur der Rolle des Mannes nur eine Minute zugedacht habe und der einer Frau mindestens achtzehn Monate. Ich habe auch gehört, die Gesellschaft habe die Familie, wie wir sie kennen, geschaffen, und warum es keine anderen Gruppen geben solle. Ich habe gehört, wie verfochten wurde, daß Frauen es im Alleingang tun – von Frauen, die im Argumentieren weit geschickter waren als Rowena, und ich lehne es trotzdem ab. Ein Kind hat das Recht auf seinen Vater und ein Vater das Recht auf sein Kind, und ich stelle das nicht durch Einschränkungen in Frage, was Witwen oder postume Geburten anlangt – das spielt dabei keine Rolle. Ich will auch nicht hören, die alleinerziehende Elternschaft sei auf dem Vormarsch, werde bald die Regel sein und müsse dann als solche akzeptiert werden. Ich werde sie nicht akzeptieren. Ich werde sie als Feministin nicht akzeptieren. Ich will Männer nicht benutzen, wie Männer Frauen benutzt haben. Die Vorstellung erfüllt mich mit Entsetzen, einem Kind gegenüberzustehen, das fragt, wer sein Vater ist, und zu sagen, ich hätte mich absichtlich dafür entschieden, es nicht zu wissen. Das ist das Äußerste an Ausbeutung.

Rowena war das gleich. Beim Versuch, eine ideologische Diskussion anzufangen, hätte sie gegähnt. Aber in ihrem Fall war es überflüssig, so ernsthaft zu werden. Die schlichte Wahrheit war, daß sie kein Kind ernähren konnte. Wie hätte sie das gekonnt? Ihre Mutter hatte die Wohnung gemeinsam mit mir für Rowena gekauft, damit sie diese Art von Sicherheit hatte, aber die Abmachung sah vor, daß sie sich selbst ernährte und alle Rechnungen bezahlte. Ihre Mutter hatte ihr das Auto gekauft, aber für die Versicherung und das Benzin mußte sie allein aufkommen. Dazu kamen die Kosten für Essen, Kleidung und so weiter, und Rowenas Einkommen war unregelmäßig und klein. Sie lieh sich Geld von Camilla, von mir, von der Bank und steckte trotzdem ständig in finanziellen Schwierigkeiten. Wie, bitte schön, wollte sie ein Kind ernähren? Sie war ein verwöhntes reiches kleines Mädchen, bis auf die Tatsache, daß sie nicht reich war, abgesehen vom Vergleich mit den wirklich Armen. Der Anteil an der Wohnung, das Auto, eine großzügige Mutter und Schwester – durch das alles war sie noch nicht reich.

Ich warnte sie. Ich sagte, wenn das mehr sei als ein Witz, eine vorübergehende Laune, müsse sie etwas Wichtiges begreifen: *Ich wolle kein Kind in der Wohnung haben.* Ich erinnerte sie an unseren äußerst sorgfältig abgefaßten Vertrag, aufgesetzt von meinem Anwalt, auf meine Kosten, der mich davor schützte, daß Rowenas Männer einzogen und mein Zuhause übernahmen. Kinder waren nicht erwähnt worden, aber durch die Formulierungen waren sie trotzdem einbezogen. Also sagte ich Rowena, sie müsse ausziehen. Sie zuckte die Achseln, sagte, das sei kein Problem, sie verkaufe mir ihre Hälfte und kaufe sich etwas anderes.

Wie kann jemand dreißig werden und so naiv bleiben? Unsere Wohnung hatte 1980 30000 Pfund gekostet. 1985, in dem Jahr, von dem ich rede, hatte sich der Preis einer ähnlichen Wohnung *verdoppelt,* und trotzdem standen die Leute dafür Schlange. Rowenas 15000 reichten nicht für eine Einzimmerwohnung, und das galt für den Fall, daß ich sie auszahlen wollte. Das war freilich kein Problem. In mancherlei Hinsicht war es eine Gelegenheit, die ich liebend gern ergriffen hätte. Ich konnte es mir leisten, so gerade. Ich hatte lange Zeit gut verdient und klugerweise gespart. Ich konnte Rowena auszahlen und dann verkaufen und in eine angenehmere Gegend ziehen. Es war sehr verlockend. Aber ich wehrte mich gegen die Verlockung. Ich war so wütend auf Rowena, daß ich es auf mich nahm, sie zur Vernunft bringen zu wollen, ehe sie etwas Unwiderrufliches tat. »Denk doch nach, Rowena«, drängte ich immer wieder, »denk doch, denk doch, denk doch, wie es wäre. Wie angebunden du wärst, daß du nicht zurechtkämst, wieviel Angst du hättest, wie deprimiert du wärst.«

»Ich denke doch nach«, sagte sie. »Ich denke daran, wie herrlich es wäre, ein eigenes Kind zu haben, nur wir zwei gegen die ganze Welt. Ich denke daran, wie sehr ich Babys liebe, wie süß sie sind, das Gurgeln und die winzigen Händchen und ...« Dann schrie ich und sagte, sie solle aufhören, die Mutterschaft zu romantisieren, und sich statt dessen daran erinnern, wie schlecht sie mit Babys umgehen könne ...

All die Leidenschaft, die ich verausgabt habe. Nicht nur damals, sondern seither ständig, bis gestern. Vielleicht bin ich einfach ausgelaugt, erschöpft, vom Kampf gezeichnet. Ich brauche Erholung. Das ist keine Depression, das ist Kampfmüdigkeit. Was machen sie mit Soldaten? Sie schikken sie in ein Erholungsheim, gönnen ihnen völlige Ruhe, kümmern sich um sie. Ich könnte nach Hause fahren, nach Cockermouth. Meine Mutter wäre froh, wenn sie sich um mich kümmern könnte. Das ist ihr Spezialgebiet. Aber die Niederlage ist noch so frisch, daß ich das Schlachtfeld nicht verlassen kann. Ich muß unter all den Trümmern herumgehen, die leere Waffe noch rauchend in der Hand, aus der ich alle Schüsse abgefeuert habe, ohne das Ziel zu treffen. Leute haben mir ins Gesicht gesagt, ich hätte gewirkt, als ob ich den Kampf genösse, als ob ich mich mit trommelnden Fäusten hineingestürzt hätte. Stimmt das? Mir kam das nicht so vor. Ich hatte das Gefühl, ich sei in den Kampf hineingezogen worden, hätte mich widerstrebend daran beteiligt. Ich frage mich, was Maureen dazu sagen würde. Sie kommt in etwa einer Stunde und holt Christabels restliche Sachen, die wenigen Dinge, an die ich mich geklammert habe. Ich darf sie ihr nicht selbst bringen. Ich habe keinen Zugang zu ihr, keinen. Wenn sie achtzehn ist, kann sie Kontakt zu mir aufnehmen, falls sie das will, aber ich darf es nicht von mir aus tun. Nicht einmal eine Geburtstagskarte, Euer Ehren? O doch, eine Karte ist gestattet. Aber sie wird von jemandem kommen, der schnell fremd wird. Isobel? Isobel? Isobel wer, Mummy?

Könnte das, *könnte* das keine Depression, sondern *Eifersucht* sein? Wird man durch Eifersucht schwer und stumpf, läßt sie alles sinnlos erscheinen? Ich bezweifle es, und doch ist es wahr, daß wieder und wieder ein gewisses lächelndes fettes Gesicht in meinen Gedanken herumgeht. Ich konnte es gestern vor Gericht kaum ertragen, sie anzuschauen, und doch konnte ich den Blick nicht von ihrem salbungsvollen Ausdruck wenden. Sie war so zuversichtlich, so selbstgefällig und tugendhaft. Sie bekam 27 von 30 möglichen Punkten, acht mehr als die nächste Bewerberin. »Wissen Sie, das ist kein Wettbewerb«, sagte Maureen von Zeit zu Zeit, in ihrem verklemmtesten und strengsten Ton, aber natürlich war es einer. Wozu sonst die Punkte? Sie hätte viel lieber nicht zugegeben, daß es Punkte gab, aber sie mußte es, als sie gedrängt wurde. Von mir. Als ich wissen wollte, wie die Entscheidung zustande gekommen sei, sagten ihr ihre Vorgesetzte Stella und Phyllis, die Adoptionsbeamtin, sie solle mir die Beurteilungen zeigen, und da waren sie, die Noten: Punkte dafür, wie die Wohnung war, um welch eine Familie es sich handelte, aus welchen Gründen sie ein Kind wollten, wie die Einstellung gegenüber der Besuchsregelung für die leibliche Familie und vorhandene Freunde aussah. Alles benotet, dann addiert. 27 von 30 möglichen Punkten. Sie rücken zur Klassenbesten auf. Und die meisten Punkte bekommen Sie für Ihren Mann, Ihre Trumpfkarte.

Das ist äußerst kindisch, ganz wie Rowena. Ich muß damit aufhören, muß zu meinem normalen, vernünftigen Selbst zurückkehren, und doch habe ich das Gefühl, daß ich dieses Selbst verlassen habe. Mein Glaube an den gesunden Menschenverstand, an Logik, an die Herrschaft des Rechts ist schwer erschüttert worden. Es ist Unrecht, was geschehen ist. Camilla gibt sich große Mühe, so zu tun, als ob Christabel jetzt die bestmögliche Chance zum Glücklichwerden hätte, daß sie es selbst glaubt, aber schließlich ist Camillas Schuld weit größer als meine. Wenn ich schon das Gefühl habe, Christabel im Stich gelassen zu haben, dann stellen Sie sich vor, wie Camilla sich fühlen muß. Sie hat alles, was ein Kind sich wünschen kann, und außerdem ist sie Christabels Tante, ihre Blutsverwandte.

Betty konnte es nie begreifen. »Sie wirkt so nett«, sagte sie immer, »freundlich und so, immer lieb, aber Taten sprechen lauter als Worte. Wissen Sie, was ich meine?« Und so war es, für Betty, für Maureen, für alle, die von dem Fall hörten. Ich war die einzige, die Camillas Dilemma begriff und mit ihrer Entscheidung einverstanden war. Aber sogar ich war im stillen etwas schockiert. »Du hast ganz recht, Camilla«, hörte ich mich sagen, mit der Entschiedenheit, für die ich berühmt bin, aber eine leise Stimme in mir sagte: »Was hat Recht damit zu tun?«

Ja, was? Aber schließlich war zunächst einmal das unrecht, was Rowena tat. Es war unvermeidlich, daß das Ergebnis ihres Handelns Camilla und Mrs. Blake mit betraf, aber sie zog sie erst ins Vertrauen, als sie schwanger war. Sie genoß, es ihnen zu sagen. Sie erzählte, wie Camilla bleich geworden war, sich dann aber zusammenriß und ihr gratulierte, wohingegen ihre Mutter ihr erst steif gratulierte, dann die Augen zumachte und den Kopf schüttelte. Sie fragten Rowena gründlich nach dem Vater aus. »Ich nehme an«, sagte Mrs. Blake wohl, »daß er schwarz ist?«

Alle Männer, die Rowena ausprobierte, um geschwängert zu werden, waren schwarz. Kojo war der erste. Er kam auch aus Ghana, und Rowena lernte ihn im *African Centre* kennen, in dem sie so oft mit ihrem anderen Freund aus Ghana gewesen war. Er war, ist ein netter Mann. Nicht jung, etwa vierzig, und zu Hause verheiratet. Er war ziemlich untersetzt und klein, gar nicht einnehmend, aber er hatte ein wunderschönes Lächeln und zauberhafte Manieren, durch und durch höflich und respektvoll. Rowena schockierte ihn, wie die meisten Männer, aber er konnte ihr nicht widerstehen, und bald vergötterte er sie wirklich. Wir hatten das feierliche, demonstrative Ins-Klo-Spülen der Antibabypillen schon hinter uns – sie erwiesen sich als so gut wie unverwüstlich und lagen tagelang wie Schotter auf dem Boden der Kloschüssel –, deshalb wußte ich, was zu erwarten war. Ich sagte nichts. Als Rowena sich laut fragte, ob Kojo genetisch dick sei und dicke Kinder bekommen werde, ignorierte ich sie. Sie wartete darauf, daß ich nach dem Köder schnappte, und ich weigerte mich.

Ich fuhr sogar ins Ausland, fast einen Monat lang, und ließ die beiden machen. Als ich zurückkam, war Kojo immer noch in der Nähe, aber Rowena war angespannt und ängstlich. Ich hatte kaum die Wohnung betreten, als ich schon hörte, daß sie sich Sorgen darüber machte, sie könne unfruchtbar sein. Kurz gesagt, sie hatte nach drei Monaten tapferer Bemühungen noch nicht empfangen. »Rowena«, sagte ich, müde nach einem langen Flug, »wie lange hast du die Pille genommen? Vierzehn Jahre? Siehst du. Wenn du nicht so ahnungslos wärst, dann wüßtest du, daß es nach so langer Zeit Monate dauern kann, bis du schwanger wirst.«

Sie versuchte es mehrere Monate lang. Natürlich nicht nur mit Kojo, weil sie ihm im Grunde die Schuld gab. Sie hatte drei weitere Liebhaber, nachdem Kojo nach Hause zurückgekehrt war, und erst dann stellte sie sich der Wahrheit: Es mußte an ihr liegen. Ich muß sagen, daß mir das als köstliche Ironie erschien, wenn nicht als Riesenwitz. Ist das grausam? Ich glaube nein. Es war für mich eine gewaltige Befriedigung, daß die gute alte Mutter Natur, die aufgerufen war, alles zu rechtfertigen, sich entschlossen hatte, nicht mitzuspielen. Und außerdem war Rowena keine verzweifelte, todunglückliche Frau, deren ganzes Leben sich seit vielen Jahren nur darum gedreht hatte, ein Kind zu bekommen – in ihrem Fall war es immer noch eine Laune, davon war ich überzeugt. Je länger sie warten mußte, desto besser für sie.

Aber ein halbes Jahr nach ihrem dreißigsten Geburtstag ging sie zu ihrer Hausärztin und tischte ihr eine Geschichte darüber auf, daß ihre Liebesbeziehungen scheiterten, weil sie ein Kind wolle und keines empfangen könne, und daß sie einen Nervenzusammenbruch bekomme, wenn es weiterhin nicht klappe. Die Hausärztin riet ihr, in eine Klinik zu gehen oder zu einem Spezialisten, privat. Rowena entschied sich, ohne zu zögern, ohne auch nur flüchtig ihr Kleingeld zu zählen, für den Spezialisten. Für einen Mr. Gordon Fyffe in der Welbeck Street. »Eine Kapazität«, prahlte Rowena, wie das alle Leute tun, wenn sie Geld für einen Spezialisten ausgeben – dann ist es immer eine Kapazität. Ich glaube nicht, daß sie ihn besonders mochte, ob er nun eine Kapazität war oder nicht. Er war äußerst forsch. Nach mehreren Tests, die ich bei jeder Mahlzeit nacherleben mußte, sagte er, mit Rowena sei alles in Ordnung, vermutlich seien eine nach hinten geknickte Gebärmutter und verstopfte Eileiter die Ursache der scheinbaren Unfruchtbarkeit. Er sagte, er nehme sie in seine Klinik auf und spüle die Eileiter durch, und dann empfahl er, über die Ovulationsphasen genau Buch zu führen und den Verkehr auf diese Tage zu konzentrieren.

Sie war einen Tag und eine Nacht in der Klinik der Kapazität und genoß jeden Augenblick. Oh, es war so tugendhaft! Man hätte meinen können, sie ziehe für eine noble Sache ins Feld, als sie ihre Tasche packte – so tapfer lächelte sie, so heftig schluckte sie, so stolz sah sie aus. Ja, stolz, sie war so stolz auf sich. Dann, als sie wieder zu Hause war, maß sie jeden Morgen die Temperatur und schrie, wenn das Thermometer ein Grad mehr anzeigte. Sie rannte in mein Schlafzimmer und schwenkte es herum. »Das ist es, Isobel«, sagte sie mit glänzenden Augen und hielt das Thermometer hoch wie eine Trophäe. Ich drehte mich um und vergrub den Kopf im Kissen, aber ich hörte trotzdem, wie Rowena schon am Telefon war und Tomas, einen äußerst zuvorkommenden Jamaikaner, drängte, sofort herzukommen. Wie ich glaube, kam er mehrmals vorbei und tat seine Pflicht, aber vierzehn Tage später stellte sich heraus, daß seine Bemühungen vergeblich gewesen waren. Rowena schluchzte, als sie vermeldete, ihre Periode habe angefangen. Gott, war das langweilig. Ich überlegte mir, ob ich ausziehen sollte. Was hatte ich schon davon, wenn ich weiter mit Rowena zusammenwohnte? Fragen Sie mich ruhig, was ich je davon gehabt habe, aber abgesehen von der Bequemlichkeit hatte es früher Spaß gemacht.

Mir ist klar, daß hier nicht viel von Spaß die Rede ist, aber die Erinnerung daran wirkt so fern. Ich freute mich einfach darüber, Rowena wiederzusehen, als ich nach zwei Jahren Amsterdam nach London zurückkam. Ich rief Camilla an, weil sie ein Fixpunkt war, sagte, ich hätte eine neue Stelle angenommen, und ob sie etwas von einer freien Wohnung wisse, und als Camilla mir mitteilte, Rowena sei eben jetzt auf Wohnungssuche, schien das zu schön, um wahr zu sein. Und Rowena fand die Wohnung. Sie sah so glücklich aus, mit rosigen Wangen und glänzenden Augen, und sie fuhr mich hin, damit ich sie anschaute, und schloß mich in die Arme, als ich sagte, die Wohnung komme mir perfekt vor. Alles ging so glatt, und obwohl meine vorsichtige Ader mich dazu veranlaßte, das juristische Dokument aufsetzen zu lassen, das mich vor »anderen« Mitbewohnern schützte, hatte ich keine Bedenken, es könne nicht funktionieren. War ich nicht immer gut mit Rowena ausgekommen? Hatten wir nicht eine lange, lange gemeinsame Geschichte, auch wenn es zu einer Unterbrechung gekommen war? Und die Wohnung war so groß, daß wir sie gemeinsam und auch getrennt bewohnen konnten, falls sich doch noch herausstellen sollte, daß wir uns nicht vertrugen. Wir hatten beide ein Schlafzimmer, ein großes Schlafzimmer, dazu eine gemeinsame Küche, ein Bad und ein Wohnzimmer. Luxuriös. Wir lebten wirklich sehr glücklich miteinander, bis dieser Schwangerschaftsfimmel einsetzte.

Schließlich ging ich soweit, Rowena zu sagen, ich dächte sowieso an einen Umzug. Ich wolle in Nordlondon wohnen, nicht südlich vom Fluß wie wir. Ich fragte, ob sie mich auszahlen wolle. Sie lachte bitter und fragte, womit. Ich erwiderte, mit dem Geld, das sie brauche, falls sie schwanger werde. Sie sagte, wenn sie erst einmal schwanger sei, habe sie den Glauben und die Energie, Berge zu versetzen, dann sei nichts mehr ein Problem. Im Augenblick sei sie deprimiert und habe nicht die Energie, darüber nachzudenken. Wenn ich wolle, könne ich sie in der Patsche sitzenlassen. Das machte mich natürlich wütend – sie in der Patsche sitzenlassen, also wirklich, als ob ich für sie verantwortlich gewesen wäre.

Ich fing sofort mit der Wohnungssuche an, ließ trotzig Briefe von Immobilienmaklern herumliegen, damit Rowena sie sah. Sie sagte nichts dazu. Sie war immer häufiger zu Hause, nahm nur noch selten Arbeit an, trug selten etwas zur Haushaltskasse bei. So konnte es nicht weitergehen, und ich wappnete mich für einen Besuch bei Mrs. Blake, um ihr zu sagen, daß ich die Wohnung verlassen wolle – schließlich war es ihre Investition und nicht die ihrer Tochter –, als es passierte. Rowena wurde schwanger. Mir fiel auf, daß sie etwas unruhig war, nicht mehr ganz so furchtbar herumhing und schmollte, aber ich hatte diesem kleinen Stimmungswandel keine große Bedeutung beigemessen. Dann kam ich an einem Freitag nach Hause und stellte verblüfft fest, daß die Wohnung makellos sauber war, köstliche Gerüche aus der Küche strömten und Kerzen auf einem schön gedeckten Tisch brannten. Rowena war nicht zu sehen. Ich war mißtrauisch. Ein neuer Kerl? Sollte ich heute abend in meinem Zimmer bleiben? Ich wartete, und schließlich steckte Rowena den Kopf in die Tür, lächelte und hauchte ziemlich schüchtern, sie sei schwanger.

Wenn Sie jemanden sehen, den das Glück verwandelt, ist es schwer, sich daran zu erinnern, daß man es eigentlich mißbilligt. Ich hätte nicht viel von mir gehalten, wenn ich es versucht hätte. Also ließ ich es bleiben. Ich lächelte ebenfalls und hob das Glas und mußte mich nicht besonders anstrengen, um Rowenas Begeisterung zu teilen. Ich fragte nicht einmal, wer der Vater sei – dafür gab es wieder mehrere Kandidaten –, und später war ich froh, daß ich so zurückhaltend gewesen war.

Drei Wochen später, das heißt etwa acht Wochen nach der Empfängnis, vielleicht zehn Wochen danach, hatte Rowena eine Fehlgeburt. Ganz normal. Nichts Besonderes. Nur eine ungewöhnlich starke Periode, aber ach, das Drama. Ich hörte, wie sie am Morgen aufs Klo ging, und dann schrie sie (Sie haben inzwischen bestimmt erraten, daß Rowena gern und lustvoll schrie). Ich sprang auf, und da war sie, stand vor der Kloschüssel, die voller Blut war. Ich brachte sie ins Bett und rief mehr der Form halber die Ärztin an. Sie war freundlich, sagte, sie komme vorbei, obwohl sie nicht viel tun könne. »Heben Sie die großen

Klumpen auf«, sagte sie. *Was?* Ich konnte nicht glauben, daß ich richtig gehört hatte. Wozu sollten sie aufgehoben werden? Wie sollte ich sie einsammeln? Ich schreckte voller Ekel davor zurück und gab die Nachricht nicht einmal an Rowena weiter. Doch als die Ärztin kam – jung und strapaziert, aber in einem erstaunlichen Maß mitfühlend –, sagte sie, man könne die Blutgerinnsel untersuchen und daraus vielleicht schließen, warum Rowena Fehlgeburten habe, falls das noch einmal passieren sollte.

Ich glaubte, sie werde jetzt aufgeben. Bestimmt hatte diese Farce lange genug gedauert. Aber mitnichten. Daß sie schwanger geworden war, hatte Rowena angestachelt – sie hatte bewiesen, daß sie dazu fähig war, und jetzt sah sie das Ganze als einen Kampf. »Ich gebe mich nicht geschlagen«, verkündete sie. »Nächstes Mal behalte ich meinen Sohn.« Ich schaute sie entsetzt an. Dieser blutige Schleim sollte ein Sohn gewesen sein? Ein Wesen mit Substanz? Aber sie gab »ihm« sogar einen Namen, sprach über die Zeit, »als ich Timothy erwartete«. *Timothy?* Ja, sagte sie, Timothy, weil das kein Name für ein kräftiges Kind sei, und sie habe das Gefühl, er sei blond und künstlerisch begabt und zart gewesen. Ich sagte, es wäre ein Wunder, wenn er blond gewesen wäre, weil seine möglichen Väter allesamt schwarz gewesen seien. Sie fuhr mich an, ich solle nicht gehässig sein, beschuldigte mich sogar, ich sei neidisch. Wieder klang ich wie ein Echo – neidisch? *Neidisch?* Worum in Gottes Namen sollte ich sie denn beneiden? »Ich habe ein Kind erwartet«, sagte Rowena großspurig. »Ich habe die höchste Funktion der Frau erfüllt, du nicht.«

Doch, das habe ich, falls es eine Schwangerschaft ist, was Rowena als Erfüllung etc. etc. bezeichnet. Ich bin zweimal schwanger gewesen und habe zweimal abgetrieben. Ganz einfach, schmerzlos und ohne Theater oder Qualen, weder körperlich noch emotional. Was wird heutzutage für ein Unsinn über die Abtreibung geredet, sowohl über den Vorgang als auch über die Folgen. Wenn das schnell und gut erledigt wird, ist es etwas völlig Harmloses, und ich habe beide Male dafür gesorgt, daß es rasch getan wurde. Für mich war es nicht mehr als eine Panne bei der Empfängnisverhütung, und so bin ich auch damit umgegangen. Kein Kummer, keine Reue, keine Mutmaßungen über »Timothys«. Aber ich hatte nicht vor, Rowena oder sonstwem davon zu erzählen. Beide Male war es ein Ereignis gewesen, das nur mich etwas anging, und ich sagte dem beteiligten Mann nichts davon. Kein Mann hat das Recht, mir vorzuschreiben, ein Kind auszutragen, das wir beide weder gewollt noch verdient haben. Ich kümmerte mich allein darum, und damit war es erledigt. Falls ich je ein Kind bekommen hätte, dann mit Absicht, mit der Unterstützung und dem vollen Wissen des mutmaßlichen Vaters.

Maureen fragte mich einmal, ob ich davon »träume« oder je davon »geträumt« hätte, Kinder zu haben. Ich sagte, nein, ich sähe mich nicht als für die Mutterschaft geschaffen. Ich hätte keine der Eigenschaften, die ich für notwendig hielte, und mein Beruf würde mir furchtbar fehlen. Ich reise, ich arbeite rund um die Uhr, ich setze mich stark unter Druck, und ich genieße es. Das aufzugeben, käme mir vor wie der Tod. Natürlich glaubte sie mir das nicht, niemand glaubte es mir. Eine Karriere wird immer noch als Kompensation für das gesehen, was eine Frau nicht hat. Ich kann nicht behaupten, mir hätte viel daran gelegen, Maureen zu überzeugen. Wozu auch? Ich brauche mich nicht zu rechtfertigen. Sie erzählte mir, sie hoffe, in etwa einem Jahr eine Familie zu gründen, wenn eine Anzahlung auf ein Haus geleistet sei. Sie hielt es nicht für richtig, den Kleinen eine Wohnung zuzumuten – und das sagte sie mit einer beleidigend-selbstgerechten Miene und verurteilte damit so gut wie die gesamte Bevölkerung von London und bestimmt ihre ganze Klientel. Im Rückblick hätte mich das fast dazu gebracht, Rowena zu applaudieren, weil sie sich nicht um Häuser, Anzahlungen oder Waschmaschinen scherte, weil sie einfach etwas unternahm und nicht im Traum an die ganzen praktischen Vorbereitungen dachte, die von den Maureens getroffen werden, ehe es ihnen gelegen erscheint, sich fortzupflanzen.

Auf jeden Fall war Christabels Zeugung nicht so schäbig, wie sie hätte sein können. Eigentlich war sie überhaupt nicht schäbig. Sie war fast romantisch. Ausnahmsweise war Rowena nicht die treibende Kraft. Sie lernte Amos auf völlig traditionelle Weise in dem Haus kennen, in dem sie im Augenblick arbeitete und von acht Uhr morgens bis zwei Uhr nachmittags ein dreijähriges Mädchen betreute. Die Mutter war Geschäftsführerin in einem Modehaus und der Vater Sicherheitswachmann. Amos war auch Sicherheitswachmann, aber er wollte im kommenden Oktober auf dem zweiten Bildungsweg mit einem Studium anfangen (das war im Sommer). Er holte den Vater jeden Tag ab, kurz nachdem Rowena mit der Arbeit anfing, und so kam es zu ganz normalem Austausch von Freundlichkeiten, mit denen die meisten Freundschaften beginnen. Rowena war nicht ganz bei sich, weil sie nach »Timothys« Ende durcheinander war, und deshalb merkte sie zunächst gar nicht, daß Amos sich für sie interessierte. Als er mit ihr ausgehen wollte, war sie ziemlich verblüfft – es war eine Ewigkeit her, daß ein Mann den ersten Schritt getan hatte. Und sie gingen nicht nach der ersten Verabredung ins Bett. Es dauerte volle zwei Wochen, bis sie miteinander schliefen – ein Rekord.

Amos war ein netter Mann. Was für eine schwache Beschreibung, aber seine Nettigkeit war außerordentlich. Er kam aus der Karibik, aus Barbados. Er mußte europäische Gene in sich haben, wie das bei den meisten Leuten aus der Karibik ist, und sie zeigten sich stärker in seinen Zügen als in seiner Hautfarbe. Seine Lippen waren nicht afrikanisch, und auch die Größe seiner Augen nicht (obwohl er eine afrikanische Nase hatte). Er war groß und schwer und hielt sich gerade. Rowenas Hellhäutigkeit und ihr zierlicher Körperbau ließen sie wie Othello und Desdemona wirken, und die Leute drehten sich auf der Straße nach ihnen um. Nach drei Monaten machte ihr Amos einen Heiratsantrag. Er sei nur ein armer Student, sagte er, oder werde es jedenfalls bald sein, aber wenn Rowena ihn wolle, werde er sich die Finger wund arbeiten, und sie würden es irgendwie schaffen...

Beim bloßen Gedanken daran steigen mir immer noch die Tränen in die Augen. Er war so lieb, so ernsthaft, so völlig ahnungslos, ahnungslos in bezug auf Rowena. Denn Rowena konnte Amos nicht brauchen, außer als Fortpflanzungsinstrument. Sie hatte nicht die Absicht zu heiraten. »Ich will meinen Sohn nicht teilen«, sagte sie (zu mir, nicht zu Amos, da bin ich mir sicher). Ihr gefiel die Tatsache gar nicht, daß Amos die nächsten drei Jahre in London verbringen würde, und sie fragte ihn gründlich darüber aus, wie sicher seine Rückkehr nach Barbados sei (ganz sicher, nicht nur wegen seiner Regierung, die sich an seinem Stipendium beteiligte und ihn dazu verpflichtete, für mindestens zwei Jahre zurückzukehren, sondern weil er es nicht erwarten konnte, nach Hause zu kommen).

Dann mußte Amos auf dramatische Weise nach Hause

zurück. Sein Vater starb, und seiner Mutter ging es wegen des Schocks und der Trauer schlecht, also fuhr er nach Hause und wollte nach einem Monat zurückkommen. Ich weiß nicht, was sich in Barbados tat, aber Amos kam nicht zurück. Er verschwand nicht wie Kojo. Im Gegenteil, er schrieb regelmäßig und rief sogar etwa zwei Wochen nach seiner Abreise an, was ihn ein Vermögen gekostet haben muß. Offenbar kam seine Mutter nicht ohne ihn zurecht und sagte, falls er sie verlasse, sei das ihr Tod. Rowena hielt das nicht für besonders glaubwürdig, aber in Wahrheit kam es ihr sehr gelegen, daß Amos von der Bildfläche verschwunden war, genau in dem Augenblick, in dem sie vermutete, wieder schwanger zu sein.

Ich erinnere mich gut an das Schöne daran, an den Zauber. Ich war es, die den Schwangerschaftstest bei Boots kaufte, weil ich Rowenas wachsende Sorge nicht länger ertragen konnte. Ich sagte, mir sei es lieber, Bescheid zu wissen und den elenden Zweifeln ein Ende zu setzen – es war wirklich todlangweilig, daß Rowena herumlief, als erwarte sie jeden Augenblick einen Besuch vom Erzengel Gabriel. Also kaufte ich den Test und beschäftigte mich sorgfältig mit den Anweisungen. Es war ein chemischer Test, bei dem Urin mehrere Stunden lang in eine fertige Lösung kommt, und falls die Frau schwanger ist, färbt sich die Lösung blau, falls nicht, bleibt sie unverändert. Rowena lieferte mir den Urin, und ich träufelte die erforderliche Menge in das Röhrchen. Es mußte am frühen Morgen gemacht werden, beim Aufwachen, und dann mindestens vier Stunden stehenbleiben. Rowena, morgens immer schläfrig, ging wieder ins Bett, als wir den Test angesetzt hatten. Ich ging nicht ins Bett.

Es war September, und es wurde morgens schon ein bißchen kalt. Ich weiß noch, daß ich die Vorhänge aufzog, damit ich sehen konnte, wie sich der Frühnebel hob, während ich Kaffee trank und Rowena schlief. Unsere Aussicht aus dem ersten Stock reicht nicht weit, aber durch eine Baulücke gegenüber kann man ein paar Bäume sehen, die damals, im Frühherbst, in allen Orange- und Gelbtönen leuchteten. In den Fenstern entlang der Straße brannte Licht, wo Frühaufsteher zur Arbeit mußten. Die erleuchteten Fenster sahen hübsch aus, freundlich, brachten unsere Straße für einen Augenblick zum Funkeln.

Ich ging ins Bad, wo das Teströhrchen im mitgelieferten Halter auf dem Arzneischrank stand, und schaute mir die Flüssigkeit immer wieder an. So unbewegt, so lautlos, und doch regte sich vielleicht ein Leben darin.

Die Zeitung kam, und ich ging hinunter, um sie zu holen. Ich las sie von vorn bis hinten. Die Temperatur in Barbados, fiel mir auf, betrug 28 Grad. In London waren es 14, aber ein schöner Tag wurde vorhergesagt. Es war Sonntag, und ich hatte vor, meinen Eltern zu schreiben und dann nach Richmond zu fahren und im Park spazierenzugehen. Am nächsten Tag reiste ich nach Paris, und ich wollte bewußt ausspannen, mich bewegen, frische Luft schnappen. Ich wußte, daß es jede Menge nützliche Dinge gab, die ich zur Vorbereitung auf den nächsten Tag hätte tun können, aber ausnahmsweise kam ich einfach nicht in Gang, um was zu tun. Wieder und wieder, in immer regelmäßigeren Abständen, ging ich ins Bad und schaute das Röhrchen an. Ich fragte mich, wie Rowena schlafen könne. Wenn das mein Test gewesen wäre, wenn ich es gewesen wäre, die um den Beweis der Schwangerschaft betete, hätte ich nicht schlafen können. Ich hätte das Teströhrchen, das allwissende Teströhrchen, volle vier Stunden lang und länger im Auge behalten. Aber ich war ja nicht Rowena.

Eine halbe Stunde vor Ablauf der Frist nahm ich einen Stuhl mit ins Bad, setzte mich und schaute zu, als ob ich fernsähe. Keine Veränderung. Ich fühlte mich schon enttäuscht, traurig darüber, daß das Experiment nicht zum erwarteten Ergebnis führte, und begriff die eigene Reaktion nicht. Welchen Nervenkitzel hatte ich eigentlich erwartet? Stirnrunzelnd – ich spürte das heftige Zusammenziehen zwischen den Augen – ließ ich Badewasser ein, schüttete reichlich Badesalz mit Tannennadelduft hinein und stieg in die Wanne. Ich schloß die Augen und lag lange da, dachte nach über den Reiz, sich fortzupflanzen. Es lag an der Macht, schloß ich, die Macht sorgte für die Erregung, der Gedanke, was man tun, was man auslösen konnte. Es war eine unwiderstehliche Kraft, kein Instinkt. Das Wasser kühlte ab, und ich machte die Augen auf und stieg aus der Wanne, wickelte mich in einen weißen Frotteebademantel. Als ich den Gürtel zuband, sah ich, daß sich die Flüssigkeit im Röhrchen eindeutig verfärbt hatte. Ich erstarrte, konnte kaum atmen, stand reglos da und schaute zu. Am Rand des Röhrchens bildete sich ein blasser, ganz blasser Blauschimmer, ein hauchzarter blauer Kreis. Ich schloß die Augen und machte sie wieder auf. Ich zog die Jalousie hoch, damit ich im Tageslicht besser sehen konnte. Der Kreis wurde dicker, die Farbe dunkler. Mein Herz pochte, und ich merkte, daß ich lächelte, mir zuflüsterte: »Wie wunderbar, wie wunderbar.« Das Teströhrchen war wie ein Schrein, und ich stand andächtig davor.

Ich wußte nicht, ob ich Rowena wecken sollte, ob ich das Teströhrchen vor mir her tragen sollte wie eine brennende Fackel, aber ich ließ sie weiterschlafen, nicht aus Rücksicht, sondern weil ich das Geheimnis etwas länger für mich behalten wollte. Mir kam der Gedanke, es Rowena selbst herausfinden zu lassen, und deshalb ging ich in mein Schlafzimmer zurück, zog mich an und legte die Kleider für den nächsten Tag zurecht. Als ich hörte, daß sich Rowena rührte, ging ich zur Tür und lauschte. Sie rief meinen Namen, und ich ging zu ihr ins Bad. Sie warf die Arme um mich und küßte mich, und ich war überrascht, wie ich von Gefühl überwältigt wurde.

Natürlich hielt die Euphorie nicht an. Ich fuhr nach Paris und kam am Ende der Woche äußerst schlechtgelaunt zurück. Am meisten war ich auf mich selber wütend, weil ich mich in diesen ganzen Schwangerschaftsfimmel hatte hineinziehen lassen – absurd. Was in aller Welt hatte ich dabei gedacht, als ich so tat, als ob Rowenas Schwangerschaft ein Anlaß zum Feiern wäre? Es war eine Katastrophe. *Ich war dagegen.* Ich hatte vor, beim Nachhausekommen meinen früheren Standpunkt wieder einzunehmen und das klarzustellen, aber angesichts von Rowenas Glück brachte ich es nicht fertig. Ihr Glück war mit Händen zu greifen. Ich konnte es *spüren.* Wenn sie ins Zimmer kam, legte sich ihre Seligkeit wie ein Mantel um mich, und ich wurde jedesmal schwach. Wer möchte einen so schönen Anblick zerschlagen, zerschmettern, zerreißen? Ich nicht.

Wenn ich allein war, wenn Rowena nicht in der Wohnung war, mißbilligte ich es und war wütend. Ich formulierte eine ganze Liste von Fragen, die ich ihr stellen wollte und auf die ich Antworten erwartete. Häßliche Fragen wie: Wann wollte sie es Amos sagen? Wie wollte sie es schaffen, zur Arbeit zu gehen? War ihr klar, daß sie mir fast 500 Pfund schuldete, und so weiter. Ich würde diese Fragen mit lauter, einschüchternder Stimme stellen. Ich würde unangenehm werden. Ich tat es nicht. Ich freute mich mit Rowena, wenn ich mit ihr zusammen war, und ächzte, wenn ich allein oder bei Camilla war.

Camilla verstand das völlig. Auch sie war nicht dazu fähig, ihrer Schwester die Freude zu verderben, obwohl sie sah, was vor uns lag, und entsetzt darüber war. »Ich nehme an«, sagte sie zu mir, »daß sie nach der Geburt des Kindes hierherkommen muß. Mir fällt keine andere Lösung ein. Dir, Isobel?« Ich fragte mich später, ob das mein Stichwort gewesen war, ob sie tatsächlich von mir zu hören erwartete, ich sei bereit, für Rowena zu sorgen. Falls es so war, hatte sie mich mißverstanden. Was das anbelangte, war ich mir ganz sicher, so sicher, daß ich mir schon überlegte, wo ich in acht Monaten sein könne, welcher Teil der Welt in den wichtigen Monaten nach der Geburt weit genug entfernt war. Deshalb sagte ich der armen Camilla, die einzige Alternative sei wohl das Elternhaus in Edinburgh. Ich meinte das nicht ganz ernst, als ich es sagte. Wie sollte es Mrs. Blake mit Rowena und dem Baby schaffen? Und warum hätte sie es tun sollen? Warum Camilla? Der Anfang war schon gemacht in der Kette der Konsequenzen, in die Rowena alle verknüpfte, die mit ihr zu tun hatten. Und hatte sie nicht immer gewußt, daß wir zur Stelle wären? Hatte sie das etwa nicht eingeplant? »Ich komme allein zurecht«, diese stolze, oft wiederholte Absichtserklärung klang hohl. Ich meine, sie wußte das.

Natürlich stellte sich für, wie es schien, lange Zeit die Frage, ob Rowena dieses Kind behalten oder wieder eine Fehlgeburt haben würde. Sie ging am Tag nach dem Schwangerschaftstest gleich zur Ärztin, und diese vernünftige Frau sagte ihr, sie solle einfach ganz normal weitermachen, sagte ihr, falls ihr eine Fehlgeburt drohe, könne sie wenig dagegen tun, allenfalls solle sie vielleicht in den ersten wichtigen Wochen Geschlechtsverkehr vermeiden, und auch das sei noch keine Sicherheitsgarantie. Aber Rowena achtete sorgfältig auf sich und erfand alles mögliche Erlaubte und Unerlaubte, darunter etliche Torheiten. Sie glaubte, heiße Bäder, Laufen und stark gewürztes Essen seien äußerst gefährlich. Also duschte sie lauwarm, ging langsamer als eine Schnecke und verzichtete auf Currygerichte, ihre Leibspeisen. Sie hatte Angst davor, Kinder hochzuheben, und machte sich große Sorgen, wie sie das bei ihrem neuen Job vermeiden könne, nachdem sie ihrer Meinung nach endlich einen Zipfel des großen Glücks erhascht hatte. Sie hatte ihre letzte Stelle als Betreuerin (man konnte sie wirklich kein Kindermädchen nennen), wo sie Amos kennengelernt hatte, aufgegeben und arbeitete statt dessen auf einem städtischen Abenteuerspielplatz, und noch ehe die Behörden herausfinden konnten, daß sie völlig ungeeignet für die Betreuung von Horden wild gewordener Kinder unter fünf war, mußten sie das Personal kürzen, und Rowena wurde arbeitslos. Weil die Thatcher-Praktiken noch nicht eingeführt waren, hatte sie jetzt das Recht, Sozialhilfe zu kassieren. Praktisch, nicht? Gerade als sie nicht arbeiten wollte, um dem kostbaren Baby nicht zu schaden, bekam sie die Mittel, herumzutrödeln und nichts zu tun.

Ich regte mich gewaltig über die Moral, die Ethik dabei auf. Rowena hätte leicht andere Stellen als Betreuerin gefunden, und davon abgesehen brauchte sie kein Geld für die Miete und die echten Grundbedürfnisse des Lebens, die eigentlich von der Sozialhilfe abgedeckt werden sollen. Ich konnte mich nicht zurückhalten und führte große und völlig vergeudete Reden darüber, daß Menschen seit Jahrzehnten dafür gekämpft hatten, den Staat zur Unterstützung derjenigen zu bewegen, die ohne eigenes Verschulden arbeitsunfähig waren, und da war sie und mißbrauchte das System. »Es ist nicht meine Schuld, daß ich nicht arbeiten kann«, sagte Rowena mürrisch, aber trotzig. »Ich bin arbeitslos geworden, daran ist die Stadt schuld.« Wenn ich sie in die Enge trieb und sie zu sagen zwang, sie brauche dieses Geld, »brauchen« im Sinn von Notwendigkeit, nicht als Luxus, sagte sie, ihr Auto, ihre Wohnung und das Geld, das sie von ihrer Mutter bekomme, hätten nichts damit zu tun, sie habe trotzdem ein Recht darauf, und es sei ja sowieso nicht viel; sie beschwerte sich darüber, daß es *sowieso nicht viel sei.* Es war hoffnungslos mit ihr, sie war außerstande, Scham oder Schuldgefühle zu empfinden.

Auch wie sie Amos behandelte, flößte ihr weder Scham noch Schuldgefühle ein. Sie wollte unbedingt, daß er nichts von dem Kind erfuhr, und schrieb ihm – wedelte mit dem Brief vor mir herum, weil sie wußte, daß er mich anwiderte –, sie wandere nach Australien aus. Ein Brief mit der Aufschrift »Bitte, bitte nachsenden – eilig und vertraulich« in roten Großbuchstaben quer über den Umschlag kam als Antwort. Sie wollte ihn nicht öffnen, zerriß ihn und verbrannte ihn vor meinen Augen, lächelte, als das Streichholz aufflammte und das dünne Luftpostpapier sekundenschnell in Brand steckte. Ich wußte, was als nächstes käme: Er würde mir schreiben. Er flehte mich an, ihm Rowenas Adresse in Australien mitzuteilen, er schrieb, er könne nicht glauben, daß sie ihm die Adresse nicht habe geben wollen, und er nehme es sich übel, daß ihm seine Mutter wichtiger gewesen sei als sie. Er schrieb, ihm sei jetzt klargeworden, wie tief er sie verletzt habe, und daß sie ihm jetzt die Chance gebe, sich selbst zu befreien ... Du meine Güte. Ich sagte Rowena nicht, daß er geschrieben hatte. Ich schrieb zurück, ich hätte Rowenas neue Adresse nicht (es war leicht, mein Gewissen zu beschwichtigen, weil es keine gab), und riet ihm, er möge sie vergessen, weil sie das offensichtlich wolle.

Er schrieb auch an Camilla. Camilla wußte nicht, was er meinte, und mußte aufgeklärt werden. Sie antwortete nicht, aber ordentlich wie sie war, legte sie den Brief samt Adresse ab. Ich machte es genauso. Ich nehme an, wir wußten beide, warum, obwohl wir nicht darüber sprachen. Ich erinnere mich daran, daß ich dachte, das sei eines Stücks von Shakespeare würdig, diese ganzen Briefe hin und her, Briefe, von denen das Publikum weiß, daß sie noch ungeheuer wichtig werden, obwohl sich das Publikum nicht sicher ist, wann oder wie. Aber in diesem Fall wurden sie nie wichtig, denn als die Zeit kam, dachte niemand auch nur daran, Amos aufzuspüren. Er war eine Komplikation, auf die wir alle verzichten konnten, eine Belanglosigkeit, genau wie Rowena es gewollt hatte.

Drittes Kapitel

Es gibt Methoden zum Schummeln, wenn ich es denn wollte. Ich habe oft daran gedacht, wie leicht es wäre, mit einem Minimum an Vorsicht Christabel zu sehen, ohne daß es jemand merkt. Sie wohnen in der Nähe von Totteridge Common, in einer wirklich sehr hübschen Gegend, und nichts wäre einfacher, als dann über den Common zu gehen, wenn ich weiß, daß Christabel gerade dort ist. Sie haben ihr geregeltes Leben so hochgespielt, ihren gesunden Alltag und das Glück, in einer »hübschen« Gegend zu wohnen, in der ein Kind mit »jeder Menge frischer Luft« aufwachsen kann. Als ob wir Christabel fünf Jahre lang im Kohlenkeller aufgezogen hätten. Lieber Himmel, sie hatte alle frische Luft der Welt. Rowena war ständig mit ihr draußen. Vom Moment ihrer Geburt an war Christabel im Kinderwagen im Freien, wurde jeden Tag in den Park gebracht und verbrachte regelmäßig Ferien in Cockermouth. Sie stieg auf den Mellbreak, einen Berg mit Blick auf Crummock Water, als sie drei Jahre alt war. In dieser Hinsicht konnte ihr niemand etwas bieten, das sie nicht schon bekommen hatte.

Natürlich mit der Ausnahme dessen, was ihr bei Betty und Norman gefehlt hatte, und daran waren Maureen und das Jugendamt schuld. In der High Road, wo Betty und Norman wohnten, war nicht viel frische Luft zu haben. Ein Schritt aus ihrem Haus, und man wäre fast an den

Abgasen erstickt. Sie hatten keinen Garten, nur einen winzigen Hof, und im Umkreis von zwei Meilen gab es keinen Grünstreifen oder Park. An dem Tag, als Camilla und ich zu diesem Haus fuhren, brachten wir es kaum über uns, aus dem Auto zu steigen. »Häuser sind nicht wichtig«, murmelte ich laut, das weiß ich noch, mehr um mich als Camilla zu beruhigen. »Es kommt auf die Menschen an.«

Aber ach, wie sehr es dann doch auf das Haus ankam, von dem Augenblick an, da wir über die Schwelle traten. Im engen Vorraum stand eine Reihe von Schuhen, Männerschuhe, Frauenschuhe, Kinderschuhe, alle säuberlich nach Paaren aufgestellt. Und daneben mehrere Paare von Pantoffeln, karierte Filzpantoffeln und bunte Kinderpantoffeln mit Tiermotiven. Mein Blick wanderte mechanisch zu Bettys Füßen. Sie trug hellblaue Plüschpantoffeln. Wir folgten ihnen den Flur entlang, über den gesprenkelten, grau und rosa gemusterten Spannteppich in das Wohnzimmer, wo der Teppich in Teppichfliesen überging, grau und dunkelgrau gewürfelt, mit zwei runden Läufern aus dem zottigen Material, das weich aussieht, sich aber hart anfühlt. Eine dreiteilige Ledergarnitur mit rosa Kissen war in militärischer Anordnung im Rücken des Sofas gruppiert. Es war der 1. Dezember, aber vor dem Fenster stand ein riesiger künstlicher Weihnachtsbaum. Er war mit Rauschgold überzogen und mit riesigen, glockenförmigen Kerzen in knalligem Grün, Rot und Gelb geschmückt. Eine Porzellanvitrine aus den dreißiger Jahren stand in einer Ecke und in einer anderen der größte Fernseher, den ich im Leben gesehen habe. Ein Gasfeuer brannte, und auf dem Sims darüber standen Messingnippes in exaktem Abstand voneinander. Hier herrschte eindeutig Ordnung.

Worüber wir sprachen bei diesem ersten Treffen? Ich kann mich nicht daran erinnern. Ich beschäftigte mich wie besessen nur mit der Atmosphäre. Ich wußte, daß sich diese Frau, Mrs. Elizabeth Lowe, »aber nennen Sie sie Betty«, hatte Maureen gesagt, unserer aufmerksamen Musterung voll bewußt war, aber sie war alles andere als nervös, dafür gab es nicht das leiseste Anzeichen. Im Gegenteil, nervös waren wir; wir wollten unbedingt einen guten Eindruck machen und gemocht werden. Betty setzte sich einfach auf den Rand eines Ledersessels und wartete darauf, daß wir etwas sagten. Ihr Gesichtsausdruck war nicht eigentlich feindselig, aber er war auf jeden Fall mißtrauisch und sogar unfreundlich. Ihre Zähne lenkten mich ab. Es war schwer zu sagen, ob sie schlecht zu sitzen schienen, weil sie falsch waren – waren sie falsch, wären sie doch sicher nicht so verfärbt gewesen – oder weil sie einen unregelmäßigen Kiefer hatte. Wie auch immer, der Mund beherrschte das ziemlich schmale Gesicht und verlieh ihr das Aussehen eines Pferdes. Sie hatte viele Falten im Gesicht, obwohl sie erst vierzig war, und das Make-up, das sie reichlich aufgetragen hatte, saß in den Falten um die Augen, so daß jedesmal, wenn sie lächelte, Risse sichtbar wurden, die die pergamentähnliche Haut unterstrichen. Also keine attraktive Frau. Aber sie hatte eine gewisse Würde und eine angenehme, tiefe Stimme, obwohl es ihre Stimme oder vielmehr ihre Sprechweise war, worüber sich Camilla am meisten aufregte. Camilla hat einen vornehmen schottischen Akzent, der jetzt nach den Jahren in London viel schwächer geworden ist, und sie ist stolz darauf; sie mag es, wenn Leute »gepflegt sprechen«. Betty sprach nicht gepflegt. Sie sprach Londoner Arbeiterenglisch, in der Aussprache wie im Stil, und Camilla konnte kaum ihr Zusammenzucken beherrschen. Selbstverständlich sollte die ganze Sympathie auf Bettys Seite sein. Häuser spielen keine Rolle, die Aussprache spielt keine Rolle, obwohl ich nicht bereit bin einzuräumen, auch die Grammatik spiele keine Rolle. Wie könnte ich das? Wie könnte ich mir meinen Lebensunterhalt so verdienen, wie ich es tue, und einräumen, Grammatik sei nicht wichtig?

Bei jenem ersten Treffen bekamen wir niemanden außer Betty zu sehen. Norman erschien beim nächsten Mal auf der Bildfläche, zusammen mit Judy, Marlene, Duaine, Craig und Arthur. Mich brachte das völlig durcheinander, weil ich nicht begriffen hatte, daß Christabel nicht das einzige Pflegekind sein sollte. Als ich Maureen gegenüber mein Erstaunen ausdrückte, hob sie eine Augenbraue, lächelte ihr verkrampftes, dünnes Lächeln und erklärte mir, keine registrierte Pflegemutter habe nur ein Kind, so funktioniere das System nicht. Welches System? Ich wußte wirklich nicht, worüber sie sprach. Mit dem Beruf der Pflegemutter hatte ich mich nie beschäftigt, obwohl ich mir nicht denken kann, warum ich so überrascht war, denn mit den Tatsachen der Tagesbetreuung war ich bestens vertraut. Betty bekam für jedes Kind 40 Pfund pro Woche. Wenn sie drei oder vier Pflegekinder hatte, konnte sie einen Gewinn erwirtschaften, der bei nur einem Kind nicht möglich war. Sie hatte also außer den eigenen Kindern Craig und Judy schon drei Pflegekinder, alle viel älter als Christabel. Marlene und Duaine waren schwarz, vierzehn und fünfzehn Jahre alt, und Arthur, ein Weißer, war zwölf. Sie waren alle schon lange bei Betty; Marlene seit vier Jahren.

»Betty ist unsere beste Pflegemutter«, hatte Maureen uns versichert, ehe wir sie kennenlernten. »Sie tut wahre Wunder an den Kindern, die wir ihr schicken. Sie hängen an ihr, sie hört immer noch etwas von Kindern, die vor vielen Jahren bei ihr waren. Sie halten alle große Stücke auf sie, deshalb brauchen Sie sich keine Sorgen zu machen.« Schon als ich nur Betty anschaute, ihr zuhörte, in ihrem Haus war, glaubte ich das nicht, aber als ich mit Norman, Judy, Marlene, Duaine, Craig und Arthur konfrontiert wurde, hätte ich fast einen hysterischen Anfall bekommen. Was sollte Christabel, gewöhnt an das Leben, das sie geführt hatte, in solch einem Haushalt? Wie sollte sie damit fertig werden, nicht nur mit ihrer Trauer, sondern mit dem Schock über das völlig andere Milieu?

Das waren keine Fragen, die ich Maureen stellen konnte. Das Klassenbewußtsein hatte schon das häßliche, aber hartnäckige Haupt erhoben. Mrs. Blake hatte zu fragen gewagt, ob ihre Enkelin in eine »passende« Familie komme, bis die Adoption in die Wege geleitet sei. Maureen hatte sie ziemlich scharf gefragt, ob sie »passend« näher erklären wolle. »Nun ja«, hatte Mrs. Blake gesagt, während sie an der Schleife der cremefarbenen Seidenbluse zupfte, »in die Art von Familie, in die sie gehört.« »Gehört?« echote Maureen. »Aber Mrs. Blake, das ist ja der springende Punkt, im Augenblick gehört sie nirgendwohin, oder? Also müssen wir sie dort unterbringen, wo wir einen Platz für sie finden, und unsere Pflegemütter gehören nun einmal alle zur Arbeiterklasse – ich nehme an, Sie wollten ein mittelständisches Zuhause für Christabel? Leider nehmen Leute aus der Mittelschicht keine Pflegekinder auf, jedenfalls nicht in unserem Zuständigkeitsbereich.«

»Ach, wie unglücklich«, hauchte Mrs. Blake, das Taschentuch an den Lippen. Es war ein unfreiwilliger Ausruf, herausgerutscht, ehe sie sich daran hindern konnte, aber Maureen hakte nach, und ich konnte nicht anders und feuerte sie schweigend an.

»Unglücklich, Mrs. Blake?« wollte sie wissen. »Weil Mrs. Lowe zur Arbeiterklasse gehört? Da bin ich anderer Meinung. Sie ist so herzlich und liebevoll und vernünftig, und ich glaube, das ist wichtiger als ihr Status.«

»Ja, natürlich«, sagte Mrs. Blake und hatte den Anstand, rot zu werden, »es ist nur... Christabel ist an bestimmte Dinge gewöhnt, hat bestimmte Gewohnheiten... zum Beispiel, daß ihr vorgelesen wird...«

»Mrs. Lowe kann lesen«, sagte Maureen und schaute ihr direkt in die Augen, »und Sie können alle Bücher zur Verfügung stellen, auf die Sie Wert legen.«

Warum mußte es zu einer so häßlichen Konfrontation kommen? Es hätte doch bestimmt anders sein können. Welch eine törichte Frage: Natürlich hätte es anders sein können, wenn das alles vermieden worden wäre. Sozialarbeiterinnen und Pflegemütter wären überflüssig gewesen, wenn wir unseren Beitrag geleistet, wenn Mrs. Blake oder Camilla oder ich das Richtige, Anständige und Natürliche getan hätten. Ach, da bin ich wieder bei meiner alten Freundin, der Natur. Die Welt hält es für natürlich, daß ein Kind, wenn es verwaist, in den Schoß der restlichen Familie aufgenommen wird. Wer würde da zögern? Sie doch gewiß nicht. Und ich war auch nicht darauf gefaßt, daß Mrs. Blake und Camilla zögern würden. Außerdem hörte ich ihre Gründe und hielt sie für Ausflüchte. Ich bekam sie schon zu hören, bevor Rowena tot war. Sie brauchte lange zum Sterben, und was sonst hatten wir beim Warten zu besprechen? Mrs. Blake hatte es damit in unser aller Augen sogar verdammt eilig. Von dem Augenblick an, als ich sie am Bahnhof in Carlisle abholte, um sie zum Krankenhaus zu fahren, sprach sie von nichts anderem.

»Rowena wird sterben, nicht wahr?« fragte sie mich.

»Die Ärzte haben nicht viel Hoffnung«, sagte ich, leicht schockiert über ihre offensichtliche Ruhe und ihren Mangel an Gefühl. »Was soll dann aus Christabel werden?« sagte sie, und gleich darauf, fast ohne Atempause. »Ich kann sie nicht nehmen, Isobel, ich kann sie wirklich nicht nehmen. Ich bin zu alt, ich könnte das nicht schaffen, ich könnte es wirklich nicht. Was für ein Leben könnte ich ihr geben, so wie ich lebe?« Und dann wurde mir bewußt, daß das Gefühl bei ihr da war, sich aber hinter dem konzentrierten Planen versteckte, hinter dem ständigen Vorausdenken, so daß sie vergessen hatte, weshalb die Überlegungen nötig waren. »Ich bin aus unserem Haus ausgezogen, weißt du«, fuhr sie fort. Ich sagte, das wisse ich, ich wisse Bescheid über das vornehme Altersheim, in dem sie jetzt wohnte, aber das hielt sie nicht davon ab, mir zu erzählen, wie es dort war, und daß es unmöglich sei, Christabel dort zu sich zu nehmen. »Und ich bin fünfundsiebzig, Isobel«, schloß sie, als wir in die Krankenhauseinfahrt einbogen, »und mein Herz spielt manchmal so verrückt, daß es zum Fürchten ist.«

Camilla, die etwa eine Stunde später aus London ankam, war anders. Als sie mir langsam auf dem Bahnsteig entgegenkam, sah ich, daß sie weinte, und ich fürchtete mich vor ihrem Schmerz. Ich kannte Camilla nicht besonders gut, obwohl ich sie mein Leben lang gekannt hatte. Sie war immer Rowenas kultivierte große Schwester gewesen, kühl und zurückhaltend, die Gescheite, das Wunderkind, das später am Royal College of Music studiert hatte und Konzertflötistin geworden war. Ich erinnerte mich an die Stunden um Stunden, in denen sie übte, in denen der Klang dieser wunderschön gespielten Flöte die Gärten hinter unseren Häusern erfüllte. Die Leute blieben beim Rasenmähen stehen und hörten zu, und sie wurde uns allen als Beispiel dafür vorgehalten, was man mit harter Arbeit erreichen könne. Aber sie war immer nett zu mir, war nie überheblich zur Freundin ihrer kleinen Schwester. Wir beneideten sie schrecklich – um ihr Talent, ihre Hingabe, ihr Aussehen. Als sie dann Henry heiratete, beneideten wir sie noch mehr, weil er so gut aussah und so dynamisch war – sie waren das vollkommene Paar. Bis zu Henrys plötzlichem und grauenhaftem Tod waren sie das vollkommene Paar und bekamen genau ein Jahr nach der Hochzeit das vollkommene Kind, und das machte das Unglück noch schockierender.

Henry, erst neunundzwanzig, saß in jenem Flugzeug, das über Paris explodierte, als die Tür nicht geschlossen war und die Menschen buchstäblich herausgesaugt und über der französischen Landschaft verstreut wurden. Es war grausig, entsetzlich, und ich muß sagen, Rowena, so jung sie noch war, verhielt sich großartig. Sie kümmerte sich um das Baby, Ailsa, wohnte bei Camilla und half ihr, darüber hinwegzukommen. Es klingt häßlich, aber Rowena war in ihrem Element. Ganz gleich, wieviel sie um Camilla und den toten Henry weinte, sie genoß das Drama; sie konnte nicht anders. Ich erinnere mich daran, daß ich diesen Verdacht hatte und sie deshalb verachtete.

Und jetzt kam die arme Camilla, die unter solchen Zufallstragödien schon genug gelitten hatte, auf dem Bahnsteig auf mich zu, das Gesicht ganz aufgelöst vor Schmerz. Als ich bei ihr war, warf sie die Arme um mich, und wir standen volle fünf Minuten da, und Camilla sagte: »Ich kann es nicht ertragen, ich kann es nicht verkraften, Isobel, ich kann es nicht.« Ich konnte nichts dazu sagen, ihr keine Hoffnung geben. Camilla hatte genug gelitten, schien erst seit kurzem wieder glücklich zu sein, seit sie ihr ganzes Leben der Musik widmete und Ailsa inzwischen selbständig war, eine Studentin am Smith College in Amerika. Sie hatte nicht wieder geheiratet. Wie ihre Mutter war sie sehr distanziert, wenn auch aus etwas weicherem Holz geschnitzt, und sie hatte, wiederum wie ihre Mutter, nicht viel Freude an der Mutterschaft gehabt. Ich bin mir sicher, daß sie Ailsa liebte, aber offenbar hatte es ihr große Sorge bereitet, sie aufzuziehen, und war eindeutig erleichtert, daß das Mädchen jetzt auf eigenen Füßen stand.

»Wie geht es Christabel?« fragte sie, als wir durch Carlisle fuhren. Ich antwortete ihr, Christabel wirke im Augenblick ruhig und sei bei meinen Eltern. »Isobel«, sagte Camilla und weinte wieder, »wenn Rowena stirbt, kann ich Christabel nicht nehmen. Rowena hat immer gesagt, sie hält mich für eine schlechte Mutter, und sie hat recht gehabt. Ich bin eine schlechte Mutter. Noch einmal schaffe ich das nicht. Erinnerst du dich daran, wie sie mich kritisiert hat?«

Ich erinnerte mich daran. Sie wirkte erleichtert, als ich es sagte. Sie putzte sich die Nase und schwieg, bemerkte nur noch, als wir ausstiegen: »Aber sonst ist niemand da, es ist meine Pflicht.« Ich erwiderte nichts. Ich brachte sie auf die Intensivstation, und wir standen nebeneinander und schauten Rowena an. Sie war nackt bis auf eine dünne Decke von den Achselhöhlen bis zu den Knien. Schläuche steckten in Nase und Hals. Ihre Augen standen halb offen, sehr beklemmend. Ich wartete ständig darauf, daß sie weiter aufgingen, daß sie sich aufsetzte und sprach. Die ganze rechte Gesichtshälfte und die rechte Schulter waren mit purpurroten Blutergüssen überzogen, jedenfalls sah es so aus, als ob es Blutergüsse wären. Ein Schnitt ging über ihre Stirn, ein zweiter mitten über die Brust, so sauber genäht, daß man die Stiche zählen konnte. Tiefe, genähte Wunden zogen sich ihren Arm entlang wie roter

Stacheldraht, durchsetzt mit Schwarz. Ihr schönes Haar war zur Hälfte abrasiert. Auf der rasierten rechten Schädelhälfte über dem Ohr klebte ein Mulltupfer.

Im Zimmer lagen noch zwei weitere Patientinnen, ebenfalls an Geräte angeschlossen. Die Stille wirkte gespenstisch und beruhigend zugleich. Keine völlige Stille, denn um uns herum hörten wir leise Piepslaute, aber Schweigen, Ruhe. Wenn die Schwestern zum Kontrollieren hereinkamen, waren sie ganz leise. Sie waren plötzlich da, ohne daß wir bemerkt hätten, wie sie hereingekommen waren, und genauso geheimnisvoll verschwanden sie wieder. Rowena gab keinen Laut von sich.

»Kann sie hören?« flüsterte Camilla. »Das weiß niemand«, flüsterte ich zurück. »Rühr sie an, wenn du möchtest.« Camilla machte ein entsetztes Gesicht, streckte die Hand dann aber zögernd über das Bett, in dem Rowena lag, und berührte die Hand ihrer Schwester. »Sie ist warm«, sagte sie überrascht. Sie drückte sie, streichelte sie und murmelte etwas, das ich nicht ganz mitbekam. Danach, als wir die Intensivstation verließen und in das kleine Wartezimmer nebenan gingen, taumelte sie und wäre fast ohnmächtig geworden. Ich half ihr in einen Sessel, und eine Schwester brachte Wasser. Camilla war totenbleich und sagte immer wieder, es täte ihr leid, so entsetzlich leid ...

Mrs. Blake mochte Rowena nicht sehen. »Nein«, sagte sie, »das kann ich nicht ertragen. Es hat keinen Sinn. Sie liegt im Koma, und es hat keinen Sinn. Ich möchte mich lieber an sie erinnern, wie ich sie zum letztenmal gesehen habe, glücklich und lebhaft. Ich kann es wirklich nicht ertragen, sie in diesem Zustand zu sehen, ich bin zu alt, es ist mir gleichgültig, was die Leute denken.« Niemand übte auch nur den leisesten Druck auf sie aus, aber sie verhielt sich, als ob es gleich soweit käme. Sie saß Stunde um Stunde im Wartezimmer, mit geradem Rücken, die Hände im Schoß des eleganten lavendelblauen Tweedkostüms gefaltet, mit geschlossenen Augen, als meditiere sie. Camilla ging ihr eindeutig auf die Nerven. Je mehr Camilla weinte, desto fester preßte ihre Mutter die Lippen zusammen. »Um Himmels willen«, murmelte sie ein paarmal, »um Himmels willen, Camilla«, aber so leise, daß ihre Tochter es nicht hörte.

Als der zuständige Arzt, ich glaube, es war ein Gehirnspezialist, spät am zweiten Tag auf die Station kam, war Mrs. Blake hellwach und vernünftig, obwohl sie nicht geschlafen hatte. Wie die meisten Ärzte war er sehr müde, völlig erschöpft, wie mir schien. Er gab sich große Mühe, freundlich und mitfühlend zu sein, Beschönigungen zu vermeiden, sich aber auch nicht vage oder brutal auszudrücken. Er schilderte uns Rowenas Zustand in nüchternen Worten, aber zumindest ich nahm nichts davon auf. Ich bekam nur mit, daß es aufgrund der schweren Verletzungen am Kopf und an der Brust zweifelhaft sei, ob sie sich davon erhole. Sie sei, sagte er, an ein Gerät angeschlossen, das für sie atme. Falls sie bis morgen keine Lebensregung zeige, müsse erwogen werden, das Atemgerät abzuschalten. »Verstehen Sie, was das heißt?« fragte er. »Ja«, sagte Mrs. Blake, »sie stirbt.« Der Arzt nickte. »Sie ist dann ohnehin schon tot«, sagte er, »und bis dahin nur künstlich am Leben erhalten worden.« Er erklärte, sie würden eine Reihe von Untersuchungen durchführen, zweimal, um festzustellen, ob noch Leben in ihr sei. Sie seien gesetzlich vorgeschrieben und müßten gewissenhaft vorgenommen werden. Falls eine Reaktion erfolge, wie schwach auch immer, werde das Atemgerät nicht abgeschaltet. »Wir wollen hoffen, daß es nicht zu einer Reaktion kommt«, sagte Mrs. Blake. »Wir wollen nicht, daß sie am Leben bleibt und dahinvegetiert. Es ist viel besser, wenn sie stirbt.«

Es war furchterregend, diese Beherrschung mit anzusehen. Vermutlich hatte der Arzt das schon erlebt, kannte alle Reaktionen von stammelndem Entsetzen bis zu dieser Form der äußersten Gefaßtheit, aber ich kannte das nicht. Mein Schmerz schien zu ruhen, aber ich hatte mir versichert, das liege daran, weil ich gebraucht wurde, weil ich jeden Abend zu Christabel nach Cockermouth fahren mußte. Ich konnte es mir nicht leisten, zusammenzubrechen. Die Tatsache, daß es mir gelang, mich bewußt gegen den Zusammenbruch zu entscheiden, kam mir seltsam vor, genauso seltsam wie Mrs. Blakes Reaktion. Was waren wir? Automaten? Nur Camilla wirkte natürlich. Ihr bleiches Gesicht, ihre Benommenheit, ihre Tränen – das war alles so, wie man es erwartet hätte. Was Rowena erwartet hätte, was sie selbst gezeigt hätte. Rowena war nicht nur ein bißchen sensationslüstern, sie liebte Tragödien, sie wäre in ihrem Element gewesen, noch beim Schreien und Heulen. Wenn ich hörte, wie sie relativ normale medizinische Notfälle schilderte, machte mich immer ihre Schwelgerei in den Einzelheiten betroffen.

Zum Beispiel damals, als bei Christabel, Gott sei Dank zu Unrecht, der Verdacht auf Meningitis bestand. Man würde doch annehmen, daß Rowena, nachdem die Gefahr vorbei war, nicht mehr darüber hätte reden wollen, aber statt dessen kam es mir so vor, als mache sie aus dem entsetzlichen Zwischenfall eine unterhaltsame Geschichte. Ich hörte nicht nur einmal, ich hörte tausendmal, was die Ärzte gesagt hatten, wie sie die Köpfe schüttelten, wie es Spitz auf Knopf gestanden habe – mir wurde übel, wenn ich mit ansah, wie sie das Drama auskostete. Aber Rowena war schon vor der Bedrohung durch die Meningitis ein Hypochonder geworden. Jedes Wehwehchen, nicht nur von Christabel, sondern auch von ihr, wurde mit grotesker Ernsthaftigkeit behandelt. Wegen einer einfachen Erkältung, einer laufenden Nase mit Husten, wie sie die halbe Bevölkerung zwischen November und März bekommt, brachte sie Christabel zum Arzt. Noch schlimmer, sie brachte sie oft ins Krankenhaus, wo sie natürlich in der überarbeiteten Ambulanz kurz abgefertigt wurde. Wenn ich da war, protestierte ich dagegen, aber was wußte ich schon von Mutterliebe? Vielleicht ist es üblich, daß Mütter kleiner Kinder in hellem Aufruhr sind, wenn die Kinder fiebrig wirken, vielleicht stürzen sie alle zum Arzt. Ich stürze nie zum Arzt. Ich kann Ärzte nicht leiden und verabscheue Krankenhäuser.

Diese Abneigung, die Rowena eine Phobie nannte, war es, die mich zögern ließ, bei Christabels Geburt dabeizusein. Es kam ohnehin überraschend für mich, daß Rowena von mir erwartete, dabeizusein. Natürlich hatte ich geglaubt, Camilla werde das Erlebnis mit ihr teilen, falls überhaupt jemand, aber Rowena lachte beim bloßen Gedanken und sagte, Camilla sei der letzte Mensch, den sie dabeihaben wolle. Ihre Schwester, behauptete sie, werde ohnmächtig beim Anblick von Blut und werde hysterisch, wenn sie merke, daß jemand Schmerzen habe. Als ihrem eigenen Kind ein Weisheitszahn gezogen wurde, sei Camilla, wie Rowena unterstellte, beim bloßen Anblick von Ailsa im Krankenhausbett, wo ihr etwas Blut aus dem Mundwinkel sickerte, ohnmächtig geworden. Sie wolle Camilla nicht in ihrer Nähe haben. Ich schlug törichterweise vor, vielleicht wolle ihre Mutter aus Edinburgh kommen, und das trug mir noch mehr Spott ein, den ich in diesem Fall verdient hatte. Mrs. Blake war zu alt und zu gebrechlich, als daß sie von großem Nutzen gewesen wäre, und, wie Rowena sagte, sie hätte, um bei der Geburt dabeisein zu können, schon etliche Zeit vor dem voraussichtlichen Datum anreisen müssen, was wiederum geheißen hätte, daß sie mehrere Wochen lang blieb. »Außerdem«, sagte Rowena, »ist es Vorbestimmung, daß du dabei bist, Isobel.« Ich fragte mißtrauisch, warum, und erfuhr, weil das Baby an meinem Geburtstag erwartet werde, verpflichte mich das dazu. »Und ich kann mich an niemand sonst wenden«, schloß Rowena wehleidig und, wie sie hoffte, flehentlich. Ich sagte, daran hätte sie früher denken müssen, genau das habe mir von Anfang an Sorgen gemacht und mich geärgert. Die vielen Freundinnen, die Rowena angeblich hatte, verschwanden spurlos, wenn sie Hilfe brauchte, und sie war wie eh und je auf ihre Familie angewiesen. Und auf mich. Ich gehörte zu dem Gewebe ihres Sicherheitsnetzes.

Meine Versuche, mich daraus zu befreien, waren ehrlich gemeint gewesen, aber sie schlugen fehl. Sobald Rowena über die ersten drei Monate hinaus war und damit gerechnet werden konnte, daß sie ihr Kind austrug, hatte ich mir andere Wohnungen angesehen. Fast sofort erschien mir unsere begehrenswerter, als ich je geglaubt hatte. In den fünf Jahren, seit denen wir sie gekauft hatten, schien sich der Immobilienmarkt radikal verändert zu haben – es war ein absurder Gedanke, ich könne einfach in eine hübschere Gegend ziehen und trotzdem genausoviel Platz haben. Es war offensichtlich, daß ich beträchtlich weniger bekommen würde, selbst wenn ich das Doppelte investierte.

Dann fuhr ich für drei Monate nach Paris, und als ich zurückkam, dachte ich über einen einjährigen Arbeitsvertrag nach, der den Umzug in eine andere Wohnung für den Augenblick unnötig gemacht hätte. Waren diese ganzen Komplikationen bloße Vorwände? Möglicherweise, aber ich bin mir nicht sicher, weshalb. Es stimmte, daß ich mich von Rowena befreien wollte. Ich hatte nicht vor, mich von ihr manipulieren zu lassen. Aber als die Entbindung näher kam, wohnte ich immer noch mit ihr zusammen, ohne Aussicht auf ein Entkommen. Und gleichzeitig war es wieder viel angenehmer geworden, mit ihr zusammenzuleben. Weil sie den ganzen Tag zu Hause war, zufrieden ihre Sozialhilfe bezog, hatte sie reichlich Gelegenheit, häuslich zu werden, und obwohl sie dabei immer wie ein Kind erschien, das Theater spielt, waren die Ergebnisse eindrucksvoll. Ihr Image lag ihr sehr am Herzen, und sie lehrte sich die Kunst, am Fenster zu sitzen, wie für das Porträt *In Erwartung der Mutterfreuden*, und an winzigen Kleidchen herumzusticheln, während im Hintergrund das *Wiegenlied* von Brahms lief und dem Ofen der Duft eines köstlichen Kuchens entströmte. Wir hatten beide nie geglaubt, daß wir uns viel aus Kuchen machten, aber in den letzten Monaten ihrer Schwangerschaft buk Rowena gern Karottenkuchen. Es machte Spaß, nach Hause in eine so schön gepflegte Wohnung zu kommen. Ich vermute, daß ich diesem Reiz erlegen bin.

Aber nie in dem Maß, daß ich nicht mehr bei Verstand gewesen wäre. Rowena versuchte oft, mich zu der Erklärung zu bewegen, ihr Kind zu nehmen, falls sie bei der Geburt starb, und ich weigerte mich immer, standhaft und hartnäckig. »Auf keinen Fall«, sagte ich, selbst wenn ihr die Tränen in die Augen stiegen. Wenn sie fragte, was aus ihm werden solle, falls ich mich weigerte, mich um ihn zu kümmern, erinnerte ich sie wie üblich daran, was inzwischen zur Routinesache geworden war, nämlich daß wir das alles schon besprochen hätten: Ihre Familie müsse es nehmen, wer sonst, und ihre Familie hieß Camilla. So kam es, daß ich Camilla dann den Rücken stärken konnte, als sie mich bat, ihr zu bestätigen, Rowena habe nicht gewollt, daß sie das Kind bekam. Rowenas Proteste fielen ziemlich heftig aus. »Nein! Nein!« sagte sie und schlug mit der Faust auf den Tisch. »Es war scheußlich, wie Camilla Ailsa aufgezogen hat, sie war eine *grauenhafte* Mutter. Ich würde ihr nicht einmal einen Hund geben, von einem Kind ganz zu schweigen. Camilla war nie da, als Ailsa klein war, nie, sie war immer auf Tournee, und sie hat ihr nichts von dem gegeben, was eine Mutter ihrem Kind geben sollte. Dann hat sie sie so bald wie möglich ins Internat gesteckt, und sogar die Ferien waren ihr zuviel. Ich bin mit Ailsa in die Ferien gefahren, sonst hätte das niemand gemacht. Nein, nicht Camilla, das kommt nicht in Frage. Sie hätte kein Kind bekommen dürfen, und das weiß sie, es war ein furchtbarer Fehler. Ihr liegt mehr an ihrer Flöte.« Ich weiß noch, daß ich sagte: »Na gut, dann hast du ein Problem. Du solltest darüber nachdenken, und zwar schnell.«

Vielleicht dachte sie darüber nach; falls ja, unternahm sie nichts. Der Morgen kam, an dem sie in der Dämmerung aufwachte, erklärte, das Fruchtwasser gehe ab, und ob ich ihr einen Krankenwagen riefe, falls ich sie nicht ins Krankenhaus bringen wolle. Selbstverständlich brachte ich sie hin, und ich war sogar froh darüber. Es war ein herrlicher Morgen, mein Geburtstag, Sommersonnenwende, und ich empfand dasselbe unwiderstehliche Gefühl der Erregung wie am Morgen des Schwangerschaftstests, nur diesmal war der Anlaß noch gewichtiger. Rowena war ruhig und gelassen, ein Lächeln spielte um ihre Lippen, und die Wehen machten ihr überhaupt nichts aus. Ihre Wangen waren rosig angehaucht, und sie sah hübscher aus, als ich sie je gesehen hatte. Als ich neben ihr den Krankenhausflur entlangging, Arm in Arm mit ihr, wußte ich, daß ich sie auf keinen Fall im Stich lassen konnte, und ich wollte es auch gar nicht.

Am Ende hatte ich das Gefühl, es sei ein Privileg, diese Geburt mitzuerleben, und ich wäre gern bereit, es wieder zu tun. Alles war so merkwürdig, machte mich so demütig, nahm mir jede Spur der Weltläufigkeit, die ich zu besitzen glaubte, öffnete mir zum erstenmal die Augen für die Geburt als den unglaublichen Vorgang, der sie ist. Trotz allem, was ich gelesen hatte, ahnte ich nicht, in welchem Ausmaß der Körper der Frau überwältigt wird, wie stark die Macht ist, die ihm Befehle gibt. Rowena wirkte auf mich wie ein bloßes Werkzeug, und obwohl das beängstigend war, hatte es doch auch etwas seltsam Beruhigendes, als ob es ihrer Kontrolle entzogen sein müsse. In den ersten acht Stunden hielt sie sich so gut, machte pflichtbewußt die Atemübungen und wurde bewundernswert mit den Schmerzen fertig, und während ich neben ihr saß, mit ihr plauderte und sie so gut wie möglich unterhielt, indem ich ihr dummes Zeug aus Zeitschriften vorlas, fühlte ich mich ihr so nahe wie nie zuvor, hatte sie noch nie so gern gehabt. Warum sollte diese Frau kein Kind bekommen, wenn sie eines wollte, wenn sie bereit war, *das* alles durchzustehen? Waren ihr Wunsch und ihre Entschlossenheit nicht der pflichtschuldigen Fortpflanzung einer Ehefrau vorzuziehen, die nur der Konvention folgt? Wer wollte behaupten, Rowenas Wunschkind sei nicht besser dran, als das jeder verheirateten Frau? Und kam es auf die Väter an, wenn sie nichts davon durchmachen mußten?

Wo waren jetzt meine hochgeistigen Überzeugungen? Während der Geburt waren sie nirgends in Sicht, das steht fest.

Oh, wie sich das alles am Nachmittag änderte! Rowena, die geduldig, fügsam und fast wie eine Heilige gewesen war, wurde wild und raste, und ich bekam geradezu Angst vor ihr. Sie schlug um sich, schrie und heulte, und als ich die Fassung verlor und fragte, was in aller Welt nicht stimme, wäre ich fast aus dem Kreißsaal geschickt worden. Das Baby lag offenbar quer im Geburtskanal oder so, und über meinen Kopf hinweg wurde darüber gesprochen, irgendeinen Arzt zu holen, der, wie es den Anschein hatte, ohne zu zögern, einen Kaiserschnitt machen würde.

Aber dann löste sich das Problem, was immer es auch gewesen sein mag, von selbst, und Rowena fand zu einer Art Rhythmus, obwohl sie immer noch stöhnte, sich wand und herumwarf. Sie folgte den Anweisungen, sie solle pressen, und nach einer Weile schien sie zu begreifen, wie sie es machen mußte, und sie machte die Augen auf, holte gewaltig Luft wie ein Gewichtheber vor dem Stoßen, dann preßte sie unter Anfeuerungsrufen. Ich saß neben ihr und sah deshalb nicht viel mehr als sie, aber als der Arzt sagte: »Noch einmal pressen, dann haben wir den Kopf – so, jetzt!«, stand ich auf und sah, wie der Kopf herauskam, sah den schnell herausrutschenden Körper dahinter, sah die verschlungene, purpurrote Nabelschnur, und dann war alles verborgen, während viele Hände eifrig zu arbeiten schienen, und als nächstes der Anblick des Babys, das an den Fersen hochgehalten und eilig zu einem Tisch am Fußende des Bettes gebracht wurde. »Es ist ein hübsches Mädchen«, sagte die Schwester zu Rowena, und: »Haben Sie das nicht prima gemacht?«

Da weinte Rowena. Heftig. Im Ernst. Sie schluchzte und schluchzte und sagte, sie wolle einen Jungen, kein Mädchen. Die Schwester lächelte, war überhaupt nicht überrascht oder schockiert, sagte ihr, sie werde sich gleich anders fühlen, und dann, als sie ihr das Baby brachte, in die Arme legte und Rowenas Gesicht sah, sagte sie: »Na, was habe ich Ihnen gesagt? Wollen Sie immer noch einen Jungen?« Aber Rowena war enttäuscht und verstört. Noch am nächsten Tag sagte sie immer wieder, sie habe mit einem Jungen gerechnet, sie könne es nicht fassen, daß ihr Baby ein Mädchen sei. Ich sagte, ich hätte den leidenschaftlichen Wunsch nach einem Jungen sowieso nie verstanden. Sie sei eine alleinstehende Frau, da passe ein Mädchen doch bestimmt besser zu ihr, mache es einfacher für sie, daß sie nicht verheiratet sei. Es sah danach aus, als ob mir der springende Punkt entgangen wäre, genauer gesagt, mehrere springende Punkte. Ein Junge war nicht nur eine Frage des Stolzes, sondern hätte ihr auch mehr Freude gemacht. Rowena war nicht gern Frau, wie jetzt herauskam. Sie hatte die Männer immer beneidet, hielt diese Welt für eine Männerwelt und wollte deshalb dem richtigen Geschlecht angehören. Und trotzdem blieb ihr nichts anderes übrig, als sich als Frau zu sehen, obwohl sie sich selbst entkommen wollte.

Niemand erwähnte die Hautfarbe des Babys, aber in einem Londoner Lehrkrankenhaus war Hautfarbe schließlich auf herrliche Weise unauffällig. Außer Mrs. Blake sprach niemand darüber. »Wenn ihr Vater gewußt hätte, daß er ein schwarzes Enkelkind bekommen würde…« murmelte sie, dann brach sie ab. Sogar sie wußte, daß sie auf unsicherem Boden stand, und war wenigstens so vernünftig, ihre rassistischen Ansichten für sich zu behalten. Oder vielleicht wollte sie ihre Ansichten gar nicht verbergen, sondern überwinden, denn es gab keinen Zweifel daran, daß sie von Rowenas schönem Baby verzaubert war. »Ailsa war so ein häßliches Balg«, sagte sie taktlos. »Es ist mir monatelang richtig schwergefallen, mich an sie zu gewöhnen. Aber das hier ist ein entzückendes kleines Ding, und wie groß sie schon ist, schaut euch nur die dicken Beinchen an.« Sie machte sich Sorgen darüber, welchen Namen das Baby bekommen sollte. Sie hieß Mildred, was sie verabscheute, deshalb erwartete sie auch gar nicht, daß dieses Enkelkind nach ihr genannt werden solle, aber sie hielt einen guten schottischen Namen für wünschenswert oder zumindest einen »anständigen« englischen. Ich glaube, sie befürchtete, ihre Tochter werde sich etwas völlig Ausgefallenes ausdenken; daher muß sie erleichtert gewesen sein, als Rowena sagte: »Wie wäre es mit Isobel?« Das sollte, glaube ich, ein Kompliment sein. Mrs. Blake lebte sofort auf. »O ja«, sagte sie, »was für eine hervorragende Idee, nach allem, was Isobel für dich getan hat, und natürlich wird sie auch Taufpatin.«

Ich erinnere mich daran, daß ich viel zu scharf sagte: »Nein, du darfst sie nicht nach mir nennen. Sie muß einen eigenen Namen haben, etwas Besonderes, etwas anderes.« Ich gebe zu, daß ich nicht nett war, aber ich wollte diesem »Kompliment« unbedingt ausweichen. Es war viel zu leicht zu durchschauen, wohin das führen, welche Annahmen das bestärken würde. Und ich konnte, wollte keine Patentante sein. Ich glaube an das alles nicht; es wäre falsch gewesen. Rowena zuckte die Achseln, ihr war das ebenfalls gleichgültig, aber dann sagte sie, ihr falle kein besonderer Name ein, und vielleicht könne ich einen vorschlagen, weil ich ja gesagt hatte, es solle etwas Besonderes sein.

Ich dachte den ganzen Tag und die ganze Nacht lang darüber nach. Ich dachte darüber nach, welch ein Leben dieses Kind aller Wahrscheinlichkeit nach führen würde, über ihre Abstammung, und ich kam zu dem Schluß, vor allem müsse sie eine Kämpfernatur sein, und das brachte mich auf die Pankhursts. Emmeline war zu altmodisch, Sylvia gefiel mir nicht, deshalb verfiel ich auf Christabel, und Rowena sprang sofort darauf an. Sie interessierte sich nicht für die Herkunft, winkte bei allen Verweisen auf die Pankhursts ab und sagte einfach, der Klang gefalle ihr. Das Kind solle Christabel heißen, und das passe gut zu Blake. Als sie dann die Geburt standesamtlich meldete, gab sie als zweiten Namen den ihrer Großmutter an: Una. Erst als ich sie darauf hinwies, begriff sie, daß sie jetzt ein kleines C. U. B. hatte – ein Jungtier, ein Raubtierjunges –, und das fand sie ungeheuer komisch. Von jenem Tag an nannte sie Christabel ihr Cub, benutzte nur selten ihren Vornamen, und wenn das Kind, ehe es in die Schule kam, gefragt wurde, wie es heiße, sagte es oft: »Cub Blake.« Rowena hielt das für lustig. Ich hielt es für verniedlichend, wie so vieles an Christabels Erziehung. Rowena war eine total *verkitschte* Mutter, was noch nicht besonders abstoßend war, als Christabel ein Baby war, aber als sie über drei war, wurde es widerlich. Rowena redete so kindisch mit ihr. »Mummy geht jetzt Pipi machen«, sagte Rowena. »Will das kleine Cub mitkommen?« Lieber Himmel. Und Christabel sprach oft auf diese Art von Gebrabbel nicht an, drehte sich weg, zog die Nase kraus und schüttelte den Kopf.

Sie war ein äußerst kräftiges und unabhängiges Kind, kämpfte schon sehr früh darum, den liebevollen Armen ihrer Mutter zu entkommen. Sie wurde nicht besonders gern abgeküßt und machte sich auch nichts aus den langen Kuschelsitzungen, nach denen sich Rowena sehnte. Sie schenkte Zärtlichkeit als Belohnung, ähnlich wie ich, und sah kein Recht darin. Und es war deutlich, daß sie mit einem Minimum an demonstrativem Verhalten auskam.

Rowena war stolz darauf und doch erschrocken darüber – es war nicht das, was sie erwartet und worauf sie sich gefreut hatte. Sie hatte Christabel gestillt, bis das Baby von sich aus nicht mehr trinken wollte (obwohl das im Alter von einem Jahr kaum erstaunlich war). Rowena weinte, weil sie jetzt auf diese verläßliche tägliche Nähe verzichten mußte, für die es keinen Ersatz gab.

Ich nehme an, daß mir das alles unerträglich vorgekommen wäre, aber inzwischen hatte ich den Absprung geschafft. Sobald Christabel gesund zur Welt gekommen war, handelte ich. Mrs. Blake kaufte mir meinen Anteil ab – und ich hielt mich für äußerst großzügig, nicht auf der umgekehrten Lösung bestanden zu haben, daß ich nämlich die Wohnung behielt. Ich kaufte mir etwa anderthalb Kilometer entfernt eine andere Wohnung, schließlich doch nicht nördlich vom Fluß, was ich mir nicht leisten konnte, aber in der richtigen Richtung, und war zufrieden mit dem, was ich bekam, einem großen Zimmer im Erdgeschoß, sehr groß, mit einer winzigen Küche, Bad, einem kleinen Schlafzimmer und einem zweiten, das so winzig war, daß es die Bezeichnung Zimmer nicht verdiente, aber was machte das schon. Alles gehörte mir, und ich kam ausgezeichnet zurecht.

Ich entdeckte schnell, daß es mich viel glücklicher machte, allein zu leben, und daß ich nicht mehr auf die Gemeinsamkeit angewiesen war, die ich in jüngeren Jahren gebraucht hatte. Meine Mutter machte sich natürlich Sorgen. Sie hatte es gern gesehen, daß ich mit Rowena zusammenlebte, dadurch hatte ich »weniger einsam geklungen«, wie sie sich ausdrückte. Es nützte nichts, wenn ich erklärte, ich sei *nicht* einsam; sie glaubte es nicht. »Sehe ich einsam aus, wirke ich einsam?« fragte ich sie, wenn ich zu Hause war. Sie lächelte und gab zu, daß ich tatsächlich glücklich wirkte, lebhaft, in meiner Arbeit aufzugehen scheine. Ich glaube, daß mein Vater meine Unabhängigkeit bewunderte. Jedenfalls schimpft er nie mit mir, wie meine Mutter das tut. »Immer noch vogelfrei?« sagt er und wirkt fröhlich. Und meine Brüder unterstützen mich auf ihre Weise und bringen meine Mutter zum Schweigen.

Inzwischen hatte Rowena eine Untermieterin, einen zahlenden Gast. Ihre Mutter hatte darauf bestanden. Ihre Finanzen, sagte sie, seien nicht unerschöpflich, und sie könne Rowena nicht mehr im bisherigen Maß helfen. Sie hatte ihr die Wohnung gekauft, die ihr jetzt allein gehörte, aber sie könne die Abgaben, die Heizung und so weiter nicht auch noch übernehmen, und weil Rowenas Sozialhilfe kaum für die Ausgaben reiche, müsse sie ein Zimmer untervermieten und selbst zurechtkommen. Soweit ich es beurteilen konnte, ging es recht gut. Die Untermieterin war ein junges Mädchen, das freitags nach Essex nach Hause fuhr und montags zurückkam. Sie war Studentin und paßte von Zeit zu Zeit gern auf das Baby auf. Ich habe sie nie richtig kennengelernt, schloß aber aus dem abstoßenden Zustand der Wohnung, daß sie entweder sehr tolerant oder selbst äußerst unordentlich war. Rowenas hausfrauliche Bemühungen waren sofort nach Christabels Geburt völlig zum Stillstand gekommen. Jetzt kümmerte sie sich nur noch um das Baby und scherte sich überhaupt nicht mehr um die Wohnung. Wenn ich zu Besuch kam, bahnte ich mir nur mit Mühe einen Weg durch den Müll – halbgegessene Äpfel, braun und schimmlig; Brotreste, mit der gebutterten Seite nach unten, auf dem Tisch; überall Becher mit nicht ausgetrunkenem Kaffee; Kleiderhaufen um Kleiderhaufen, auf dem Boden verstreut; stapelweise alte Zeitungen, in denen Briefe steckten und die fast den ganzen Sitzplatz einnahmen. Mir gefiel das gar nicht, vor allem deshalb, weil ich durch das Alleinleben ordentlich geworden bin. Doch mitten in dem ganzen Chaos gedieh Christabel, und Rowena war glücklich.

Mit der Zeit einigten wir uns auf einen festen Tag, soweit das meine Arbeit erlaubte, an dem Rowena Christabel zum Tee zu mir brachte und manchmal die Nacht über blieb. Das hieß, daß einmal pro Woche ein Hurrikan über meine Wohnung hinwegging, aber ich redete mir hartnäckig ein, das tue ihr gut. Rowena war kaum zur Tür herein, schon hatte sie ein Durcheinander geschaffen, schleppte eine verblüffende Menge an Sachen für ein einziges Kind mit sich herum. Nicht nur Windeln, Babycreme, Wickelmatte und Tragtasche, sondern verschiedene Sorten pürierter Babynahrung, Kinderteller, Lätzchen, Kinderlöffel, Bilderbücher und Rasseln und Aufbaupräparate, und das alles breitete sich wie eine Seuche über meine ganze Wohnung aus.

Rowenas ganze Konzentration galt ihrem Kind, und die Intensität erschreckte mich. Wie konnte es ein Kind überstehen, in diesem Ausmaß zum Mittelpunkt der Welt gemacht zu werden? Doch Christabel wurde mit der Belastung gut fertig. Sie war herrschsüchtig, gebieterisch, schon bevor sie laufen und sprechen konnte, und als sie beides gelernt hatte, war ihre Mutter ihr gegenüber vollkommen machtlos. Mit noch nicht ganz zwei Jahren verlangte sie etwas zu trinken in einem richtigen Glas, »nicht mein Becher«, und Rowena goß Orangensaft in ein Wasserglas, und dann tapste Christabel im Zimmer herum, versuchte dabei zu trinken und verschüttete die klebrige Flüssigkeit natürlich auf meinem blaßgrünen Teppich. »Sie verkleckert alles«, beschwerte ich mich. »Nimm ihr doch um Himmels willen das Glas weg, Rowena, oder bring sie dazu, daß sie sich hinsetzt.« Dann kam es zu dem albernen Kasperletheater, bei dem Rowena ziemlich dummes Zeug redete wie: »Komm, Schätzchen, setz dich und trink ordentlich, das liegt an der Schwerkraft, weißt du, Christabel, mein Liebling. Wenn du das Glas so hältst, läuft der Saft über.« »*Nimm es ihr einfach weg*«, fuhr ich sie an. Aber das tat sie nicht. Sie bettelte, flehte, versuchte es mit Bestechung, machte sich völlig zum Narren, aber Christabel gab das Glas nie her, bis sich der Inhalt über mein Wohnzimmer ergossen hatte. Ich sah deutlich kommen, daß Christabel, wenn sie im Schulalter war, ihre Mutter völlig beherrschen würde.

Camilla und Mrs. Blake war das auch klar. Mrs. Blake sah Christabel nur dreimal im Jahr, aber bei diesen Besuchen bekam Mrs. Blake so viel mit, daß sie erklärte, ihre Enkelin sei »eine Prinzessin«. Sie sagte das mit einer gewissen Bewunderung, beleidigte damit aber trotzdem Rowena, die, nehme ich an, klarstellte, wenn sie kritisiert werde, erspare sie sich die lange Reise nach Edinburgh. Ihre Mutter lernte schnell, den Mund zu halten, obwohl es ihr so schwerfiel wie mir. Sie war erstaunt darüber, wie sich Rowena der Mutterrolle widmete, »allen Erwartungen zum Trotz«, wie sie sich ausdrückte. Als wir in der Intensivstation saßen, kam sie immer wieder auf dieses Thema zurück, und ich konnte es nur schwer ertragen. »So eine vollkommene Mutter«, wiederholte sie immer wieder, »so eine zauberhafte kleine Mutter, wir hätten nie geglaubt, daß das in ihr steckt, sie hätte keine bessere Mutter sein können, und sie ist dadurch endlich doch noch so glücklich geworden, so erfüllt. Gott sei Dank hat sie dieses Kind gehabt, was auch geschehen mag. Von dem Tag an, an dem sie es bekam, hatte sie ihre Berufung gefunden.« Und dann machte sie eine Pause und wollte wissen, ob ich ihrer Meinung sei, und ich mußte eine Möglichkeit finden, so zu tun als ob. Aber es stimmte nicht. Rowena war weder eine vollkommene Mutter, falls es so etwas überhaupt gibt, noch war sie derartig selig. Mrs. Blake und Camilla wußten nichts von den verzweifelten Anrufen, die ich im letzten Jahr bekommen hatte, auch nichts von ihren fieberhaften Versuchen, ein zweites Kind zu bekommen, weil sie sich »wieder leer« fühlte. Das war die Kehrseite dieser »Erfüllung«.

Es war erschreckend, als es anfing. Als sie zum erstenmal anrief, war es spät abends, kurz vor Mitternacht, und ich lag im Bett, schon im Halbschlaf. Fast hätte ich mich nicht gemeldet. Aber es klingelte immer weiter. Ich stellte mir vor, es sei meine Mutter, in der Familie sei etwas passiert – mein jüngerer Bruder war damals auf einer Nordpolexpedition, wir hatten seit Monaten nichts von ihm gehört –, deshalb nahm ich ab. Ich glaubte zunächst, es sei ein obszöner Anruf, so schwer war das Atmen, ehe Rowena etwas sagte. »Was in aller Welt ist los?« fragte ich. »Rowena? Was ist denn? Was ist denn passiert? Schnell, sag's mir.«

Es gab nicht viel zu sagen. Rowena sagte, sie sei deprimiert, und sie weinte. Genau wie früher. Ich fragte, was im besonderen sie deprimiere, falls es überhaupt einen Grund gebe. »Alles«, sagte sie, und dann: »Nichts.« Sie sagte, die Wohnung wachse ihr über den Kopf, sie sei ein Saustall, und die Studentin sei ausgezogen, ihr Kurs sei sowieso zu Ende gewesen, und sie bekomme keine neue Untermieterin, weil die Wohnung so scheußlich sei, daß man sie niemandem zeigen könne. Sie sagte, sie könne Christabel nicht erlauben, ihre Freunde nach Hause mitzubringen, weil die Wohnung in einem so üblen Zustand sei. »Dann räum auf«, sagte ich entnervt. »Du weißt doch, daß du es kannst, wenn du mußt.« Mehr Tränen, mehr Verzweiflung. Schließlich sagte ich, damit sie auflegte, damit ich schlafen konnte, ich käme am nächsten Tag vorbei.

Sie begrüßte mich an der Tür, mit roten Augen, in einen schmutzigen alten Bademantel von mir gewickelt, den ich zurückgelassen hatte und der, wie ich mich vage erinnerte, einmal weiß gewesen war. Die Tränen liefen ihr über das Gesicht, sobald sie mich sah. Ich schob mich an ihr vorbei in mein früheres Zuhause und wurde sofort wütend über das Ausmaß an Vernachlässigung, das es erlitten hatte. Es war das reine Chaos. Ich zählte fünf Teller auf dem Tisch, alle mit vergammelten Essensresten darauf. Die Spüle in der Küche war unter Bergen schmutzigen Geschirrs verschwunden und der Herd verkrustet vom Dreck. Inmitten des Ganzen lag Christabel auf dem Boden und sah fern, offenbar ohne etwas von ihrer Umgebung wahrzunehmen. Obwohl es ein schöner, sonniger Morgen war, waren die Vorhänge zugezogen. Als erstes riß ich sie auf und öffnete ein Fenster. Dann ging ich wortlos in die Küche und machte mich daran, das Geschirr zu spülen. Das dauerte eine Stunde. Rowena saß zusammengesackt im Sessel, die Fäuste vor den Augen, und Christabel sah weiter fern (es war Samstag, und wenigstens liefen Kinderprogramme). Ich arbeitete den ganzen Morgen, und um die Mittagszeit hatte ich gewaltige Fortschritte gemacht.

»Zieh dich an«, sagte ich um eins zu Rowena, »wir gehen raus.« Unter Protesten ließ sie sich dazu überreden, das einzige halbwegs saubere Paar Jeans anzuziehen, das ich finden konnte, und einen Pullover, den Christabel anbrachte. Wir gingen hinaus. Ich fuhr zum Park, und wir gingen bis zu den Schaukeln, und als Christabel im Sandkasten spielte, setzte ich mich mit Rowena in die Nähe und unterzog sie einem Kreuzverhör.

Sie schien nicht zu wissen, was in sie gefahren war. Sie wußte nicht, seit wann ihr so zumute war. Vielleicht seit drei oder vier Monaten, sie wußte es nicht genau. Vielleicht hinge es damit zusammen, daß sie nicht schwanger geworden sei. Sie hatte mir nichts davon erzählt, daß sie versuchte, schwanger zu werden, weil sie wußte, daß ich wütend werden würde. Ich war so fassungslos, daß ich nicht einmal herausbrachte, daß ich tatsächlich wütend geworden wäre, daß ich wütend war. Gütiger Gott, sie hatte ein Kind, reichte das denn nicht aus, ihre »natürlichen« Mutterinstinkte zu befriedigen? Christabel war doch schon mehr als genug. Jetzt, wo Christabel in den Kindergarten ging, arbeitete sie gelegentlich wieder als Tagesmutter, aber sie bekam immer noch Sozialhilfe und hatte seit vier Jahren nicht mehr voll gearbeitet. Ich wußte, daß sie jetzt, ohne Untermieter, in ernsten finanziellen Schwierigkeiten steckte. Und hier saß sie und war *deprimiert* darüber, daß sie nicht schwanger wurde. War sie wahnsinnig? Ich fragte sie schließlich: »Bist du wahnsinnig?« Sie machte die Augen zu. »Schau, Rowena«, sagte ich, »das muß aufhören. Du mußt an Christabel denken, du darfst nicht so egoistisch sein.« »Es ist doch wegen Christabel«, weinte sie. »Ich will nicht, daß sie ein Einzelkind ist, ich will nicht, daß sie nur mich hat.«

Mrs. Blake wußte nichts davon. Sie lernte Leo, den sich Rowena als Vater ihres zweiten Kindes ausgesucht hatte, nie kennen. Sie wäre vermutlich angenehm überrascht gewesen, weil er weiß und präsentabel war, wenn auch Amerikaner, nur für ein Jahr in England und geschieden.

Sie hätte zweifellos gehofft, Rowena komme doch noch mit einem »netten Mann« zur Ruhe und sorge dafür, daß Christabel ein richtiges Zuhause und einen Vater bekomme. Aber in dieser Hinsicht hatte Rowena sich nicht verändert, sie wollte Christabel mit niemandem teilen. Im Grunde gefiel es ihr gar nicht, daß Leo an ihrem Kind hing, und es gefiel ihr auch nicht, daß er bei Christabel so gut ankam. Man hätte gedacht, sie sei glücklich und dankbar, daß ein so netter Mann wie Leo für Christabel die Rolle des Vaters oder Onkels spielte, weil ihrem Leben eine männliche Komponente fehlte, aber nein. Leo hatte nur *eine* Funktion, das war alles. Ich wies sie darauf hin, sobald ich diesen Leo kennengelernt hatte, daß sie ihn nicht so behandeln könne wie den armen Amos.

»Er ist hier, Rowena«, sagte ich. »Er fährt nicht weg, und er kennt seine Rechte, er bleibt in der Nähe und wird sein Kind wollen.« Aber sie war siegessicher. Sie hatte ihn dazu gebracht, eine Erklärung zu unterschreiben, in der er auf alle Rechte auf das Kind, das er möglicherweise zeuge, verzichtete. »Meine einzige Sorge«, sagte Rowena, »ist seine Nase. Mal angenommen, das Baby hat seine Nase? Es wäre scheußlich, ein so häßliches Kind zu bekommen. Aber er hat schönes Haar, nicht wahr, und schöne Augen. Vielleicht bekommt es sein Haar und seine Augen und meine Nase.«

Zum Glück kam es nicht zu einem Baby. Dieses Mal konnte die Kapazität nicht helfen. Rowena ließ sich wieder die Eileiter durchspülen, aber es nützte nichts. Sie hatte ihre Depression weiterhin, obwohl sie nie wieder in einen so schlimmen Zustand geriet. Statt dessen ging sie dagegen an, indem sie versuchte, außer zum Schlafen nie zu Hause zu sein. Sie fuhr überallhin, trieb Christabel von einer Aktivität in die andere, von Freundin zu Freundin, und das alles nur, um den Zeitpunkt hinauszuschieben, nach Hause zurückgehen zu müssen. Ich war überzeugt davon, daß diese Hektik der Auslöser für Christabels Wutanfälle und Alpträume war, wohlwissend, daß ich mich wie ihre Mutter anhörte, wenn ich es aussprach. Das Kind hatte nie Ruhe, nie einen geregelten Tagesablauf. Nach dem Kindergarten ab ins Auto, und zack, zack zum Schwimmen, zum Besuch bei Isobel, bei Camilla, zum Einkaufen, zum Herumlaufen, irgendwo, egal wo, und dann sofort ins Bett.

Ich kann mich nicht erinnern, was als erstes kam, die Wutanfälle oder die Alpträume. Ich glaube die Wutanfälle, aber vielleicht glaube ich das, weil sie das erste waren, was ich mitbekam. Ich sah sie mit an und staunte darüber, wie Christabel plötzlich Rowena als Kind ähnelte – genau dasselbe wilde Füßestampfen, die durchdringenden Schreie und geballten Fäuste ... Anders, völlig anders war nur die elterliche Reaktion. Die Blakes hatten Rowena weggebracht, sie in ihr Zimmer getragen und die Tür hinter ihr abgeschlossen. Ich kann mich noch gut daran erinnern, wie Mrs. Blake zu der verschlossenen Tür ging und fragte, ob Rowena jetzt wieder ein braves Mädchen sein wolle. Mit der Zeit gab Rowena immer nach. Es dauerte nie besonders lange, weil Rowenas Verlangen, nach draußen zu kommen, weit stärker war als der verletzte Stolz. Und bedenken Sie jetzt den Unterschied: Wenn Christabel einen Wutanfall hatte, legte Rowena sich neben sie, versuchte, mit ihr zu schmusen, bekam die fliegenden Fäuste zu spüren und weinte dann auch noch. Durch die Konkurrenz gab sich das Kind noch größere Mühe – und lieber Gott, was für eine ausdauernde und groteske Vorstellung alle beide boten.

Sie strengte den Zuschauer an und war außerdem eine Spur widerlich. Kein Erwachsener sollte zulassen, daß er in dieses infantile Verhalten zurückfällt, oder spricht daraus mein Mangel an Erfahrung? Warum tat Rowena nicht einfach so, als ob sie Christabel gar nicht beachte? Nicht viel erträglicher als die Wutanfälle waren die langen Szenen danach, wenn Rowena die Ursache herausbekommen wollte. Endlose Fragen, endlose Analysen, und das alles zum Wohl eines Kleinkinds. Es war unausweichlich, daß sich Rowena am Ende bei Christabel entschuldigte, sich dafür entschuldigte, daß sie ihr nicht das ganze Paket mit Keksen überlassen, ihr ein scharfes Messer weggenommen oder sie der Kälte wegen dazu gezwungen hatte, Handschuhe anzuziehen – Rowena entschuldigte sich für ein völlig vernünftiges Verhalten. Dann ließ Christabel sich dazu herab, sie zu küssen, sich umarmen und hätscheln zu lassen, im vollen Bewußtsein, gewonnen zu haben. Wie Rowena die Energie aufbrachte, so etwas zwei- bis dreimal am Tag durchzustehen, weiß ich nicht.

Und dann die unterbrochenen Nächte. Sie erzählte mir, wie Christabel gegen zwei oder drei Uhr morgens schreiend aufwachte und sie nie herausbekam, worum es in dem Alptraum gegangen sei. Sie konnte das Kind nur beruhigen, wenn sie es mit ins Bett nahm und fest in den Armen hielt. Natürlich gefiel das Rowena, sie bekam, was sie wollte und was Christabel ihr so selten gab, wenn sie wach war. Deshalb habe ich den Verdacht, daß sie sich keine große Mühe gab, ihre Tochter ins eigene Bett zurückzubringen. Ich glaube, es kam nicht weiter darauf an, weil sonst niemand in Rowenas Bett schlief (Leo durfte niemals, niemals über Nacht bleiben – seine »Arbeit« wurde tagsüber erledigt, während Christabel im

Kindergarten war). Wichtig war der Grund für die Alpträume, und da entschied ich mich für die naheliegende Antwort: Ich gab dem Fernsehen die Schuld. Christabel war vernarrt in den Kasten. Sie verlangte, daß der Fernseher eingeschaltet wurde, sobald sie nach Hause kam, und obwohl Rowena tapfer versuchte, sie zu etwas anderem zu überreden, war sie den Szenen nicht gewachsen, zu denen es kam, wenn der Fernseher ausgemacht wurde. Deshalb sah Christabel, wie die Hälfte aller Kinder, das weiß ich wohl, völlig ungeeignete Sendungen, und ich konnte daraus nur schließen, daß ihr unreifer Verstand der Stimulation nicht gewachsen war.

Ich schlug vor, Christabel mehr Bewegung zu verschaffen, wenn es schon ausgeschlossen war, das Fernsehen am Abend zu reduzieren. Vielleicht gelang es, Christabel so müde zu machen, daß sie die Augen nicht mehr offenhalten konnte. Aber Rowena war entrüstet, sagte, Christabel habe jede Menge Bewegung, und sie seien ständig draußen (was stimmte). Wie müde sie auch war: Sobald sie in der Wohnung waren, bestand sie darauf, daß der Fernseher lief, und schlief meistens davor ein.

Ach, wie öde ist es doch, Kinder aufzuziehen, diese ganze Quälerei wegen jeder verfluchten Kleinigkeit. Bis auf die Tatsache, daß nicht alle Mütter so sind wie Rowena. Betty quält sich nicht. Bei ihr zu Hause hat alles seine Ordnung: Christabel bekam ihre Fernsehration – bei Betty war der Kasten selten aus –, aber wenn Zeit zum Schlafengehen war, dann war Zeit zum Schlafengehen, und damit hatte es sich. Und sie hatte keinen einzigen Alptraum mehr, nachdem sie zu Betty gekommen war. »Hat nie so was nicht«, prahlte Betty. »Schläft süß wie ein Lämmchen, kein Problem.« Aber bedenken Sie, was ihr widerfahren war, als sie zu Betty kam, reichlich Stoff für

Alpträume bis in alle Ewigkeit. Wie erstaunt und verwirrt wäre Rowena gewesen. Aber sie wäre auch erstaunt und verwirrt gewesen über die Folge von Ereignissen, die ihr Tod auslöste.

Viertes Kapitel

Dieser Teil ist der schwerste. Jedesmal, wenn ich wieder und wieder die Ereignisse durchgehe, bleibe ich an diesem Teil hängen. Es ist schon schwer genug, mich an die Stunden, in denen Rowena starb, und an ihren Tod zu erinnern und das zu empfinden, was ich damals nicht empfand, aber was darauf folgte, ist im Rückblick schwerer zu ertragen. Wenigstens verstehe ich, warum. Es liegt auf der Hand: In den grauenhaften drei Tagen nach dem Unfall machte ich alles richtig. Beurteilen Sie mein Verhalten; Sie werden zum Schluß kommen, kein General hätte es besser machen können. Aber denken Sie dann über das nach, was ich nach Rowenas Tod am Abend vor Allerheiligen tat, und da waren meine Schnitzer katastrophal. Doch ich hatte Gründe für alles. Ich hatte gründlich darüber nachgedacht, wie am besten vorzugehen sei. Nichts geschah leichtfertig, alles war zu Christabels Bestem, die äußerste Ironie. Und niemand stellte meine Entscheidungen in Frage.

Eigentlich hätte eine Beerdigung stattfinden müssen, aber damals bewunderte ich, daß Mrs. Blake eine solche Zeremonie ablehnte. Für ihren Mann hatte es auch keine Beerdigung gegeben, obwohl sie etliche Monate danach für einen Gedenkgottesdienst gesorgt hatte. Ich glaube, Camilla hätte gern eine schlichte Feier gehabt, wie sie sich das auch für ihren Vater gewünscht hätte und für den armen Henry ausgerichtet hatte, aber sie sagte nichts, als ihre Mutter den Vorschlag entschieden ablehnte, Rowena solle in unserer Anwesenheit im Krematorium von Carlisle feuerbestattet werden. »Sagt ihnen, sie sollen die Leiche wegschaffen«, sagte Mrs. Blake, »es ist nur eine Leiche. Ich will nichts damit zu tun haben.« Das klang, als meine sie, die Krankenhausverwaltung könne die Leiche einäschern.

So einfach war es nicht. Die Leiche konnte zwar tatsächlich ohne Zeremonie verbrannt werden, aber außer dem Bestattungsunternehmer mußte ein Zeuge dabei sein. Die natürliche Wahl war ich, die einzige Wahl, denn Mrs. Blake war von Camilla schon nach Edinburgh zurückgebracht worden. Ich kann mich nicht einmal mehr daran erinnern, gefragt worden zu sein, ob ich bereit dazu sei – davon wurde einfach ausgegangen. Und ich war in den nächsten Tagen, während die Autopsie durchgeführt wurde (die Autopsie war nötig, weil es eine gerichtliche Untersuchung gab), noch in der Nähe. Ich ging allein ins Krematorium, das im Westen der Stadt auf einem Hügel oberhalb des Friedhofs liegt. Im Hintergrund dräuten die Cumbrian Fells, die Berge, in denen Rowena verunglückt war.

Rowenas Liebe zum Bergsteigen war ganz besonders merkwürdig, paßte so gar nicht zum Rest ihrer Persönlichkeit. Und ich war schuld daran, ich hatte sie mit dem Bergwandern bekannt gemacht, als sie als Teenager die Ferien mit mir verbrachte. Ich glaube, ich hatte gehofft, sie demütigen zu können, obwohl das kein erfreulicher Gedanke ist. Ich glaube, mit dreizehn stellte ich mir vor, wie ich im Eiltempo Berge erklomm, während Rowena jämmerlich hinter mir her keuchte. Aber mitnichten. Ich hatte ihr Durchhaltevermögen vergessen. Rowena war sofort begeistert vom Bergsteigen, und wir erstiegen gemeinsam jeden Berg der Loweswater und Crummock Fells. Meine Eltern schenkten ihr Wainwrights Buch *Western Fells and North Western Fells* zum Geburtstag, und sie hakte vorn in dem Bändchen jeden Berg ab, den sie bestieg.

Es gab keine Trauerfeier. Der Bestattungsunternehmer brachte die Leiche, und ich schaute zu, wie sie in der Verbrennungsanlage verschwand. Ich wurde gefragt, ob ich ein paar Worte sprechen wolle, und ich schüttelte den Kopf. Ich versuchte, an ein Gedicht zu denken, das ich im Kopf rezitieren könne, und bemühte mich verzweifelt, mich an Tennysons *Crossing the Bar* zu erinnern, brachte aber nicht mehr als die erste Zeile zusammen. Ich dachte daran, daß ich Christabel hätte mitnehmen sollen, aber die Vorstellung, sie dieser Trostlosigkeit auszusetzen, war abstoßend. Ich hatte genug dergleichen getan, als ich dem telefonischen Rat meines älteren Bruders folgte, der Schulpsychologe ist. Er hatte darauf gedrängt, daß ich Christabel vor und nach Rowenas Tod zu ihr brachte. Ich war entsetzt gewesen über einen derart grausamen Vorschlag, aber er war hartnäckig: Kleine Kinder müßten die Leiche sehen, bräuchten einen sichtbaren Beweis für das, was geschehen war, sonst sei es möglich, daß sie den Tod nicht glaubten.

Deshalb hatte ich Christabel auf die Intensivstation gebracht. Ich bereitete sie sorgfältig darauf vor. Sie fragte nur, ob ihre Mutter einen Schlafanzug anhabe. Ich sagte nein, sie brauche keinen, dort sei es zu warm. Ich hielt ihre Hand fest und beobachtete sie genau, als wir an das Bett traten. Sie schaute scharf hin, blinzelte nicht einmal. Ihr hübsches kleines Gesicht wirkte völlig ausdruckslos. Was mich anbelangte, war ich da den Tränen so nahe wie nie zuvor. Der Anblick, wie Christabel dastand und ihre sterbende Mutter ansah, die kleine, reglose Gestalt, die in der weißen Bluse und dem weißen Rock so vollkommen und so unberührt aussah, überwältigte mich in einer Weise, wie es Rowenas verletztem Körper nicht gelungen war. Ich sagte ihr, sie könne ihre Mutter berühren, wenn sie wolle, und tat es selbst, aber sie schüttelte den Kopf. Ein kleiner Seufzer entfuhr ihr, als wir die Intensivstation verließen, aber ihre Augen waren klar und ihr Schritt sicher.

Dann, als Rowena für tot erklärt worden war, ging ich wieder mit ihr hin. Dieses Mal hatte ich dafür gesorgt, daß sie den Schlafanzug anhatte, von dem Christabel gesprochen hatte. Er war typisch für Rowena: ein ausgefallener, violett und rosa gestreifter Schlafanzug aus seidigem Stoff. Christabel hatte einen ähnlichen. In einem Nebenzimmer in einem normalen Bett liegend, in diesem knallbunten Schlafanzug, die Augen jetzt geschlossen, einen Musselinverband um den Kopf, so daß der verletzte Schädel unsichtbar war und nur auf einer Seite blonde Haarsträhnen herausschauten, sah Rowena weit weniger zum Fürchten aus. Ich war erleichtert, dachte, die Schwestern hätten gute Arbeit geleistet. Sie sah aus, als schlafe sie nur, zwar mit leicht verschwollenem, seltsam verfärbtem Gesicht, aber dadurch, daß die Augen endlich geschlossen waren, war das gespenstische Gefühl, sie höre zu, verschwunden. Aber merkwürdigerweise fing Christabel jetzt zu zittern an. Ihr ganzer Körper bebte, obwohl keine Tränen kamen. Ich zog sie an mich, ging in die Knie, umarmte sie, und ihr Körper schüttelte und schüttelte sich, bis meiner es ihm nachtat. Ich war wütend auf meinen Bruder, weil er mir das geraten hatte. Es war monströs – keinem fünfjährigen Mädchen hätte man eine solche Tortur zumuten dürfen. Und dann sagte Christabel: »Kann ich ihr einen Abschiedskuß geben?« Was sollte ich sagen? Es sei zu spät? Sie werde sich vor dem toten Fleisch ihrer Mutter ekeln? Ich hob sie hoch in dem Gefühl, daß es besser für sie sei, einen lebenden Menschen zu spüren, wenn die Realität sie traf. Am meisten überraschte mich, wohin sie ihre tote Mutter küßte – nicht auf den Mund (Gott sei Dank), nicht auf die Wange, nicht auf die Stirn, sondern auf den Hals. Sie steckte den schwarzen Lockenschopf unter das Kinn der toten Rowena und küßte sie auf den Hals, neben die Narbe, die von dem Luftröhrenschlauch zurückgeblieben war. »Es war ein Schmetterlingskuß«, erklärte sie. »Da kitzelt er am meisten.«

Danach stellte sie ein paar Fragen, keine besonders bohrenden oder verstörenden, nicht die Fragen, die ich befürchtet hatte. Ich erklärte, was eine Kremation ist, und stieß auf Schweigen. Ich erzählte ihr von der gerichtlichen Untersuchung, obwohl ich mir nicht denken kann, warum. »Was passiert mit Mummys Kleidern?« fragte Christabel. Kleider waren immer sehr wichtig für sie. Ich sagte, wenn sie wolle, könnten wir sie behalten, sonst würden wir sie weggeben. Sie sagte, sie hätte gern die rote Strickjacke, die mit den knubbeligen Knöpfen. Die Ärmel seien viel zu lang, aber Mummy habe ihr einmal erlaubt, sie anzuziehen, und sie habe die Ärmel ganz weit nach oben gerollt, und die Jacke sei wie ein Mantel gewesen. Ich sagte, das sei eine gute Idee. Sie lächelte, schaukelte zufrieden mit den dicken Beinchen. Und dann sagte sie – wir fuhren gerade zu meinen Eltern zurück –: »Werde ich bei dir wohnen, Isobel?« Meine Hände schienen vom Lenkrad abzurutschen, und ich tat so, als wäre ich voll damit beschäftigt, fester zuzupacken. »Liebe Zeit, ein Ungeheuer«, sagte ich, als uns ein riesiger Laster überholte. *Feigling*, zischte ich mir zu, *Feigling, Feigling*. Ich fuhr eine Weile weiter, und dann sagte ich, weil die Frage nicht wiederholt worden war: »Was hast du gesagt, Christabel?« Sie gab keine Antwort. Es war ein schwieriges Stück auf der dichtbefahrenen Straße, und ich konnte sie nicht aus den Augen lassen, keine Sekunde lang, um Christabel anzuschauen. Mein Gesicht brannte vor Scham – wie hatte ich einer solchen Frage ausweichen können! Ich räusperte mich und sagte: »Am Freitag fahren wir nach Hause, dann kannst du am Montag in die Schule gehen, nicht wahr? Wie heißt deine Lehrerin gleich noch mal?« »Miss Splint.« Ich lachte, sagte, was für ein komischer Name, wie hatte ich den nur vergessen können. So ging ich mit ihrem Verlangen um, wissen zu wollen, was aus ihr werden würde. Schockierend, nicht wahr? Ich kann es selbst kaum glauben.

Wir fuhren an jenem Freitag zurück, mit Christabels und Rowenas ganzem Gepäck im Kofferraum. Christabel hatte die Sachen mit der Hilfe meiner Mutter so gut wie allein gepackt – sie war von Natur aus ordentlich und hatte es mit ihrer unordentlichen Mutter nicht leicht gehabt. Es schien ihr sogar Spaß zu machen; sie kommentierte jedes Stück, während sie von der Kommode zum Bett trottete, auf dem die Koffer lagen. Meine Mutter sagte, es sei deutlich geworden, daß Christabel zwar wisse, Rowena sei tot, aber keine Vorstellung von der Endgültigkeit des Todes habe. »Das ist Mummys wärmster Pulli«, sagte sie und klopfte auf einen irischen Pullover, »und sie muß ihn vor dem Winter reinigen lassen.« Als meine Mutter ein Paar löchrige Socken wegwerfen wollte, ließ Christabel es nicht zu. »Mummy stopft ein Kissen mit unseren alten Socken und Strumpfhosen aus und macht an *Bonfire Night* eine Guy-Puppe zum Verbrennen daraus.«

Als ich meinen allwissenden Bruder telefonisch konsultierte, sagte er, das sei normal, das sei zu erwarten gewesen; eine Hälfte von Christabels Verstand wisse, daß ihre Mutter nicht wiederkam, und die andere weigere sich, das zu akzeptieren. Mit der Zeit werde das Wissen die Oberhand gewinnen. »Und was ist dann?« fragte ich. »Dann«, sagte er, »dann wird sie zornig werden, und schließlich wird sie ihre Trauerarbeit leisten.« Gott, wie ich ihn anschrie – Trauerarbeit, was für ein Wort. Ich hörte den scheußlichen Fachausdruck zum erstenmal und fand ihn vollkommen unerträglich.

Aber er gehörte zu dem Fachchinesisch der Sozialarbeiter, das ich so gut kennenlernen sollte, und wenigstens hatte mich die Ausdrucksweise meines Bruders darauf vorbereitet. Maureen hatte eine Broschüre, die sie ständig zu Rate zog und die ausschließlich in dieser Sprache verfaßt war. An einen Abschnitt erinnere ich mich besonders gut. Sie las ihn mir vor, als ich sie attackierte, auf welche Art und Weise sie ihre Zeit mit Christabel verbrachte. »Diese Aufsätze stammen von Leuten, die mit Trauerarbeit Erfahrung haben«, belehrte sie mich, »und da heißt es (sie las vor): ›Es ist hilfreich für den Sozialarbeiter, Projekte wie Lebens-Bilderbücher in Angriff zu nehmen. Der Sozialarbeiter kann die Geschichte des Kindes in einfacher Sprache aufschreiben und mit aus Zeitschriften ausgeschnittenen Bildern illustrieren. Ausschneidepuppen können angefertigt und so bemalt und angezogen werden, daß sie die Menschen im Leben des Kindes repräsentieren. Die Puppen können auf der einen Seite traurige/zornige Gesichter haben und auf der anderen Seite glückliche. Menschliche Spielfiguren können gekauft werden, unter Verwendung von Formular DSS 340 für Sondergenehmigungen. Außerdem kann ein Ablaufdiagramm erstellt werden ...‹« Ich halte das wirklich nicht länger aus.

An jenem Tag, an dem wir nach London zurückfuhren, waren wir nicht weit davon entfernt, in Maureen-Gebiet vorzustoßen. Ich glaubte, das Schlimmste sei vorbei, während es in Wahrheit gerade erst anfing. Ich hatte nur im Kopf, Christabel so schnell wie möglich wieder im eigenen Zuhause mit dem eigenen Alltag unterzubringen, weil ich damals glaubte, das gebe ihr Sicherheit, während über ihre Zukunft entschieden wurde. Es war schon beschlossen worden, daß Christabel, sobald Rowena offiziell für tot erklärt worden war, adoptiert werden solle. Ihre Großmutter wollte sie nicht, ihre Tante wollte sie nicht, und sonst war niemand da. Ich muß das anders formulieren: Ihre Großmutter war zu alt und zu krank, als daß sie Christabel hätte nehmen können, und sie lebte im Heim; ihre Tante glaubte, ihre Schwester habe nicht gewollt, daß sie das Kind nehme. Sie wußte außerdem, daß sie ihr, ständig mit dem Orchester auf Tournee, nicht das Familienleben geben konnte, das sie brauchte. Kommt es auf die Ausdrucksweise an? Nur für Mrs. Blake und Camilla. Alle anderen, denen ich es erzählte, sahen keinen Unterschied darin.

Meine Eltern, die ersten Menschen, denen ich es erzählte, waren entsetzt und konnten nicht glauben, daß Camilla, wenn schon nicht Mrs. Blake, ablehnte, Christabel zu sich zu nehmen. »Wie kann sie nur?« jammerte meine Mutter. »Das eigene Fleisch und Blut – ach, wie ungeheuerlich, wie grausam.« Ich verteidigte Camilla, fragte, warum sie ihr Leben ruinieren solle, indem sie wieder die Mutterrolle übernahm, die ihr nie gefallen hatte, nachdem sie eben erst eine anerkannte Flötistin geworden war. »Ruinieren?« echote meine Mutter. »Es würde ihr Leben ruinieren, wenn sie dieses liebe kleine Mädchen aufnähme?« Dann wiederholte ich, Rowena hätte nicht gewollt, daß Camilla ihr Kind aufzog. »Wen hat sie dann gewollt?« fuhr meine Mutter mich zornig an. »Wen hat sie sich ausgesucht? Wer ist der Vormund des armen Kindes? Was für Vorkehrungen hat sie getroffen?«

Ach, törichte Mutter. Welche Vorkehrungen hatte Rowena getroffen? Natürlich keine. Rowena war Rowena. Viele, viele Male war das Thema zur Sprache gekommen, und sie war ihm immer ausgewichen. Ich will nicht behaupten, Rowena habe sich darüber keine Sorgen gemacht – im Gegenteil, sie machte sich große Sorgen darüber, zermarterte sich manchmal sogar den Kopf, aber sie kam – und das war das Problem – zu keiner Schlußfolgerung. Sie sagte am Ende immer, sie habe »jede Menge Freunde«, die dann schon einspringen würden, und wie abfällig ich auch wurde, sie ließ sich nicht desillusionieren. Aber an dem Tag, an dem ich es so eilig hatte, Christabel in ihr gewohntes Leben zurückzubringen, ahnte ich nichts von der Katastrophe, zu der es kommen sollte, weil nichts Schriftliches vorlag. Juristisch gesehen war der Fall doch sicher einfach. Mrs. Blake war Rowenas nächste Verwandte, und ich stellte mir vor, sie müsse sich nur eine nette Familie aussuchen, die ihre Enkelin adoptierte, dann ein paar Papiere unterschreiben. Ich sollte die Dinge in Gang bringen, zu unserer Sozialbehörde gehen und mich erkundigen, wie bei einer Adoption zu verfahren sei. In der Zwischenzeit würde ich in den wenigen Wochen, die für das notwendige Verfahren erforderlich waren, bei Christabel wohnen. Falls es unglaublich wirkt, daß intelligente Menschen so naiv sein konnten, kann ich nur sagen, daß ich derselben Meinung bin; es war mir seither immer peinlich, und ich schäme mich immer noch.

Aber an jenem Novembertag beschäftigte mich nicht die Furcht vor juristischen Schwierigkeiten, von denen ich, wie gesagt, keine Ahnung hatte, sondern die tiefsitzende Angst, Rowenas Wohnung zu betreten. Mir graute davor. Mir graute vor dem Schmerz, den ich selbst empfinden würde, und vor der Wirkung auf Christabel. Bestimmt, stellte ich mir vor, wäre das der Augenblick, in dem sie begriff, was »tot« bedeutete – wenn sie ihr Zuhause betrat und ihre Mutter nicht dort war. Plötzlich würde sie begreifen, was sie verloren hatte, und ich fürchtete mich vor ihrem Leid. Mir drehte sich der Magen um, als ich das Auto parkte und ausstieg, und ich kramte nervös herum, als ich die Sachen zusammensuchte, die zuerst hineingebracht werden sollten, schob den Augenblick hinaus, in dem ich die Haustür aufschloß. Christabel wartete geduldig, während ich nach dem Schlüssel suchte (ich hatte ihn aus Rowenas Handtasche genommen, und schon das war eine Tortur gewesen, das Stöbern in jener Handtasche). Christabel hatte ein paar wunderschön verfärbte Kastanienblätter aufgelesen und bewunderte die Farben. Es war nicht leicht, die Tür aufzustoßen, weil dahinter ein kleiner Berg Post lag. Es stellte sich heraus, daß nichts Aufregenderes dabei war als ein Telefonbuch mit den Gelben Seiten, zahllose Gratisproben und Prospekte, Rechnungen und zwei Postkarten. Ich stapelte alles demonstrativ aufeinander und zögerte, die Innentür mit der Treppe, die in Rowenas Wohnung führte, aufzuschließen. Christabel war jetzt ungeduldig, hüpfte herum und sagte mir immer wieder, ich solle mich beeilen. Ich zeigte ihr die Postkarten und fragte, ob sie wisse, von wem sie seien, weil ich es nicht wisse. Sie warf einen flüchtigen Blick darauf und sagte, Handschriften könne sie noch nicht lesen. Ich las sie vor; eine war von Susie und Helen und eine von Leo. Sie zeigte einen Funken von Interesse an der Karte von der Universität von Texas, Austin, die Leo geschickt hatte; nachdem sein Jahr hier abgelaufen war, war er offenbar im Monat zuvor dorthin zurückgekehrt. Aber dann hämmerte sie gegen die Tür, und ich konnte es nicht länger hinausschieben.

Als ich die Tür aufgeschlossen hatte, war Christabel weg und lief vor mir die Treppe hinauf, und ich konnte nichts dagegen tun. Mein Herz schlug unruhig, und ich hatte einen trockenen Hals. Ich stieg langsam die Treppe hinauf, leckte mir die Lippen, lauschte angespannt auf eine Reaktion von Christabel. Es roch unangenehm nach abgestandenem Essen und schlechter Luft: eine eigene Geschichte der Vernachlässigung und des Verfalls. Die Küche, in die ich zuerst kam, war nicht ganz so schlimm, wie ich sie manchmal erlebt hatte, nichts Übleres als eine Bananenschale auf dem Boden und ein offenstehender Mülleimerdeckel, den der überlaufende Inhalt nach oben gedrückt hatte. Ein Wasserhahn tropfte stetig, und die elektrische Uhr surrte. Ich setzte langsam den Karton mit Lebensmitteln ab, die ich mitgebracht hatte, und trug den Koffer nebenan in mein altes Schlafzimmer. Rowena hatte es offensichtlich als Müllkippe benutzt. Der Fußboden war, soweit ich sehen konnte, übersät mit Schuhen, einzelnen Schuhen, und auf dem Bett lag ein Riesenhaufen aus Pullovern, Strickjacken und Jacketts. Aber das war noch gar nichts im Vergleich zu ihrem Zimmer und dem Wohnzimmer, die beide aussahen, als hätte eine Windmaschine in jeden Winkel Krempel geblasen. Wo hatte Rowena das alles nur her? Was hatte sie mit dem ganzen Zeug anfangen wollen? Es ging völlig über mein Begriffsvermögen. Ich sackte hilflos in einen Sessel voller Schnipsel, die nach Puzzleteilen aussahen, und schaute mich um. Eine Wohnung so zu hinterlassen, wenn man wußte, daß man eine Woche später zurückkam... Von Christabel war immer noch nichts zu sehen, und ich hörte auch nicht mehr, daß sie herumlief. Ich hatte das Gefühl, sie suchen zu sollen, aber ich fürchtete mich davor, daß sie mit dem Gesicht nach unten in ihr Kissen schluchzte. Deshalb redete ich mir ein, es sei besser, ihr Zeit zu lassen, damit sie sich darauf einstellen könne (ich klinge wie Maureen). Dann klingelte das Telefon. Ich setzte mich kerzengerade auf, sah nicht einmal, wo der Apparat war, und da kam Christabel hereingehüpft, die sich von Kopf bis Fuß umgezogen hatte. Sie zog das Telefon unter einem Tisch hervor und nahm den Hörer ab. »Hallo?« sagte sie fröhlich. »Hallo, hallo, bist du das, Mummy?«

Später, als sie im Bett lag und ich ihr eine sorgfältig ausgewählte, recht lustige Geschichte über ein kleines Mädchen namens Flossie, das einen Pelzmantel mit magischen Kräften fand, vorgelesen hatte, war ich der Meinung, dem Thema nicht länger ausweichen zu können. »Christabel«, sagte ich und gab mir Mühe, nicht bedeutungsschwanger und feierlich zu klingen, »du hast am Telefon ›hallo‹ zu Mummy gesagt, als Grannie anrief, nicht wahr? Du hast gedacht, es könnte Mummy sein?« Sie setzte sich im Bett auf, das kleine Gesicht verzerrt von einem heftigen Stirnrunzeln, das deutlichen Widerwillen signalisierte. »Ich weiß, daß Mummy tot ist«, sagte sie. »Das brauchst du mir nicht zu sagen.« Es gab keine Tränen. Sie hatte ihren Stolz, und schon der Gedanke an eine Umarmung wirkte wie eine Beleidigung. »Warum hast du dann gefragt, ob sie es ist?« sagte ich ruhig und haßte mich, weil ich so hartnäckig war. »Na ja«, sagte Christabel, legte sich wieder hin und wandte sich von mir ab, so daß ich nicht sehen konnte, ob ihr Gesichtsausdruck zum Tonfall paßte (der sachlich und beherrscht war), »ich hab gedacht, sie meldet sich vielleicht über die Untergrundleitung, verstehst du?« Ich schwieg, vielleicht eine Spur zu lange, aber ich konnte mich nicht auf meine Stimme verlassen. Schließlich sagte ich: »Du meinst, weil du weißt, daß ihre Asche im Boden ist?« Sie nickte, versteckte sich unter der Decke. »O Christabel«, murmelte ich, »was bist du doch für ein kluges Mädchen, das bist du wirklich.« Darüber hinaus machte ich keine Bemerkung dazu. Ich blieb bei ihr, bis sie einschlief, was ihr so verblüffend leicht fiel wie an allen Abenden seit dem tödlichen Unfall.

Ich schlief so gut wie gar nicht. Es schien so vieles zu geben, über das ich nachdenken mußte, und in jener Nacht fing es an, daß Rowena mich verfolgte. Verstehen Sie mich richtig, es war nicht so, daß ich ein Gespenst gesehen hätte, sondern ich hörte, wie Rowena auf mich einredete, mir Anweisungen gab, sich wehrte gegen das, was ich machte. Ich hatte kaum die Augen zugemacht, da sah ich schon ihr Gesicht, ihr Gesicht in Überlebensgröße, und sie machte mir Vorhaltungen: *»Wie kannst du das zulassen?«* rief sie dann. *»Wie kannst du das nur? Bist du denn nicht meine Freundin, Isobel? Bist du es etwa nicht? Warum verhältst du dich dann nicht wie eine Freundin? Wie bringst du es nur fertig, meiner Mutter dabei zu helfen, daß sie Christabel fortschickt wie ein Paket? Wie kannst du das nur tun? Hast du keine Gefühle? Hast du kein Mitleid? Glaubst du, mir gefällt es, hier festzusitzen und mir das alles anschauen zu müssen? Glaubst du das? Was ist los mit dir? Ich habe dich doch für stark gehalten. Ich habe doch geglaubt, daß du unverblümt deine Meinung sagst.«* Ich warf mich im Bett herum, schützte meine Augen mit den Armen, und das Schlimmste war, daß ich Entschuldigungen und Erklärungen vorbrachte. Daß ich sagte, es sei nicht meine Schuld, ich hätte ihr doch gesagt, ich wolle mich nicht hineinziehen lassen, und deshalb sei ich nicht verantwortlich für das Chaos, das sie hinterlassen habe. Dann verspottete sie mich und lachte hämisch, lachte laut und schallend, was sich häßlich anhörte, und ich wachte schwitzend und zitternd auf und hatte Angst davor, wieder einzuschlafen.

Wenn es dann morgens hell wurde, hatte ich das Gefühl, ich könne vielleicht in einen friedlicheren Schlaf hinübergleiten, aber natürlich schloß das Leben mit einer Fünfjährigen jeden Gedanken an einen derartigen Luxus aus. Christabel stand immer gegen sieben neben meinem Bett, schon angezogen und ungeduldig. Es war unheimlich: Wenn ich die Augen aufmachte, stand sie da, ziemlich ruhig, und schaute mich an. Sind die Gesichter aller Kinder so unergründlich? Liegt es an ihrer faltenlosen Haut, daß sie einen derart gelassenen Ausdruck zeigen können? Nachdem sie mich eine Zeitlang angestarrt hatte, sagte sie nur ein einziges Wort – »Auf.« Es war nicht eigentlich ein Befehl, auch keine Bitte, sondern die sachliche Feststellung dessen, was ich jetzt zu tun hatte. Ich stand auf, duschte, zog mich an, und wir gingen zum Frühstücken in die Küche. Bei diesen ganzen Routineverrichtungen war Christabel mein Schatten. Sie klammerte sich nicht an mich, sie war einfach da und schaute zu. Warum ich das nicht mochte, kann ich nicht sagen – ich nehme an, es machte mir Sorgen, ich könne gewogen und für zu leicht befunden werden, oder das Kind vergleiche mich mit seiner toten Mutter. Beim Frühstück war es einfacher. Ich schaltete das Radio ein, obwohl Christabel der Fernseher lieber gewesen wäre, und es schien ihr Spaß zu machen, die Frühstücksflocken und den Toast zu essen und bei den verschiedenen Werbemelodien mitzusingen. Dann packten wir ihre Sachen und machten uns auf den Schulweg.

Wir gingen zu Fuß. Ich war nie auf den Gedanken

gekommen, mit dem Auto hinzufahren, weil die Schule nur zehn Minuten zu Fuß entfernt war, aber am ersten Morgen war Christabel völlig verstört. Sie trottete direkt auf mein Auto zu, und als ich sagte, eine so kurze Strecke lohne sich nicht, vor allem in dem dichten Verkehr, sagte sie zu mir, Rowena sei immer gefahren. Ich fragte mich, ob ich tun sollte, wie es immer gewesen war, ob es nicht vielleicht grausam sei und ein Fehler, der sie aufregen müsse, aber eine gewisse Sturheit in mir behielt die Oberhand, und ich schlug vor, einmal auszuprobieren, zu Fuß zu gehen. Als ich Christabel in jenem Augenblick anschaute, sah ich Anzeichen eines nahenden Wutanfalls. Ich wußte instinktiv, wenn es Rowena gewesen wäre und nicht ich, hätte sie sofort geschrien, sie wolle gefahren werden. Ich hatte entsetzliche Angst davor, daß es losging, aber dann sah ich das Zögern in ihrem Blick, den Zweifel, und das war viel kläglicher als Tränen. Sie kalkulierte das Risiko, schätzte meine Reaktion ab und beschloß, mich nicht herauszufordern, und als ich das spürte, überwältigte mich ihre Hilflosigkeit. Ich nahm den Autoschlüssel aus der Tasche und sagte, wir würden jetzt doch fahren, aber sie schüttelte den Kopf und sagte, nein, sie könne zu Fuß gehen.

Ich nahm sie an der Hand, als wir über die Straße gingen, und es überraschte mich, wie klein und leicht sie war. Meine Hand kam mir im Vergleich riesig, eckig und rauh vor, und ich fragte mich, ob Christabel das wohl auffiele. Ich versuchte, mit ihr zu reden, hatte aber das Gefühl, meine Bemühungen seien auf klägliche Weise unangemessen. Sie antwortete auf nichts, was ich sie fragte – albernes Zeug wie ihre Lieblingsfarbe –, und ich hatte schon Angst davor, sie reagiere nicht, weil sie mir heimzahlen wolle, daß wir zu Fuß gegangen waren. Aber dann, als das Schultor in Sicht kam, blieb sie stehen. Sie stand stocksteif da, ließ die Hand aus meiner rutschen. »Ich will nach Hause«, sagte sie.

Wenigstens war ich nicht so grob, sie zu fragen warum. Ich wußte warum; die meisten Menschen mit einem Hauch von Einfühlungsvermögen hätten es gewußt. Sie hatte Angst davor, sich den Leuten in der Schule zu stellen, Leuten, die das mit ihrer Mutter vielleicht nicht wußten. Ich stellte mir vor, daß sie einerseits nicht wußte, wie sie es ihnen sagen sollte, andererseits sich nicht darauf verlassen konnte, das entsetzliche Geheimnis zu wahren. Ich beugte mich zu ihr hinunter und sagte: »Schau, Christabel, Miss Splint weiß das mit Mummy und was passiert ist, und sie wird dich nicht danach fragen. Und Mrs. Monroe weiß es und Miss Kent und Mr. Baines, und die Frauen in der Kantine wissen es auch. Alle wissen es, und alle sind sehr traurig deinetwegen, aber sie werden nicht darüber sprechen, wenn du es nicht willst. Alles wird genauso sein wie immer.« Sie schien das aufzunehmen, drehte sich dann aber um, wiederholte, sie wolle nach Hause und marschierte in die Richtung, aus der wir gekommen waren. Ich ging ihr nach und kam mir blöd vor. Auf dem ganzen Rückweg begegneten wir Kindern, die zur Schule gingen. Manche begrüßten Christabel überschwenglich, als ob sie ihre beste Freundin sei, aber sie stolzierte eisig an ihnen vorbei. Die Mütter warfen mir forschende Blicke zu, etliche machten mitfühlende Gesichter, als ob auch sie wüßten, wie schwierig ein fünfjähriges Kind sein konnte. Ich lächelte zurück, empfand jetzt aber auch etwas von dem, was Christabel meiner Meinung nach empfand – diese Leute wußten nichts, und ich wollte es ihnen nicht erzählen.

Wir kamen nach Hause, ich in einer gewissen Panik,

obwohl ich mich bemühte, mir nichts anmerken zu lassen. Ich widersprach nicht, als Christabel den Fernseher einschaltete. Sie wechselte mit der Fernbedienung von einem Kanal zum anderen, auf eine Weise, die mich jetzt schon wütend machte und die ich abstellen wollte. Wir gingen von dem Kinderprogramm *Playbus* zum Ende von *TVam* über, dann zu einer weiteren Nachrichtensendung, *Daytime on Two*. Sie nahm sich einen Apfel, legte sich auf den Bauch und schaute diesen Wirrwarr aus zweiminütigen Programmausschnitten an, für die sie sich nicht im mindesten interessierte. Ich machte mir Kaffee und fragte mich, was ich tun solle. Als das Telefon klingelte, sagte ich Christabel, sie solle den Fernseher ausmachen und hingehen. Es überraschte mich etwas, daß sie bereitwillig folgte. Ich hatte eine schwache Ahnung, wer am Apparat sein könnte, und daß ich Christabel ans Telefon gehen lassen wollte, lag nicht nur daran, daß ich gerade den Kaffeebecher ausspülte. Natürlich hörte ich nur, was Christabel sagte. »Hallo? Ja, ich bin's ... Ich will nicht ... ich sehe fern ... ja, sie ist da, sie wäscht ab ... Vielleicht.« Die Pausen zwischen den Wörtern waren lang. Ich versuchte, mich unsichtbar zu machen, weil ich wußte, daß Miss Splint Christabels ungeteilte Aufmerksamkeit wollte. Ich stand hinter der offenen Küchentür, holte kaum Luft. Dann hörte ich, daß der Hörer aufgelegt wurde.

Fünf Minuten später fuhr ich Christabel zur Schule. Alle waren schon hineingegangen, und der betonierte Schulhof war so gut wie leer. Ich hatte keine Ahnung, wohin wir gehen mußten, aber Christabel hatte es jetzt eilig, und ich brauchte ihr nur zu folgen. Die Tür zu ihrem Klassenzimmer stand offen, und ich glaubte, sie werde wieder stehenbleiben, als sie den Lärm hörte; aber sie zögerte nicht, ging zuversichtlich in die kleine Garderobe daneben und hängte ihren Mantel an einen roten Haken, der ihren Namen trug.

Miss Splint, die ich noch nicht kannte, obwohl ich am Wochenende mit ihr telefoniert hatte, während Christabel schlief, mußte uns gesehen haben, denn sie kam heraus, um uns zu begrüßen. Ihr Aussehen überraschte mich so, daß ich mir später Sorgen machte, sie habe es mir angemerkt, aber sie war so mit Christabel beschäftigt, daß es ihr nicht auffiel, ganz zu schweigen davon, daß es ihr etwas ausgemacht hätte. Des Namens wegen hatte ich mir unter Miss Splint die Karikatur einer altjüngferlichen Lehrerin vorgestellt, ähnlich jener, die Rowena und ich gehabt hatten, und mit dementsprechendem Aussehen. Aber da stand eine unglaublich schöne schwarze junge Frau, die eher einer Tänzerin glich als dem Bild, das ich mir von einer Grundschullehrerin gemacht hatte. Warum hatte Christabel mir das nicht erzählt? Warum hatte Rowena nie erwähnt, wie hinreißend diese Miss Splint mit dem haarsträubenden Namen war?

Als Miss Splint sich mir zuwandte, war ich über die Verblüffung hinweg, obwohl es mir immer noch schwerfiel, mich auf die Situation einzustellen. Sie lächelte, und wir gaben uns die Hand. Ich ging mit den beiden in das Klassenzimmer und versuchte zu erraten, was dort los war. Hunderte von Kindern schienen schreiend herumzurennen, aber während ich dastand und zuschaute, leicht hypnotisiert, bildete sich eine Art Muster heraus. Die Gruppe, zu der Christabel ging, riß Zeitungspapier in Fetzen und warf sie in einen Eimer. Auf dem Tisch vor ihnen lagen mehrere aufgeblasene Luftballons, die begeistert mit Leim (jedenfalls sah es nach Leim aus) bestrichen wurden. Christabel band sich eine Schürze um und machte mit. »An Ihrer Stelle würde ich jetzt gehen«, sagte mir Miss Splint leise ins Ohr. »Ich behalte sie den ganzen Tag im Auge und verspreche, daß ich anrufe, wenn es nötig ist.«

Also schlüpfte ich hinaus, verließ mich auf ihr Urteil, daß es besser sei, mich nicht von Christabel zu verabschieden. Die Erleichterung darüber, daß Christabel nicht bei mir war, überkam mich sofort, als ich wieder im Auto saß – ach, welch ein Luxus, nicht ständig aufpassen zu müssen. Niemals, niemals hätte ich diese Anspannung durchhalten können, dieses Gefühl, verantwortlich zu sein, das vermutlich alle Mütter haben. Ich nehme an, das nennt man Selbstsucht: Daß ich es herrlich finde, nur an mich denken zu müssen, aber falls das so ist, gibt es der Selbstsucht eine Dimension, an die ich noch nie gedacht hatte. Kann man es wirklich selbstsüchtig nennen, keine Kinder zu haben? Oder daß man gern frei ist von Geiseln des Schicksals? Ich kann das wirklich nicht so sehen. Mir scheint es umgekehrt zu sein – es ist viel selbstsüchtiger, vorsätzlich ein weiteres menschliches Wesen zu schaffen und zu meinen, man sei dem gewachsen. Was mich wieder auf Rowena brachte und auf das, was jetzt zu tun war.

Ich hatte um elf einen Termin mit Maureen Phillips im Jugendamt. Ich hatte ihn gleich gemacht, als ich in London ankam, aus dem Gefühl heraus, sobald das erledigt sei, werde mir wohler zumute sein. Am Telefon geriet die berühmte Maureen völlig aus der Fassung. »Nein! Nein! Ach, du meine Güte! O nein!« sagte sie immer wieder, als ich berichtete, was geschehen war, und ihr dann den Grund meines Anrufs nannte. Sie konnte es kaum fassen. Ich erlebte zum erstenmal, wie Fremde darauf reagierten, daß Christabel zur Adoption freigegeben werden sollte, und mir wurde beim Sprechen peinlich bewußt, daß ich rot wurde, obwohl mich niemand sah. Maureen verschlug es vor Entsetzen den Atem. »Die eigene Tante?« fragte sie nach. »Sie will sie nicht nehmen?« Ich sagte nein, und nach einer weiteren Reihe von Ausrufen schien Maureen sich in den Griff zu bekommen und sich daran zu erinnern, daß es nicht ihre Aufgabe war, Kritik zu üben. Sie wurde sachlich und nannte mir etliche Fakten. Es werde schwierig, versicherte sie mir, und eine langwierige Prozedur. Es dauere lange, eine Adoption zu vermitteln, mindestens ein Jahr, und in der Zwischenzeit müsse für Christabel, falls niemand bereit sei, sich um sie zu kümmern, eine langfristige Pflegestelle gefunden werden. Es gebe, sagte Maureen, viel zu besprechen.

Das Jugendamt lag an einer Hauptstraße, eingepfercht zwischen einem Wettbüro und einer Filiale von Sainsbury. Im Erdgeschoß gab es eine Art Rezeption, ähnlich wie ein Wartezimmer beim Arzt, aber mit mehr Broschüren und Plakaten und einer viel verbrauchteren Luft.

Eine Frau, an deren Rock zwei kleine Kinder zogen, stritt sich mit der Frau hinter dem Tresen. »Ich gebe nicht nach«, schrie sie, »ich haue ab und setze ihr die verdammten Bälger auf die Schwelle, wenn sie nicht mit mir spricht, ich sag's Ihnen, das mach ich, und Sie können ihr sagen, sie soll sich das in den Arsch stecken.« Sie wedelte vor den Augen der Pförtnerin mit einem Brief herum, so nahe, daß sie ihr fast die Brille heruntergerissen hätte.

Die Pförtnerin wirkte kein bißchen beunruhigt. »Tun Sie, was Sie wollen, Mrs. Morgan«, sagte sie gelassen und wühlte in einem Stapel Akten, »aber niemand kommt herunter, um mit Ihnen zu sprechen, und Sie wissen, warum.«

Mrs. Morgan brach sofort zusammen. Statt die Pförtnerin zu schlagen, womit ich fest gerechnet hatte, knüllte sie den Brief zusammen, warf ihn auf den Tresen und fing zu weinen an. »Ich weiß nicht, was ich tun soll, ich weiß es ehrlich nicht«, heulte sie und strebte mit den Kindern im Schlepptau zur Tür.

»Machen Sie die Tür hinter sich zu«, rief die Pförtnerin hinter ihr her, dann wandte sie sich mir zu und sagte in demselben unangenehmen Ton, in dem sie mit dieser Mrs. Morgan gesprochen hatte: »Ja?«

Ich nannte meinen Namen und sagte, ich hätte einen Termin. Sie schickte mich in den zweiten Stock hinauf. Weil ich Aufzüge hasse, nahm ich die Treppe, eine Treppe, die mit braunem Linoleum belegt war, mit Metallleisten, auf denen die Füße klackten. Auf einer Milchglastür nach dem zweiten Treppenabsatz stand der Name von Maureen Phillips. Ich klopfte und ging hinein. Es war ein scheußliches kleines Büro, unberührt von jedem Versuch, es menschlicher zu machen. Auf dem Boden lag das gleiche Linoleum wie auf der Treppe, allerdings auf synthetischen Hochglanz gebohnert. Ein häßlicher, billiger Schreibtisch aus hellem Holz stand darin und mehrere Aktenschränke aus grauem Metall, in die gesamte freie Wandfläche hineingeklemmt. Drei Stühle komplettierten die Einrichtung, zwei ramponierte kastanienbraune Plüschsessel, an den Lehnen stark zerschlissen, und ein Drehstuhl, auf dem Maureen saß. Sie stand auf, kam um den Schreibtisch herum und begrüßte mich. Sie sagte, sie habe die grauenhafte Neuigkeit über Miss Blake mit großem Bedauern gehört, und fragte mich, ob ich eine Tasse Kaffee wolle. Ich lehnte das Angebot ab, vielleicht zu schroff, und sagte, ich wolle lieber zur Sache kommen. An den Rest der Besprechung kann ich mich nur noch verschwommen erinnern, weil alles überlagert wird von den Worten, die Maureen etwa nach der ersten Hälfte der einstündigen

Unterhaltung aussprach. Die Worte lauteten: »Natürlich untersteht Christabel jetzt offiziell der Fürsorge, ist Ihnen das klar?«

Ich wiederholte: »Der Fürsorge?« Und sie sagte: »Ja, der Fürsorge, uns, dem Jugendamt. Sie haben mir gesagt, daß es kein Testament und keinen Vormund gibt, und das heißt, daß Christabel juristisch der Fürsorge untersteht. Wir sind verantwortlich für das, was mit ihr geschieht, und wir nehmen das sehr ernst.«

Ich glaube, sie sprach danach noch weiter, aber ich unterbrach sie. »Augenblick«, sagte ich. »Ich weiß nicht, ob ich das richtig verstanden habe. Christabel hat eine Großmutter und eine Tante. Sie wollen mir doch bestimmt nicht sagen, daß die beiden nicht darüber entscheiden können, was aus dem Kind wird?«

»Ich fürchte, genau das will ich sagen«, sagte Maureen und schob die Brille zurück. »Aber natürlich werden wir eng mit den beiden zusammenarbeiten; wir wollen, daß alles zu Christabels Bestem getan wird.«

»Ich glaube, Sie irren sich«, brach es aus mir heraus. »Wie ist es möglich, daß eine Großmutter und eine Tante nicht mehr zu sagen haben als Sie?«

»Im Fall von ledigen Müttern muß das Gesetz das Kind schützen«, sagte Maureen in einem Ton, den ich für überheblich hielt, obwohl es durchaus versöhnlich gemeint gewesen sein mag.

»Ich rufe den Familienanwalt an«, sagte ich. »Ich prüfe das nach. Ihre Verwandten sind keine Vollidioten, wissen Sie. Sie werden es nicht schaffen, sie einzuschüchtern.«

»Ich habe nicht die leiseste Absicht, das zu versuchen«, sagte Maureen. »Falls die Familie das wünscht, kann sie einen Vormund bestellen. Vermutlich wird in einer solchen Situation ohnehin ein Vormund eingesetzt. Das kann bei der ersten Fallbesprechung entschieden werden. Wann kann die Familie kommen? Ich schlage vor, daß die Besprechung so schnell wie möglich stattfindet, obwohl es immer schwierig ist, so viele Leute an einen Tisch zu bekommen. Und heute nach der Schule komme ich erst einmal vorbei, schaue mir Christabel an und bilde mir ein erstes Urteil, aber ich bin mir sicher, daß wir Sie als vorläufige Pflegeperson billigen können. Eine Zwangseinweisung wird bestimmt nicht nötig werden, machen Sie sich darüber keine Sorgen.«

Wie hätte ich mir Sorgen machen können, wenn ich keine Ahnung hatte, worüber sie redete? Eine Art Staunen überkam mich: darüber, daß ich, Isobel Clarke, in diesem tristen kleinen Büro hier saß und mir von Leuten wie Maureen Phillips Vorschriften machen ließ, und mit dem Staunen kam der erste Hauch von Angst. Etwas hatte angefangen, das, schon damals ahnte ich das ganz undeutlich, ein Alptraum werden sollte, den ich nicht steuern konnte. Meine Erfahrungen mit der Macht der Bürokratie waren gleich null – ich hatte nie im Leben Grund gehabt, mich vor den Autoritäten zu fürchten. Soweit ich mich erinnerte, hatte ich nur einmal eine vage Angst vor einem Beamten empfunden, und das war vor mehreren Jahren für ein paar Augenblicke auf dem Moskauer Flughafen gewesen. Dort ist es üblich, daß der Reisende allein vor einem Glaskasten steht, in dem der Paßkontrolleur sitzt. Er schaut sehr genau hin, und ich wußte nicht, daß hinter mir eine Meßlatte war und er meine Größe überprüfte. Ich weiß noch, daß ich das Gefühl hatte, in der Falle zu sitzen, ohne einen Ausweg nach vorn oder hinten, und mich fragte, was ich machen solle, falls ich ins Gefängnis käme, ohne Erlaubnis, mich an den britischen Konsul zu wenden. Völlig idiotische Befürchtungen, die schnell verschwanden, aber ich empfand dieselbe absurde Beklommenheit, als Maureen mir mitteilte, das Jugendamt sei jetzt für Christabel zuständig.

Ich raste nach Hause und rief sofort in Edinburgh an, sprach zuerst mit Camilla. Sie konnte nicht glauben, was ich berichtete, und ihrer Mutter ging es genauso. Sie sagte, sie sei sicher, daß es in Schottland keine derart albernen Gesetze gebe. »Aber wir sind nicht in Schottland«, sagte ich. »Wir sind hier in London, es ist zu spät. Wissen Sie noch? Wir waren uns alle einig, Christabel müsse zurück in die Schule und in das eigene Zuhause. Wir waren uns einig darüber.« Es kam zu einer hastigen Diskussion, die ich nicht ganz mitbekam, und dann sagte Camilla, sie würden sich juristisch beraten lassen und am nächsten Tag nach London kommen, alle beide. Ich entspannte mich etwas. Mir wurde bewußt, daß ich befürchtet hatte, die Blakes könnten es mir überlassen, mich allein um das alles zu kümmern. Gemeinsam würden wir drei bestimmt unschlagbar sein, Maureen und dem machtgierigen Jugendamt mehr als nur gewachsen. Daß sich Camilla und Mrs. Blake dafür entschieden hatten, Christabel adoptieren zu lassen, hieß nicht, daß ihnen ihr Wohl nicht am Herzen lag. Sie wollten sie nicht loswerden, waren gewissenhafter darauf aus, für ihr Glück zu sorgen, als sie es gewesen wären, wenn sie Christabel zu sich genommen hätten – das Schuldgefühl war ein starker Antrieb.

Als ich Christabel an jenem ersten Tag von der Schule abholte, war ich ein anderer Mensch geworden. Ich hatte plötzlich in meiner Phantasie gesehen, wie sie, dieses bezaubernde Kind, von Ort zu Ort herumgeschubst wurde, hatte den ganzen Tag lang wirre Bilder im Kopf gehabt, die arme Christabel mit einem Schild um den Hals, Christabel in einer Schlange, darauf wartend, ausgewählt zu werden, Christabel auf einer Bank in diesem entsetzlichen Büro... Und da war das lächelnde kleine Wesen, lief auf mich zu, das Sparschwein in den Händen, das nur noch bemalt werden mußte; ein Kind, das nur an leuchtendrosa Farbe dachte und an den Spaß, den es machen würde, schwarze Punkte darauf zu setzen, wenn sie trocken war. Sie hüpfte auf dem ganzen Heimweg, steckte ihre Nase sofort in einen Schrank und holte einen Kasten mit Plakatfarben heraus. Es kam zu einem bangen Augenblick, weil kein Rosa dabei war, aber schließlich gelang es mir, obwohl ich nicht berühmt für meine künstlerische Begabung bin, aus dem Vorhandenen ein knalliges Rosa zu mischen, und Christabel war hingerissen. Sie malte das Schwein an, belehrte mich die ganze Zeit darüber, wie es gemacht worden sei, wie sie den Ballon darin gleich angepikst habe, als das Pappmaché hart gewesen sei, und wie andere ihren zu früh angepikst hatten und von vorn anfangen mußten, aber sie nicht. Sie habe gewartet, bis Miss Splint sagte, jetzt sei es soweit...

Das war also die Kehrseite der Medaille, die strahlende Seite der Mutterschaft, wenn Heiterkeit und Stolz und Zärtlichkeit einen überschwemmen und man sich fragt, ob es je so etwas Liebes und Rührendes auf der Welt gegeben habe. Ich hätte Miss Splint küssen mögen, pries sie hundertmal für das, was sie ihrer Schülerin gegeben hatte, und das alles inmitten des, aus meiner Sicht, höllischen Tumultes.

Ich blieb an jenem Abend lange auf. Christabels glückliche Stimmung hatte angehalten, und sie schlief vor acht ein. Wir hatten bei Kerzenlicht Abendbrot gegessen, wovon sie begeistert war, mit einer hübschen Decke auf dem Tisch, die ich in einer Schublade entdeckt hatte.

Sie strahlte mich im Kerzenschein an, aß ihr weiches Ei und wirkte äußerst befriedigt von ihrer Umgebung. Sie machte sogar eine Bemerkung darüber. »Hübsch«, sagte sie und nickte in Richtung Kerzen, »wie ein Geburtstag.« Dann aß sie friedlich ihren Toast und baumelte so mit den Beinen, daß sie mit den Füßen an die Strebe unter dem Tisch stieß. Ich sage »friedlich«, aber was wußte ich schon? Das machte mir angst, hielt mich an jenem Abend so lange wach. Ich begriff nicht, warum sie keine Fragen stellte. Christabel war erst fünfeinhalb, aber sie war intelligent und im allgemeinen sehr gesprächig. Rowena hatte jede Frage, die das Kind stellte, mit erschöpfender Gründlichkeit beantwortet, und ich war jetzt auf eine Flut von Fragen gefaßt gewesen. Aber keine kam. Christabel fragte nichts, bis auf die eine Frage, die sie im Auto gestellt hatte. Mein Bruder hatte mir geraten, ihr Zeit zu lassen, ihr nichts aufzudrängen, wonach sie nicht ausdrücklich fragte. Er hatte mir gesagt, ich dürfe keine Hirngespinste zulassen, das Kind aber andererseits auch nicht mit der harten Realität erschlagen. Aber je länger ich mit Christabel zusammen war, desto größere Sorgen machte ich mir darüber, was in ihrem Kopf vorging. Schuf ich denn dadurch, daß ich bei ihr wohnte, kein Hirngespinst? Mußte sie nicht denken, daß dies ihr neues Leben sei, mit Isobel zu leben, ihrer neuen Mutter?

Der Gedanke brachte mich zum Schwitzen. Das alles war so verlockend, und als ich in jener Nacht endlich einschlief, änderte Rowena die Taktik. Da war sie wieder, dasselbe näher rückende Gesicht, aber jetzt lächelte sie und sah verträumt aus. *»Ist sie nicht bezaubernd, Isobel?«* sagte sie. *»Ist sie nicht hinreißend? Ist es nicht herrlich, wenn du sie im Bad siehst, so zerbrechlich und doch so stark? Und ihr Haar, wie es sich anfühlt, so elastisch und so weich? Hat sie dir* *schon einen Schmetterlingskuß gegeben, Isobel? Hast du gespürt, wie die sanften Lippen deine Haut streifen? Ist ihr Lächeln nicht wunderbar, verwandelt es sie nicht völlig? Es verschluckt ihr ganzes Gesicht, nicht wahr? Und sie lächelt dich jetzt an, nicht wahr, Isobel? Du weißt doch, daß sie dich liebt, nicht wahr? Habe ich dir je erzählt, daß sie immer sagte, wenn sie wütend auf mich war, sie will fort von mir und bei dir wohnen? Habe ich dir gesagt, daß sie dich schön findet? Habe ich es dir gesagt, Isobel? Ach, Isobel, wie kannst du sie nur einer Pflegemutter überlassen? Wie kannst du sie zur Adoption freigeben? Schau sie dir an, Isobel, wie kannst du nur, wie kannst du das nur tun?«* Ich wachte um drei Uhr morgens auf, und die Worte hallten mir so laut in den Ohren, daß ich überzeugt war, Rowena sei im Zimmer. Und dann weinte ich. Oh, nicht sehr, ein paar Tränen des Selbstmitleids, aber es reichte aus, mich zu warnen, daß ich als Wrack enden würde, wenn ich mich nicht zusammenriß.

Jedenfalls fiel der lieben Maureen mein Aussehen auf. »Schlechte Nacht, nicht wahr?« sagte sie teilnahmsvoll, als sie am nächsten Tag vorbeikam, mit irgendeinem elenden Formular, das ausgefüllt werden mußte.

»Nein, eigentlich nicht«, sagte ich und wurde rot, das weiß ich.

»Es ist schwer, eine Fünfjährige zu versorgen, wenn man nicht daran gewöhnt ist«, fuhr Maureen fort, »und unter diesen Umständen muß es furchtbar sein.«

»Christabel geht es gut«, sagte ich energisch. »Es ist überhaupt nicht schwierig mit ihr.«

»Im Augenblick«, sagte Maureen. »Das kann sie natürlich nicht durchhalten, solange sie ihre Trauerarbeit nicht geleistet hat. Sie muß irgendwann geleistet werden, das ist der springende Punkt, das bleibt nicht ewig unter Verschluß.«

»Wie wahr«, sagte ich sarkastisch, aber falls ihr der Sarkasmus auffiel, überhörte sie ihn. Vielleicht war Maureen doch nicht so schwachsinnig, wie ich sie eingeschätzt hatte.

»So«, sagte sie munter. »Ich habe hier das Formular 265, damit Sie es ausfüllen können.«

Ich griff nach dem Formular, das sie mir hinhielt. Es war voller Fragen nach Christabels Gesundheit, die ich nicht beantworten konnte. »Ich weiß keine der Antworten«, sagte ich und gab es zurück.

»Du meine Güte«, sagte Maureen. »Wie ist es mit Grannie? Mit Auntie?«

Ich starrte sie an. Welch ein Bild hatte sie von Mrs. Blake und Camilla? Von deren Beziehung zur toten Tochter, zur toten Schwester? Eng? Intim? Täglich im Kontakt?

»Das wird sich ja zeigen«, fuhr Maureen fort, »und es ist nicht besonders wichtig, es kommt auf das medizinische Gutachten an.«

»Was für ein medizinisches Gutachten?«

»Das über Christabel. Die Vorschriften über die Unterbringung von Pflegekindern sind in diesem Punkt sehr streng – Kinder dürfen nicht in Pflege gegeben werden, wenn sie nicht drei Monate vor der Unterbringung untersucht worden sind. Sie müssen sie also zu ihrem Hausarzt oder in die Klinik bringen, und es wäre nützlich, wenn Sie das sobald wie möglich tun könnten. Haben Sie ihr Krankenblatt? Nein? Vielleicht könnten Sie es suchen, wenn Sie Zeit haben. Gehen Sie heute zur Arbeit?«

Ich rang mir ein steifes »Nein« ab.

»Sie haben einen verständnisvollen Chef, nicht wahr?«

»Ich habe keinen Chef«, sagte ich und fragte mich, warum ich etwas gegen derart harmlose Fragen hatte.

»Ich bin selbständig, ich arbeite für verschiedene Auftraggeber.«

»Oh, wie interessant. In welcher Branche sind Sie denn tätig, falls das keine unhöfliche Frage ist?«

Es reizte mich, wie sie »unhöflich« sagte, mit einem kleinen Kichern. »Nein, das ist nicht unhöflich«, sagte ich mit beleidigender Betonung. »Ich bin Dolmetscherin. Ich arbeite für verschiedene Organisationen, zum Beispiel den British Council, die NATO, die UNO. Ich werde für eine Woche verpflichtet, manchmal länger, je nachdem, was für ein Auftrag es ist.«

»Dann sind Sie also viel unterwegs?« sagte Maureen, die das Formular 265 vergessen hatte.

»Natürlich, obwohl immer mehr Arbeit in London anfällt.«

»Und was sprechen Sie, welche Sprachen?«

»Vor allem Russisch und Französisch, aber mit Spanisch und Deutsch komme ich auch zurecht.«

»Na, so was!« staunte Maureen.

»Es klingt nur aufregend«, sagte ich. »Im Grunde ist es furchtbar anstrengend. Aber mir macht es Freude.«

»Ach, bestimmt. Es muß wahnsinnig interessant sein.« Dann schien sie sich wieder an die Situation zu erinnern. »Mit so einem Beruf«, fuhr sie forsch fort, »könnten Sie sich nicht um ein Kind kümmern, oder?«

»Nein«, sagte ich. »Nicht ohne Kindermädchen, und auch dann wäre es schwierig.«

»Und ob es das wäre«, pflichtete Maureen mir bei und nickte mehrmals. »Keine Frage. So, ich habe das Formular gebracht, und Sie kümmern sich um das medizinische Gutachten und suchen das Krankenblatt, okay? Und ich habe die Fallbesprechung für Freitag angesetzt. Sagen Sie ihrer Grannie und ihrer Auntie Bescheid?«

Ich versprach es. Als Maureen fort war, machte ich mich daran, Christabels Krankenblatt zu suchen, im Bewußtsein, Camilla oder ich hätten Rowenas Papiere schon längst durchgehen sollen. Inzwischen war die Wohnung ordentlicher, als sie es seit meinem Auszug je gewesen war, aber die Ordnung war oberflächlich, und mir graute davor, die vollgestopften Schubladen von Rowenas Schreibtisch aufzumachen. Ich zögerte nicht, weil es eine so vertrauliche Aufgabe war – es war persönlich viel belastender gewesen, ihre Kleider auszusortieren –, sondern weil ich mit Gewißheit wußte, daß ich ein Chaos vorfinden und trotzdem nicht fähig sein würde, alles in einen Müllsack zu stopfen und wegzuwerfen. Mir graute vor der Notwendigkeit, mich Rowenas chaotischem Leben zu stellen, dem Mangel an Ordnung, davor, in dem ganzen Wust keinen einzigen Fetzen zu finden, der wichtig war.

Aber als ich erst einmal angefangen hatte, stellte ich fest, daß mehr System dahintersteckte, als ich mir hätte vorstellen können. Christabels Krankenblatt war in einem Schnellhefter abgelegt, deutlich mit ihrem Namen beschriftet, zusammen mit einer Klinikkarteikarte, auf der jede Impfung gegen die verschiedenen Kinderkrankheiten eingetragen war. Ihre Geburtsurkunde war da – mir fiel auf, daß Amos' Name nicht darauf stand, daß die Rubrik leer war –, und eine Karte mit Zahnarztterminen. Außerdem enthielt der Schnellhefter Zettel mit Namen von Musik- und Schwimmlehrern und so weiter – die Dinge, die eine gute Mutter sammelt. Alle Achtung – wenn Rowenas Kind beim Nachhausekommen auch eine von Abfall übersäte Wohnung vorgefunden hatte, waren doch für jemanden, der das nicht wußte, alle Beweise mütterlicher Sorge vorhanden.

An jenem Tag schaffte ich nur drei von sieben Schubladen. Ich warf nichts weg, beherzigte die Mahnung meiner Mutter: »Denk daran, du bist keine Verwandte, Isobel.« Ganz recht. Ich stapelte alle alten Briefe säuberlich in einem Schuhkarton, darunter auch viele von mir, von denen ich mir sicher war, daß ich ein juristisches Anrecht auf sie hatte, damit ich sie den Blakes übergeben konnte. Ich streifte außerdem ein Gummiband um die wichtigen Unterlagen wie das Scheckheft, die Sparbücher von National Savings und Abbey National und die Kontoauszüge. War es unerträglich neugierig, wenn ich einen Blick hineinwarf? Wie auch immer, ich schaute sie mir an, und was ich entdeckte, hätte mich nicht überraschen dürfen, tat es aber doch. Rowena hatte 8750 Pfund auf dem Sparbuch von National Savings, 5000 Pfund auf dem von Abbey National und 2150 Pfund auf der Bank. Wie war es ihr da nur möglich gewesen, Sozialhilfe in Anspruch zu nehmen? Christabel hatte ein eigenes Sparbuch bei National Savings mit 20 000 Pfund darauf, die vermutlich ihre Großmutter bei ihrer Geburt für sie angelegt hatte. Plötzlich ging mir auf, daß dies viele Geld alles noch schwieriger machen würde, denn Christabel besaß nicht nur fast 40 000 Pfund, sie erbte wahrscheinlich auch eine Wohnung, die jetzt mindestens 80 000 Pfund wert war. (Mrs. Blake hatte mir gesagt, als sie mich auszahlte, die Wohnung sei auf Rowenas Namen eingetragen.) Vielleicht war außerdem noch ein Fonds für Christabel vorhanden, den ihre Großmutter für ihre Ausbildung eingerichtet hatte und von dem ich nichts wußte. Rowena hatte so etwas durchblicken lassen, als sie damit anfing, von Privatschulen für Christabel zu faseln, aber weil sie meine Ansichten dazu kannte, hatte sie mir nichts mehr darüber erzählt. Dazu kam natürlich das, was Mrs. Blake noch hatte. Würde sie es Christabel hinterlassen oder Camilla?

Wer würde dieses Geld bekommen? Würde es für Christabel verwaltet werden, bis sie volljährig war? Vermutlich. Aber wenn dem so war, wie wäre dann der Familie, die sie adoptierte, angesichts von Christabels relativem Reichtum zumute, vor allem dann, falls sie selbst nichts hatten?

Als mir in jener Nacht die rasende Rowena wieder zusetzte, schrie ich sie an, sie solle den Mund halten, sie habe ein beschissenes, grauenhaftes Chaos hinterlassen, alles sei ihre Schuld, sie habe kein Recht, auf mir herumzuhacken, ich hätte niemals ein eigenes Kind auf Gedeih und Verderb den Sozialarbeitern ausgeliefert. Ich weckte Christabel mit meinem Geschrei, und die Scham war schwer zu ertragen, als sie bebend neben meinem Bett stand, vor Angst von Sinnen. Damit mußte Schluß sein. Ich beruhigte mich, ich beruhigte sie und versprach mir selbst, wenn ich mich am nächsten Tag mit Camilla und Mrs. Blake traf, sehr deutlich zu werden, damit ich selbst bei Verstand blieb.

Fünftes Kapitel

Gestern ging mir durch den Kopf, ich sollte wirklich irgendwohin verreisen, aber genau dazu habe ich keine Lust. Ich verreise oft genug. Ich scheine mein halbes Leben auf Flughäfen zu verbringen. Was ich brauche, ist Stabilität, keine Veränderung, und doch fühle ich mich offenbar im eigenen Zuhause noch nicht stabil genug. Natürlich könnte ich in mein zweites Zuhause fahren, zu meinen Eltern, in mein »richtiges« Zuhause, wie meine Mutter es nennt. Auch Rowena nannte es so – »du hast ein Riesenglück«, sagte sie, »daß du ein richtiges Zuhause hast.« Ich gab zurück, das habe sie auch, was das denn solle, aber sie schüttelte den Kopf und stritt es entschieden ab. Das Peinliche daran war, daß ich begriff, was sie meinte. Der Haushalt der Blakes hatte nichts Heimeliges. Rowenas Vater war bei der Marine, der Royal Navy, und über lange Zeit hinweg fort. Sobald Camilla geheiratet hatte, blieben die junge Rowena und ihre Mutter deshalb allein zurück, und Mrs. Blake machte Schluß mit dem »Aufwand«, wie sie es nannte. Der Verzicht auf den »Aufwand« erstreckte sich auf viele Gebiete: Der Aufwand, Mahlzeiten zuzubereiten, lohnte sich nicht mehr, deshalb gab es für beide nur noch Kleinigkeiten, die sie zu verschiedenen Zeiten aßen; der Aufwand, das Wohnzimmer zu heizen, lohnte sich nicht, und deshalb war die Küche der einzige warme Raum; der Aufwand, sich feinzumachen, lohnte sich nicht mehr, sobald Papas Maßstäbe nicht mehr zu beachten waren, und deshalb trugen die beiden tagaus, tagein dieselben Sachen. Mrs. Blake war keine Schlampe, aber sobald ihr Mann fort war, fiel auf, daß sie von Natur aus nicht die makellose Ehefrau war, als die sie erschien, wenn er zu Hause war.

Aber in gewisser Hinsicht sah es mit Rowenas »richtigem« Zuhause noch schlechter aus, wenn ihr Vater zurückkam. Dann gab es einen strengen Tagesplan, und der »Aufwand« war ständig nötig. Die Mahlzeiten wurden pünktlich und förmlich im Eßzimmer eingenommen, das Haus war blitzsauber, und alle zogen sich mindestens dreimal am Tag um und trugen die Kleidung, die Captain Blake für morgens, nachmittags und abends als angemessen empfand. Das alles war grauenhaft für Rowena, die nicht wußte, was sie mehr verabscheute, die Vernachlässigung, wenn ihr Vater fort war, oder die erdrückende Aufmerksamkeit, wenn er zu Hause war. In beiden Fällen lud sie ungern Freunde zu sich ein, während unser Haus immer ein Tummelplatz für die halbe Schule war.

Manchmal war ich gemein. »Gehen wir doch heute zu dir«, sagte ich dann zu Rowena. Ihr Gesicht umwölkte sich, und sie schlurfte mit den Füßen, aber ich bestand darauf, Gott weiß, warum, denn was war bei Rowena zu Hause schon zu erwarten? Ganz bestimmt kein Kuchen, der eben aus dem Backofen kam, keine strahlend lächelnde Mutter, die nur darauf wartete, sich meine Beschwerden anzuhören, keine Brüder, die man hänseln und ärgern konnte, keine Herzlichkeit oder irgendeine Form von Aktivität. Nur Mrs. Blake, die ein leicht entsetztes Gesicht machte, weil wir überhaupt gekommen waren, und uns nicht einmal einen Keks oder ein Glas Orangensaft anbot.

Ich sehe Mrs. Blake jetzt anders. Sie hätte nie Kinder bekommen sollen, das war das Problem. Sie ist nicht eigentlich ein kalter Mensch, aber sie wird mit Emotionen schwer fertig, und ganz besonders mit den Gefühlsausbrüchen von Kindern. Ich begreife nicht, warum das Austragen eines Kindes nicht automatisch ein unauflösliches Band zwischen Mutter und Kind schafft, aber bei Mrs. Blake und bei anderen habe ich gesehen, daß es nicht der Fall ist. Man hat das Kind im eigenen Körper getragen, hat es aus dem eigenen Wesen heraus geschaffen, verhilft ihm zum Leben und stillt es auf so intime Weise – das alles, und trotzdem sieht man überall Mütter und Kinder, die sich fremd sind. Sonderbar. Aber während ich als kleines Kind, als ich nebenan von Mrs. Blake wohnte, glaubte, sie sei unnatürlich und sogar grausam, begriff ich später, als ich in den Ferien zurückkam, daß sie schlicht und einfach nicht für die Mutterrolle geschaffen war. Sie war zu erhaben über die ganze Unordnung der Kindheit, hatte zuwenig Sinn für Humor. Sie liebte ihre Bücher, ihre Porzellansammlung und fuhr gern fort, um Kathedralen zu besichtigen.

Einmal erzählte sie meiner Mutter, sie habe ihr Leben vergeudet, sie habe Anwältin werden wollen, aber ihr Vater habe es nicht erlaubt. Das erklärte natürlich eine weitere Leidenschaft: Sie war Laienrichterin. Meine Mutter sagte immer, es schaudere sie, wenn sie sich vorstelle, daß Mildred Blake in einem Fall urteilte, mit dem sie zu tun bekam; es schaudere sie, wenn sie an den völligen Mangel an Mitleid oder an Verständnis für menschliche Schwäche denke. Mein Vater erwiderte dann, sie sei eine hervorragende Laienrichterin – er hatte sie als Anwalt in Aktion erlebt –, und an Korrektheit könne es niemand mit ihr aufnehmen. Meine Mutter murmelte: »Genau«, und machte ein aufmüpfiges Gesicht. Ich glaube, sie war ein wenig eifersüchtig auf Mrs. Blakes Sachverstand, weil sie nie einen Beruf ausgeübt hatte – sie war sehr jung Ehefrau und Mutter geworden und hielt sich für völlig ausgefüllt. Während ich groß wurde, war niemand anderer Meinung, aber in letzter Zeit ist meine Mutter defensiv geworden, was ihre Lebensweise anbelangt. Sie fühlt sich vom modernen Feminismus angegriffen und kann das leise Gefühl nicht leiden, man könne sie dafür, daß sie ihr ganzes Leben dem Mann und den Kindern gewidmet hat, bemitleiden oder gar verachten statt bewundern.

Rowena war ihre größte Verehrerin. Sie vergötterte meine Mutter, und ich muß sagen, daß meine Mutter eine Schwäche für sie hatte. »Armes kleines Ding«, sagte sie, wenn Rowena widerstrebend nach Hause gegangen war. Mich reizte das, und ich sagte, ich könne nicht begreifen, weshalb sie arm sein solle, und meine Mutter versuchte, der Erklärung, was sie meine, auszuweichen. Wenn Rowena nach unserem Umzug nach Cockermouth die Ferien bei uns verbrachte, machte meine Mutter einen Riesenwirbel ihretwegen. Sie plauderten stundenlang miteinander, während sie gemütlich in unserer hübschen Küche saßen, über Themen, die mich nicht interessierten, wie die Königsfamilie oder Horoskope. Meine Brüder mochten sie auch, behaupteten, sie sei mädchenhafter als ich, womit sie meinten, daß sie sich ihnen gern unterordnete. Sie flirtete mit ihnen und schmeichelte ihnen, und obwohl sie das ganz genau wußten – ich wies sie auch deutlich darauf hin –, gefiel es ihnen. Dazu kam ihre Liebe zum Bergsteigen, ihr Durchhaltevermögen und ihr Ehrgeiz, höhere Berge in Angriff zu nehmen. Sie sagten ihr, für ein Mädchen könne sie das gut, und sie glühte vor Stolz. Oft zog sie allein mit den beiden los, während ich aus irgendeinem Grund schmollend zurückblieb, und sie sah so glücklich aus, wenn sie zwischen ihnen hermarschierte, entschlossen, mit ihnen Schritt zu halten. »Paß auf sie auf, Andrew«, rief meine Mutter hinter meinem älteren Bruder her, »denk daran, daß sie nicht so kräftig ist wie du, Liebling.« Das war eine Rolle, die ich niemals hinnehmen wollte. Ich wollte nicht diejenige sein, auf die aufgepaßt werden mußte, aber Rowena genoß es. Ich glaube, daß sie eine Zeitlang romantische Gefühle für Stephen, meinen zweiten Bruder, empfand, obwohl Andrew, der sechs Jahre älter war als sie, sie lieber mochte. Er sagte einmal, sie werde bestimmt einmal eine liebe kleine Ehefrau werden, und ich fragte, warum nicht seine? Er wurde rot und sagte, es sei nur ein Scherz gewesen. Zum Glück war Rowena nicht dabei, aber sie wäre es liebend gern gewesen – sie wäre hingerissen gewesen, wenn sie dieses abscheuliche *Klischee* aus Andrews Mund gehört hätte, und auch seine Behauptung, es sei nur ein Scherz gewesen, hätte die Wirkung seines Errötens nicht verdorben.

Wenigstens war sie ehrlich. »Ich möchte so eine Familie gründen wie deine, Isobel«, sagte sie einmal zu mir, lange nachdem die Ferien in unseren Pubertätsjahren vorbei waren. Das war, als wir uns nach der langen Pause wiedersahen und sie mich fragte, wie es allen gehe. Ich berichtete von den Ehen und der beruflichen Laufbahn beider Brüder, zählte ihre verschiedenen Sprößlinge auf und schilderte, wie meine Mutter in der Großmutterrolle aufging, und Rowena hörte begierig zu.

»Ich möchte wie deine Mutter sein«, sagte sie. »Genau wie sie.«

»Wie ehrgeizig«, gab ich zurück, dann glaubte ich klarstellen zu müssen, daß ich meine alte Mum nicht kleiner machen wollte; daß es nicht darum ging, ich wisse sie nicht zu schätzen und liebte sie nicht. »Aber das hat mit Ehrgeiz nichts zu tun, Rowena«, sagte ich selbstergriffen, wie ich noch weiß, »das kannst du nicht als *Ehrgeiz* bezeichnen.«

»Doch, ich schon«, sagte Rowena. »Ich will so sein, wie sie war, und das tun, was sie getan hat. Ich will keinen Beruf, ich will nicht ewig allein oder mit dir zusammenleben. Ich will ein Haus, wie es deine Mutter hat, und ein Leben wie sie. Genau das will ich. Das ist mein Ehrgeiz, und es ist mir ganz gleich, was du sagst.«

»Dann nur zu«, sagte ich schlagfertig. Aber ich dachte über das nach, was sie gesagt hatte, und fragte mich, warum ich das Leben meiner Mutter nicht wollte. Es lag nicht daran, daß ich glaubte, Rowena irre sich – meine Mutter war und ist ein glücklicher Mensch, und ihre Zufriedenheit ist beneidenswert –, sondern daran, daß ich wußte, mir wäre das niemals genug.

Und deshalb bin ich in dieser grauenhaften Zeit nicht in mein »richtiges« Zuhause gegangen. Meine Mutter hätte nicht besorgter, nicht mitfühlender sein können, und ich wußte, daß die Fahrt nach Norden – wie meine Mutter mich aufgenommen und nach Strich und Faden verwöhnt hätte – vermutlich sofort zu einer therapeutischen Wirkung geführt hätte. Aber innerhalb weniger Tage wäre ich unruhig geworden, hätte mich ihr geheiligter Tagesablauf, der Tagesablauf meiner Eltern, zum Wahnsinn getrieben, und ich wäre bissig und ungenießbar geworden und hätte mir anschauen müssen, wie sie darunter litten. Sie sind so *selbstgenügsam*, so zufrieden damit, ihre Tage mit banalen, selbstgestellten Aufgaben hinzubringen. Ich weiß nicht, wie sie diese Gleichförmigkeit ertragen, ohne zu schreien. Jetzt, wo mein Vater im Ruhestand ist, scheint es in ihrem Tageslauf noch weniger Abwechslung zu geben. Sie können ewig in ihrem Wintergarten sitzen, sich beim Kaffeetrinken und Zeitunglesen etwas zumurmeln, und im Sommer kommt es mir vor, als verbrächten sie ganze Tage bei einem einzigen Getränk im Garten. Häuslichkeit mit Gloriole. Nichts von außen Herangetragenes kann ihre Welt ins Wanken bringen, und es gibt für sie keinen Grund, warum es das sollte. Und doch sind sie keine selbstgefälligen Menschen, nicht nur mit sich selbst beschäftigt. Daß sie sich ihres eigenen Glücks bewußt sind, wirkt nicht abstoßend. Als ich ihnen von Rowenas Ehrgeiz erzählte, waren sie eher verlegen als geschmeichelt. Aber sie verstanden ihren Instinkt und machten sich Sorgen um sie. »Bestimmt«, sagte meine Mutter, »angelt sich ein netter junger Mann so ein hübsches Mädchen.« Ich ächzte, sagte, an dieser Einstellung sei alles falsch, klärte sie aber nicht über Rowenas Liebesleben auf. Warum sollte ich eine Illusion zerstören? Warum eine Gesellschaft der gegenseitigen Bewunderung zerschlagen? Obwohl Rowena natürlich selbst dafür sorgte, als sie Christabel bekam.

Meine Eltern waren entsetzt, viel schockierter als Rowenas eigene Mutter. Damals ging mir durch den Kopf, daß das vielleicht genau das Szenario sei, das sie bei mir immer befürchtet hatten. Wie dumm von ihnen. Als ob ich getan hätte, was Rowena tat. Aber vor allem meine Mutter verurteilte Rowena, die bis dahin bei ihr so beliebt gewesen war, derart heftig, daß ich mir einbildete, darin stecke eine laute, deutliche Botschaft, die sie mir vermitteln wolle. Es brachte sie auf, als ich Rowenas Entscheidung verteidigte und ihre Handlungsweise zu billigen schien. Im Grunde billigte ich sie überhaupt nicht, natürlich nicht, aber die Empörung meiner Mutter forderte mich dazu heraus, den Advokaten des Teufels zu spielen. Ich konnte es jedoch nicht durchhalten. Als der Zorn meiner Mutter in Sorge um Rowena umschlug, mußte ich zugeben, daß ich diese Sorge teilte. Es war recht angenehm, die Besorgnis meiner Mutter zu teilen, und während Rowenas Schwangerschaft führten wir viele lange Telefongespräche, die uns beide trösteten. Dann, nach Christabels Geburt, hörte meine Mutter mit der Nörgelei auf. Als sie das Kind zum erstenmal sah, war Christabel ein Jahr alt. Rowena nahm sie auf dem Weg nach Edinburgh nach Cockermouth mit und verbrachte ein langes Wochenende bei meinen Eltern – sie sagten ihr immer wieder, wie willkommen sie ihnen sei –, und wie zu erwarten war, waren sie Christabel sofort hörig. Meine Mutter sagte nach diesem Wochenende, sie könne nicht mehr klar denken – es sei alles so verwirrend, sie wisse nicht, was sie glaube, und sie sei es leid, darüber nachzudenken. Es genüge ihr, daß dieses Kind hinreißend und ihre Mutter ein anderer Mensch sei, glücklicher als je zuvor in ihrem Leben.

Wonach beurteilt man, ob jemand glücklich ist? Reicht es, wenn jemand dauernd lächelt und in schwierigen Situationen pfeift? Dann würde mich niemand für glücklich halten. Ich lächle nur, wenn mich etwas amüsiert, und ich fluche, wenn ich Ärger habe. Oder wird das Etikett »glücklich« vielleicht Menschen angeheftet, die dem alten Spruch gerecht werden: »Glück ist Tätigkeit?« Welche Art von Tätigkeit? Das scheint keine Rolle zu spielen – beschäftigt zu sein, herumzurennen, das ist offenbar Glück.

Meine Mutter gab gelegentlich ein in ihren Augen vernichtendes Urteil über Leute ab, die sie für unglücklich hielt: »Sie scheinen nicht viele Freunde zu haben«, sagte sie, und damit war der Fall für sie erledigt. Wie in aller Welt sich Glück an der Beliebtheit messen läßt, kann ich mir nicht vorstellen, und auch diese Prüfung würde ich nicht bestehen. Ich habe wenig Freundinnen, mit Absicht. Ich stoße sie ständig auf eine Weise vor den Kopf, die sowohl meine Mutter als auch Rowena schockiert. Freundinnen engen mich ein, und ich habe gern Freiräume. Was nicht heißen soll, daß ich nicht *etliche* Freundinnen hätte, so sorgfältig ausgewählt wie meine Bilder und mein Geschirr. Selbstverständlich war Rowena eine von ihnen; dazu kamen, in dreieinhalb Jahrzehnten, zwei weitere. Das reicht mir. Meine männlichen Freunde habe ich nicht gezählt, weil die Freundschaft mit den meisten nicht gehalten hat, nachdem die Leidenschaft verflogen war. Nur Fergus könnte ich einen wahren Freund nennen.

Aber Rowena hatte scharenweise Freundinnen und wurde deshalb von meiner Mutter für glücklich gehalten, für die das nur Namen waren, jede Menge Namen. Sie hatte nie die Gelegenheit, diese Freundschaften näher zu untersuchen und wie ich herauszufinden, daß sie zu wünschen übrig ließen. Manche »Freundinnen« von Rowena schlugen ihr regelmäßig die Tür vor der Nase zu. Das Erstaunliche daran war, daß sie mir davon erzählte. »Ich wollte Helen besuchen«, sagte sie beispielsweise, »und sie hat mich nicht hereingelassen, hat gesagt, sie hat keine Zeit, und ich habe gewußt, daß sie lügt. Sie ist so *gemein.*« Für mich war es immer unwiderstehlich, sie ins Kreuzverhör zu nehmen – der Gedanke an eine derart brutale Zurückweisung faszinierte mich einfach. Rowena gab zu, sie habe diese Helen *angebettelt,* sie hereinzulassen, nur für fünf Minuten, denn sie sei einsam und habe niemanden, mit dem sie reden könne, sagte sogar, sie wisse, daß sie Tränen in den Augen gehabt habe, während sie bettelte, Helen möge aufmachen, und trotzdem habe diese »Freundin« nein gesagt, sie könne sich jetzt nicht mit Rowena abgeben, sie solle ein andermal wiederkommen. Oder die Freundinnen, die mit ihr verreisen wollten, aber bessere Angebote hatten, wenn es soweit war, und Rowena sitzenließen. Ich glaube, der Kummer wegen ihrer elenden Freundinnen brachte Rowena mehr Unglück, als die guten Zeiten mit ihnen sie glücklich machten. In ihrem Adreßbuch wimmelte es von Telefonnummern, und doch habe ich gesehen, wie sie zwanzig oder mehr anrief und keine einzige Freundin auch nur dazu bereit war, mit ihr zu reden.

Als meine Mutter sagte, Rowena sei nach Christabels Geburt glücklicher, als sie sie je erlebt habe, war das also relativ zu sehen. Durch ihr Kind hatte Rowena jetzt immer eine Freundin, eine Gefährtin, jemanden, an den sie sich jederzeit klammern konnte. Und es ist wahr, daß ihr das bekam. Sie liebte Gesellschaft, genoß es, gebraucht zu werden, und ihre Tochter erfüllte beide Funktionen. Sie hatte kein Verlangen mehr danach, auszugehen – wenigstens eine meiner düsteren Prophezeiungen, die sich nicht erfüllt hatte. Rowena brauchte keinen Babysitter, weil sie ihr Kind abends nie allein lassen wollte. Sie gab die Klub- und Pubbesuche auf und ließ sich nicht dazu überreden, sich einen Film anzuschauen. Sie wollte jeden Augenblick mit Christabel zusammensein. Und sie blühte körperlich auf, sie strahlte. Durch die Schwangerschaft war sie natürlich etwas schwerer geworden, und nach der Geburt blieb sie durch das Stillen runder, als sie je gewesen war. Die Gewichtszunahme stand ihr, ließ sie nicht mehr so zappelig wirken. Dann veränderte sich auch ihre Haut. Sie war nicht mehr so blaß, sah gesünder aus, und ihr Haar wirkte blonder und dichter. Sie ging dazu über, es aus dem Gesicht zu kämmen und im Nacken mit einer Schleife zusammenzubinden, statt es wirr um das Gesicht hängen zu lassen, und die Wirkung war vorteilhaft.

Auch die Kleidung veränderte ihre Erscheinung – sie nahm es sehr ernst, daß sie Mutter geworden war, und lief nicht mehr in einem Sammelsurium von Flohmarktklamotten herum. Jetzt trug sie entweder einen Trainingsanzug oder Jeans mit schlichten Blusen und Strickjacken. Nachdem sie ein Leben lang schmuddelig gewirkt hatte, sah sie jetzt adrett und gepflegt aus. Meine Mutter nahm das alles wohlgefällig zur Kenntnis. Sie hatte sich immer über Rowenas Schlampigkeit aufgeregt, und die Verwandlung überzeugte sie davon, daß bisher alles nur Getue gewesen sei. Natürlich bekam sie Rowenas Wohnung nie zu sehen, sonst wäre ihr klargeworden, daß der Schein trog.

Aber auch ich staunte oft in jenen fünf Jahren über Rowenas neue Zufriedenheit und mußte zugeben, daß die Mutterschaft Wunder gewirkt hatte. Am meisten beeindruckte mich ihr sofort erwachtes Verantwortungsgefühl, denn der Mangel daran hatte bisher Rowenas ganzes Leben bestimmt. Sie nahm ihre Mutterpflichten äußerst ernst, und das gab ihrem Leben einen Sinn. Im Hinterkopf war mir wegen der Rolle, die Christabel dabei spielte, unbehaglich zumute – war es richtig, daß ein Kind zum Angelpunkt wurde, um den sich die ganze Existenz der Mutter zu drehen schien? Mir war bewußt, daß die Belastung, der Mittelpunkt im Leben ihrer Mutter zu sein, immer schwerer wiegen würde, je älter Christabel wurde, und daß sie sie zwangsläufig eines Tages würde abschütteln wollen. Wenn es soweit war, was sollte dann aus Rowena werden?

Ich nehme an, daß auch Rowena vage bewußt war, was ihr drohte; deshalb der Wirbel um ein zweites Kind, an das sie sich klammern konnte, und vielleicht war das auch der Grund für die Selbstüberwindung, Christabel etliche Stunden von jemand anders versorgen zu lassen, damit sie eine Stelle in der Kinderkrippe des Gesundheitszentrums annehmen konnte, an drei Tagen in der Woche (das war der Zeitpunkt, als ich versuchte, eine Tagesmutter für Christabel zu finden). Mit anzusehen, wie sie nach Hause zu ihrer kleinen Tochter kam, manchmal hatte ich die Gelegenheit, war rührend. Die Umarmungen – gegen die Christabel sich sträubte – waren heftig und hungrig, und die grenzenlose Liebe in ihrem Gesicht widerte mich ein wenig an.

Ich weiß nicht, warum ich das sage. Ich schäme mich dafür. Warum sollte Freude etwas Abstoßendes haben? Doch in gewisser Weise verachtete ich Rowenas extreme Verwundbarkeit – mir wäre es lieber gewesen, wenn sie ihr Bedürfnis nicht so unverhohlen gezeigt hätte. Außerdem langweilte es mich. Sie war als Mutter ein glücklicher Mensch, jedenfalls die meiste Zeit, aber sie war viel langweiliger geworden. Mir wurde klar, daß mich an Rowena stets vor allem ihr unberechenbares Wesen angezogen hatte. Man wußte nie, welchen Unsinn sie als nächstes anstellen würde. Obwohl ich das meiste, was sie tat, mißbilligte, war es doch befriedigend, höhnisch dabei zuzuschauen, und das fehlte mir. Die neue Rowena hätte es nie gewagt, Dummheiten zu machen, denn sie war jetzt Mutter, und Mütter sind vernünftig. Einmal ging ich so weit, ihr zu sagen, sie habe mich enttäuscht; ich hätte geglaubt, sie falle der Konvention nicht so einfach zum Opfer, werde sich die Mutterschaft so zurechtmodeln, daß sie ihr entsprach, und sich nicht von den Erwartungen der Gesellschaft einschüchtern lassen. Sie sagte, sie sei nicht eingeschüchtert, und die Gesellschaft sei ihr scheißegal, das Ganze sei viel einfacher. Sie verbringe lieber, sagte sie, einen Abend mit Christabel als mit jedem anderen Menschen auf der Welt. Du meine Güte. Da ist es schon wieder – dieses unwürdige Ekelgefühl, dessen Grund ich nicht kenne. Ich habe einen Verdacht, woher es kommt, aber ich weiß es nicht genau.

Als Rowena tot war, war es hoffnungslos, Menschen, die sie nicht gekannt hatten, erklären zu wollen, mit welcher Hingabe sie in ihrem Kind aufgegangen war. »Sie hat Christabel abgöttisch geliebt«, sagte ich zu Maureen und handelte mir als Reaktion hochgezogene Augenbrauen ein. »Sie hat Christabel vergöttert«, sagte ich zu Betty und stieß auf offenen Unglauben.

»Die hat 'ne Menge auf dem Gewissen, diese Rowena«, sagte Betty, als die arme Christabel erst zwei Wochen bei ihr war. »Ich hab sie nicht gekannt, und ich will auch nichts Schlechtes über Tote sagen, aber sie hat 'ne Menge auf dem Gewissen. Das Kind ist fünfeinhalb und pinkelt einfach in den Schlüpfer. Das sind nicht die Nerven, ach wo, mit den Nerven kenn ich mich aus, ich hab massenweise Bettnässer gehabt und es denen nie übelgenommen, aber bei Chrissie ist es anders, ihr ist es einfach egal. Wenn sie Lust hat, geht sie aufs Klo, aber sie hat nicht immer Lust. Und sie hat nicht mehr Ahnung als ein Affe, wie man mit Messer und Gabel umgeht, schaufelt sich das Essen mit den Fingern in den Mund, und es ist ihr ganz egal, daß andere dabei zuschauen. Kann keinen Knopf zumachen, keinen Schnürsenkel zubinden, und dabei ist sie ein schlaues kleines Ding, das liegt alles an der Mutter, keine Erziehung nicht.« Die Kritik nahm täglich zu und ging über Tisch- und Klositten hinaus. »Das Kind kann nicht mal spielen«, teilte Betty mir mit. »Sie ist wie ein altes Waschweib, plapper, plapper, plapper, das ist nicht gut für sie, die Mutter von ihr hat 'ne Menge auf dem Gewissen, Chrissie ist viel zu altklug, es ist eine Affenschande.«

»Christabel«, sagte ich defensiv, »sie heißt Christabel.«

»Ich nenn sie Chrissie, und das schadet ihr nichts«, fuhr

Betty mich an. »Es ist doch peinlich für das arme kleine Ding, daß sie einen so affigen Namen hat. Chrissie gefällt ihr. Das hat sie mir gesagt. Mum, hat sie gesagt, Chrissie gefällt mir.«

Mein Gesichtsausdruck muß meine Ungläubigkeit gezeigt haben, aber Betty mißverstand den Grund.

»Sie hat's gesagt«, wiederholte sie, »sie hat gesagt, daß sie gern Chrissie heißt.«

Was ich nicht glauben konnte, war natürlich, daß Christabel zu Betty »Mum« gesagt haben sollte. Der Verrat kam mir so unwahrscheinlich vor, daß ich es nicht fassen konnte. Aber es stimmte. Ich hörte mit eigenen Ohren, wie Christabel »Mum« zu Betty sagte, und mehr noch, ich hörte, wie es ganz natürlich herauskam, ohne Mühe, ohne jeden Hinweis darauf, daß Betty Druck auf sie ausgeübt hatte.

Als Christabel bei meinem ersten Besuch ins Zimmer kam, ging sie direkt auf Betty zu und sagte: »Schau mal, Mum, was ich in der Schule gemacht habe.«

Und Betty sagte: »Du bist ja ein schlaues kleines Mädchen. Ich häng's auf, damit es alle sehen können. Jetzt schau mal, wer da ist. Was sagst du zu ihr?«

Christabel drehte sich um, sah mich und sagte: »Guten Tag, Isobel.«

Leider mußte ich lachen. Wer hatte gesagt, das Kind sei wie ein altes Weib, und wer brachte ihr jetzt derart altertümliche Förmlichkeiten bei? Die alte Christabel hätte gelächelt oder auch nicht, je nach Laune, vielleicht »Hallo« gesagt, wäre vielleicht mit ihrem Bild zu mir herübergekommen, aber *Guten Tag*?

»Isobel will sehen, wie es dir geht«, sagte Betty.

»Sehr gut, danke«, sagte Christabel. Sie schien sich nicht besonders für mich zu interessieren, was weh tat, aber es lag auch eine gewisse Ironie darin. Ich hatte geübt, wie ich damit fertig werden sollte, wenn die kleine Gestalt auf mich zustürzte, sich an mich klammerte, vielleicht schluchzend, und hier stand dieses kühle, gefaßte Wesen, das mich kaum zu kennen schien. Sie wandte sich, nachdem sie guten Tag gesagt hatte, sofort wieder Betty zu, und ich fing Bettys triumphierenden Blick auf. Ich fragte, wie Christabel schlafe – »wie ein Murmeltier« – und esse. Ich hatte mir vor allem wegen des Essens Sorgen gemacht. Sobald sie Mutter wurde, war Rowena besessen gewesen von gesunder Ernährung, und ich war mir ziemlich sicher, daß Christabel an Bettys Tisch keine Müslis, Rohkost und Hülsenfrüchte bekam. Wie würde sie die Würstchen, Fritten und panierte Kost vertragen, die Betty bestimmt auftischte? Die Antwort lautete: hervorragend. Sie esse »wie ein Scheunendrescher«, sagte Betty und fügte hinzu, sie hoffe, das kleine Ding bekomme mit der Zeit bei ihr etwas Fleisch auf die Knochen.

Ich hatte gehofft, Christabel mitnehmen zu können, zu mir in die Wohnung, aber Betty legte ein Veto ein. »Es liegt nicht an mir«, sagte sie, »aber es ist nicht erlaubt, nicht ohne schriftliche Genehmigung und Inspektion. Ich bin schon lange Pflegemutter, und glauben Sie mir, ich kenn mich aus. Das Jugendamt kann gar nicht vorsichtig genug sein, wissen Sie. Sie könnten sonstwo mit ihr hingehen, sonstwas mit ihr anstellen, die müssen auf Nummer Sicher gehen. Diese Maureen hätte Ihnen das sagen müssen. Hat sie es Ihnen nicht gesagt? Na, das überrascht mich nicht. Manchmal sind die so lax, ich kann's oft kaum glauben. Aber ich habe recht, Sie werden schon sehen. Sie brauchen eine schriftliche Genehmigung, und die muß beantragt werden.«

Ich sagte, es sei nicht so wichtig, aber ich hätte ebensogut aufstehen und gehen können. Es war unmöglich, in Bettys Gegenwart, in Bettys Wohnzimmer, mit Christabel zu reden. Ich achtete ständig darauf, was ich sagte und wie ich es sagte, hatte Angst davor, herablassend zu wirken. Und Betty wußte es, ihr war völlig klar, wie unbehaglich mir zumute war, wie befangen ich war. Sie saß da und demonstrierte in jedem Augenblick ihre Macht über Christabel, genoß ihren Vorteil. Nach etwa zehn Minuten eines quälend-verlogenen Gesprächs schickte sie Christabel hinaus, damit sie sich vor dem Tee die Hände wusch und die »guten Schulsachen« auszog. Rowena hätte bei dieser Art von Anstandsunterricht einen Tobsuchtsanfall bekommen, aber Christabel ging ohne einen Muckser hinaus – und ohne sich nach mir umzuschauen.

»So«, sagte Betty und strich sich die schon glatte Schürze zurecht, »wann kommt denn diese Granny wieder? Ich will Ihnen nämlich ganz ehrlich sagen, daß ich von dieser Frau die Nase voll hab. Ich will nicht, daß sie herkommt und Chrissie ganz durcheinanderbringt, das ist nicht recht.«

»Sie ist ihre Großmutter«, wagte ich zu äußern.

»Komische Sorte von Granny, wenn Sie mich fragen, gibt das süße kleine Ding zur Adoption frei.«

»Sie ist alt und lebt in einem Heim ...«

»Sie hat Geld, oder? Klar hat sie Geld. Mir wär's gleich, wie alt ich wär oder wo ich wohne, ich würd keine Enkelin von mir im Stich lassen.«

»Mrs. Blake läßt sie nicht im Stich, sie ...«

»Sie gibt sie zur Adoption frei, oder nicht?«

»Ja, aber ...«

»Kein Aber. Ach, es ist furchtbar, mir wird ganz anders, wenn ich daran denke, das eigene Fleisch und Blut, und sie mit diesem ganzen Geld. Und diese Tante von ihr, diese Camilla, die ist nicht bloß kalt. Die ist wie ein Eisberg, die ist nicht normal. Die könnte doch ihre Nichte nehmen, oder etwa nicht?«

»Sie ist Musikerin, geht mit einem Orchester auf Tourneen ...«

»Aber sie hat's doch dicke, oder nicht? Mit dem Auto? Mit der Adresse? Solchen Kleidern? Sie könnte ein Kindermädchen nehmen, sie könnte sich alles leisten, wenn sie Chrissie haben wollte. Was mich so fuchtig macht, ist die ganze Falschheit dabei, daß die so tun, als würden sie Chrissie liebend gern nehmen, aber, ach du meine Güte, es geht nicht, und dann dieser ganze Quatsch, daß sie bloß ihr Bestes wollen – es ist widerlich.«

Bettys Gesicht war hochrot angelaufen, und an ihrer Schläfe pulsierte eine Ader. Es gab keinen Zweifel an der Echtheit ihrer Empörung und an ihrer Sorge um Christabel. Und ich zweifelte auch nicht daran, daß sie die Wahrheit sagte, daß sie tatsächlich, wie alt oder arm sie auch immer gewesen wäre, eine Möglichkeit gefunden hätte, die eigene Enkelin zu behalten. Vor Bettys Gefühlsbeteiligung, ihrem unerschütterlichen Sinn für das *Richtige*, verflüchtigte sich die Rationalität des Standpunktes der Blakes. Ich dachte nicht einmal daran, den Versuch zu machen, Betty auf die Seite der Blakes zu bringen. Statt dessen wurde ich zur Verräterin. In Carlisle, in jenem Krankenhaus, als wir vor der Intensivstation saßen, hatte ich Camilla und Mrs. Blake zugestimmt, es sei tatsächlich das Beste für Christabel, wenn sie adoptiert werde, weil das, was sie dem Kind geben könnten, unzureichend sei. Vor allem hatte ich Camillas Recht verteidigt, eine zweite Mutterschaft abzulehnen. Aber jetzt sagte ich zu Betty, meiner Meinung nach habe *sie* recht. Ich erzählte ihr, meine Mutter habe dasselbe gesagt. Ich sagte, falls die

Kinder meiner Brüder als Waisen zurückblieben, würde ich sie, ohne zu zögern, zu mir nehmen. Ich sagte, ich könne die Blakes auch nicht verstehen.

Das alles besänftigte Betty etwas, aber dann ging sie auf mich los. Immer noch hochrot sagte sie: »Und ich will ehrlich zu Ihnen sein, wenn Sie die Freundin von dieser Rowena waren und Chrissie seit der Geburt kennen, dann bin ich von Ihnen auch überrascht. Sie ist nicht Ihr Fleisch und Blut, also ist es nicht das gleiche, das muß ich Ihnen lassen, aber mir kommt es trotzdem hart vor. So, jetzt habe ich es gesagt, aber es mußte raus.«

Jetzt war ich mit dem Rotwerden an der Reihe. Ich wußte nicht recht, was ich antworten sollte, wurde aber vor dem Versuch, mich zu verteidigen, gerettet, weil Christabel zurückkam. Sie ging direkt auf Betty zu und zeigte ihre Hände vor. Betty sagte ihr, sie sei ein braves Mädchen und dürfe sich ein Bonbon nehmen. Dann sagte sie, sie könne den Fernseher einschalten. Christabel legte sich vor den riesigen Bildschirm, lutschte ihr Bonbon und wirkte rundum zufrieden. Als ich mich verabschiedete, murmelte sie »Tschüs«, rührte sich aber nicht von der Stelle.

Sofort machte Betty den Fernseher aus und sagte: »Auf die Beine, Gnädigste! Was fällt dir bloß ein, jetzt verabschiedest du dich von Isobel, wie es sich gehört, und bedankst dich für ihren Besuch, sonst ist für heute Schluß mit dem Fernsehen.«

Ich wollte sagen, es mache mir wirklich nichts aus, aber Christabel war schon aufgesprungen, kam zu mir, gab mir einen Kuß und verabschiedete sich so von mir, wie es ihr aufgetragen worden war.

»Warum nicht gleich so«, sagte Betty und schaltete den Fernseher wieder ein. Wir gingen schweigend den Flur entlang zur Tür. Ich sagte, ich wolle mir so bald wie möglich die schriftliche Genehmigung von Maureen geben lassen und Betty anrufen, um einen Tag zu vereinbaren, an dem ich Christabel mitnehmen könne (ich nannte sie Christabel – verflucht noch mal, ich hatte nicht vor, nachzugeben und »Chrissie« zu sagen).

Ich brauchte eine Weile, bis ich mich beruhigt hatte. Es war schwer zu sagen, warum ich mich so aufregte, aber ich hatte mich nun einmal aufgeregt. Christabel sah gut aus und hatte eindeutig den allergrößten Respekt vor Betty. Von Tränen oder Kummer war nichts zu merken gewesen. Sie wirkte gut untergebracht und sogar glücklich. Mir war aufgefallen, daß Betty, wie es Maureen versprochen hatte, eine starke Persönlichkeit war, die Kindern das Gefühl von Stabilität und Sicherheit vermittelte. Ihre Erziehungsmethoden mochten eine Spur militärisch sein, und vielleicht mischte sich in die Haltung der Kinder ihr gegenüber etwas Angst, aber solange sie bei ihr waren, hielten sie die Welt zweifellos für einen sicheren Ort. Aber als ich nach Hause fuhr, wußte ich, daß mich vor allem störte, welchem Zusammenstoß der Maßstäbe Christabel zusätzlich zu allem anderen ausgesetzt war. Betty unterschied sich nicht nur in jeder Einzelheit von Rowena, sie war *feindselig*. Sie verurteilte alles, was Rowena ihrer Tochter als gut und bewundernswert vermittelt hatte. Alle Wertvorstellungen des Kindes wurden in Frage gestellt, und sie mußte völlig durcheinander sein. Bettys Haus, wie fürsorglich sie auch sein mochte, war kein Ort für Christabel.

Ich rief Maureen sofort an, als ich nach Hause kam. Ich sagte ohne Umschweife, Christabels Situation beunruhige mich stark, und ich hätte das Gefühl, sie sei in der falschen Umgebung. »Betty ist die beste Pflegemutter, die wir zur Verfügung haben«, sagte Maureen schroff.

»Sie hat viel Erfahrung, ist zuverlässig, und Christabel hat Glück, daß sie bei ihr ist.« Ich wagte zu sagen, ich sei nicht der Meinung, daß Christabel Glück gehabt habe. Ich sagte, meiner Meinung nach müsse es doch jemanden geben, der eher im Einklang mit Christabels früherem Leben stehe, fähig sei, ihr dieselbe Art von Leben zu bieten, damit sie nicht aus der Fassung gerate. »Kam sie Ihnen fassungslos vor?« fragte Maureen. Ich mußte zugeben, so habe sie nicht auf mich gewirkt. »Na also«, sagte Maureen. »Ich weiß gar nicht, warum Sie sich Sorgen machen, und außerdem ist es gar nicht an Ihnen, sich Sorgen zu machen, das ist unsere Aufgabe, und wir passen schon auf.«

Ich konnte nicht mehr dazu sagen, konnte nur noch um eine schriftliche Genehmigung bitten, Christabel mit zu mir nach Hause zu nehmen, sie einen Tag lang bei mir zu haben. Ich muß zugeben, daß ich nicht darauf gefaßt war, bei einer so einfachen Bitte auf Schwierigkeiten zu stoßen, aber als Maureen sagte, sie müsse das mit der Gruppenleiterin besprechen, sie wisse zwar Bescheid über das elterliche Besuchsrecht – Paragraph 2 und 3 des Jugendwohlfahrtsgesetzes –, sei sich aber nicht sicher, ob bloße Freunde ein Besuchsrecht hätten, brachte das Wort »bloß« mich auf. Ich schrie lauter, als ich wollte, brüllte sie an, ich sei der einzige Mensch, der mit Christabel in ihrem ganzen kurzen Leben eng in Verbindung gewesen sei; daß ich dabeigewesen sei, als sie geboren wurde, Gott im Himmel, und ich ließe mir diesen *Scheißdreck* nicht gefallen. Maureen legte den Hörer auf.

Ich rief sie nicht zurück. Zum einen hämmerte mein Herz, zum anderen wußte ich, daß ich mich entschuldigen mußte, und dazu war ich noch nicht in der Lage. Ich wußte, daß Maureen recht hatte – sie hatte immer recht.

Sie kam mir mit Paragraph sowieso und sowieso, zitierte Protokolle, bezog sich auf Gesetze, und immer hatte sie recht. Die Anwälte der Blakes hatten bestätigt, was sie sagte. Es stimmte, daß Christabel nach englischem Recht jetzt der Fürsorge unterstand, und ihrer Großmutter und Tante fiel das Sorgerecht nicht automatisch zu. Selbst wenn Camilla oder Mrs. Blake von Anfang an bereit gewesen wären, sie zu nehmen, hätten sie beantragen müssen, sie zu adoptieren, und so unwahrscheinlich die Ablehnung des Antrags auch gewesen wäre, hätte er trotzdem genehmigt werden müssen. Unter den gegebenen Umständen, weil sie Christabel nicht behalten wollten, war die Macht des Jugendamts sogar noch größer. Es war ein Schock, als uns allen – Camilla, Mrs. Blake und mir – das klar wurde. Wir hatten uns alle vorgestellt, wie wir eine nette Familie nach der anderen inspizierten und schließlich lächelnd sagten, die eine dürfe sie bekommen. Wir hatten uns fest darauf verlassen, daß wir völlig unbehindert in Christabels neuem Zuhause aus und ein gehen könnten – wir waren die Tante, die Großmutter, die Freundin des Kindes. Wir waren nie auf den Gedanken gekommen, daß wir keine Rechte hatten, keine Macht.

Ich erinnere mich lebhaft an die erste »Fallbesprechung«. Mich verblüffte die Anzahl der Menschen, die daran teilnahmen. Außer Camilla, Mrs. Blake und mir war der Anwalt der Blakes dabei, außerdem die Gruppenleiterin, Maureen, die für Betty zuständige Sozialarbeiterin, deren Namen ich mir nicht merken konnte, ein Vertreter vom Amt für Koordination und innerbehördliche Zusammenarbeit (was immer das ist), ein Inspektor vom Gesundheitsamt und ein Vertreter des Sozialamts. Zehn Leute, alle hineingepfercht in ein tristes Büro, das schon mit vier

Menschen überfüllt gewesen wäre. Es entstand ein Riesenwirbel, als Stühle beschafft werden mußten, und ein noch größerer, als es darum ging, wie sie aufgestellt werden sollten.

Die Gruppenleiterin wollte »eine zwanglose Atmosphäre«, deshalb setzte sie sich an den Schreibtisch, und wir gruppierten uns aneinandergedrängt im Kreis um sie herum. Ich hatte reichlich Zeit, sie zu mustern, und was ich sah, gefiel mir gar nicht. Im Gegensatz zu Maureen sprühte diese Stella vor Selbstvertrauen und zeigte das in jeder Bewegung. Sie war ziemlich füllig, hatte ganz kurzes graues Haar und trug ein dunkelblaues Kostüm mit einer weißen Bluse, den Blusenkragen so über die Jacke geschlagen, daß es wie eine Uniform aussah. Sie wirkte wie eine Politesse, die Spaß daran hatte, Autofahrern einen Strafzettel zu verpassen, wenn die Parkzeit um eine Minute überschritten war. Sie lächelte dauernd, ganz gleich, was sie sagte, lächelte, ohne die Lippen auch nur eine Spur aufzumachen. Ihr Blick blieb nirgends lange haften, sondern flackerte hierhin und dorthin, wich jedem Kontakt aus. Sie war nicht im geringsten eingeschüchtert von Mrs. Blake oder ihrem Anwalt.

Stella – sie forderte uns auf, sie Stella zu nennen – eröffnete die Fallbesprechung mit den Worten, sie sei sicher, daß uns allen Christabels Glück am Herzen liege. Sie sagte, falls das für uns alle der wichtigste Beweggrund sei, werde es uns leichter fallen, uns gegenseitig zu verstehen. (Mrs. Blake runzelte die Stirn – es war eindeutig, daß sie schon diese Eröffnungsbemerkung nicht verstand.) Sie sagte dann, für diejenigen, die nicht mit allen Einzelheiten der Lage vertraut seien, gebe sie eine Zusammenfassung und erteile danach Maureen das Wort. Die Zusammenfassung war gute Arbeit, im Stil eines Polizeiberichts. Am

Ende drückte Stella der Familie ihr Mitgefühl aus, und es gelang ihr einen Augenblick lang, das gespenstische, festgefrorene Lächeln zu unterlassen.

Dann bekam Maureen das Wort. Sie war entsetzlich nervös, aber ich war mir sicher, daß das mehr an Stellas Anwesenheit als an unserer lag. Während ich sie beobachtete, kam ich zu dem Schluß, Maureen sei im Grunde gar nicht so übel. Sie war ein bißchen blöd, ein bißchen enervierend, aber sie gab sich große Mühe, einfühlsam zu wirken. Während ich ihrer ziemlich zittrigen Singsangstimme zuhörte, dachte ich daran, wie benachteiligt sie selbst aussah, in jeder Hinsicht so schäbig wie ihre Klienten. Die Bluse und der Rock waren makellos sauber und frisch gebügelt, aber man sah ihnen an, daß sie so oft gewaschen worden waren, bis fast nichts mehr davon übrig war. Sie war farblos, so gut wie farblos. Brauner Rock, beigefarbene Kunststoffbluse, schwarze Strickjacke mit kleinen Perlmuttknöpfen, schwarze Stiefel, alt, aber auf Hochglanz poliert.

Meine Gedanken waren hoffnungslos abgeschweift. Als ich wieder richtig zuhörte, beschwerte sich Mrs. Blake darüber, sie verstehe nicht alles, und bat Maureen, lauter zu sprechen. Sie hörte sich an wie eine besonders pingelige Lehrerin. Maureen entschuldigte sich, wurde rot und hob die Stimme. Sie sagte, sie sei der Meinung, Christabel sei »nicht im Einklang mit ihren Gefühlen«, und deshalb sei es schwer, ihre Reaktionen richtig einzuschätzen. Mrs. Blake sagte: »Wie bitte?«, und Maureen wiederholte ihre Behauptung. Mrs. Blake starrte sie mit einem Ausdruck solcher Verachtung an, daß es mir peinlich war, es mit anzusehen. Dann lachte sie, laut und ziemlich unecht. Das war ein Fehler.

Stella hinderte Maureen an einer näheren Erklärung

und wandte sich selbst an Mrs. Blake. »Halten Sie das für amüsant, Mrs. Blake?« fragte sie mit eisigem Lächeln und klopfte mit dem Bleistift gegen die Schreibtischkante zu ihrer Rechten.

»Ich halte es für lächerlich«, sagte Mrs. Blake mit ihrer vornehmen Edinburgher Aussprache. »Für absolut lächerlich.«

»Und weshalb?«

»Weil es Unsinn ist. Meine Enkelin ist ein hochintelligentes kleines Mädchen. Wenn von ihr behauptet wird, daß sie nicht im Einklang mit ihren Gefühlen ist – und ich halte schon den Satz selbst für blödsinnig –, klingt das, als ob sie eine Vollidiotin wäre.«

»Im Gegenteil«, sagte Stella, deren Lächeln erstarrte, »das ist ein Begriff, der völlig zutreffend auf ein sensibles Kind angewandt wird, das Schwierigkeiten damit hat, zuzugeben, wie ihm zumute ist, und das möglicherweise eine normale Reaktion unterdrückt.«

»Ach, du lieber Himmel!«

»Vielleicht glauben Sie nicht, daß es unterdrückte Gefühle gibt, Mrs. Blake?«

»Selbstverständlich glaube ich das. Im Augenblick drücke ich meine Gefühle aus, so gut ich kann.«

Es gab keinen Zweifel daran, was für Gefühle das waren. Stella sagte vernünftigerweise: »Ich glaube, wir reden aneinander vorbei, deshalb sollten wir Maureen vielleicht ohne Unterbrechung fortfahren lassen.«

Maureen fuhr fort. Als sie darüber sprach, daß Betty für die Zeit bis zur Adoption eine sehr ordentliche Pflegemutter für Christabel sei, unterbrach Mrs. Blake sie wieder. »Wer ist diese Frau?« fragte sie.

Maureen sprach geduldig über Bettys Alter und Erfahrung.

»Nein, nein«, sagte Mrs. Blake ungeduldig. »Ich meine, welche Art von Frau ist sie? Was macht ihr Mann?«

»Er ist im Augenblick arbeitslos«, sagte Maureen.

»Arbeitslos? Arbeitslos in welchem Beruf?«

»Er hatte verschiedene Jobs.«

»Verschiedene Jobs? Sie meinen, er hat keinen Beruf?«

»Nein.«

»Ich möchte darauf hinweisen«, unterbrach Stella, »daß wir nicht Mr. Lowe in unserer Kartei führen, sondern Mrs. Lowe. Was Mr. Lowe tut oder nicht tut, ist unerheblich.«

»Da bin ich anderer Meinung«, fuhr Mrs. Blake sie an. »Ich war zwanzig Jahre lang Laienrichterin, und ich weiß genau, wie wichtig der Vater für den familiären Hintergrund ist. Die Hälfte der Delinquenten, die vor mir standen, hatten arbeitslose Väter. Ich will auf keinen Fall, daß meine Enkelin in eine solche Familie kommt. Ich protestiere entschieden dagegen.«

Ein peinliches Schweigen entstand. Ich sah, wie Stella die Augen zusammenkniff, und das Lächeln wich endlich. Gleich schlägt sie zu, dachte ich und zitterte um Mrs. Blake, die nicht zu ahnen schien, welchen Schaden sie angerichtet hatte. Sie saß stocksteif da, mit vorgerecktem Kinn, jeder Zoll die hochmütige, herrschsüchtige Frau eines Captains. Die Verachtung für Maureen, Stella und das gesamte Sozialamt war ihr deutlich anzusehen. Sie genoß die Situation, genoß es, sie in die Schranken zu weisen. Obwohl ich wußte, daß ihre Arroganz katastrophale Folgen haben würde, konnte ich nicht umhin, ihren Kampfgeist zu bewundern. Sie zeigte ihnen, daß sie sich nicht herumkommandieren ließ, ganz gleich, wie die Rechtslage war. Alles an ihr – ihre Aussprache, ihre dezente, teure Kleidung, ihr Goldschmuck, ihr makellos frisiertes Haar – sollte diesen Sozialarbeitern zeigen: Hier war ein Mensch, der nicht herumgeschubst oder mit Regeln und Vorschriften eingeschüchtert werden konnte. Ihre Erscheinung und ihre Haltung drückten aus, sie habe eine gesellschaftliche Stellung und Geld und werde beides einsetzen, um die Bürokratie zu schlagen.

Aber Camilla war vernünftiger. »Meine Mutter meint«, sagte sie hastig, ehe Stella etwas sagen konnte, »es ist ihr eine große Sorge, daß Christabels Pflegemutter ihr nicht die Art von Verhältnissen bieten kann, die sie gewöhnt ist...«

»Das wäre schwierig«, sagte Stella. »Wir beschäftigen keine alleinstehenden Frauen als Pflegemütter. Wir glauben, daß eine richtige Familie das Beste ist für ein Kind, das eine Pflegestelle braucht.«

»Oh, ich bin mir sicher, daß Sie recht haben«, sagte Camilla, »aber meine Mutter hat dabei, das weiß ich, eher an etwas anderes gedacht, an die, an die...«

»Gesellschaftsschicht?« sagte Stella, und das Lächeln kehrte wieder.

»Nicht eigentlich. Eher...« Aber Camilla fiel kein anderes Wort ein.

»Die Gesellschaftsschicht«, wiederholte Stella energisch. »Es gibt wirklich kein anderes Wort dafür, nicht wahr? Ich glaube, wir alle hier sind erwachsen genug, dieses Problem richtig einzuordnen, als ein Problem gesellschaftlicher Unterschiede und in einem gewissen Maß des Milieus, und darüber zu sprechen, wie wichtig es ist. Uns allen ist bewußt, daß Christabel ein Kind aus der Mittelschicht ist, gewöhnt an einen bestimmten Lebensstil, und daß ihre voraussichtliche Pflegefamilie auf allen Ebenen weit entfernt von diesem Lebensstil ist. Uns ist auch klar, daß Christabel einen schweren Schock unterdrückt und daß es nicht gut für sie ist, sie noch mehr zu verwirren.

Aber dagegen steht die zwingende Notwendigkeit, ihr so schnell wie möglich Stabilität zu geben, und das muß unsere wichtigste Überlegung sein. Darf ich Sie daran erinnern, daß Christabel jetzt offiziell der Fürsorge untersteht und daß am Ende alle Entscheidungen in unseren Verantwortungsbereich fallen. Ist die Lage damit geklärt?«

Gott, sie war eindrucksvoll – rattatatatt, den Blick fest auf Mrs. Blake gerichtet, um sie zu einer Unterbrechung herauszufordern. Gegen die Aussprache, die Kleidung, die anderen Insignien gesellschaftlicher Macht führte Stella ihre verbrieften Rechte ins Feld und demonstrierte ihre Gewißheit, die Oberhand zu haben. Die Botschaft war deutlich: Sie sind besser friedlich, Gnädigste, sonst können Sie was erleben. Ich bin mir nicht sicher, ob Mrs. Blake sie in diesem Sinne verstand, aber wenigstens gab sie den herrischen Ton auf. Sie wechselte, wenig überzeugend und viel zu spät, in die Rolle der armen alten Witwe über, bat um ein Glas Wasser, weil sie sich »nach der langen Reise schwach« fühle (sie war an jenem Morgen nicht weiter gereist als von Camillas Haus in Hampstead bis hierher), und fragte, ob sie ihren Stuhl näher an Stella heranrücken dürfe, weil sie schlecht höre (was mir neu war).

Alle Anwesenden entspannten sich sichtlich. Stella setzte wieder ihr Lächeln auf und gab sich versöhnlich. Mrs. Blake wurde eine Tasse Tee gebracht, und Stella rückte näher an sie heran, um ihr die Mühe zu ersparen, selbst aufzustehen und näher rücken zu müssen. Der Rest der Besprechung war schnell vorbei. Stella rasselte das Verfahren herunter, das nötig war, ehe auch nur daran zu denken war, Christabel zur Adoption freizugeben, und es wurde vereinbart, daß Mrs. Blake und Camilla die Pflegestelle besichtigten, ehe Christabel dorthin gebracht wurde. Wir wurden uns einig, daß Maureen und ich bei Christabels Übergabe dabeisein sollten.

Sie lebte natürlich immer noch mit mir zusammen. Lebte sehr glücklich mit mir zusammen. Es war erstaunlich, wie wir ohne Theater zu einem festen Tagesablauf gefunden hatten. Jeden Tag brachte ich Christabel zu Fuß zur Schule – sie fragte nie wieder, ob wir nicht mit dem Auto fahren könnten –, und jeden Tag holte ich sie um halb vier wieder ab. Wir gingen nach Hause, aßen eine Kleinigkeit, sahen etwa eine Stunde lang fern, dann hatte sie fast immer etwas vor – Schwimmunterricht, Turnen, Ballettstunde, Blockflötenchor und so weiter. Für eine Fünfjährige wirkte das alles etwas übertrieben, aber ihr schien alles Spaß zu machen, und ihr war keine Spur von Erschöpfung anzumerken. Gegen halb sieben gab es Abendessen, dann badete sie und machte sich bettfertig, und manchmal erlaubte ich ihr, noch ein bißchen fernzusehen, ehe sie ins Bett ging, ich mich neben sie setzte und ihr vorlas. Sie schlief gegen acht ein. Alles lief so mühelos ab, daß ich in der zweiten Woche sogar etwas arbeiten konnte. Eine russische Handelsdelegation war in London, und ich dolmetschte vier Stunden am Tag bei etlichen äußerst langweiligen Konferenzen, hatte, wenn ich nach Hause kam, noch reichlich Zeit, Christabel abzuholen.

Ich sah, wie so etwas funktionieren konnte. Man brauchte nur Organisationstalent und Tüchtigkeit, und ich war mit beidem gesegnet. Ein kleines Kind ließ sich ohne Schwierigkeiten in mein Leben einbeziehen – das heißt, solange ich mich mit meiner Arbeit nach Christabel richtete und kein geselliges Leben führte. Andererseits sah ich auch, daß es einfach gewesen wäre, hin und wieder auszugehen. Es wäre mir möglich gewesen, einen verläßlichen Babysitter zu finden. Mit der Arbeit war es eine andere

Sache. Ich begriff sehr schnell, daß es unmöglich ist, der Karriere den Vorrang zu geben, wenn ein Kind da ist. Ständig mußte ich gründlich über jeden Auftrag nachdenken, der mir angeboten wurde, ob es möglich war, rechtzeitig zurückzukommen, und obwohl es im Augenblick besondere Umstände waren, die besondere Überlegungen erforderten, begriff ich, daß es bei der Wahl des Auftrags immer darum gegangen wäre, wie zweckmäßig er war, nicht wie interessant. Während ich bei jener trostlosen Handelskonferenz übersetzte, war mir die langweilige Arbeit die ganze Zeit zuwider, und trotzdem wußte ich, daß ich dankbar für Arbeit sein mußte, die überhaupt in meinen Tagesplan paßte. Ich stellte endlose Spekulationen darüber an, wie lange ich es ertragen hätte, solche Opfer zu bringen, und meinte, nicht lange. Ich spürte, wie gereizt ich wurde, wie mir die Langeweile auf die Nerven ging und wie ich ungeduldig auf das Ende des Auftrags wartete.

Ich wartete auch darauf, daß Christabel ging, aber gleichzeitig fürchtete ich mich davor. Es lag nicht nur daran, daß es mir überraschend viel Freude machte, für sie zu sorgen, sondern hinzu kam ein tröstliches Gefühl von Tugendhaftigkeit. Solange ich mich selbst um sie kümmerte, konnte ich das Entsetzen über das, was aus ihr werden sollte, unterdrücken. Es erleichterte mich, für Christabel zu sorgen, für sie zu kochen und zu waschen und ihr das Leben so angenehm wie möglich zu machen. Wenn sie mir einen Gutenachtkuß gab und lächelte und sich ins Bett kuschelte, war ich glücklich darüber, daß ich sie glücklich machte. Und, offen gesagt, so widerlich das ist, ich genoß das Lob und die Bewunderung. »Du bist wunderbar, Isobel«, sagte Camilla in ihrer schuldbewußten Dankbarkeit mit Tränen in den Augen. »Ich kann dir gar nicht sagen, wieviel mir das bedeutet – ich sollte es tun – ich weiß, daß ich es tun sollte –, aber ich kann es so schlecht, mir hat davor gegraut, und Christabel hätte das gespürt.« Ich sagte in meiner Güte, das sei das mindeste, was ich tun könne, und ich wolle es so.

Mrs. Blake wußte es ebenfalls zu schätzen, war aber weniger fähig, es einzugestehen. »Du hast Rowena im Leben beigestanden, Isobel«, sagte sie, »und du tust es nach ihrem Tod immer noch, und ich muß sagen, ich habe mich oft gefragt, warum.« Sie seufzte, und ich murmelte, ich hinge sehr an Christabel. Sie seufzte wieder und sagte: »Sie strengt mich an, genau wie ihre Mutter. Und sie ist ein seltsames kleines Ding, meinst du nicht auch? Ich muß leider sagen, daß sie für mich gar nichts Vertrautes hat.« Dann fügte sie hastig und entschieden hinzu: »Aber sie *ist* mein Fleisch und Blut, und ich werde dafür sorgen, daß alles für sie getan wird. Das bin ich Rowena schuldig.«

Bei jenem erstenmal ging ich mit ihnen zu Betty. Camilla flehte mich an, mitzukommen, sagte, sie schaffe es einfach nicht allein mit ihrer Mutter. »Sie wird sich *scheußlich* benehmen«, ächzte sie. »Du weißt, wie scheußlich sie sein kann, obwohl ich ihr gesagt habe, daß wir nicht in der Lage sind, uns Kritik zu leisten. Mir graut davor, Isobel, mir graut wirklich davor.« Also ging ich mit, obwohl mir genauso davor graute. Ich fuhr die beiden hin, versuchte, Mrs. Blake auf das vorzubereiten, was sie erwartete. Trotzdem äußerte Mrs. Blake schon, bevor wir uns dem Haus auch nur näherten: »Was für eine grauenhafte Gegend, überhaupt nicht der richtige Ort für ein sensibles Kind.« Wenn ich nicht gefahren wäre, hätte ich die Augen zugemacht und mich gegen die nächste Bemerkung gewappnet. »So laut, so gefährlich, und ich kann nirgends einen

Park sehen«, fuhr Mrs. Blake fort. »Wo sind die Parkanlagen? Wo soll Christabel spielen? Meine Güte, was ist denn bloß in diese Sozialarbeiterinnen gefahren, ich werde mich über sie beschweren.« Wie hatte sie zwanzig Jahre lang Laienrichterin sein und immer noch glauben können, alle Kinder hätten gleich vor der Haustür Parks zum Spielen? Wie konnte sie so wenig über Sozialarbeiter wissen, daß sie sich vorstellte, sie könnten sich den Luxus leisten, als Pflegestellen Häuser im Grünen auszusuchen?

Als wir dann vor Bettys Haus hielten – was schwierig war, wie ich anmerken möchte, weil es auf dieser dichtbefahrenen Hauptstraße so gut wie keinen Platz zum Parken gab –, war sie entsetzt über den Anblick des Gebäudes. »Nicht viel besser als ein Slum«, zischte sie. »Mutter, mach dich nicht lächerlich«, fuhr Camilla sie an. »An dem Haus ist überhaupt nichts auszusetzen. Schau, die Tür ist frisch gestrichen, und der Türklopfer *glänzt.*« Mrs. Blake schwieg einen Augenblick lang, dann sagte sie plötzlich: »Wie furchtbar, so alt wie ich zu sein und solche Angst zu haben.« Es war der erste menschliche Satz, den sie gesprochen hatte, und ich erwärmte mich etwas für sie. »Lassen Sie sich das ruhig anmerken«, riet ich, ehe wir ausstiegen. »Dann wird Betty Sie lieber mögen.«

Aber Betty mochte sie überhaupt nicht, und ich muß zugeben, daß man ihr das nicht verübeln konnte. Mrs. Blakes Ängstlichkeit schien sie verlassen zu haben, als wir in Bettys Wohnzimmer geführt wurden: Sie musterte es, als traue sie ihren Augen nicht. Es sah, das ist wahr, ziemlich knallig aus. Schwere, ausgefallene, buntgefärbte Papiergirlanden spannten sich von Ecke zu Ecke, trübten das ohnehin schon schwache Licht, und der Weihnachtsbaum schien, obwohl er künstlich war, einen halben Meter gewachsen zu sein, seit ich ihn zum letztenmal gesehen hatte.

»Wie nett«, sagte Mrs. Blake, »aber sind Sie nicht ein bißchen früh dran?«

»Wir tun, was uns Spaß macht«, sagte Betty. »Das ist ja schließlich nicht verboten. Setzen Sie sich doch. Wollen Sie einen Kaffee?«

»Nein, danke«, sagte Mrs. Blake dummerweise. Totenstille. Betty rümpfte die Nase und starrte die Besucherinnen trotzig an. Völlig unerwartet traten Mrs. Blake Tränen in die Augen, die ersten, die ich je bei ihr gesehen hatte. Hatte sie die Tränen aufgespart? War das eine grandiose schauspielerische Leistung? Falls es so war, nützte es ihr nicht viel. »Ich glaube, Sie wissen, warum meine kleine Enkelin hierherkommen muß?« fragte sie mit zittriger Stimme.

»Eigentlich nicht«, sagte Betty trocken.

»Nein? Oh, oh, ich dachte, Sie wüßten es«, sagte Mrs. Blake und schaute mich an, als ob ich für diese Kommunikationspanne verantwortlich wäre. »Meine Tochter Rowena ist vor einem Monat auf tragische Weise ums Leben gekommen, bei einem Unfall beim Bergsteigen.«

»Ach, das weiß ich«, sagte Betty, »und mir tut das wirklich leid. Ich hab gedacht, Sie reden von dem kleinen Mädchen, warum es zu mir kommen muß und so.«

»Das habe ich auch gemeint«, sagte Mrs. Blake. Die Tränen, die Zittrigkeit waren fort. Sie erkannte einen Gegner, wenn sie ihm gegenüberstand. »Ich bin alt, wie Sie sehen, und kann mich nicht um sie kümmern, und meiner Tochter ist es leider ebenfalls nicht möglich, dem Kind das Zuhause zu bieten, das es braucht.« Betty sagte nichts, ließ nur den Schatten eines Lächelns sehen. »Deshalb sind wir natürlich äußerst dankbar dafür, daß Sie sich für kurze Zeit um Christabel kümmern können.«

»Eher eine lange Zeit«, sagte Betty.

»Wie bitte?«

»Ich hab gesagt, daß es wahrscheinlich eher für länger ist, wenn man weiß, wie schwierig das mit Adoptionen ist, und dann ist die Kleine auch noch schwarz. So wie das Jugendamt tickt, wird es dadurch noch schwieriger werden.«

»Meine Tochter war weiß«, sagte Mrs. Blake schwach.

»Ja, weiß ich«, sagte Betty, »aber sie muß was mit einem Schwarzen gehabt haben, weil die Kleine ja schwarz ist, oder? Anders geht's ja nicht. Und weil das Jugendamt eben so tickt, werden die für sie eine Mischlingsfamilie wollen oder eine schwarze. Aber keine weiße. Und weiße gibt es mehr, das war alles, was ich sagen wollte. Das wird also eine lange Geschichte werden, ich schätze, ein Jahr wird's dauern. Deshalb sind die zu mir gekommen. Ich nehme nur die langfristigen Fälle, das ist sinnvoller, man kriegt sie besser hin, Sie wissen, was ich meine, kann mit ihnen etwas anfangen, etwas aus ihnen machen.«

Mrs. Blake war sprachlos. Sie hatte einen Schock nach dem anderen bekommen und konnte das alles kaum verkraften. Als wir alle nach oben marschierten, um das Zimmer zu inspizieren, das Christabel bekommen sollte, sagte sie kein Wort. Camilla stieß wohlgefällige Laute über den gerüschten rosa Bettüberwurf aus, über die Tapete mit Kaninchen und Enten darauf, aber ihre Mutter schwieg, bis auf einen Ächzer oben auf der Treppe. Im Grunde machte es Camilla ganz gut. Sie fürchtete sich so sehr davor, überheblich zu wirken, daß sie die Komplimente auf ein Minimum beschränkte und sich so kleinmachte, wie es irgend möglich war. Betty ließ sich nicht einwickeln, aber sie konnte spüren, daß Camilla sich große Mühe gab, nett zu ihr zu sein, und das besänftigte sie etwas. Als wir gingen, sagte sie: »Sie brauchen sich keine Sorgen um die

Kleine zu machen, überhaupt keine Sorgen. Bei mir ist sie bestens aufgehoben. Ich laß nicht zu, daß sie Zustände kriegt, das werden Sie schon sehen.«

Wir sagten alle, davon seien wir überzeugt. Im Auto, auf dem Rückweg zu Camilla, sagte Mrs. Blake: »Ich glaube nicht, daß ich es ertragen kann, wenn Christabel zu dieser Frau kommt. Sie ist vulgär. Christabel wird ihre Gewohnheiten übernehmen, wird *reden* wie sie. Ich kann nicht glauben, daß es keine bessere Pflegestelle geben soll.«

»Mutter«, sagte Camilla müde, »das ist reiner Snobismus. Du kannst Betty nicht nach ihrer Ausdrucksweise oder nach ihrem Geschmack beurteilen. Sie ist herzlich und gütig ...«

»Gütig? Zu mir war sie nicht gütig.«

»Du zu ihr auch nicht. Und ich meine nicht, was wir eben erlebt haben, sondern ich meine das im allgemeinen. Sie steht im Ruf, herzlich und gütig zu sein, und das hat sie bewiesen, sie ist erprobt und erfahren. Es ist sinnlos, sie zu kritisieren, ehe sie Christabel auch nur kennengelernt hat.«

»Es wäre mir lieber, sie würde sie gar nicht erst kennenlernen.«

»Mutter, jetzt bist du kindisch. Du weißt ganz genau, daß wir keine andere Wahl haben. Christabel gehört uns nicht mehr.«

»Selbstverständlich gehört sie uns!« sagte Mrs. Blake wütend. »Niemand kann sie uns wegnehmen, red nicht so absurdes Zeug. Vielleicht haben wir ihr Schicksal nicht mehr allein in der Hand, aber sie ist meine Enkelin und deine Nichte und wird das immer sein. Jeder, der das vergißt, wird es bereuen.«

»Ach, Mutter, Drohungen sind albern.«

»Ich spreche keine Drohungen aus, ich leiste ein Versprechen. Ich sorge für Christabels Zukunft, und das ist ein Versprechen. Das Jugendamt wird nicht darüber entscheiden, wer sie adoptiert. Ich gehe vor die höchste Instanz im Land. Und ich lasse mir diesen Unsinn nicht gefallen, falls es wahr ist, daß meine Enkelin zu einer schwarzen Familie kommen muß.«

»Mutter, bitte, beruhige dich.«

»Ich bin ganz ruhig, vielen Dank. Morgen früh treffe ich mich mit meinem Anwalt. Falls es zu einem Kampf kommt, sollte ich mich sofort darauf vorbereiten.«

Ich blieb still, erhaschte aber im Rückspiegel einen Blick auf sie: hocherhobener Kopf, brennende Wangen, funkelnde Augen, ein entschlossener Mund. Mich überkam widerwillige Bewunderung, und auch ich spürte etwas von der Erregung eines bevorstehenden Kampfes.

Sechstes Kapitel

Ich kann mir nicht vorstellen, daß ich Mrs. Blake je wieder in London sehen werde. Sie zog sich sofort nach der Gerichtsverhandlung nach Edinburgh zurück, und ich kann mir nicht denken, daß sie noch einmal herkommt – nicht einmal, um Christabel zu besuchen, falls ihr das erlaubt wird. Sie wirkte sehr gebrechlich, als Camilla und ich sie in den Zug setzten, und wir hatten beide das Gefühl, wir hätten mitfahren sollen, aber sie bestand darauf, daß das unnötig sei. Sie war innerhalb von achtzehn Monaten stark gealtert, war recht krumm und klapprig geworden. Das sei reine Erschöpfung, sagte sie, und sobald sie wieder zu Hause sei, werde sie sich mit der Zeit erholen. Sie hatte rotgeränderte Augen, nicht vom Weinen, sondern von dem vielen Lesen spätabends. Vom Lesen und auch vom Schreiben, vom Schreiben an alle Leute, die möglicherweise helfen konnten, an Menschen, die sie nicht kannte, wie an Freunde aus der Vergangenheit, die sie hervorholte, an alle und jeden, von denen sie meinte, sie könnten nützliche Ratschläge geben und seien auf unserer Seite. Ihre Briefe waren flüssig, stimmig, logisch, ohne ein überflüssiges Wort. Ich hoffe, das Jugendamt hat ihre Briefe abgelegt – sie waren Vorbilder dafür, wie man einen Fall vorträgt. Ich kann mir nicht vorstellen, daß sie es wagen, diese historischen Dokumente zu zerreißen, wie sehr sie Mrs. Blake auch hassen mögen.

Vielleicht ist »hassen« ein zu starkes Wort; »Abneigung« wäre vielleicht gerechter. Sie – Maureen, Stella und Phyllis (die Adoptionsbeamtin, die wir später kennenlernten) – empfanden alle eine heftige Abneigung gegen Mrs. Blake. Sie war ihnen ein ständiger Stachel im Fleisch, wies sie dauernd zurecht und holte sie in jeder Kurve ein. Und natürlich ging sie liebend gern zur höheren Dienststelle und beschwerte sich über sie. Das war im Fall von Stella besonders gravierend, denn sie war verantwortlich für die beiden anderen, hatte aber ihrerseits Vorgesetzte, denen sie Rechenschaft schuldig war. Der Leiter des Sozialamts muß Stella das Leben zur Hölle gemacht haben, genau wie Mrs. Blake ihm das seine. Trotzdem muß Solidarität im Spiel gewesen sein, denn Stella blieb, wo sie war, und Mrs. Blake bekam von diesem Mr. Wavell höfliche, aber entschiedene Briefe, verfaßt in steifer Behördensprache, aufgeblasen und an der Wirklichkeit vorbei, gemessen an der Art von Briefen, die er bekommen hatte. Mrs. Blake legte einen dicken Ordner mit diesen Antworten an, und sie sagte immer, er enthalte keinen einzigen Brief, den ein zehnjähriges Kind nicht hätte schreiben können. Ich wies sie einmal darauf hin, dies sei das Zeitalter des Telefons, und alle Beteiligten hätten viel zu tun, aber sie fegte diese Ausrede beiseite. »In einer derart wichtigen Angelegenheit«, sagte sie, »kommt es darauf an, etwas Schriftliches vorweisen zu können, und das wissen sie.«

Vermutlich wußten sie es und brachten deshalb nur ungern etwas zu Papier. Die Protokolle der Fallbesprechungen, die ich zu Gesicht bekam, weil ich dabei war und deshalb ein Recht auf eine Ausfertigung hatte, waren dürftig und enthielten nichts über die Streitereien und Meinungsverschiedenheiten, zu denen es gekommen war. »Es wurde vereinbart, daß Christabel alle vierzehn Tage von ihrer Großmutter und ihrer Tante besucht werden darf«, hieß es im Protokoll, ohne Erwähnung von Mrs. Blakes wütenden Einsprüchen. Sie hatte in der Fallbesprechung, die gleich nach Christabels Einzug bei Betty abgehalten worden war, das Recht beansprucht, ihre Enkelin jederzeit besuchen zu dürfen. Es sei ungeheuerlich, sagte sie, sie von Christabel zu trennen. Als Stella dagegenhielt, es bringe Christabel durcheinander, wenn sie ohne Vorwarnung Besuch bekomme, das sei äußerst störend, fragte Mrs. Blake sie, ob sie den Verstand verloren habe. Sie fragte, welche Großmütter, die Stella kenne, um eine Besuchserlaubnis bei ihrer Enkelin bitten müßten. Stella ließ sie eine Weile weitertoben, dann sagte sie, wie Mrs. Blake wisse, seien die Umstände nicht normal, deshalb könnten normale Verhältnisse hier nicht zum Vorbild dienen. »Sie sind nicht normal«, schoß Mrs. Blake zurück, »weil Sie dafür sorgen, daß sie anomal sind, weil Sie sich mit dieser Frau verschworen haben, mich von Christabel fernzuhalten.« (Inzwischen war Betty »diese Frau« geworden – Mrs. Blake nannte sie nie anders, und das war äußerst beleidigend.) Stella bewahrte die Fassung. Sie sagte, weil Betty Tag für Tag für Christabel zu sorgen habe, sei es richtig, ihre Meinung über Besucher zu respektieren, und sie sei nun einmal der Meinung, Besucher regten Christabel auf. »Wie kann eine Großmutter ein Kind aufregen?« schrie Mrs. Blake.

Alle schwiegen. Es lag ja auf der Hand. Ich erwartete, daß Stella sagen würde: »Indem Sie sich so benehmen wie gerade eben«, aber sie sagte es nicht. Sie sagte statt dessen, Mrs. Blake müsse verstehen, wie gefährlich es für Christabel sei, sich emotional zwischen zwei Welten zu bewegen: der Welt, die sie verloren habe, und der Welt, in der sie jetzt lebe. Das sei eine Situation, die vorübergehe, aber solange sie anhalte, müsse großer Wert darauf gelegt werden, eine Art Gleichgewicht aufrechtzuerhalten. Falls Betty meine, diese Balance sei in Gefahr, sei es nicht klug, Besuche zu riskieren, die Christabel so durcheinanderbrächten. Sie wies außerdem ganz freundlich darauf hin, es sei ja nicht so, daß Mrs. Blake Christabel bisher regelmäßig besucht habe. »Ich lebe in Edinburgh«, sagte Mrs. Blake und funkelte sie an. »Wie *hätte* ich sie da so regelmäßig besuchen können, wie ich es gern getan hätte?« »Eben«, sagte Stella.

Natürlich war es viel schlimmer, und ich wußte es zu schätzen, daß Stella und Maureen nicht wiederholten, was Betty tatsächlich gesagt hatte. Ich wußte es, weil sie es auch zu mir gesagt hatte. »Diese Granny ist bösartig«, sagte Betty, rot angelaufen vor tugendhafter Entrüstung, »und Chrissie kann sie kein bißchen leiden. Sie weint, wenn ich ihr sage, daß ihre Granny kommt, und sie weint, wenn sie fort ist. Ich laß nicht zu, daß sie sich so aufregt, das ist nicht recht.« Als ich fragte, in welcher Hinsicht Mrs. Blake »bösartig« sei, rückte Betty mit Dingen heraus wie: »Sie sagt Chrissie, es ist in Ordnung, wenn sie um ihre Mummy weint. Ich meine, ich bitte Sie, sie sagt der Kleinen, daß sie *weinen* soll, wo wir das doch gerade hinter uns haben, da kommt doch alles wieder hoch. Dann gibt sie ihr dieses Foto von ihrer Mum, sagt, sie soll es über ihr Bett hängen und anschauen, wenn sie nachts traurig ist. Das ist *böse*. Sie hat Angst vor dem Einschlafen.« Es klang alles ein bißchen seltsam, aber weder Maureen und Stella noch mein Bruder gingen deshalb besonders hart mit Mrs. Blake ins Gericht; Maureen versuchte, Betty zu erklären, es sei wichtig, daß Christabel »Trauerarbeit« leiste, und gleichermaßen wichtig sei, daß sie die Erinnerung an ihre Mutter am Leben erhalte.

Daraufhin sagte Betty: »Sie sagt, sie will sich gar nicht an sie erinnern, sie mag mich lieber. Ehrlich, bei Gott, das hat sie gesagt, Sie können sie fragen.« Maureen sah eine Spur erschüttert aus. »Ich bin mir sicher, daß sie Sie mag, Betty, aber vergessen Sie nicht, daß ihr nichts anderes übrigbleibt. Sie weiß, auf welcher Seite ihr Brot im Augenblick gebuttert ist. Und daß sie ihre Mutter vergessen will, ist nur eine Methode, die Auseinandersetzung mit ihrem Tod hinauszuschieben.« »Ja, ja, sicher«, sagte Betty aufgebracht, »ich bin schließlich nicht von gestern. Aber das ist ganz egal, ich will nicht, daß diese Granny jedesmal, wenn sie Lust dazu hat, die Nase reinsteckt, und das ist mein letztes Wort. Sie können Chrissie woanders unterbringen, wenn ich mir das gefallen lassen muß. Und ich will auch nicht, daß Chrissie über Nacht bei ihrer Aunty bleibt. Sie kann das nicht ausstehen. Was hab ich anstellen müssen, damit sie hingegangen ist. Warum kann ich nicht bei dir bleiben, hat sie gesagt, und ich hab sie zwingen müssen, hinzugehen. Das ist doch nicht recht, nicht wahr. Sie hat nichts gegen Isobel, aber sie kann diese Granny und ihre Aunty nicht leiden.«

Ich glaubte, Maureen werde wegen dieser ganzen Geschichte einen hysterischen Anfall bekommen, aber als wir gemeinsam gingen, nahm sie es philosophisch. »Das kommt dauernd vor«, sagte sie, »die Pflegemutter wird sauer auf die Verwandtschaft, und die Verwandtschaft kann die Pflegemutter nicht leiden, auch wenn sie von ihr abhängig ist.«

»Aber glauben Sie, daß das wahr ist?« fragte ich. »Ich meine, glauben Sie, daß Christabel das alles tatsächlich gesagt hat?«

»Vermutlich. Sie fühlt sich bei Betty sicher, vermutlich bettelt sie Betty an, daß sie bei ihr bleiben darf. Aber ich gehe davon aus, daß sie es genießt, wenn sie bei ihrer Tante mit ihrer Großmutter zusammen ist. Aber sie ist klug, sie weiß, daß Betty das nicht hören will.«

»Camilla sagt, sie beklagt sich darüber, daß Betty sie anschreit, aber dann bettelt sie, es niemandem zu sagen. Und ich muß zugeben, daß sie zu mir etwas Ähnliches gesagt hat; daß sie ihre neue Mummy mag, hat sie zwar auch gesagt, aber sie sei so ›laut‹, und sie bekomme davon Kopfweh.«

»Ja«, sagte Maureen und zuckte die Achseln, »ich kann mir schon vorstellen, daß Betty manchmal schreit, aber das machen schließlich die meisten Mütter, und ihr Haushalt ist ziemlich groß. Ein bißchen Geschrei wird Christabel auf lange Sicht nicht schaden.«

Erst hinterher ging mir auf, wie schockierend diese Bemerkung war: »Ein bißchen Geschrei wird Christabel auf lange Sicht nicht schaden.« Sie war ihr Leben lang nicht angeschrien worden. Rowena hatte viele Fehler, aber sie schrie niemals. Sie weinte, ja, aber sie schrie nicht. Und jetzt, wo Christabel so verletzlich war wie nie zuvor, wurde sie angeschrien, lebte in einem Haushalt, in dem vermutlich herumgebrüllt wurde. Wie in dem Haushalt, in dem ich aufgewachsen war – jeder schrie jeden an und dachte sich nichts dabei. Aber wir waren in diesen Haushalt hineingeboren, es war so üblich, gehörte zu unserem turbulenten Familienleben, das Rowena so bewunderte und das Christabel nie erlebt hatte. Vielleicht schrie Betty sie gar nicht direkt an, vielleicht gehörte das Geschrei, von dem sie erzählte, einfach dazu, daß sie die Kinder im allgemeinen ausschimpfte, und Maureen hatte damit recht, daß es Christabel auf lange Sicht nicht schaden würde. Es würde dazu führen, daß sie »abgehärtet« wurde, wie es so kläglich heißt. Gott bewahre.

Wie auch immer, das Besuchsrecht war streng geregelt:

Mrs. Blake durfte Christabel nur alle vierzehn Tage sehen, aber es war ihr erlaubt, sie bei jedem zweiten Besuch mitzunehmen und mit ihr bei Camilla zu übernachten. Das wurde kurz vor Weihnachten festgelegt, aber dann gab es auch schon Ärger. Mrs. Blake sagte, sie gehe davon aus, diese »unerhörten Einschränkungen« gälten nicht für Weihnachten, das Christabel selbstverständlich mit ihrer Familie verbringen wolle. Camillas Tochter Ailsa kam eigens zu einem Familientreffen aus Amerika und wollte ihre Cousine zum erstenmal seit Rowenas Tod wiedersehen.

»Sie können uns unser Weihnachten nicht abschlagen«, sagte Mrs. Blake zu Stella und Maureen (ich hatte sie zum Jugendamt gefahren, weil Camilla auf Tournee in Belgien war). Ich glaube, sie war der Meinung, sie wirke bedauernswert und trage ihre Bitte mit bemitleidenswerter Miene vor, aber falls sie das glaubte, schätzte sie ihren Auftritt völlig falsch ein. Die Worte kamen, wie fast immer bei Mrs. Blake, scharf heraus, als Warnung an die Zuhörer, Widerspruch gehe auf eigene Gefahr.

Stella widersprach sofort. »Leider muß Christabel Weihnachten in ihrem Zuhause verbringen, Mrs. Blake, und wir müssen uns an die getroffenen Abmachungen halten, obwohl ich mir sicher bin, daß Betty Ihnen entgegenkommen und das Datum für Christabels nächsten Besuch vorverlegen wird, damit sie ihre Cousine sehen kann. Ich glaube, sie werden feststellen, daß sie bei Betty ein glückliches Weihnachtsfest erlebt – Betty gibt sich große Mühe, und die Atmosphäre dort ist sehr nett.«

»Die Atmosphäre ist *scheußlich*!« brach es aus Mrs. Blake heraus. »Diese grauenhaften Dekorationen, dieser häßliche Baum und diese ganze Überbewertung des Materiellen – wie können Sie das eine nette Atmosphäre nennen?«

»Kindern gefällt es.«

»Vielleicht gefällt es ihnen, aber es ist nicht gut für sie. Was wird Ihrer Meinung nach diese Frau meiner Enkelin zu Weihnachten schenken? Irgendein gräßliches Spielzeug, das ›Mein kleines Pony‹ heißt! Eine wahre Scheußlichkeit, und ich nehme an, daß sie mit dem Geld der Steuerzahler finanziert wird. Ich nehme doch an, daß sie eine Zuwendung für Geschenke bekommt, diese Frau?«

»Ja«, sagte Stella, viel zu liebenswürdig, »sie bekommt eine Zuwendung, aber nach meiner Erfahrung gibt sie genausoviel von ihrem eigenen Geld für ihre Pflegekinder aus.«

»Was für ein Schwachsinn. Zu Weihnachten geht es nicht um Geld, es geht um den Sinn des Schenkens. Sie täte besser daran, etwas für das Kind zu stricken. Ich kann es wirklich nicht ertragen, daß meine Enkelin in diesem Haus Weihnachten verbringt und diese grauenhaften Wertvorstellungen in sich aufnimmt.«

»Ich glaube nicht, daß die Wertvorstellungen so grauenhaft sind«, sagte Stella, »nur anders als Ihre, Mrs. Blake, und wer darf sich schon ein Urteil darüber erlauben, welche besser sind?«

Und auf welcher Seite stand ich dabei? Eine gute Frage. Ich war mir nie sicher – eine ungewohnte Geistesverfassung für mich. Das Problem lag darin, daß ich allem zustimmte, was Mrs. Blake sagte; sie hatte recht, aber wenn ich hörte, *wie* sie es sagte, hatte ich sofort das Gefühl, ich müsse Betty verteidigen. Norman, ihr Mann, verstand das zu meiner Überraschung gut (aber warum »zu meiner Überraschung« – gütiger Gott, diese Herablassung nimmt kein Ende). Als ich Norman näher kennenlernte, kam ich zu dem Schluß, daß ich ihn mochte und daß er auf seine Frau eindeutig einen guten Einfluß hatte. Durch die

Arbeitslosigkeit war er viel zu Hause, und obwohl er anfangs nur im Hintergrund herumzulungern schien und nur etwas sagte, wenn er direkt angesprochen wurde, merkte ich bald, daß er eine starke Persönlichkeit war. Betty wußte das natürlich. Sie war stolz auf ihn und sagte gern »Norman meint« und »mein Norman sagt«, und dann lächelte er, atmete Rauch aus (er nahm die Zigarette nie aus dem Mund), lächelte und hob fragend die Augenbrauen.

Er ist groß, ein Hüne, über einsachtzig, schätze ich, und dazu kräftig. Seine Haut ist sehr faltig, wie die seiner Frau, obwohl auch er nicht älter als vierzig sein kann, und seine Hautfarbe ist scheußlich, ein gelblicher, gelbsüchtiger Teint. Er hat eine kleine Wampe, Bettys Küche, nehme ich an, und riesige Füße, die so gut wie immer in braun-weiß karierten Hausschuhen steckten, die ganz neu aussahen. Er hat übermütig blitzende Augen – er lächelte mit ihnen wie mit dem Mund – und wirkt verschmitzt und heiter. Als Mann ist er viel attraktiver, als Betty es als Frau ist. Sein Akzent ist viel ausgeprägter als Bettys, und es überrascht mich nicht, daß Mrs. Blake sagt, sie könne kein Wort von ihm verstehen. Zu der Cockney-Aussprache und -Ausdrucksweise kommt noch, daß er einen pfeifenden Atem hat und viel hustet, und es kann zum Alptraum werden, wenn man versucht herauszubekommen, was er sagt. Wenn ich mich sorgfältig auf die Beobachtung seiner Lippen konzentrierte, konnte ich den Sinn dessen enträtseln, was er sagte, aber wenn ich das nicht gekonnt hätte – bei meiner Übung –, wer hätte es dann gekonnt? Und die Mühe lohnte sich, denn Norman hatte die Begabung, den Nagel auf den Kopf zu treffen. Ich will gar nicht erst versuchen, die ganzen Glottale und so weiter wiederzugeben – das sähe nach reiner Lautschrift aus –, aber wenn er über Christabel sprach, war er scharfsichtig. »Ganz wild auf Zuneigung«, erklärte er, »und sie ist ein schlaues kleines Ding. Hängt mir dauernd am Hals, und Craig genauso. Wenn sie nicht so klein wär, wär's unanständig, wissen Sie, was ich meine?« Ich sagte, das wisse ich. »Ist wohl nicht an Männer gewöhnt«, fuhr Norman fort.

»Nein«, sagte ich.

»Vater abgehauen?« fragte Norman mitfühlend (seltsamerweise hatte Betty nie danach gefragt).

»Nein«, sagte ich zögernd. Mit der Wahrheit, schien mir, hätte ich Rowenas Charakter nur noch mehr angeschwärzt. »Er ist nach Hause zurückgekehrt, nach Barbados.«

»Und sie saß in der Patsche, stimmt's?«

»Sozusagen«, sagte ich, und mir war unangenehm dabei.

»Das erklärt 'ne Menge«, sagte Norman. »Schwer für die Granny, das einzustecken, wo das doch so feine Pinkel sind. Ich würd mich auch ganz schön aufregen, wenn's unsere Judy wär.«

»Besser nicht«, unterbrach Betty. »Der würd ich das Fell gerben.«

»Damit wär keinem geholfen«, sagte Norman. »Es nützt gar nichts, daß die Familie einen verprügelt, wenn's einem dreckig geht. Dazu ist die Familie doch da, stimmt's oder hab ich recht, daß sie zusammenhält, in guten wie in bösen Tagen und so.«

»Die von Chrissie hält aber kein bißchen zu ihr«, sagte Betty.

»Paß auf, was du sagst«, warnte Norman und zeigte auf Christabel, die fernsah. »Setz ihr bloß nichts in den Kopf, ganz egal, was du meinst. Das ist nicht recht, ihre Familie schlechtzumachen.«

Hier sprach die Stimme der Autorität im Haus, und

Betty wirkte entsprechend beeindruckt. Ich erinnere mich, daß ich mich an jenem Tag mehr als sonst fragte, was für eine Art von Familie die Lowes eigentlich waren. Es war so schwer zu sagen. Ich kam nur nach Vereinbarung, wenn ich Christabel abholte und zurückbrachte, und ich wußte ganz genau, daß mein Besuch erwartet und deshalb Vorbereitungen getroffen wurden. Am liebsten hätte ich Betty einmal überrascht und herausgefunden, ob diese peinliche Ordnung normal war, ob sie immer so adrett und etepetete aussah. Sie führte mich nie in die Küche, immer ins Wohnzimmer. Es war wie ein Staatsbesuch, und ich verabscheute es.

Falls die Kinder da waren, saßen sie auf dem Sofa und starrten auf den Fernseher. »Begrüßt Miss Clarke«, trug Betty ihnen auf, und sie murmelten »Guten Tag«. Für Teenager wirkten sie ungewöhnlich brav und eingeschüchtert, aber was besagte das schon unter den Umständen? Ich versuchte mit ihnen zu reden, aber das war mühsam, kein Wunder angesichts ihrer Zurückhaltung und des verfluchten Fernsehers, der ständig lief. Judy, die leibliche Tochter der Lowes, wirkte ähnlich wie ihre Mutter, durchaus lebhaft, aber sie schien alles, was ich sagte, für derart ausgefallen zu halten, daß ihr keine Antwort darauf einfiel. Einmal schaute sie sich die *Clothes Show* an, die die neueste Mode brachte, als ich Christabel zurückbrachte, und weil ich die Sendung selbst recht oft sah, hielt ich mich in dieser Hinsicht für bewandert genug, um mich mit ihr auf einen Plausch darüber einlassen zu können.

»Manchmal zeigen die wirklich scheußliche Klamotten, finden Sie nicht auch?« fragte ich Judy.

Sie schaute mich an, als ob ich eben etwas ganz besonders Verwegenes geäußert hätte. »Wie bitte?« sagte sie, und als ich die Frage wiederholte, wirkte sie sprachlos.

»Gefällt Ihnen Selina Scotts Haar kurz oder länger besser?« versuchte ich es und erntete wieder ein »Wie bitte?«, dem schließlich folgte: »Weiß nicht, ehrlich.«

Wie in aller Welt hat es Christabel überstanden, Judy als ihr Vorbild zu haben? Ausgezeichnet, schien die Antwort zu lauten, so unwahrscheinlich sie auch sein mochte. Judy, erzählte mir Christabel, lackiere ihr die Fingernägel mit dem rosa Lack, den sie selber trug, und sie wollte ihr sogar für die Schule das Jason-Donovan-Abzeichen leihen. Judy kannte alle modischen Popsongs und alle guten Gruppen und hatte versprochen, Christabel in ein Konzert von Michael Jackson mitzunehmen, falls wieder eins in London stattfand. Zwischen den beiden spielte sich also etwas ab.

Marlene, die Pflegetochter, wirkte mürrisch und aggressiv – Betty warf ihr ständig bedeutungsschwangere warnende Blicke zu –, aber sie erschreckte mich nicht so wie die ausdruckslose Judy. Ich glaube, daß Christabel vor Marlene ein bißchen Angst hatte, und auf keinen Fall fühlte sie sich wegen der gemeinsamen Hautfarbe zu ihr hingezogen. Im ganzen waren die Jungen im Haus viel angenehmer als die Mädchen. Craig, achtzehn, war genauso groß und kräftig wie sein Vater, hatte dasselbe Lächeln und dieselbe liebenswürdige Art, und er unterhielt sich immer recht lebhaft mit mir. Er nannte mich in jeder Bemerkung mindestens dreimal Isobel – »Naß geworden, was, Isobel, auf dem Rückweg, Isobel, hätten einen Schirm mitnehmen sollen, Isobel.« Er tat so, als ob er mit Christabel kämpfte, und sie kreischte und war hell begeistert, bis Betty sagte, sie benehme sich wie ein wildes Tier, und Craig solle aufhören. Craig war Automechaniker, das heißt, er wurde im Rahmen des staatlichen Berufsförderungsprogramms zum Automechaniker ausgebildet, und die ganze Familie war stolz auf ihn, vor allem seine Mutter. Duaine und Arthur, die beiden anderen Pflegekinder, wirkten in meiner Gegenwart nervös. Duaine, der groß und schlaksig war und älter als fünfzehn aussah, verließ meistens das Zimmer, wenn ich hereinkam. Arthur blieb und starrte mich an. Er hatte mit seinem Aussehen Pech gehabt, wirkte wie ein typischer Schwächling – schmales Gesicht, Brille, rötlichgelbes Haar. Trotzdem redete er ganz gern, gab immer ausführliche Antworten auf das, was mir an Fragen an ihn einfiel.

Aber wie waren sie alle, wenn ich nicht dabei war? Ich konnte nicht glauben, daß dann (vom Fernseher abgesehen) dieselbe Art von Stille herrschte. Wurde es in dem Augenblick, in dem ich wegging, laut in der Wohnung? Prügelten sich Duaine und Arthur, und stritten sich Judy und Marlene? Wurden Sachen auf dem Boden verstreut – Jacken, Comics, der normale Müll des Familienlebens? Christabel sagte nur, sie müsse um sieben ins Bett, sonst setze es was. Die Schlafenszeiten für alle waren fest geregelt, und Betty war äußerst streng. Sie war auch streng, was das Waschen anbelangte. Hände und Gesicht am Morgen, die Hände vor jeder Mahlzeit und vor dem Schlafengehen, sonntags und mittwochs ein Bad. Die Kleider mußten säuberlich am Vorabend herausgelegt und durften nicht im letzten Augenblick durch andere ersetzt werden. Das machte natürlich einen tiefen Eindruck auf Christabel, die ihr kurzes Leben damit verbracht hatte, ständig die verschiedensten Kleidungsstücke an- und auszuziehen. Aber zum Ausgleich bekam sie eine Menge neue Kleider, die mit der Begründung gekauft wurden, sie sei aus denen, die sie mitgebracht hatte, herausgewachsen. Das war Unsinn. Ich hatte einen ganzen Nachmittag mit Christabel damit zugebracht, ihre Kleider zu sortieren, und ich wußte, daß ihr die meisten noch paßten. Aber Betty mißbilligte die ziemlich folkloristisch wirkenden Röcke und Jacken, die Rowena für sie gekauft hatte; hübsche, bunte, bestickte Kleidungsstücke, in denen Christabel wunderschön aussah. Davon abgesehen besaß sie nur zwei Paar Jeans, ein paar T-Shirts und Pullover, und Betty hielt diese Garderobe für völlig unzulänglich. Sie bekam einen Zuschuß für Kleidung, und sie und Christabel zogen an einem Samstagmorgen zum Einkaufen los – wohin, weiß ich nicht – und kamen mit den scheußlichsten Sachen zurück, die man sich vorstellen kann.

Es tat mir weh, Christabel in einer knallrosa Nylonbluse mit Kragenschleife und in einem stahlblauen, schlecht plissierten Polyesterrock zu sehen, aber sie war hingerissen. Ich hatte Geschmack immer für angeboren gehalten, und falls er sich bei jemandem behauptete, mußte er sich einfach bei einem so hübschen und von Natur aus anmutigen Wesen wie Christabel zeigen. Aber nein. Ich sah sofort, daß ich mich irren mußte. Christabel fiel auf den Schrott herein und war begeistert. Nur wegen des Mantels – »sie braucht einen ordentlichen Mantel« – hatte es Krach gegeben. Betty sagte, sie habe einen Kaninchenplüschmantel gewollt, was immer das ist, aber sie kamen mit einem scheußlichen roten Ledermantel nach Hause. Natürlich nicht aus echtem Leder, sondern aus Kunststoff, hochglänzend und hart. Das Üble daran war, wie sehr das alles das Kind veränderte. Als ich sie in den neuen Sachen sah, entsetzte es mich, daß sie sofort *deklassiert* wirkte. Dasselbe gescheite, hübsche Gesicht, dieselben schönen Züge, derselbe schlanke, anmutige Körper, dieselbe stolze Haltung – aber alles übertüncht durch die vulgäre Kleidung und dahinter kaum noch wahrzunehmen. Bis auf die Hautfarbe hätte sie Bettys Tochter sein können.

Und Sie können sich vorstellen, wie Mrs. Blake reagierte, als sie Christabel sah – sie tobte und konnte sich nicht bremsen. »Zieh sofort diesen Mantel aus«, sagte sie zu Christabel, »sofort, *sofort*!« Aber als er ausgezogen war und die Bluse und der Rock in ihrer billigen Herrlichkeit zum Vorschein kamen, wurde es noch schlimmer. Christabel weinte über den Zorn ihrer Großmutter und mußte dann mit Erklärungen beruhigt werden, die tröstlich wirken sollten. »Ich bin doch nicht böse auf dich, mein Schatz«, sagte Mrs. Blake, »ich bin böse auf diese Frau. Du kennst den Unterschied nicht, es ist nicht deine Schuld.« Aber unter Tränen brachte Christabel schluchzend heraus, sie habe sich die Kleider selber ausgesucht, sie gefielen ihr, und sie habe sie gewollt, und »Mum« habe gesagt, sie seien sehr hübsch – es war wirklich zum Heulen. Mrs. Blake bekam ein schlechtes Gewissen, wenigstens etwas Gutes. Sie sagte sogar mit gewissen Anzeichen von Scham: »Ich weiß gar nicht, was mich gepackt hat, als ob es darauf ankäme, was das arme Kind anhat.« Genau. Aber trotzdem beauftragte sie mich unmittelbar danach, ein Paar Jeans, einen Pullover und eine Jacke zu kaufen, die den letzten Sachen glichen, die Rowena für sie gekauft hatte und in Camillas Haus aufbewahrt wurden, damit Christabel sich umziehen konnte. »... Damit deine besten Sachen sauber bleiben, Liebling.« Christabel schien das hinzunehmen, weil es natürlich äußerst wichtig war, daß sie sauber zu Betty zurückkam, und sie nicht ausgeschimpft werden wollte.

Es wurde ein Spiel daraus, daß sie sofort nach ihrer Ankunft die anderen Sachen überzog, und sie hatte nicht viel dagegen. Ob sie Betty davon erzählte, weiß ich nicht, aber falls ja, nehme ich an, daß der wahre Grund im Dunkeln blieb. Ich muß gestehen, daß ich genauso erleichtert war wie Mrs. Blake, wenn sich Christabel vor unseren

Augen wieder in das Kind verwandelte, das wir kannten und liebten.

Ich muß sagen, daß Betty nicht unfreundlich wirkte, wenn ich Christabel zu ihr zurückbrachte. Wenn ich sie abholte, war ihre Miene angespannter. Folgendes spielte sich dann ab: Eine halbe Stunde, ehe ich sie holen sollte, rief Betty an und sagte: »Es tut mir furchtbar leid, Isobel, aber Chrissie geht's nicht gut.«

»Ach je«, sagte ich entmutigt, weil ich nach dem erstenmal wußte, was mich erwartete. »Ach je. Was hat sie denn?«

»Sie muß dauernd aufs Klo.«

»Sie meinen, sie hat Durchfall?«

»Und schlecht ist ihr auch, sie spuckt. Sie ist übel dran, es tut mir furchtbar leid, aber sie sagt, Mum, ich muß bei dir zu Hause bleiben. Es tut mir furchtbar leid, Isobel, daß ich Sie so enttäuschen muß und so.«

»Machen Sie sich doch um Himmels willen meinetwegen keine Gedanken. Die arme Christabel und Sie, arme Betty, Sie müssen es ja durchstehen. Hat es nachts angefangen?«

»Ja. Sie ist zu uns ins Bett gekommen, und ich hab gedacht, es sind bloß die Nerven, weil sie es immer so mit den Nerven hat, wenn sie fortmuß; es ist nicht, weil sie Sie nicht leiden kann, Isobel, nichts für ungut, aber wenn ich sage, sie muß einen Tag lang fort, weg von mir, dann macht sie immer so ein Theater.«

»Was ist mit der Schule – ist es dann auch so?«

»O nein, es ist nur, wenn sie zu fremden Leuten muß. Es tut mir wirklich furchtbar leid, Isobel, aber heute geht es nicht.«

»Das macht nichts, aber ich komme trotzdem und besuche sie.«

»Besuch kann sie eigentlich gar nicht brauchen.«

»Ich bleibe nur fünf Minuten.«

»Sie gehört wirklich ins Bett.«

»Wenn es Ihnen recht ist, lese ich ihr am Bett etwas vor.«

Dann legte ich schnell den Hörer auf, behauptete, jemand läute an der Tür, und wenn es wieder klingelte, während ich noch nicht fertig war, meldete ich mich nicht, für den Fall, daß es Betty war, die mir unmißverständlich sagte, ich solle nicht kommen. Ich fuhr zu Betty und mußte fast Gewalt anwenden, damit sie mich ins Wohnzimmer ließ, wo Christabel unter einer Decke auf dem Sofa lag und so verängstigt wie fiebrig aussah. Betty war ganz aufgeregt und schilderte vor Christabel immer wieder alle Einzelheiten des Durchfalls und des Brechreizes. Ich konnte nur dazu sagen, »Wie furchtbar, das arme Kind, Sie Arme«, und Christabel nach Kräften anlächeln. Dann griff ich zur List und sagte etwas in Richtung wie: »Ist dir nicht ein bißchen warm, mein Herzblatt? Betty hat dich so gut eingepackt, nicht wahr? Sollen wir die Decke jetzt nicht wegnehmen? Fühlst du dich ein bißchen besser? Bloß ein bißchen? Hat sich Betty nicht rührend um dich gekümmert – so was, sie hat dich ja fast wieder ganz gesund gemacht. Meinst du, du fühlst dich jetzt so wohl, daß du dich aufsetzen kannst? Oh, gut. Schauen Sie nur, Betty, Sie haben ein Wunder bewirkt. Sie sieht wirklich besser aus. So, ich habe diese hübsche, lustige Geschichte mitgebracht, die ich dir vorlesen möchte, Christabel. Hör zu.« Und ich las drauflos, übertrieb heftig, und Christabel lachte, und ich brachte sie zum Aufstehen, wandte mich schließlich als Unschuld in Person Betty zu und sagte: »Wissen Sie, ich glaube, es geht ihr jetzt wieder so gut, daß sie mitkommen kann. Meinst du nicht auch, Christabel? Hast du Lust dazu? Ja? Was meinen Sie, Betty?«

Betty blieb nichts anderes übrig, als zuzustimmen, mit verkniffenem Mund. Sie machte dann ein Riesentheater daraus, Christabel mit einer absurden Menge von Schals und Pudelmützen zu vermummen und mir frische Schlüpfer für sie mitzugeben, die ich ganz bestimmt brauchen würde, weil der Kleinen in diesem Zustand ein Malheur passieren müsse, und es sei unvernünftig, sie aus dem warmen Zimmer an die rauhe Januarluft zu bringen ... Christabel bekam auf der Schwelle einen Kuß, und dann stand Betty mit verschränkten Armen da und schaute uns nach, offenbar in der Hoffnung, dem Kind werde *auf dem Weg* zu meinem Auto übel. Wenn wir wegfuhren, fühlte ich mich jedesmal vor Erleichterung ganz schwach werden. Manchmal sagte Christabel: »Ich glaube, mir wird schlecht«, und ich hielt in einer Nebenstraße, pellte sie aus den viel zu warmen Kleidungsstücken und wartete eine Weile, ehe ich weiterfuhr.

Wenn wir erst einmal in meiner Wohnung waren, gab es keine Schwierigkeiten mehr. Innerhalb von Minuten bekam Christabel wieder ihre normale Farbe, hüpfte herum, und nie, kein einziges Mal, war die Rede davon, sie müsse eilig aufs Klo. Meistens verbrachten wir eine Stunde damit, uns zu unterhalten und in der Schachtel mit den sogenannten »Schätzen« zu kramen, die ich immer für sie zusammentrug – Schmuckstücke, Täschchen, hübsche Dinge, die ich auf meinen Reisen entdeckt hatte –, und sie suchte sich aus, was ihr gefiel. Dann ging es Radfahren, ein Riesenspaß für sie. Sie konnte ihr Rad nicht zu Betty mitnehmen. Dort war kein Platz zum Fahren, und Betty wollte nicht, daß es den Flur verstopfte und die Lenker den Anstrich verkratzten. Deshalb war das Fahrrad bei mir, und wenn alle gewöhnlichen Taktiken fehlschlugen, stellte das Fahrrad immer das letzte Lockmittel dar, um

Christabel zu bewegen, zu mir zu kommen. Es war ein kleines Zweirad mit dicken Reifen und Stützrädern, und sie war darauf vollkommen sicher, weil es weder besonders schnell fuhr noch umkippen konnte. Wir legten es in den Kofferraum und fuhren zu einem Park, und sie radelte glücklich herum und klingelte wild. Wir aßen oft auswärts, meistens Spaghetti und Eis. Offenbar erzählte Christabel Betty, dazu dem ganzen Haushalt der Lowes, von den Herrlichkeiten bei diesem Italiener, und sie wünschte sich immer, daß Betty auch dorthin ging. »Meinst du, Mum kann mal mit hierherkommen?« fragte sie mich, und mir fiel gerade noch rechtzeitig ein, wer jetzt »Mum« war, und ich sagte, ich wüßte nicht, warum sie nicht mitkommen solle.

Je mehr ich darüber nachdachte, desto absurder wurde es, daß die Blakes, Betty und ich in verschiedene Schubladen gehörten. Es war schwer genug für Christabel, jedesmal Grenzen zu überqueren, wenn sie von einem Zuhause in ein anderes kam und hinnehmen mußte, daß niemand von uns sie für immer haben wollte. Aber warum sollte Betty nicht zu unserem Italiener mitkommen oder bei mir in der Wohnung Tee trinken? Also lud ich sie ein. Ich fragte sie, ob sie, wenn ich Christabel das nächstemal abholte, mit uns zu Mittag essen oder Tee trinken wolle, damit sie sehen könne, wohin Christabel ging, wenn sie mit mir zusammen war. »Geht nicht«, lautete die rasche Antwort. »Das wäre nicht richtig. Danke für die Einladung.«

»Weshalb wäre das nicht richtig, Betty?« fragte ich.

»Das würde denen nicht gefallen. Und ich hab samstags und sonntags zuviel zu tun. Ich hab dazu wirklich keine Zeit, ehrlich, es geht wirklich nicht. Ich schaff soviel Arbeit weg, wenn Chrissie mal nicht da ist.« Ich war mir nicht sicher, was davon die Wahrheit war, aber Betty muß Maureen von meiner Einladung erzählt haben, denn sie sprach darüber, als ich das nächstemal bei ihr war.

»Ich hab gehört, daß Sie Betty zum Tee eingeladen haben«, sagte sie und lächelte ein derart merkwürdiges Lächeln, daß ich sofort in der Defensive war.

»Ja, wieso?«

»Es ist keine ganz so gute Idee.«

»Warum? Ist es besser, wenn wir alle Feinde sind und um Christabel kämpfen?«

»Natürlich nicht. Aber ich fürchte, damit würden Sie Christabel nur noch mehr verwirren. Sie braucht die Demarkationslinien.«

»Sie meinen, kein Fraternisieren zwischen den feindlichen Linien?«

»Nein, das meine ich nicht – leider sind Sie es, die darüber redet, als ob es ein Krieg wäre.«

»Ist es denn keiner?«

»Nein.«

»Mir kommt es aber vor wie ein Krieg, und zwar einer, der nicht recht vorangeht.«

»Die Dinge nehmen den normalen Lauf. Es geht sogar schneller als normalerweise. Wenn Christabel kein Gerichtsmündel wäre, dann wären wir schon viel weiter.« Maureen rümpfte die Nase. Es wurmte sie, daß Mrs. Blake in dem Augenblick, in dem ihr klargeworden war, nicht über Christabels Zukunft bestimmen zu können, das Kind dem Vormundschaftsgericht unterstellt hatte. Das hieß, daß alles, was Christabel betraf, vor dem Familiengericht verhandelt werden mußte, und das trieb das Jugendamt zum Wahnsinn.

Kurz nach diesem Schachzug von Mrs. Blake hatten wir eine äußerst seltsame Fallbesprechung. Mrs. Blake hatte selbst darum gebeten, hatte Stella eine ihrer wunderbar stichhaltigen Darlegungen darüber geschickt, warum eine Fallbesprechung nötig sei. Ich habe eine Kopie davon und hielt sie damals, wie ich mich erinnere, für meisterhaft, aber jetzt fällt mir ihr gefährlicher Ton auf (doch damals unterschätzten wir, die Blakes und ich, das Jugendamt noch ganz gewaltig).

»Zweck des Treffens«, schrieb Mrs. Blake: »Klärung aller Mißverständnisse zwischen den verschiedenen Parteien, die an der vorgesehenen Adoption Christabels beteiligt sind; mehr Auskünfte über das Verfahren selbst von denjenigen, die damit beauftragt sind; Erklärungen über die augenblickliche Meinung über geeignete Familien; Übereinstimmung über das allgemeine Vorgehen aller Beteiligten.« Danach kam ein Abschnitt mit der Überschrift »Besondere Besorgnisse der Angehörigen Christabels«. Sie faßte das so zusammen: »Die Sorge, das bloße Gewicht des bürokratischen Verfahrens könne nicht nur zu einer Verzögerung führen, sondern möglicherweise auch zu einer ausweglosen Situation, vor allem dann, wenn das Jugendamt weiterhin nach vielen Familien sucht und dann in Streit über die im Wettbewerb liegenden Vorteile der Familien gerät (besonders im Hinblick auf rassische Übereinstimmung). Bei der Vormundschaft, zu der wir uns entschlossen haben, ging es unserem Verständnis nach hauptsächlich darum, daß wir, Christabels Angehörige, in dieser Angelegenheit ein gewisses Mitspracherecht haben.« Auf der letzten Seite des Briefes führte sie alle Fragen auf, deren Beantwortung sie bei der Fallbesprechung erwartete.

1. Wie schätzt das Jugendamt die erforderlichen Schritte im Entscheidungsprozeß ein, der Christabels Unterbringung in einem Zuhause auf Dauer vorausgeht?

2. Wessen Ansichten über ein solches Zuhause werden eingeholt?
3. Nach welchen Kriterien wird ein solches Zuhause beurteilt?
4. Kann davon ausgegangen werden, daß ein solches Zuhause in London gefunden werden muß?
5. Hat Christabel dabei ein Mitspracherecht?
6. Lernen Anwärter auf die Adoptivelternschaft Christabel kennen, ehe sie beschließen, die Adoption in die Wege zu leiten?
7. Wird den Angehörigen gestattet, die Anwärter auf die Adoption kennenzulernen?

Auf dieses Sendschreiben erfolgte keine Antwort, nicht einmal eine Eingangsbestätigung, aber als Mrs. Blake schimpfte und tobte, ergriff ich die Partei des Jugendamts. Insgeheim stellte ich mir vor, wie Stella oder Maureen über diese ganze Wortmacherei stöhnten und sie am liebsten in den Papierkorb geworfen hätten, und sie hatten wirklich nicht ganz unrecht. Sie versuchten, etwas gegen entsetzliche Fälle zu unternehmen, gegen Kindesmißhandlungen oder Verwahrlosung im Extrem, und diese alte Frau aus der Mittelschicht verlangte in Umständen, die von Verzweiflung weit entfernt waren, Zeit und Aufmerksamkeit von ihnen. Die Fallbesprechung reichte, ganz bestimmt.

Sobald wir uns alle gesetzt hatten – die übliche Runde –, sagte Mrs. Blake: »Darf ich fragen, ob Sie meinen Brief bekommen haben?«

»Er liegt uns vor, Mrs. Blake«, sagte Stella, die ewig Lächelnde.

»Weil ich keine Antwort bekommen habe, habe ich mich nur gefragt ...«

»Das hier *ist* die Antwort, Mrs. Blake. So, wenn wir jetzt

alle soweit sind, gehe ich Mrs. Blakes Fragen der Reihe nach durch und beantworte sie, so gut ich kann. Was Christabels zukünftige Unterbringung anbelangt, hat die Adoptionsbeamtin nach Absprache mit mir und Maureen beschlossen ...«

»Aber ohne Absprache mit mir«, unterbrach Mrs. Blake, schon jetzt so hochmütig, wie sie nur sein konnte.

»Nein, nicht mit Ihnen, Mrs. Blake, nicht im gegenwärtigen Stadium. Darf ich fortfahren?«

»Selbstverständlich, aber ich muß sagen, ich halte es doch für ungewöhnlich, daß ein erstes Treffen zur Absprache stattgefunden hat, von dem die Großmutter des Kindes mit Absicht ausgeschlossen wurde – sehr merkwürdig ...«

»Sie hatten mir erlaubt, fortzufahren? Sehr gut. Ich gebe jetzt eine kurze Zusammenfassung unserer gegenwärtigen Überlegungen. Wir suchen für Christabel nach einem Elternpaar, vorzugsweise aus der Mittelschicht. Wir denken, zwischen Christabel und anderen Kindern in dieser Familie sollte mindestens ein Altersabstand von zwei Jahren bestehen, und Christabel sollte unbedingt das jüngste Kind sein. Jetzt haben wir Ende Januar, und deshalb, mit Rücksicht auf den vollen Terminkalender und auf die Notwendigkeit, psychologische Gutachten über Christabel erstellen zu lassen, zögern wir mit der Prognose, im Juli mit einer Adoptionsanbahnung rechnen zu können – wir halten es für realistischer, daß es September wird.«

Alle möglichen vulgären Wendungen fallen mir ein, mit denen ich Mrs. Blakes Reaktion auf Stellas »Zusammenfassung« schildern könnte – die Kacke am Dampfen und so weiter –, aber ich glaube, am deutlichsten erinnere ich mich an das Gefühl der Hilflosigkeit, das mich packte. Ich hörte Mrs. Blakes wütende Einsprüche nur halb – gegen die absurde Zeitspanne, gegen den Gedanken an ein psychologisches Gutachten –, weil mir so elend, so jämmerlich zumute war. Das alles hätte vermieden werden können, wenn Camilla oder ich uns richtig verhalten hätten, was uns durchaus möglich gewesen wäre. Stellas Gesicht zeigte einen Ausdruck sorgfältig beherrschter Abneigung, als sei sie der Meinung, wir hätten uns das alles selbst eingehandelt, hätten es verdient, und der Teufel solle uns holen.

Mir wurde bewußt, daß ich den Kopf einzog, buchstäblich. Die schmerzliche Erinnerung daran, wie ich Christabel das erstemal bei Betty abgeliefert hatte, übertönte Mrs. Blakes vorwurfsvolle Stimme, und statt dessen hörte ich mich angestrengt und mit falscher Munterkeit zu Christabel sagen, sie komme eine Zeitlang in ein hübsches neues Zuhause, bis ein festes Zuhause für sie gefunden sei, mit einer neuen Mummy und einem Daddy, die sie beide sehr lieben würden ... Gütiger Gott, habe ich tatsächlich etwas so widerwärtig Abgedroschenes gesagt? Wie hatte ich das nur tun können? Wie hätte irgend jemand mit einem Hauch von Sensibilität so etwas sagen können? Und ich hatte mir den Augenblick auch noch so sorgfältig ausgesucht, so feige, etwa zehn Minuten, ehe wir zur Schule und zur lieben Miss Splint gingen, die schon die Scherben aufsammeln würde, falls Christabels Fassung in Stücke brach.

Aber es sah nicht danach aus. Sie verdrückte ihren Toast und schaute mich mit trockenen Augen an. Auch dieses Mal stellte sie mir keine der Fragen, auf die ich vorbereitet war. Kein einziges »Warum«? Statt dessen sagte sie: »Gibt's in meinem neuen Zuhause einen Fernseher?« Ich sagte: »Natürlich.« Dann fragte sie: »Darf ich mein Fahrrad behalten?« Ich sagte wieder »natürlich«

(damals wußte ich noch nicht, daß Betty das nicht erlaubte). Dann entstand ein Schweigen, und sie schälte mit großer Sorgfalt eine Mandarine. Es war viel herzzerreißender, das versichere ich Ihnen, als heftiges Schluchzen – daß eine Fünfeinhalbjährige so ruhig war, so gefaßt, nach allem, was ihr zugestoßen war. Ich mußte meine sorgfältig vorbereiteten Erklärungen und Rechtfertigungen gar nicht erst vorbringen. Und als der Augenblick kam, in dem ich sie zu Betty bringen mußte, schien das *meinem* Magen am schlimmsten zuzusetzen, so daß Christabel geduldig eine weitere halbe Stunde lang warten mußte, bis ich mir schlüssig darüber war, ob mir wieder schlecht werden würde. Ich bin mir sicher, wenn sie sich da in meine Arme geworfen, sich an mich geklammert und gesagt hätte, sie habe Angst, mich angebettelt hätte, bei mir bleiben zu dürfen, dann hätte ich sie sofort mit allen Folgen für mich beansprucht (das hieß natürlich nicht, daß ich sie bekommen hätte, aber das war eine weitere Tatsache, die ich erst noch lernen mußte).

Aber es gab keinen hysterischen Ausbruch, keine Panik, nicht den leisesten Versuch, mich anzubetteln. Christabel wartete nur geduldig ab, bis ich mich gefaßt hatte, dann gingen wir. Sie wirkte sogar erwartungsvoll, stieg eifrig aus dem Auto und ging zur Haustür, wo Betty sie schon erwartete. Die Übergabe verlief problemlos. »Na so was, du bist ja ein großes Mädchen«, sagte Betty bewundernd. »Wie alt bist du? Erst fünf? Da wär ich nie drauf gekommen, du siehst aus wie sieben. Kommst du rein und schaust dir meinen Weihnachtsbaum an? Ja? Gefallen dir Weihnachtsbäume?« Und Christabel nahm ihre Hand und ging in das grauenhafte Wohnzimmer und stand voller Bewunderung vor dem scheußlichen Weihnachtsbaum, als wäre er das Hübscheste, was sie je gesehen hatte.

Sie wirkte wie hypnotisiert von Betty, die pausenlos drauflos plapperte und mich völlig ignorierte. Der Fernseher wurde sofort eingeschaltet, und Christabel war hingerissen, als könne sie ihr Glück nicht fassen. Dann ging ich, ohne Szene, mit einem äußerst flüchtigen Abschied von Christabel, und fuhr nach Hause.

Ich wußte, daß ich froh und erleichtert hätte sein müssen. Ich war beides nicht. Meine Wohnung wirkte trostlos, trist und unerfreulich leer. Ich hatte dafür gesorgt, daß ich am nächsten Tag nach Paris reiste, nicht weil ich mich davor fürchtete, mich plötzlich einsam zu fühlen, sondern weil ich schlau war: Wäre die Übergabe nicht reibungslos verlaufen, hätte ich einen hieb- und stichfesten Vorwand gebraucht, mich herauszuhalten. Ich mußte nach Paris, und jemand anders hätte sich um Christabel kümmern müssen, falls etwas Unvorhergesehenes den Plan zunichte gemacht hätte. Es klingt so schäbig – es war auch schäbig –, aber ich hatte Angst, – entsetzliche Angst davor, in die Falle zu geraten.

Drei Wochen lang hatte ich für Christabel gesorgt, und das hatte ausgereicht, mich zu verzaubern – das heißt eine Seite von mir. Wer hätte ahnen können, daß soviel mütterliche Begabung in mir steckte? Es machte mir soviel Freude, Christabels kleine Welt zu organisieren, ihre Begabungen zu fördern. In jenen Wochen ertappte ich mich oft dabei, daß ich lächelte und mir wünschte, Rowena könne die Verwandlung sehen, die ich bei ihrem Kind bewirkt hatte. Sie sah so strahlend und lebhaft aus, das Schmollen und die Wutanfälle waren fast ganz verschwunden, und sie hatte keine Alpträume gehabt. Sie genoß die Ordnung in unserem Zuhause und war zutiefst befriedigt über unseren geregelten Alltag. Und ich entdeckte, wie ich dadurch, daß ich sie bei mir hatte, über die

Grenzen des eigenen Lebens hinauswuchs, wie man so sagt, und daß die Einschränkungen, die mir dadurch auferlegt wurden, täglich weniger wichtig waren. Kurz gesagt, ich wußte, daß es mir möglich war. Ich hätte Christabel adoptieren, sie nicht nur glücklich machen und mein Gewissen entlasten, sondern auch mein Leben reicher machen können.

Und trotzdem ließ ich zu, daß sie eine fremde Pflegemutter bekam. Während ich dasaß und zuhörte, wie Mrs. Blake auf Stella losging, konnte ich nicht glauben, daß ich so grausam gewesen war. Und die Folgen meiner Grausamkeit waren noch lange nicht zu Ende. Ich hörte Mrs. Blake fragen, wie die Adoptionsbeamtin des Jugendamts bei der Suche nach einer Familie für Christabel vorgehen wolle, und mir wurde schwach, als ich mitbekam, daß das Aufgeben einer Anzeige eine der aufgezählten Verfahrensweisen darstellte. Ich hatte solche Anzeigen gesehen – »Adoption kann der Liebe einen neuen, tiefen Sinn geben« –, so ähnlich lautete die Schlagzeile, und dann kamen das gewinnende Foto eines Kindes und ein Text darüber, wie wichtig es für Gary sei, der ein unruhiges Leben geführt habe, eine gute Beziehung zu Erwachsenen aufzubauen, denen er vertrauen könne und die emotional dazu bereit seien, ihn aufzunehmen... Aber *Christabel*? Einer solchen Demütigung ausgesetzt. Es war unerträglich. Als ich eben den Mund aufmachen und das sagen wollte, schrie Mrs. Blake, sie sei strikt dagegen, und Stella griff hastig ein und sagte, in diesem Fall halte sie eine Anzeigenkampagne für unnötig und zwecklos. Sie würden andersherum anfangen, die Listen von Adoptionsanwärtern durchgehen, die schon überprüft seien und sich ein Kind von Christabels Geschlecht und Alter wünschten. Sie sagte auch, in ätzendem Ton, Mrs. Blake höre sicher mit Erleichterung, daß die Mittelschicht, während sie selten Pflegekinder betreue, den Großteil der Adoptiveltern stelle. »Natürlich«, fügte sie hinzu, »kann ich nicht garantieren, daß Christabels neue Familie der Mittelschicht angehören wird, denn die Gesellschaftsschicht ist dabei nicht der wichtigste Faktor.«

»Was dann?« brachte Mrs. Blake heraus (mir fiel auf, daß sie sich erschreckend verfärbt hatte – ich war so mit meinen Schuldgefühlen beschäftigt gewesen, daß ich die besorgniserregenden Anzeichen körperlichen Unwohlseins an ihr ganz übersehen hatte).

»Selbstverständlich der Charakter der Eltern«, sagte Stella. »Wir brauchen außergewöhnliche Menschen, die auf die Bedürfnisse eines Kindes reagieren, das soviel gelitten hat wie Christabel.«

»Und das immer noch leidet, obwohl das ganz unnötig ist«, sagte Mrs. Blake, keine Spur besänftigt. »Mit jedem Tag, den sie im Haus dieser Frau verbringt, leidet sie mehr. Jedesmal, wenn ich sie sehe, jedesmal, wenn mir erlaubt wird, einen Blick auf die eigene Enkelin zu werfen, entdecke ich neue Beweise ihres Leids. Sie kann nicht mehr richtig sprechen. Sie hat das Lesen und Schreiben verlernt, sie steckt voller Wertvorstellungen, von denen ich nur sagen kann, daß sie aus der Regenbogenpresse stammen, und mir schaudert bei dem Gedanken, was das alles einem sensiblen Kind antut.«

Dann schien die arme alte Frau zu ersticken – es war dramatisch und beängstigend. Sie legte sich die Hand an die Kehle, die Augen schienen herauszuquellen, und sie versuchte mühevoll, sich aufzurichten. Das Chaos brach aus; Stella stürzte los, um Wasser zu holen, Maureen knöpfte Mrs. Blakes Kostümjacke auf, und Camilla wühlte auf der Suche nach Tabletten in der Handtasche ihrer

Mutter. Nach wenigen Minuten war die Ordnung wiederhergestellt. Mrs. Blakes Gesichtsfarbe wechselte von einem lilastichigen Rot zu einem Grauweiß, und sie wirkte erschöpft. Camilla brachte sie nach Hause, Maureen und Phyllis, die Adoptionsbeamtin, halfen ihr dabei, sie zum Auto zu führen, und ich war einen Augenblick allein mit Stella, die deutlich erschüttert wirkte.

»Meine Güte«, sagte sie, »ich habe gedacht, sie bekommt einen Schlaganfall. Das war wirklich übel, muß ich schon sagen.«

»Sie ist nicht so stark, wie sie wirkt«, wagte ich zu bemerken.

»Sie kennen sie schon lange, nicht wahr?« sagte Stella. Es entging meiner Aufmerksamkeit nicht, daß sie kein Mitgefühl mit Mrs. Blake geäußert hatte, und das reizte mich so, daß ich plötzlich den Wunsch hatte, mich für die alte Frau stark zu machen, deshalb sagte ich: »Ja, schon seit meiner Kindheit. Sie ist wirklich eine erstaunliche Frau. Ich habe oft gedacht, daß sie wie eine Suffragette ist, kämpferisch und entschlossen, für ihre Rechte einzutreten.«

»Das ist mir auch schon aufgefallen«, unterbrach mich Stella.

»... Aber sie ist nicht so hart, wie es den Anschein hat. Sie ahnen ja nicht, von diesen Besprechungen her, wie furchtbar durcheinander sie ist – das äußert sich alles als Zorn.«

»Oh, das brauchen Sie mir nicht zu sagen«, sagte Stella ziemlich scharf. »Das sehe ich selbst, aber es macht den Umgang mit ihr nicht einfach.«

»Nein. Sie ist nicht einfach.« Das konnte ich ruhig zugeben. »Aber Christabel liegt ihr sehr am Herzen.«

»Uns allen, hoffe ich.«

»Aber nicht so wie ihrer Großmutter. Sie ist alt und viel gebrechlicher, als sie aussieht, und ich glaube, sie hat Angst, sie könnte sterben, ehe Christabel untergebracht ist. Sie hält es für ihre Pflicht, dafür zu sorgen, und ich glaube, sie hat insgeheim Angst, sie könne versagen ...«

Ich schwieg, weil Stella Papiere auf dem Schreibtisch herumschob und ihr Lächeln wieder aufgesetzt hatte. Ich wußte, daß sie nicht zuhörte. Mrs. Blake war ihr völlig gleichgültig, sie glaubte nicht einmal, daß die Sorge um ihre Enkelin sie antrieb. Sie hielt Mrs. Blake schlicht und einfach für einen Snob, eine Pest, ein Ärgernis, auf das sie und ihre Abteilung verzichten konnten. Als ich abbrach, sagte sie: »Ja, bitte?«, in einem ermunternden Ton, aber ich nahm den Faden nicht wieder auf. »Es kommt mir falsch vor«, brach es statt dessen aus mir heraus, »daß eine Großmutter nicht darüber entscheiden darf, was aus ihrer Enkelin wird.«

»Das kommt auf die Großmutter an«, sagte Stella und fügte dann hastig hinzu: »Ganz zu schweigen von der Rechtslage, die das Kind schützt.«

»Wenn Mrs. Blake ein anderer Mensch wäre, würden Sie ihr also mehr Mitspracherecht zugestehen?«

»Auf keinen Fall. Über ihr Mitspracherecht, wie Sie es nennen, entscheidet das Gesetz, nicht wir. Aber jetzt, wo wir uns dem Stadium nähern, in dem wir uns nach Adoptiveltern umsehen, spielt die Persönlichkeit von Mrs. Blake eine gewisse Rolle.«

»In welcher Hinsicht?«

»Sie ist eine eigensinnige Frau, und ich kann mir nicht vorstellen, daß es Eltern gibt, die nicht nur Christabel, sondern auch sie übernehmen wollen. Wir werden also Schwierigkeiten mit dem Besuchsrecht bekommen, das liegt auf der Hand.«

»Sie meinen, sie darf Christabel nach der Adoption möglicherweise nicht besuchen?«

»Das kommt auf die neue Familie an. Die Adoption bedeutet einen völligen Neuanfang, und der Kontakt mit den Angehörigen oder auch mit Freunden aus der Vergangenheit des Kindes ist nicht immer ratsam.«

»Aber man kann Christabels Vergangenheit doch nicht einfach wegwischen«, sagte ich wütend. »Es geht doch nicht, daß ihre Großmutter einfach aus ihrem Leben *verbannt* wird.«

»Das geht«, sagte Stella und schaute mir direkt in die Augen. »Falls die neue Familie den Kontakt für keine gute Idee hält, falls sie das Gefühl hat, die Großmutter bringt das Kind aus der Ruhe, übt einen zu starken Einfluß aus oder gefährdet die Beziehung der Adoptiveltern zu Christabel. Alles dient dem Wohl des Kindes, nicht der Großmutter, und es ist ganz bestimmt auch richtig so.«

Ich verließ das Jugendamt benommen. Wußte Mrs. Blake das alles? Wußte es Camilla? War ihnen klar, daß Christabels Freigabe zur Adoption – obwohl es sich eigentlich gar nicht um eine »Freigabe« handelte, weil sie ihnen juristisch nicht gehörte – möglicherweise bedeutete, daß sie Christabel nie wiedersahen? Sie hatten einen Anwalt, sie mußten es wissen. Die Chancen, daß die neue Familie Mrs. Blake ins Herz schloß, waren gering, das war mir klar. Sie war kein Mensch, der auf den ersten Blick anziehend wirkt, und außerdem hatte sie etwas Bedrohliches an sich. Ein Blick auf sie, ein Satz von ihr, und jeder witterte Schwierigkeiten. Es war nicht nur Betty, die Mrs. Blake wegen der ganzen Feindseligkeit zwischen den Gesellschaftsschichten für einschüchternd hielt – aller Welt ging es so. Sie war schroff, herrschsüchtig, kalt und äußerst anspruchsvoll. Es dauerte Jahre, bis man ihren wahren Wert zu schätzen wußte, erkannte, daß viel von der unglückseligen, tyrannischen Art eine Tarnung für eine seltsame Form der Schüchternheit war, jener Schüchternheit, die nichts Wehmütiges und Bezauberndes hat, sondern hinter der ein tiefsitzender Mangel an eben jenem Selbstbewußtsein steckt, das so gern vorgetäuscht wird. Mrs. Blake *erwartete*, daß man sie nicht mochte, und sie verhielt sich ihren Erwartungen entsprechend. Und ihre offenkundige Besserwisserei, mit der sie immer wieder angab, weil das unwiderstehlich für sie war – zum Beispiel sagte sie zu Maureen Dinge wie: »Ich nehme an, Sie haben den Hart-Report über die Probleme von Mischrassenbeziehungen gelesen?«, obwohl sie verdammt genau wußte, daß Maureen noch nie etwas davon gehört hatte –, brachte jeden gegen sie auf. Ich konnte mir leicht katastrophale Begegnungen mit Adoptionsanwärtern vorstellen, falls Mrs. Blake ihren Charakter nicht völlig änderte, und wie hätte sie das tun sollen? Langsam rückte der wahre Schlagabtausch näher. Ich sah eine andere Art von Schlacht kommen, und ich weiß noch, daß ich dachte, es sei ein Glück, daß Mrs. Blake reich war.

Siebtes Kapitel

Ende Februar, vielleicht auch Anfang März, bekam ich Ärger mit Maureen. Sie war weiß Gott auch in den besten Zeiten nicht unbedingt ein Fan von mir, aber in den Monaten, seit Christabel ein Pflegekind geworden war, hatten wir wenigstens gelernt, miteinander auszukommen. Im Vergleich mit den Blakes war ich ihr lieber, nehme ich an, und als Camilla kurz nach Weihnachten wieder auf Tournee ging, war es wohl einfacher, mit mir umgehen zu müssen als mit Mrs. Blake. Sie war ohnehin für einen Monat nach Edinburgh zurückgefahren, um sich zu erholen. Sie verzichtete auf ein Besuchsrecht während dieser Zeit und hoffte, dafür ein längeres Wochenende einhandeln zu können, wenn Camilla zurückkam und sie wieder in London war. In diesem Zeitraum war ich die Stellvertreterin der Blakes, wenn Sie so wollen.

Als solche durfte ich Christabel zweimal zum Übernachten mit zu mir nehmen, und bei einem dieser Besuche kam Fergus vorbei, ganz ohne Vorwarnung. Ich kenne Fergus Donaldson fast so lange, wie ich Rowena gekannt habe. Er wurde ein Freund von mir, weil er mit Rowena befreundet war. Er stand vor meiner Tür und lächelte in der Vorfreude, mich zu überraschen, und war dann selbst erstaunt, als ich zusammen mit Christabel die Tür aufmachte. Natürlich kannte er sie, aber ich glaube nicht, daß er sie mehr als drei-, viermal gesehen hatte.

Während der Zeit, in der Rowena plante, schwanger zu werden, durchlief ich wieder einmal eine der nicht seltenen Phasen, in denen ich mit Fergus eng liiert war, und ich redete über nichts anderes als über meine Wut auf sie. Fergus' Einstellung war interessant. Ich hatte gedacht, die Vorstellung empöre ihn, daß Männer oder ein Mann auf derart unverfrorene Weise benutzt wurden, wie Rowena das vorhatte – aber das war nicht der Fall. Ich fragte ihn, ob *er* es für einen erfreulichen Gedanken halte, unwissentlich ein Kind zu zeugen und danach von der Vaterschaft ausgeschlossen zu werden. Er ächzte und sagte, ich nähme alles viel zu ernst, und mein Feminismus sei zu extrem. Das machte mich rasend. Ich weiß noch, daß ich ihn wütend anbrüllte, Rowena verhalte sich extrem, nicht ich, und danach stritten wir uns jedesmal darüber, wenn wir uns trafen. Als Christabel dann geboren war und meine Feindseligkeit sich legte, konnte Fergus es nicht lassen, mir eine kleine Lektion zum Thema »Ich hab's dir ja gleich gesagt« zu erteilen. Ich heizte ihm auch deshalb ein, wies ihn darauf hin, die bloße Tatsache, daß Rowena erfüllt wirke, verringere noch nicht die Verantwortung, die sie auf sich genommen habe, und bringe auch meine Überzeugung, daß ein Kind ebenso ein Recht auf seinen Vater wie auf seine Mutter habe, nicht ins Wanken. Aber Fergus hielt seine Behauptung – Frauen mit einem starken Muttertrieb sollten ihn auch ausleben – für bewiesen, und nichts brachte ihn dazu, zuzugeben, daß untragbare Gefahren damit verbunden waren.

Er wußte nichts von Rowenas Tod. Fergus ist Botaniker und unternimmt oft Expeditionen zu exotisch klingenden Orten im Himalaya oder in Südamerika, und eben war er mit einer Universitätsforschungsgruppe auf den Philippinen gewesen. Ich weiß noch, wie aufgeregt er über diese Reise war, nicht nur der Arbeit wegen, sondern auch wegen der Kollegen, die er alle ganz besonders schätzte. Außerdem meinte er, es könne die letzte Reise dieser Art sein, zu der er eingeladen werde, weil es im Augenblick um Forschungsmittel schlecht bestellt war, und ergriff mit Begeisterung diese letzte Chance. Er war schon vor Rowenas Tod fort gewesen, und ich hatte keine Adresse, um ihm zu schreiben. Er war ohnehin kein fleißiger Briefschreiber – ich glaube nicht, daß ich von den vielen Expeditionen, auf denen er gewesen war, mehr als vier Briefe von ihm bekommen habe, und ich hatte wenig Lust, sie zu beantworten, weil er immer sagte, es gäbe keine hundertprozentig sichere Postanschrift. Ich bezweifle sowieso, daß ich geschrieben hätte – es ist entsetzlich, die Nachricht von einem solchen Tod zu überbringen, und ich wollte es von Angesicht zu Angesicht tun oder überhaupt nicht. Im Hinterkopf muß ich natürlich gewußt haben, daß Fergus eines Tages wiederkäme und ich es ihm sagen mußte, aber das hatte mich nicht belastet. Er war kein enger Freund von Rowena, und obwohl ich wußte, daß er schockiert sein und sich Sorgen um ihr Kind machen würde, war es Unsinn, mir vorzumachen, es treffe ihn besonders tief.

Seltsamerweise hatte ich in diesen schweren Wochen oft an ihn gedacht. Vor allem hatte ich an ihn gedacht, weil ich ihn hätte brauchen können. Wenn er nicht auf Reisen ist, hat er immer Zeit, und er wäre ein objektiver Betrachter gewesen, mit dem ich über alles hätte reden können. Außerdem kann er wunderbar mit Kindern umgehen, und ich sage das nicht leichtfertig. Er hat eine natürliche Affinität zu kleinen Kindern und braucht sich dabei gar nicht anzustrengen – er hat die falsche Herzlichkeit nicht nötig, die an so vielen erwachsenen Männern auffällt. Er wirft Kinder nicht in die Luft, versucht nicht, sie mit Tricks auf sich aufmerksam zu machen oder sich Spielchen für sie auszudenken, die albern wirken. Es ist einfach sein ruhiges, liebenswürdiges Selbst, und sie mögen sein kantiges, freundliches Gesicht, und nicht einmal seine Brille stört sie. Er ist so *langsam*, bei allem, was er tut, und vielleicht liegt es daran, daß er für Kinder nichts Bedrohliches hat. Es ist ein Jammer, daß er nicht selbst Vater ist.

Fergus stand also vor der Tür und strahlte und sah Christabel und nahm an, Rowena sei auch da. Es war schwer, ihm vor dem Kind zu sagen, was geschehen war, aber andererseits befürchtete ich, mehr Schaden anzurichten, wenn ich die Wahrheit verheimlichte. Ich konnte Christabel nicht ins Bett schicken und es ihm danach erzählen, weil er sofort fragte: »Wie geht's der reizenden Rowena?« Und ich mußte sagen, daß sie tot war, seit vier Monaten tot war. Fergus hob Christabel hoch und setzte sie auf sein Knie, holte aus seiner Tasche etwas, das wie eine Handvoll Beeren aussah, aber tatsächlich waren es hübsche, bunte Steine, die er mir mitgebracht hatte. Sie spielte hingerissen mit ihnen, legte mit ihnen Muster auf dem Tisch aus, und ich erzählte die traurige Geschichte so kurz wie möglich.

Es war eine Zeitlang her, seit ich sie zum letztenmal erzählt hatte, und mir fiel die leicht veränderte Erzählweise auf. Unmittelbar nach dem Unfall, als ich davon sprechen, es Leuten wie Maureen und Miss Splint sagen mußte, hatte ich alle Einzelheiten über den Unfall selbst weggelassen, aber jetzt, Fergus gegenüber, ertappte ich mich dabei, wie ich sie schilderte, und begriff nicht, warum ich es tat. Ich beschrieb den Red-Pike-Pfad, sagte ihm, der Weg sei wie eine Leiter aus Steinen, und wie die Abzweigung von dem Pfad, die Rowena erstiegen hatte, den Sour Milk Gill hinaufführt, sich an den schönen Kaskaden des

Wasserfalls entlangschlängelt. Ich schilderte die leuchtendrote Erde an der Ostseite des Gill und die schlüpfrige, einen Meter hohe Felsstufe, auf der Rowena ausrutschte und in den Tod stürzte. Ich erzählte Fergus sogar, was für ein schöner Tag es gewesen war, wie die beiden Seen – Buttermere und Crummock Water –, die vom Pfad aus zu sehen sind, tiefblau waren, geradezu unwahrscheinlich, und daß die bewaldeten Abhänge in Orange- und Rottönen strahlten, wie ich sie noch nie gesehen hatte. Und als ich zu Ende war, merkte ich, daß ich weinte, wie ich damals nie geweint hatte.

»Mein Gott«, sagte Fergus leise. Eine Pause entstand. Ich wischte mir die Augen und sprang auf, um für ihn Kaffee zu kochen. Ich konnte hören, wie Christabel die Steine zählte und offenbar ignorierte, was gesagt worden war. Als ich mit dem Kaffee zurückkam, sagte Fergus: »Du hast also Christabel zu dir genommen. Ich hätte mir denken können, daß du das tust. Genau das hätte Rowena gehofft. Sie hat von ihrer Schwester nie besonders viel gehalten, nicht wahr?«

»Meine neue Mum heißt Betty«, sagte Christabel plötzlich sehr deutlich, »und Norman ist mein Dad, aber man darf Norm zu ihm sagen, das macht ihm nichts aus.«

»Du kannst Ferg zu mir sagen«, sagte Fergus, »mir macht das auch nichts aus.«

»Betty und Norman sind Christabels Pflegeeltern«, sagte ich.

»Bis ich in mein festes Zuhause komme und mein Fahrrad mitnehmen darf«, sagte Christabel. Ich zuckte jedesmal zusammen, wenn sie von ihrem »festen Zuhause« sprach, und verfluchte Maureen, die mir aufgetragen hatte, darauf zu achten, daß sie ihr Adoptivzuhause so nenne – mir wäre es lieber gewesen, man hätte ihr beigebracht, geradeheraus zu sagen, »wenn ich adoptiert werde«.

»Welche Farbe hat dein Rad?« fragte Fergus.

»Rot.«

»Hast du eine Klingel?«

»Ja. Und einen Korb vorn dran.«

»Und eine Flasche mit einem Trinkröhrchen darin?«

»Nein!« Christabel drehte sich um und schaute ihn an.

»Du brauchst eine Flasche mit Saft, wenn du vom Radeln durstig wirst. Ich besorge morgen eine für dich und mache sie dran.«

Sie war ganz verzückt von dem Gedanken, als sie zu Bett ging. Als letztes vor dem Einschlafen fragte sie, ob Fergus hier übernachten werde, damit sie morgen früh gleich als erstes die Flasche kaufen könnten. Ich sagte, vermutlich bleibe er über Nacht. Und er blieb. Er schlief nicht mit mir, aber er blieb da, und wir redeten fast die ganze Nacht lang miteinander. »Sie ist so ein bezauberndes Kind«, sagte er immer wieder. »Ich hätte sie gern selber.«

»Und was würdest du mit ihr machen, wenn du monatelang verreist bist?« forderte ich ihn heraus.

»Ach, ich nehm an, jemanden suchen, der sich um sie kümmert. Oder nicht mehr verreisen, eine andere Arbeit finden.«

»Äußerst glaubwürdig«, sagte ich höhnisch.

»Was? Du glaubst nicht, daß ich mein Leben ändern würde, wenn ich eine Tochter wie Christabel hätte?«

»Nein, das glaube ich dir nicht.«

»Aber ich würde es tun. Sie käme an erster Stelle.«

»Quatsch.«

»Da spricht das schlechte Gewissen.«

»Weshalb sollte ich ein schlechtes Gewissen haben?«

»Das weißt du genau.«

»Ich weiß es *nicht*. Rowena war nicht meine Schwester.«

»Aber du warst wie eine Schwester für sie.«

»Ach, Fergus, red doch keinen solchen Unsinn. Du übertreibst, romantisierst es. Zwischen uns war überhaupt nichts Schwesterliches.«

»Sie hing von dir ab, hat zu dir aufgeschaut. Das weißt du doch.«

»Ich war manchmal nützlich für sie, das ist alles.«

»Du warst der einzige Fixpunkt in ihrem Leben, ihr Orientierungspunkt.«

»Ich glaube, du warst zu lange fort. Du denkst an die Zeit in Edinburgh, du bringst alles durcheinander.«

»Nein, das tue ich nicht, aber ich denke auch an Edinburgh. Weißt du noch, wie du zu Rowenas achtzehntem Geburtstag nach Edinburgh gekommen bist? Und sie war so betrunken, daß wir sie ins Bett tragen mußten. Und du hast ihrer Mutter erzählt, sie sei überarbeitet und vor Erschöpfung zusammengebrochen, und sie hat es tatsächlich geglaubt. Du hast dich immer um sie gekümmert.«

»Du meinst, ich war immer herrschsüchtig. Und?«

»Und es hat ihr gefallen. Mir hat es auch ganz gut gefallen. Das ist immer noch so. Ich freue mich darauf, zurückzukommen und mich von dir herumkommandieren zu lassen, damit ich nicht mehr ganz so schlampig bin. Und Rowena ging es genauso.«

»Aber sie ist tot.«

»Und Christabel ist quicklebendig. Es muß dich gereizt haben, ganz gleich, was du sagst.«

»Nein«, log ich. »Es hat mich nicht gereizt. Ich liebe Christabel, aber ich will keine Mutter sein.«

»Das willst du doch.«

»Nein.«

»Du wärst eine wunderbare Mutter.«

»Ich wäre eine entsetzliche Mutter, und außerdem ist das nicht der springende Punkt, Fergus. Du hast nicht zugehört. Ich hatte gar keine andere Wahl, niemand hatte sie. Christabel ist ein Mündel des Gerichts, und sie ist in Pflege. Ich habe überhaupt keinen Anspruch auf sie.«

»Das kann ich nicht glauben.«

»Es ist wahr. Und ich muß es dir immer wieder sagen, es spielt keine Rolle. Ich könnte sie sowieso nicht zu mir nehmen. Ich könnte es nicht, und ich will es nicht.«

Am nächsten Morgen ging Fergus mit Christabel in einen Fahrradladen und kaufte ihr eine Wasserflasche, die sie an den Lenker ihres geliebten Rads hängen konnte, und dann fuhren die beiden mit dem Auto, Fergus' Auto, in den Richmond Park, und Christabel fuhr lange rad. Sie kam strahlend zurück, die Haut angehaucht von der kalten Luft und mit glänzenden Augen. Dann brachte ich sie zu Betty, und zum erstenmal war sie etwas still. Sie fragte, ob sie Fergus wiedersehen werde, und ich sagte, da sei ich mir sicher, und wenn sie wolle, könne ich ihn einladen, wenn sie das nächstemal bei mir übernachte. Sie nickte begeistert.

Ich dachte nicht weiter darüber nach. Zwei Tage später rief Maureen an und fragte, ob ich in ihr Büro kommen könne, sie müsse »etwas Ernstes« mit mir besprechen. An jenem Tag ging es nicht, aber ich fuhr am nächsten hin, voller Sorge, es gebe neue Schwierigkeiten beim Adoptionsverfahren, oder der Psychologe habe etwas Beunruhigendes in Christabels Verhalten entdeckt. (Es war uns nicht gelungen, die Anfertigung des »Tiefen«-Psychogramms zu verhindern, auf dem das Jugendamt bestand.)

Maureen machte ein ernstes Gesicht. Sie lächelte nicht, als sie »Guten Morgen« sagte, und bot mir keinen Kaffee an. Sie blieb hinter dem häßlichen kleinen Schreibtisch sitzen, faltete die Hände und räusperte sich mehrmals. Es war, als ob ich im Büro der Rektorin wäre, und ich ärgerte mich darüber. Ich setzte mich mit Absicht auf die Schreibtischkante, kumpelhaft und lässig, um Maureen zu zeigen, daß sie mich nicht wie ein Kind behandeln konnte.

»Was gibt es denn?« fragte ich.

»Offenbar ist es zu einem Verstoß gegen die Pflegevereinbarung gekommen«, sagte sie streng.

»Welche Pflegevereinbarung?«

»Das ist nicht eigentlich eine offizielle Vereinbarung, sondern die Absprache, die Ihnen gestattet, Christabel über Nacht bei sich zu behalten.«

»Zum Teufel, worüber reden Sie denn eigentlich?«

»Als ich Ihre Wohnung inspizierte, ehe sie als sicherer Aufenthaltsort für Christabel freigegeben wurde, haben Sie mir erzählt, daß Sie allein leben.«

»So ist es auch.«

»Aber offenbar hat ein Mann die Nacht bei Ihnen verbracht, als Sie Christabel bei sich hatten.«

»Ja, das stimmt.«

»Sie hätten mich darüber informieren müssen.«

»Was, darüber, daß ein alter Freund vorbeigekommen ist? Das ist doch absurd.«

»Offenbar hat dieser Mann Christabel außerdem am Samstagmorgen *allein* in den Richmond Park gebracht.«

»Stimmt auch. Er hat ihr eine Wasserflasche für ihr Rad gekauft. Spricht irgend etwas dagegen? Dann hat er sie zum Radfahren gebracht. Sie fand es wunderbar.«

»Das tut nichts zur Sache. Christabel ist ein Pflegekind und ein Mündel des Gerichts – sie darf *auf keinen Fall* mit fremden Männern weggehen.«

»Er ist kein Fremder. Er ist mit ihrer Mutter in Edinburgh aufgewachsen. Er kennt Christabel seit ihrer Geburt.«

»Ist er ein Verwandter?«

»Nein, ein Freund, ein alter Freund der Familie.«

»Falls es sich nicht um einen Verwandten handelt, und auch dann wäre eine Genehmigung erforderlich, darf kein Mann mit Christabel allein sein, übrigens auch keine Frau. Sie war in Gefahr, und ich weiß nicht, was ich Stella sagen soll.«

»In Gefahr? Machen Sie sich doch nicht *lächerlich*. In was für einer Gefahr? Um Himmels willen, er hat sie doch nur an einem Samstagmorgen zum Radfahren in einen öffentlichen Park mitgenommen.«

»Es geht nicht um das, was er mit ihr gemacht hat...«

»Ich hätte gedacht, daß es genau darum geht. Dieses ganze Theater klingt so, als ob Sie unterstellen, er hätte sie sexuell mißbrauchen können.«

»Nein, das unterstelle ich nicht. Ich meine, Christabel hatte die Erlaubnis, mit Ihnen zusammenzusein, mit niemandem sonst, und Sie hätten das richtig verstehen müssen. Nehmen wir mal an, es hätte einen Unfall gegeben, einen Autounfall, und Christabel wäre verletzt worden. Wem hätte man Ihrer Meinung nach die Schuld daran gegeben? Dem Sozialarbeiter, mir. ›Wer war dieser fremde Mann?‹ hätte das Gericht gefragt. ›Haben Sie ihn überprüft? War er eine geeignete Aufsichtsperson?‹ Begreifen Sie denn nicht? Sehen Sie denn gar nicht ein, wie vorsichtig wir wegen Christabels Wohl sein müssen?«

Sie war eher aufgeregt – ihr Gesicht war ganz fleckig vor Sorge – als wütend, und dadurch wurde mir bewußt, daß ich unvorsichtig gewesen war, daß ich diese Reaktion hätte vorhersehen müssen. Und ganz unberechtigt war sie nicht. Also entschuldigte ich mich. Maureen war in der

Tat ungeheuer erleichtert und nahm die Entschuldigung steif an. Ich schlug vor, sie könne Fergus kennenlernen, falls Christabel ihn wiedersehen sollte. Sie sagte, das sei nicht nötig. Ich sagte, das sei bestimmt nötig. »Nach allem, was Sie gesagt haben, vertrauen Sie ihm jetzt doch nicht blindlings, oder?«

»Es ist nicht nötig«, sagte sie, »weil Christabel auf keinen Fall wieder mit ihm ausgehen und auch nicht bei Ihnen übernachten darf, falls er in eheähnlicher Gemeinschaft mit Ihnen lebt.«

»Augenblick mal, er lebt nicht in ›eheähnlicher Gemeinschaft‹ mit mir – was für ein blöder Ausdruck –, und er wohnt weder bei mir, noch schläft er mit mir. Er hat auf einem Sofa im Wohnzimmer übernachtet.«

»Dafür habe ich nur Ihr Wort, und außerdem ist der springende Punkt, daß er die Nacht in Ihrer Wohnung verbracht hat, in derselben Nacht wie Christabel. Das dürfen wir nicht erlauben.«

»Warum nicht? Sagen Sie schon, warum nicht? Ich lasse es nicht darauf beruhen, so einfach geht das nicht. Falls Sie, wie Sie behaupten, keinen üblen Verdacht gegen Fergus haben, warum sollte seine Anwesenheit dann tabu sein? Was kann sonst noch hinter Ihrem Einwand stecken?«

»Es ist eine Frage der Vorschriften ...«

»Dann beschäftigen wir uns mit den Vorschriften. Welches Gesetz, welche Vorschrift können Sie mir zeigen, in der steht, daß Freunde von mir, Freunde von Christabel sie nicht zum Radfahren mitnehmen dürfen?«

»Sie brauchen unsere Genehmigung. Jeder, der mit Christabel in Berührung kommt, muß uns bekannt sein.«

»Ich habe Sie eben eingeladen, Fergus kennenzulernen.«

»Es ist zu spät, der Schaden ist angerichtet.«

»Was für ein Schaden? Was soll denn das heißen: Was für ein Schaden soll denn hier angerichtet worden sein, um Himmels willen?«

»Christabel hat Alpträume gehabt.«

»Was?«

»Sie hat zum erstenmal Alpträume gehabt, sagt Betty.«

»Ach, ich verstehe: ›Betty sagt.‹ Warum haben Sie das nicht gleich gesagt? Ich hätte mir ja denken können, daß Betty etwas gesagt hat, und ich weiß ja, wie Sie alle gleich springen, wenn sie etwas sagt. Man könnte glauben, Betty überwacht Sie, nicht umgekehrt, Sie haben alle Angst vor ihr, verbringen Ihre ganze Zeit damit, sie bei Laune zu halten ...«

»Ich glaube, es ist besser, wenn Sie jetzt gehen.«

»Nein. Ich weigere mich. Ich weigere mich, dieses elende Kabuff zu verlassen, ehe ich nicht wenigstens gehört habe, was die liebe Betty gesagt hat.«

»Sie hat gesagt, daß Christabel schreiend aufgewacht ist und ins Bett gemacht hatte und gesagt hat, sie hat geträumt, ein Mann läuft mit ihr weg, an den Ort unter der Erde, wo die Toten sind, aber sie konnten ihre Mutter nicht finden.«

»Ich verstehe. Sie träumt von einem Mann, und sofort ist es Fergus, den sie in Wahrheit anbetet.«

»Betty sagt, es hat Stunden gedauert, sie zu beruhigen, und dann kam heraus, daß sie radgefahren ist, mit einem Mann, an dessen Namen sie sich nicht mehr erinnern konnte, bloß daß er so ähnlich klang wie ›Fähre‹. Da hat Betty sie natürlich ausgefragt, und dabei kam das mit Ihrem Freund heraus.«

»Und das beweist schon alles, nicht wahr?«

»Es beweist, daß der Tag sie beunruhigt hat. Sie hat vorher noch keinen Alptraum gehabt.«

»Dann hätte sie längst einen haben sollen. Das hat die ganze Zeit mit ihr nicht gestimmt, sie hätte ihre ganze Angst und ihr Leid aus sich herauslassen müssen. Es ist gut, daß es herauskommt, daß Fergus ihr so gutgetan hat, daß etwas davon herauskommt.«

»Darüber läßt sich streiten.«

»Über alles läßt sich streiten, über jede Scheißeinzelheit, und deshalb ist es eine Unverschämtheit, Fergus die Schuld zu geben, statt ihn kennenzulernen und ihm zu erlauben, daß er ein Teil von Christabels Leben wird.«

»Es tut mir leid, aber das ist der Standpunkt, den ich einnehmen muß. Ich schreibe einen vollständigen Bericht für Stella...«

»Gut, ich schreibe auch einen, für Stella und Mr. Wavell und für jeden, der Ihnen recht ist, verflucht noch mal.«

Und ich ging, Türen knallend, ab, aus dem Büro, aus dem Gebäude. Ich fuhr nach Hause und rief Fergus an, und er kam zu mir. Wenn er das nur nicht getan hätte. Er verbrachte eine Stunde damit, mir Vorwürfe wegen meiner Torheit zu machen. Er war entsetzt über mein feindseliges Verhalten. »Was sollte denn die Sozialarbeiterin deiner Meinung nach sagen?«

»Wenn du so schlau bist, warum hast du mir dann nicht vorher klargemacht, was sie dazu sagen würde? Schließlich war es deine Idee, mit Christabel auszugehen.«

»Ich habe die Abmachung nicht genau verstanden, du schon.«

»Danke für die Unterstützung.«

»Ich unterstütze dich, aber nicht, wenn du mit dem Kopf durch die Wand willst. Du hast sehr wenig Takt, Isobel.«

»Ich verabscheue Takt.«

»Das hast du dir auch immer leisten können. Jetzt

kannst du es dir nicht leisten. Du bist zum erstenmal in einer Lage, in der Takt Wunder wirken kann, und du bist zu stur, ihn einzusetzen, zu stolz.«

»Ich hasse Maureen und Stella und sie alle.«

»Sie tun nur ihre Arbeit.«

»Was für ein Klischee.«

»Was sollen sie deiner Meinung nach denn sonst tun? Christabel, ein Kind, für das sie verantwortlich sind, mit jedem hergelaufenen Menschen losziehen lassen?«

»Sie sollten mir vertrauen.«

»Warum?«

»Sie kennen mich, kennen mich seit Monaten, sie haben gesehen, wie ich für Christabel gesorgt habe, wie ich *immer noch* für sie sorge, sie sollten meinem Urteil trauen – wenn ich es einem Freund erlaube, mit ihr wegzugehen, dann sollten sie wissen, daß der Freund verläßlich ist.«

»Dann nähmen sie ihre Verantwortung auf die leichte Schulter. Ehrlich gesagt, ich bewundere sie dafür, daß sie so vorsichtig sind.«

»Sie sind nicht besonders vorsichtig gewesen. Erst als Betty Ärger gemacht hat, sind sie vorsichtig geworden.«

»Warum sollte diese Betty Ärger machen?«

»Weil sie eifersüchtig ist, sie will, daß Christabel sie am liebsten mag.«

»Sie hat nur einen ungewöhnlich heftigen Alptraum gemeldet, und das macht sie in meinen Augen zu einer guten Pflegemutter. Vielleicht hat sie sogar recht. Vielleicht war ich der Auslöser, vielleicht hat Christabel insgeheim Angst davor, daß jemand sie in das Land der Toten mitnimmt, um ihre Mutter zu finden. Vielleicht hatte der Mann in ihrem Alptraum mein Gesicht?«

»Jetzt redest du Unsinn.«

»Nein, ich beschäftige mich mit den Möglichkeiten der

Phantasie. Ich glaube, du solltest einen ganz demütigen Brief schreiben, in dem du dich entschuldigst und alles erklärst – erklärst, nicht rechtfertigst. Ich glaube, du hast dich schlecht benommen, schlechter, als du es mir von Mrs. Blake erzählt hast.«

Schließlich schrieb ich mit Fergus' Hilfe tatsächlich keinen Bericht, wie ich so anmaßend angekündigt hatte, sondern einen unterwürfigen Entschuldigungsbrief. Dann ging ich mit Fergus zu Betty, unangemeldet. Es war seine Idee. Ich sollte Betty nicht einfach ins Haus fallen, aber Fergus überredete mich, daß es in diesem Fall verzeihlich sei. Und er nahm die Sache in die Hand. Ich trat beiseite, als Betty die Tür aufmachte, und überließ ihm das Reden. Fergus war ziemlich unbefangen. Er war nicht ölig, glatt oder salbungsvoll, nur ruhig, höflich und besorgt. Er sagte Betty, wer er war, und daß er gekommen sei, um sich persönlich dafür zu entschuldigen, daß er Christabel so aufgeregt habe, ohne das im mindesten zu wollen. Er sagte, er begreife jetzt gut, wie gefährlich sein Verhalten gewesen sei, und es tue ihm aufrichtig leid. Betty starrte ihn an – mir schenkte sie keinen einzigen Blick –, dann sagte sie plötzlich: »Hab ich Sie nicht schon im Fernsehen gesehen?« Fergus sagte, das sei möglich, er habe in mehreren Sendungen über eine Expedition gesprochen, an der er teilgenommen und auf der er eine der seltensten Orchideenarten gefunden habe, in... Betty unterbrach und rief: »*Wogan*! Das war's, stimmt's? Sie waren letzte Woche in *Wogan* mit seiner Talk-Show.«

Betty bat uns hinein, hochrot im Gesicht. Norman vertrödelte den Vormittag vor dem Fernseher, schaute sich eine Schulfunksendung über Naturgeschichte an, und dadurch hatte Fergus gleich einen Anknüpfungspunkt. Er brauchte sich jedoch nicht lieb Kind zu machen, das besorgten Betty und Norman. Sie stellten ihm geradezu schwindelerregend banale Fragen nach Blumen, und Fergus beantwortete alle bis in jede Einzelheit. Und sie mochten ihn, das sah ich sofort. Sein Kleidungsstil, sauber, aber leicht schäbig, nahm sie für ihn ein, und sein weicher schottischer Akzent – er stammte aus Ayrshire – rückte ihn nicht so weit von ihnen weg, wie das bei Mrs. Blakes korrekten Edinburgher Vokalen der Fall war. Außerdem trank er Tee, mit Zucker, und ließ sich nachschenken.

Christabel war natürlich nicht da, weil es ein Schultag war, und auch keins der anderen Kinder. Betty sagte schließlich, sie wolle Maureen anrufen und ihr sagen, sie halte Fergus für geeignet, hin und wieder mit Christabel etwas zu unternehmen, und von ihr aus gehe das in Ordnung.

»Ich hab aber nicht das letzte Wort«, fügte sie hinzu, »diese Sozialarbeiterinnen haben ihren eigenen Kopf, und Sie haben die ja ganz schön fuchtig gemacht.« Sie schnüffelte laut, schaute mich an und sagte: »Sie müssen noch was lernen, Isobel. Ich hätt Sie für vernünftiger gehalten. Es nützt gar nichts, Maureen anzuschreien, wissen Sie.«

Ich wurde rot, war aber nicht so naiv, danach zu fragen, woher Betty wußte, daß ich Maureen angeschrien hatte. »Ich war wütend«, sagte ich.

»Oh, wir kriegen alle 'ne Wut«, sagte Betty. »Ich hab selber weiß Gott Grund genug, 'ne Wut zu kriegen, stimmt's, stimmt's, Norman?«

Norman sagte, es stimme.

»Was ich mir alles bieten lassen muß«, fuhr Betty fort, »von dieser Granny und diesen Sozialarbeiterinnen, die mir dauernd die Hölle heiß machen, und ich versuch doch nur, mein Bestes zu tun. Es ist ein Segen, daß ich Chrissie so gern hab, sonst könnt ich die Einmischerei nicht aushalten, ich könnt's wirklich nicht. Und die schlimmste Zeit hat noch nicht mal angefangen.«

»Die schlimmste Zeit?« echote ich.

»Wenn die Adoptionsbesuche losgehen. Sie haben keine Ahnung, stimmt's? Wenn die beschließen, wer Chrissie kriegt, und sie die Leute kennenlernt, und dann palavern sie darüber, daß sie einen Tag und dann über Nacht in denen ihr Haus gehen muß, und, o Gott, das ist ganz furchtbar. Das Theater, das sie dann machen, klammern sich an mich und so und wollen nicht fort, und ich reg mich so schrecklich auf.«

»Das tut sie, es nimmt sie furchtbar mit«, sagte Norman.

»Ich kann's nicht ändern. Natürlich hab ich gelernt, ich soll mich nicht an sie binden, aber da können Sie sich die größte Mühe geben, es nützt nichts. Man hängt doch an ihnen, ich glaub, man wär auch gar keine gute Pflegemutter, wenn's anders wär.«

»Du hast sie zu lieb«, sagte Norman. »Ist ja auch bloß natürlich, vor allem bei so Kleinen wie Chrissie.«

Betty beendete diesen kleinen Ausbruch mit der Bemerkung, sie müsse zum Einkaufen gehen. Fergus bot ihr an, sie im Auto mitzunehmen, und zu meiner Überraschung war sie einverstanden (ich hatte ihr schon mehrmals angeboten, sie irgendwohin zu fahren, und sie hatte mit einer Miene abgelehnt, als verwahre sie sich gegen einen unzüchtigen Antrag). Sie setzte sich neben Fergus und erklärte auf dem ganzen Weg zu Sainsbury, wie Norman vor Jahren der Führerschein abgenommen worden sei und er sich entschlossen hatte, »Schluß damit« zu machen und nie wieder Auto zu fahren, weil er fast einen Menschen getötet hätte, obwohl er gar nicht schuld gewesen sei. Fergus sagte, er wisse, wie Norman zumute sei, weil er in Griechenland tatsächlich einen Mann zu Tode gefahren habe, es sei zwar auch nicht seine Schuld gewesen, aber er habe geglaubt, er könne sich nie wieder hinter das Lenkrad setzen. Betty fragte nach dem Mann, der ums Leben gekommen war; Fergus schilderte die Einzelheiten (nichts davon hatte ich je gehört), und Betty gab Kommentare dazu ab...

Als wir sie schließlich abgesetzt hatten, warf ich ihm vor, er sei ein altes Waschweib, so wie er geschwatzt und geplappert habe. Oder steckte Absicht dahinter? Reine Arschkriecherei? Fergus sagte, es stecke keine Absicht dahinter, es falle ihm leicht, mit Betty zu reden, und sie »fasziniere« ihn.

»Ach, um Himmels willen, Fergus – ›faszinierend‹!«

»Sie fasziniert mich wirklich. Wie sie diese ganzen Kinder in Pflege nimmt, die keiner haben will, die tragischen Fälle, und so vielen von ihnen wieder auf die Beine hilft. Jedenfalls hört es sich so an. Dazu gehört Mut.«

»Es ist ein Job.«

»Wenigstens hast du nicht gesagt, sie tut es des Geldes wegen, und da hast du Glück gehabt, denn es ist ganz eindeutig, daß es nicht so ist.«

»Ich weiß nicht, wie du dir nach einer halben Stunde da so sicher sein kannst.«

»Ich bin ein guter Menschenkenner.«

Das brachte mich zum Lachen, weil er so zufrieden mit sich war. Aber Fergus war schließlich von jeher recht zufrieden mit sich gewesen; nicht auf selbstgefällige Weise, er fühlte sich einfach wohl und war mit seinem Leben glücklich. Als ich ihn kennenlernte, glaubte ich, das könne nur heißen, er sei selbstzufrieden und langweilig, ihm fehle der Ehrgeiz, interessant zu sein, den meiner Meinung nach jeder Mensch haben sollte, aber später sah ich das anders und beneidete ihn um seine Zufriedenheit. Das war, als er zum weiterführenden Studium nach London kam, kurz nachdem Rowena und ich zusammengezogen waren. Er war Rowenas Freund, jemand, den ich nur während ihrer Schulzeit getroffen hatte, wenn ich Rowena in Edinburgh besuchte, und über den ich nie besonders genau Bescheid gewußt hatte. Weil Rowena ihre Gunst so großzügig verteilte, hatte ich angenommen, sie hätten früher einmal etwas miteinander gehabt, aber nein, das war nicht der Fall gewesen. »Er ist zu klug«, sagte Rowena, worauf ich erwidert hatte, Klugheit habe nichts damit zu tun, miteinander ins Bett zu gehen. »O doch«, sagte sie, wie ich mich erinnere, »es hat eine Menge damit zu tun. Fergus ist zu klug, als daß er sich je mit mir eingelassen hätte, er weiß, daß ich mich an ihn geklammert hätte. Und das wäre auch so gewesen. Ich halte ihn für vollkommen.« Vollkommen war er zwar nicht, aber er war in jeder Hinsicht anziehend, und es stellte sich heraus, daß er nicht zu klug war, mit mir ins Bett zu gehen. Aber er hatte gleich erraten, ohne daß ich es ihm sagte, daß ich mich nicht an ihn klammern würde, daß ich nicht mehr erwartete, als er zu geben bereit war. Ich glaube, es überraschte uns beide, als wir entdeckten, wieviel wir einander bedeuteten.

War ich in Fergus verliebt? War er in mich verliebt? Rowena sagte immer, das sei eindeutig, die Antwort auf beide Fragen laute ja. Als wir nach Hause fuhren, zu meiner Wohnung, ertappte ich mich dabei, daß ich mich das wieder fragte, obwohl die Lösung des Rätsels eigentlich schon hinter uns hätte liegen sollen, seit Fergus vor einem Jahr gesagt hatte, er meine, wir sollten heiraten oder wenigstens zusammenziehen, eine dauerhafte Beziehung eingehen. Ich hatte gesagt, das wolle ich nicht; es sei gut und richtig, so weiterzumachen, wie es immer gewesen war, seit etwa einem Jahrzehnt. Er ging auf seine Expeditionen, ich ging auf meine Auslandsreisen, wir trafen uns immer, wenn wir beide in London waren, und lebten sporadisch zusammen. Ich hielt das für gut, fragte ihn, warum er eine so hervorragende Regelung ändern wolle. »Weil wir fünfunddreißig sind«, sagte er. »Wir sind keine Kinder mehr. Ich habe mich verändert, ich spüre, wie ich mich verändere, ich will Stabilität und die Gewißheit einer Zukunft mit dir. Und ich hätte gern Kinder.«

Der Rest jenes Gesprächs hatte sich um diesen letzten Wunsch gedreht. Ich sagte, ich wolle auf keinen Fall Kinder, und Fergus hatte gefragt, woher ich das wisse, ehe ich sie hätte. So etwas Blödes, explodierte ich. Was wollte er eigentlich von mir? Daß ich probeweise ein paar Kinder bekam und dann sagte, tut mir leid, war ein Irrtum, und sie ins Battersea-Tierheim brachte? Er sagte, ich verstünde ihn absichtlich falsch, und das war das Ende des Wortwechsels gewesen.

Wenn Fergus nur Christabels Vater gewesen wäre. Als Rowena über künstliche Befruchtung nachdachte, kam sie selbst auf diesen Vorschlag, fragte mich, ob ich glaube, Fergus lasse sich dazu überreden. Ich war wütend gewesen, angewidert. Aber jetzt wünschte ich mir, ich hätte dem Gedanken zugestimmt. Schließlich wünschte sich Fergus Kinder. Plötzlich, während der Fahrt, fragte ich ihn: »Warum adoptierst du Christabel nicht?«

»Sie würden es mir nicht erlauben. Aber ich täte es gern.«

»Wirklich? Oder sagst du das bloß, weil du weißt, daß ein Junggeselle nicht in Betracht kommt?«

»Nein, ich täte es gern. Ich mag Kinder. Es sieht nicht danach aus, als ob ich eigene bekäme, deshalb wäre es sinnvoll, der Vater für ein Kind anderer Leute zu sein, vor allem für Rowenas Kind.«

»Dir gefällt das Image, ein barmherziger Samariter zu sein.«

»Isobel, manchmal bist du nicht bloß spitz, sondern *bösartig*.«

»Ich weiß.«

»Wie auch immer, ich würde Christabel gern adoptieren.«

»Wie würdest du es schaffen, mal angenommen, sie würden es dir erlauben – ich weiß, daß sie es nicht erlauben würden, du hast recht, aber rein theoretisch, wie würdest du damit zurechtkommen?«

»Ich würde ein Kindermädchen einstellen, rund um die Uhr. Und meine Mutter und meine Schwestern würden einspringen, sie wären begeistert. Witwer schaffen es, Geschiedene schaffen es.«

»Mit Mühe. Es wäre nicht so gut wie eine richtige Familie.«

»Natürlich nicht. Es ist gut für ein Kind, einen Vater und eine Mutter zu haben, es hat ein Recht auf beide.«

»Dann hätte Christabel nie geboren werden dürfen.«

»Aber sie ist nun einmal da, und sie sollte bei dieser ganzen Tragödie wenigstens etwas hinzugewinnen.«

Inzwischen waren wir zu Hause. Es war noch früh, Zeit zum Mittagessen. Fergus machte ein Omelett – er kocht gern –, und wir öffneten eine Flasche Wein. Es war einer jener Tage, die das Ende des Winters versprechen, die in London so häufig (und oft eine Illusion) sind. Die Sonne flutete in mein Wohnzimmer, und ich nehme an, die Wärme und das helle Licht lösten unser Wohlgefühl aus, vom Wein ganz zu schweigen. Wir bewegten uns automatisch auf das Bett zu und liebten uns den ganzen Nachmittag lang, mit einer gewissen Leidenschaft, waren lange weit fort. Dann, zu meinem Verdruß, weinte ich. Heftig. Eine volle halbe Stunde lang. Fergus stand auf, brachte mir Kaffee, und ich trank ihn, röchelnd und schluchzend, und sagte, ich wisse nicht, was mit mir los sei, das sei grotesk.

»Diese ganze Heftigkeit, Isobel«, sagte Fergus. »Es ist doch klar, was mit dir los ist. Es ist einfach. Du bist durcheinander, du machst dir ständig Sorgen um Christabel. Was ist denn so schrecklich daran, das zuzugeben?«

»Ich gebe es ja zu«, sagte ich und legte mich auf das Kissen zurück. Die Tränen liefen mir, jetzt lautlos, immer noch über das Gesicht. »Es ist alles *falsch*. Sie ist so lieb und so arm dran, und jetzt wird sie auch noch herumgeschubst, weiß nicht, was aus ihr wird, und Rowena ist tot.«

»Sie ist zäh, sie ist eine Überlebenskünstlerin. Du brauchst sie nur anzuschauen, man sieht es ihr an. Wenn sie erst einmal ein Zuhause hat...«

»Aber genau das ist es doch, sie hat noch kein Zuhause, und kannst du dir vorstellen, was für eine Familie diese Sozialarbeiterinnen für sie anschleppen werden?«

Fergus schaltete eine Lampe ein. Es wurde dunkel, aber noch nicht so dunkel, daß die Vorhänge zugezogen werden mußten. Er ging unter die Dusche, dann kam er zurück und zog sich an. Ich lag da und schaute ihm zu, fühlte mich völlig erschöpft. Er zog sich langsam und methodisch an, machte die Hemdknöpfe so sorgfältig zu wie ein kleiner Junge, der das eben erst gelernt hat. Er zog den Pullover über, zerzauste sich dabei das dichte Haar noch mehr und schaute sich dann nach seiner Brille um. Er ist nicht stark kurzsichtig, aber er fühlt sich wohler, wenn er sie aufhat. Er ist der einzige Mensch, den ich kenne, dem eine Brille steht. Sie ist leicht und goldgefaßt, eine Art Omabrille, und sie macht sein ziemlich kantiges Gesicht etwas weicher. Dann strich er sich das Haar mit den Fingern glatt – ich hasse Männer, die sich das Haar kämmen –, kam her und setzte sich auf das Bett.

Ich ertappte mich dabei, wie ich sagte: »Du bist ein netter Mann, Fergus.«

»Und du bist eine nette Frau, Isobel, ganz gleich, wie du darüber denkst«, erwiderte er, halb spöttisch. »Und um die gegenseitigen Nettigkeiten abzurunden, Christabel ist ein nettes Kind. Wir sind alle«, sagte er langsam und nahm meine Hände, »wie füreinander geschaffen. Warum heiraten wir nicht und beantragen, Christabel zu adoptieren? Wer könnte uns ablehnen?«

Ich sagte kein Wort. Ich starrte ihn an, nahm meine Hände nicht aus den seinen. Ich drückte diese Hände und seufzte und sagte: »Sauber. Eine saubere Lösung. Aber ich glaube nicht, daß ich das könnte, Fergus. Ich will keine Ehefrau sein, und ich will keine Mutter sein, aber ich glaube, ich liebe dich und habe dich vermutlich immer geliebt. Ich würde gern mit dir leben. Ich habe gesagt, ich will es nicht, aber jetzt möchte ich es gern. Aber irgend etwas in mir sträubt sich gegen Ehe und Mutterschaft. Ach, ich weiß es nicht. Ich weiß nicht, was es ist, aber es ist da, ich kann es nicht ignorieren. Es ist wie eine Warnung, die ich ständig höre – tu's nicht, tu's nicht. Und ich bin nicht so tapfer, Christabel für das ganze Leben zu mir zu nehmen, ich habe Angst, es ist eine zu große Last, sie würde mich zu Boden drücken, soviel Selbstaufopferung steckt nicht in mir. In dir schon, aber nicht in mir. Es wäre so edel, das Richtige, aber mir ist das nicht gegeben.«

Ich hasse emotionale Ausbrüche wie jenen – ich zucke zusammen, wenn ich daran zurückdenke. Das bin nicht *ich.* Schon während ich diese grauenhafte kleine Rede hielt, dachte ich, das könne nicht ich sein, und doch war jedes Wort, so genau ich mich daran erinnern kann, wahr.

Fergus lächelte, kein bißchen verärgert und ohne seinerseits emotional zu reagieren. »Lassen wir es dabei«, sagte er und sah sich nach seiner Jacke um, »jedenfalls für den Augenblick.«

»Ich werde es mir nicht anders überlegen.«

»Nein, das weiß ich, aber vielleicht bringen dich die Umstände dazu, daß du es dir anders überlegst.«

»Wie?«

»Das weiß ich nicht. Aber die Umstände ändern sich ständig, und deshalb sollte man nie sagen, man werde es sich nicht anders überlegen. Man muß es sich anders überlegen, wenn sich das verändert, was zur ersten Überlegung geführt hat.«

»Oh, wir haben unseren tiefsinnigen Tag.«

»Stimmt. Ich geh jetzt. Soll ich heute abend vorbeikommen?«

»Natürlich.«

»Mit einem Koffer?«

»Mit so vielen Koffern, wie du willst.«

So kamen wir wieder zusammen, und ich war froh darüber. Was immer auch mit mir los sein mochte, ich genoß es plötzlich nicht mehr so sehr, allein zu sein. Daß Fergus bei mir war, half mir ungeheuer, nahm mir die Nervosität und die Anspannung. Es lag nicht nur daran, daß seine Gegenwart beruhigend auf mich wirkte, sondern auch daran, daß ich nicht mehr das Gefühl hatte, ich sei allein für Christabel verantwortlich. Er war gern bereit, die Verantwortung mit mir zu teilen, und als Camilla und Mrs. Blake zurückkamen, begrüßten auch sie seine Hilfe. Mrs.

Blake hatte Fergus immer geschätzt, jedenfalls sagte sie das, und war erpicht darauf, die Taktik mit ihm zu besprechen. Im Gegensatz zu ihrer Tochter und mir schien er es zu schaffen, energisch mit ihr umzugehen, sagte ihr, sie solle ihren Ton mildern und etwas diplomatischer vorgehen, vor allem Betty gegenüber. Es war Fergus, der vorschlug, Mrs. Blake solle etwas für Betty stricken, die, wie Christabel uns erzählt hatte, am 20. März vierzig wurde.

»Das hat sie nicht verdient«, sagte Mrs. Blake zunächst mit finsterem Blick. »Sie hat nur Ärger gemacht.«

»Dann zeigen Sie ihr, daß Sie darüber erhaben sind«, sagte Fergus. »Zeigen Sie ihr, was für ein gütiger Mensch Sie sind.«

»Es macht mir keinen Spaß, etwas derart Vulgäres zu stricken wie die Sachen, die sie trägt.«

»Dann stricken Sie ihr etwas Ähnliches, bloß verändert, in dem Rosa und Blau, das ihr gefällt, nur mit einem anderen Muster.«

»Es liegt nicht an der Farbe, es liegt nicht am Muster, es liegt an dem Material, das sie bevorzugt – Nylon und Courtelle und Acryl – scheußlich.«

»Stricken Sie ihr doch eine blaue Jacke aus guter weicher Wolle. Isobel hilft Ihnen beim Aussuchen.«

Äußerst widerwillig fuhr Mrs. Blake mit mir in die Oxford Street, und wir kauften bei John Lewis die Wolle und das Strickmuster. Sie strickte wütend drauflos, runzelte ständig die Stirn, und als die Jacke fertig war, suchte sie Goldknöpfe aus, »wie sie dieser Frau gefallen«. Leider nahm Betty dieses Geschenk nicht ganz so auf, wie Fergus gehofft hatte. Ich fuhr Mrs. Blake hin, selbstverständlich nach Absprache, um Christabel abzuholen, die, was inzwischen selten geworden war, mit ihrer Großmutter in Camillas Wohnung die Nacht verbringen sollte. Die Strickjacke war wunderschön verpackt, erst in Seidenpapier, dann in das noble, wie die Tapeten gemusterte Geschenkpapier von William Morris, und eine blaue Schleife schmückte das Ganze. Mrs. Blake nahm es sofort aus der Tasche, als wir in dem inzwischen vertrauten Wohnzimmer Platz genommen hatten – Betty kauerte wie immer auf der Sesselkante –, und sagte: »Ich glaube, Sie haben morgen Geburtstag, Mrs. Lowe«, und überreichte das Geschenk.

»Wer hat Ihnen das erzählt?« fragte Betty ziemlich vorwurfsvoll, als ob das eine äußerst vertrauliche Information sei, die nicht hätte preisgegeben werden dürfen.

»Christabel.«

»Uh, diese Chrissie, die hat eine Zunge am ... das hätt sie nie nicht tun dürfen, warten Sie nur, bis sie runterkommt, dann setzt's aber was.«

Mrs. Blake kniff die Lippen zusammen, wegen Bettys Ausdrucksweise und des offensichtlichen Mangels an Wertschätzung. Sie hustete gereizt.

»Sind Sie erkältet?« fragte Betty, die das Päckchen immer noch nicht ausgewickelt hatte. »Ich hoff, unsere Chrissie steckt sich nicht an, hat grad eine Erkältung hinter sich. Hat dauernd gehustet, ich hab kein Auge zugetan.«

»Ich habe einen trockenen Hals«, sagte Mrs. Blake, »es ist sehr warm hier.«

»Ich hab's gern warm, wir knausern nie an der Heizung, wo's Norman doch auf der Brust hat. Ich muß schon sagen, das ist eine Überraschung«, sagte Betty und zupfte an der Schleife auf dem Päckchen. »Hübsch eingepackt, egal, was drin ist, und ich brauch wirklich nix von niemand nicht.«

Ein Schweigen entstand. Ich hörte, wie Christabel mit ihrer Tasche die Treppe herunterkam und dabei sang. Betty machte das Päckchen auf und schüttelte die Strickjacke heraus. Es war wirklich ein wunderschönes Stück, kunstvoll gestrickt. Einen Augenblick lang wurde Bettys Gesicht weich, sie streichelte die Wolle und staunte darüber, wie leicht die Jacke war. »Wunderschön«, sagte sie, »wirklich, das wär nicht nötig gewesen, das wär doch wirklich nicht nötig gewesen.« Sie breitete sie auf den Knien aus und strich sie glatt, und vermutlich wäre alles gut und das Ergebnis wenigstens ein gewisser Grad an Herzlichkeit gewesen, wenn in jenem Augenblick nicht Christabel hereingekommen, durch das Zimmer gestürzt wäre und die Arme um ihre Großmutter geworfen hätte. Mrs. Blake war ziemlich überrascht, aber natürlich auch erfreut, und es gelang ihr sogar, die Umarmung zu erwidern.

»Schönen Dank auch«, sagte Betty. »Aber es hätte nicht nötig getan, ich hab jede Menge Strickjacken. Bist du fertig, Chrissie?«

»Ja, Mum«, sagte Christabel.

»Hören Sie, sie soll am Sonntagnachmittag früh zurückkommen, damit ich sie für die Schule und so in Schuß kriege, abgemacht? Sie ist dann bestimmt müde, und ich werd auch müde sein, von der Party und so.«

»Ich gehe zu Mums Party«, sagte Christabel zu ihrer Großmutter.

»O nein, mein Fräulein, kommt nicht in Frage«, sagte Betty scharf. »Du bist bei deiner Granny.«

»Aber ich will zu deiner Party gehen!« jammerte Christabel, ließ Mrs. Blake los und lief zu Betty, die sie buchstäblich wegstieß, ihr einen Stups in Richtung ihrer Großmutter gab.

»Es geht nun mal nicht, jetzt ist deine Granny an der Reihe. Ich kann nichts dafür, also laß das Gequengel. Meine Party ist morgen, und morgen bist du noch bei deiner Granny, und das war's dann. Hör auf – hör jetzt auf! Ich hab gesagt, kein Gequengel. Deine Granny will doch kein quengeliges kleines Mädchen mitnehmen. Hast du deine Tasche? Hast du deine Puppe? Gut, ab mit dir, ich hab 'ne Menge zu tun.«

Christabel weinte auf der ganzen Fahrt zu Camillas Wohnung. Ich war so wütend auf Betty, daß ich es kaum über mich brachte, den Mund zu halten, aber mir war klar, daß ich es mußte. Darüberhinaus wußte ich, daß ich Betty in Schutz nehmen, versuchen mußte, ihr Verhalten zu rechtfertigen, damit Christabels Kummer sich legte. Eine leidige Aufgabe, und Mrs. Blake war nicht meiner Meinung, aber wenigstens hielt sie den Mund, und ich glaube, sie begriff, wie wichtig es war, daß Christabels Pflegemutter in ihren Augen wieder aufgewertet wurde. Deshalb war immer wieder die Rede von Bettys Enttäuschung darüber, daß ihre Pflegetochter, die sie so gern hatte, nicht zu ihrer Party kommen konnte und daß niemand daran schuld war, daß die Absprachen von Maureen getroffen wurden und manchmal etwas durcheinandergerieten, und daß Betty nicht böse gewesen sei, nur aufgeregt. »Aber sie ist böse«, schluchzte Christabel. »Ich weiß, daß sie böse ist.« Ich sagte, bis Sonntag habe sie das vergessen. Aber wir waren kaum in Camillas Wohnung, als Christabel schon fragte, ob sie Betty anrufen dürfe. Mrs. Blake wollte nein sagen, aber ich überredete sie, ja zu sagen. Christabel rief an. Sie fragte: »Mum, bist du böse auf mich?« Ich konnte die Antwort nicht hören, aber sie muß befriedigend ausgefallen sein, denn Christabel lächelte. Als das kurze Gespräch vorbei war, wirkte Christabel wieder ganz erholt. »Wir feiern noch eine Party, wenn ich wieder zu Hause bin«, sagte sie, »mit Gelee und Eis und noch einer Torte. Und meine Mum sagt, wenn ich Geburtstag habe, gibt es eine große, große Party, viel größer als ihre.«

Ich bekam sie für den Rest des Wochenendes nicht zu sehen, und Camilla brachte sie zurück, deshalb bekam ich auch Betty nicht zu Gesicht und wußte nicht, wie sie Christabel in Empfang genommen hatte. Camilla sagte, ihrer Meinung nach sei alles gutgegangen. Sie waren im Natural History Museum gewesen und hatten sich die Dinosaurier angeschaut, dann hatten sie eine Matinee besucht, ein Kinderstück im Arts Theatre Club. Christabel schien von allem begeistert zu sein und hatte in der Nacht auf Samstag wie in der auf Sonntag gut geschlafen. Ihre Großmutter hatte dauernd *Mensch, ärgere dich nicht* mit ihr gespielt und ihr *Fang den Hut* beigebracht. Die Blakes hatte nur beunruhigt, wie oft Christabel mit Betty telefonieren wollte – alle zwei Stunden, sagte Camilla. Sie war am Sonntagmorgen sogar um sieben aufgestanden und hatte selbst gewählt, ohne daß es jemand in Camillas Wohnung mitbekam – sie fanden es erst heraus, als Christabel um zehn fragte, ob sie noch einmal anrufen könne, und Camilla für sie wählte. Da beschwerte sich Betty: »Nicht schon wieder, als ob's nicht genug wäre, daß sie mich morgens um sieben am Sonntag aus dem Bett holt, wo ich doch nach der Party erst um drei ins Bett gekommen bin.« Camilla sagte, sie habe trotzdem recht triumphierend geklungen.

Als Christabel erst einmal zurückgebracht worden war, hatte Mrs. Blake Depressionen. Das lag nicht nur daran, daß sie jetzt einen weiteren Monat auf den nächsten Übernachtungsbesuch ihrer Enkelin warten mußte (obwohl sie Christabel vierzehn Tage später einen Tag lang bei sich haben durfte), sondern daran, daß sie das Gefühl hatte, Christabel gewinne Betty zu lieb und werde dementsprechend leiden, wenn sie umziehen müsse. »Und der Himmel weiß, wann es dazu kommt«, sagte sie. »Das Jugendamt hat überhaupt nichts unternommen, *überhaupt nichts*. Jetzt haben wir Ende März, und nach fünf vollen Monaten haben sie noch nicht einmal eine einzige Familie gefunden, die in Betracht kommt. Das nimmt kein Ende, und je länger es dauert, desto mehr schadet es Christabel. Niemand beantwortet meine Briefe, niemand ist da, wenn ich anrufe, niemand sagt mir etwas.« Ich sah, daß sie echte Tränen in den Augen hatte.

»Sie sieht wenigstens gut aus«, sagte ich schwach. »Sie ist gesund und wirkt glücklich. Und stellen Sie sich vor, wie furchtbar es wäre, wenn wir sie schreiend zu Betty zurückbringen müßten.«

»Wenn sie schrie, würde ich sie nicht zurückbringen«, sagte Mrs. Blake. »Das würde ich nicht zulassen. Ich denke inzwischen, daß ich es sowieso nicht zulassen dürfte.«

»Aber es gibt keine Alternative. Wir haben besprochen...«

»Ja, ich weiß, wir haben es besprochen, als Rowena starb. Aber damals habe ich noch nicht gewußt, was kommen würde. Ich habe geglaubt, Christabel wird schnell und unkompliziert von einer netten Familie adoptiert, mit der wir uns anfreunden können. Ich hatte keine Ahnung, daß sie das alles durchmachen muß. Es ist zuviel. Ich glaube, es ist Zeit, dem ein Ende zu setzen.«

»Wie?«

»Camilla und ich sorgen für sie, bis eine Familie gefunden werden kann. Ich stelle ein Kindermädchen ein, und Camilla und ich behalten die Aufsicht über das Ganze.«

»Ist Camilla damit einverstanden?«

»Es war ihr Vorschlag. Sie macht sich genauso große Sorgen wie ich. Und wir suchen selbst nach einer Familie, über private Vermittlungsbüros. Es ist unerträglich, das alles in die Länge zu ziehen. Ich habe vor, diesen Bluff des Jugendamts zu entlarven.«

Aber es war kein Bluff. Ich machte mir nicht die Mühe, meinen Atem damit zu vergeuden, daß ich das aussprach, aber ich wußte genau, daß die Leute vom Jugendamt, Maureen und Stella, niemals erlaubt hätten, daß Christabel zu den Blakes kam. Mehr noch, ich wußte, daß sie das gar nicht erlauben *konnten*. Juristisch waren sie für Christabel verantwortlich, und alle möglichen Gerichtsbeschlüsse wären notwendig gewesen, um sie von dieser Verantwortung zu befreien. Die Blakes hatten einen Anwalt, also hätten sie das eigentlich wissen müssen. Falls sie es nicht wußten, konnte es nur daran liegen, daß sie ihn noch nicht konsultiert hatten – er würde sie bald desillusionieren. Aber ich wußte, daß es selbst dann, wenn ihre Blutsverwandten das Sorgerecht für Christabel bekommen hätten, nicht zu ihrem Besten gewesen wäre. Geistig wäre Christabel angeregt worden, aber geistige Anregung war nicht das, was sie brauchte. Camilla und Mrs. Blake konnten Christabel nicht einmal entfernt die Stabilität und die Wärme geben, die sie von Betty bekam. Das Kind wäre im Haushalt der Blakes isoliert gewesen, ein kleines Mädchen, das in einer völlig auf Erwachsene zugeschnittenen Umgebung lebte. Sie hätte schnell wieder zu ihrer Gewandtheit im Lesen und Schreiben zurückgefunden, wäre der Mittelpunkt intelligenter Aufmerksamkeit gewesen, aber sie hätte nicht zu einer Familie gehört, die ihr all das gab, was sie im Augenblick hatte. Wenn ich gefragt worden wäre, hätte ich mich für Betty entschieden.

Natürlich wurde ich nicht gefragt und auch sonst niemand. In dem Augenblick, in dem Mrs. Blake ihre Idee vom Stapel ließ, war sie schon auf Grund gegangen – es kam überhaupt nicht in Frage, daß Christabel aus einer als derart erfolgreich eingeschätzten Pflegestelle entfernt wurde, ehe der Zeitpunkt der Adoption kam. Deshalb verwendete Mrs. Blake jetzt ihre Energie darauf, die Behörden Tag und Nacht wegen der Adoption zu schikanieren, und es gelang ihr, sie so verrückt zu machen, daß sie innerhalb eines weiteren Monats, Ende April, erklärten, sie hätten drei geeignete Familien zur Auswahl, und wenn alles gutgehe, könne Christabel bis zu den Sommerferien in einer von ihnen untergebracht sein.

Und das war der Augenblick, in dem der Krieg nun tatsächlich erklärt wurde.

Achtes Kapitel

Zwei Dinge ereigneten sich gleichzeitig, nachdem eine Ewigkeit lang gar nichts passiert war. Beim ersten ging es um die Ferien. Christabel erzählte ihrer Großmutter Ende Mai, sie fahre mit Mum, Dad, Judy und Craig in ein Butlins Camp. Sie wußte nicht, was die Butlins-Ferienlager waren, und auch nicht, in welches es gehen sollte, aber sie wußte, daß sie gleich nach Schulende fahren wollten und daß es wunderschön werden würde. Mrs. Blake bekam einen Anfall. Sie hatte vorgehabt, Christabel zu Freunden in Rothesay mitzunehmen, die eine kleine Tochter in Christabels Alter hatten und zwei weitere Töchter im Abstand von je einem Jahr – eine ideale Mischung. Die Daten überschnitten sich. Weil es erst Mai war, hatte Mrs. Blake noch keinen offiziellen Antrag eingereicht, mit ihrer Enkelin in die Ferien zu fahren, aber sobald Christabel die Neuigkeit erzählte, feuerte sie das Gesuch ab. Das Jugendamt lehnte es ab. Es hieß, Mrs. Blakes Vorschlag sei »unerwünscht« (ein Lieblingswort des Jugendamts). Sie war wütend, wie ich meine zu Recht. Sie konsultierte ihren Anwalt und stellte einen weiteren Antrag bei Gericht. Christabel, als ein Mündel des Vormundschaftsgerichts, brauchte eine Genehmigung, London zu verlassen. Das Gericht gab Mrs. Blakes Antrag statt. Sie triumphierte, das Jugendamt war verärgert, und Betty schäumte vor Wut.

Dann fand Phyllis, die Adoptionsbeamtin, zwei Familien, einen Mr. Lebjoy und Frau und einen Dr. Ofori mit Frau. Die Lebjoys waren Nigerianer, die Oforis halb nigerianisch, halb indisch (der Nigerianer in der Familie war Dr. Ofori). Eine weitere Fallbesprechung fand statt, bei der uns Berichte über beide Familien, vielmehr das Wesentliche daraus, vorgelesen und Fotos gezeigt wurden. Phyllis verhielt sich dabei sehr angenehm. Im Gegensatz zu Maureen war sie weder prüde noch nervös, und im Gegensatz zu Stella gab sie sich nicht unaufrichtig heiter. Von den dreien mochte ich sie am liebsten. Sie war eine hagere, angespannte Frau, hatte aber eine herzliche Art, merkte schnell, was hinter Andeutungen steckte, und wußte damit umzugehen. Sie war ein gutes Stück älter als die beiden anderen und wirkte weniger feindselig und mitfühlender Mrs. Blake gegenüber. Sie sagte immer wieder Dinge wie »Das muß eine große Belastung für Sie sein« und »Es muß sehr schwer für Sie gewesen sein, Ihre Tochter zu verlieren« und war alles in allem sanfter. Sie sah außerdem aufmerksam und intelligent aus, und wir alle kamen besser mit ihr zurecht. Aber trotzdem war das, was sie uns vortrug, die Information, die sie uns gab, alles andere als zufriedenstellend, und wir waren bitter enttäuscht.

Die Lebjoys hatten schon einen elfjährigen Sohn und hatten zwei weitere Kinder bei der Geburt verloren. Phyllis sagte, seit der zweiten Totgeburt, die etwa vier Jahre her war, sei so viel Zeit vergangen, daß man sich keine Sorgen darüber zu machen brauche, Christabel werde als Ersatz angesehen. Mrs. Lebjoy hatte sich inzwischen sterilisieren lassen und war jetzt ohnehin vierundvierzig. Beide waren Lehrer, Mr. Lebjoy Mathematiklehrer an einer Sekundarschule und Mrs. Lebjoy Grundschullehrerin. Sie wohnten in Stoke Newington, im eigenen Haus. Beide entstammten großen Familien und fuhren jedes Jahr einen Monat lang nach Nigeria, um sie zu besuchen. Auf dem Foto sahen sie klug, sauber und ernst aus. Mrs. Blake schauderte es, als sie das Foto ansah. »Sie sehen nicht so aus, als ob sie das Richtige für Christabel wären«, sagte sie.

»Sie genügen vielen Ihrer Kriterien und außerdem allen, die wir haben, Mrs. Blake«, sagte Phyllis ruhig.

»Sie sehen nicht aus, als ob sie das Richtige wären«, wiederholte Mrs. Blake.

»In welcher Hinsicht?«

»Sie sind zu schwarz.«

Stella und Maureen sahen sich an und grinsten höhnisch, wie ich glaubte. Sie hatten nur auf eine derart rassistische Bemerkung gewartet und freuten sich darauf, daß sie auf der ganzen Linie zurückgewiesen wurde. Ich hätte dieser Zurückweisung nur zustimmen können, denn natürlich war es schrecklich, so etwas zu sagen.

Aber Mrs. Blake war noch nicht fertig. »Meine Enkelin«, fuhr sie fort, »ist zur Hälfte weiß, und auch die schwarze Hälfte ist nicht nigerianisch. Sie ist westindisch. Aus meiner Sicht hat sie mit einer nigerianischen Familie nicht mehr gemeinsam, als sie Ihrer Meinung nach mit einer weißen Familie gemeinsam hätte.«

»Es gibt noch andere Überlegungen als die Hautfarbe«, sagte Phyllis. »Die Lebjoys sind Lehrer, tüchtig in ihrem Beruf. Sie wären ideale Eltern für Christabel, könnten ihre Begabungen fördern, wie Sie es wünschen. Und sie haben ein sehr hübsches Zuhause. Mrs. Lebjoy ist künstlerisch begabt und musikalisch, und Christabel würde, da bin ich mir sicher, die ganze Atmosphäre im Haus ansprechen.«

»Was ist mit dem Jungen?« sagte Mrs. Blake. »Das mit

dem Jungen gefällt mir gar nicht. Elf, fast zwölf, das ist zu alt. Christabel ist nicht an Jungen gewöhnt.«

»Sie kommt mit den Jungen in ihrer Pflegefamilie gut zurecht. Es ist bestimmt gut für sie, wenn sie einen Bruder hat.«

»Nicht, wenn er so alt ist.«

»Aber das ist ein Vorteil, dadurch kommt es weniger zu Eifersüchteleien.«

»Mir gefällt der Gedanke nicht.«

Wir wandten uns ziemlich unbehaglich den Oforis zu. Hier konnte Mrs. Blake nicht behaupten, sie sähen zu schwarz aus. Dr. Ofori konnte kein reiner Nigerianer sein, dazu war er viel zu hellhäutig, und seine Züge waren zu europäisch, und ich bezweifelte schon, bevor Phyllis es erklärte, daß Mrs. Ofori eine reine Inderin war. Es stellte sich heraus, daß beide weiße englische Mütter hatten, was sie zu »vollkommenen Kandidaten« machte. Sie machten auf den Fotos außerdem einen glücklichen Eindruck, waren beide mollig und lächelten. Sie hatten keine Kinder, konnten keine bekommen. Sie waren jünger, Mitte Dreißig, und lebten in Ealing, in einer Wohnung. Dr. Ofori war Dozent und lehrte am Birkbeck College. Mrs. Ofori war Zahnärztin. Wiederum makellose, mittelständische Referenzen, aber dieses Mal sagte Mrs. Blake, sie wolle nicht, daß Christabel ein Einzelkind sei.

»Sie war von Anfang an Einzelkind«, wandte Phyllis ein.

»Ja, aber meine Tochter hatte vor, ein zweites Kind zu adoptieren.«

»Es ist durchaus möglich, daß die Oforis das auch tun.«

»Aber wir können es nicht wissen. Es wäre mir lieb, wenn Christabel von dieser Tragödie wenigstens etwas hätte, wenn sie von Anfang an zu einer größeren Familie gehörte.«

»Das ist ein bißchen unvernünftig«, sagte Phyllis.

»Das glaube ich nicht. Und ich muß sagen, daß Sie sieben Monate damit verbracht haben, nach Familien zu suchen, und nur zwei gefunden haben, kommt mir schwach vor, äußerst schwach.«

»Die Qualität, nicht die Quantität zählt«, warf Phyllis ein.

»Genau. Und diese beiden Familien, wie auch immer sie heißen, mir wollen die Namen nicht über die Zunge, sind meiner Meinung nach alles andere als ideal. Sie sind nicht das, was ich erwartet hatte. Gibt es denn keine weißen Familien? Keine Paare mit wenigstens einem weißen Partner? Ich halte das für besonders wichtig. Christabels Herkunft muß Rechnung getragen werden. Ich lehne beide ab.«

»Wir können uns natürlich weiter umsehen«, sagte Phyllis ruhig.

»Gut. Tun Sie das.«

»Aber natürlich verzögert das die Angelegenheit auf unbestimmte Zeit. Falls die Oforis oder die Lebjoys akzeptiert würden, könnte Christabel zu Beginn des neuen Schuljahrs im September bei ihrer neuen Familie und in ihrer neuen Schule sein. Wir könnten das Adoptionsverfahren im Juli einleiten, zum letzten Termin vor der Sommerpause, und wenn sie aus den Ferien in Schottland zurückkommt, könnten die ersten Besuche zum bestmöglichen Zeitpunkt stattfinden.«

»Das ist Erpressung!« brach es aus Mrs. Blake heraus. Sie war rot im Gesicht, wie damals, und wir alle wurden nervös und befürchteten einen zweiten Anfall. Aber dieses Mal leitete Phyllis das Gespräch, nicht Stella, und sie konnte viel besser mit cholerischen alten Damen umgehen.

»Nein, das ist keine Erpressung, Mrs. Blake«, sagte sie,

»weit, sehr weit davon entfernt. Es tut mir leid, wenn Sie mich so verstanden haben, als ob ich Druck ausüben wolle – das war in keiner Weise beabsichtigt. Und natürlich haben Sie völlig recht: Es spielt keine Rolle, wie lange es dauert, die richtige Familie für Ihre Enkelin zu finden, wenn es tatsächlich dann die richtige Familie ist. Können wir uns jetzt noch einmal der Sache zuwenden?«

Wir taten es, aber es führte zu nichts. Mrs. Blake blieb unnachgiebig: Weder die Lebjoys noch die Oforis waren geeignet, Punkt. Ich war mir nicht sicher, wieviel Macht sie hatte, ob sie als Christabels Großmutter überhaupt ein Vetorecht hatte. Sie verhielt sich, als wisse sie genau, daß ihr ein Vetorecht zustand, und Phyllis hatte ihr nicht gesagt, sie habe keines, aber ich glaubte, Stella zeige ein Gefühl der Überlegenheit – sie sah aus, als wüßte sie, daß es auf Mrs. Blake im Grunde gar nicht ankam. Die Anwälte waren bei dieser Besprechung nicht dabei (offenbar war ihre Anwesenheit »nicht erwünscht«). Sei es, weil Mrs. Blake tatsächlich ein Vetorecht hatte, sei es, weil Phyllis alles freundschaftlich regeln wollte, die Lebjoys und die Oforis wurden beiseite gelegt, »obwohl wir möglicherweise noch einmal auf sie zurückkommen«, fügte Phyllis hinzu, und Stella und Maureen wechselten bedeutungsvolle Blicke. Phyllis versprach, sich weiter umzuschauen, und erklärte die Besprechung für beendet, aber Mrs. Blake hatte eine Erklärung abzugeben.

»Eins möchte ich klarstellen«, trompetete sie in ihrem hoheitsvollen Ton. »Falls keine geeignete Familie gefunden wird, lasse ich es nicht zu, daß meine Enkelin zu einer ungeeigneten kommt.«

»Das lassen wir auch nicht zu«, fuhr Stella dazwischen, ehe Phyllis etwas sagen konnte.

»Aber was *Sie*« (und Mrs. Blake legte in das Wort ihre

ganze Verachtung) »was *Sie* für zufriedenstellend halten und was uns zufriedenstellt, könnte sehr verschieden sein. Ich spreche darüber, was im Fall einer Meinungsverschiedenheit geschieht, was ich entscheiden werde, falls...«

»Sie werden gar nichts entscheiden, und das ist eine Tatsache, Mrs. Blake«, sagte Phyllis äußerst ruhig. Es war das erstemal, daß sie Mrs. Blake unterbrochen hatte, und ich hatte das Gefühl, sie habe es nur getan, um Stella zuvorzukommen. »Im Fall einer ernsten Meinungsverschiedenheit geht der Fall vor Gericht, und der Richter entscheidet.«

»Gut«, sagte Mrs. Blake. »Ich wäre froh darüber. Ich würde durch alle Instanzen gehen, ganz gleich, was es kostet. Ich hoffe, Sie haben mich verstanden.«

»Hoffen wir, daß es nicht soweit kommt«, sagte Phyllis und lief rot an. »Falls das nötig wäre, hätten wir alle versagt.«

An jenem Abend berief Mrs. Blake einen Kriegsrat ein – sie nannte es wörtlich so, einen Kriegsrat. Fergus kam mit – »damit wir einen klaren männlichen Verstand dabeihaben« –, so daß wir zu viert waren. Mrs. Blake schien bei bester Laune zu sein, nichts deutete mehr auf einen unmittelbar bevorstehenden Herzanfall hin, aber Camilla sah noch blasser und mitgenommener aus als sonst. Ich merkte, daß sie von ihrer starken Mutter in eine andere Richtung gezerrt wurde, daß *sie* lieber versöhnlich gewesen wäre und dem Ganzen so schnell wie möglich ein Ende gemacht hätte. Sie hatte keinen Kampfgeist. Die Vorstellung, vor Gericht zu gehen, entsetzte sie, und sie versuchte, das zu sagen, wurde aber von ihrer Mutter zum Schweigen gebracht. »Schließlich«, sagte Camilla, als wir in ihrem äußerst eleganten Wohnzimmer saßen und

Sherry tranken, »haben wir das Jugendamt darum gebeten, eine Adoptivfamilie zu suchen, wir haben darum gebeten, und jetzt tun sie nur ihre Arbeit.«

»Sie tun sie schlecht«, sagte Mrs. Blake. »Das ist der springende Punkt, Camilla. Sie tun sie *schlecht*, und wir müssen uns gegen sie wehren.«

»Lieber würde ich Christabel selbst nehmen«, sagte Camilla kläglich.

»Das haben wir doch schon versucht. Sie erlauben es nicht.«

»Wir haben nur versucht, sie zu uns zu nehmen, bis sie adoptiert wird. Wir haben keinen Antrag gestellt, sie selbst zu adoptieren.«

»Oh, wirklich, Camilla, was für ein Unsinn«, sagte ihre Mutter gereizt. »Völlig unmöglich.«

»Ich hätte es von Anfang an tun sollen«, sagte Camilla. »Das ist alles meine Schuld.«

»Ach, um Himmels willen!« fuhr ihre Mutter sie an. »Was für eine Zeitvergeudung, das alles noch einmal aufzurollen, wieder und wieder, das hat doch keinen Zweck. Wir hatten ein klares Ziel und haben es immer noch: die bestmögliche Familie für Christabel zu finden, und du bist aus dem Rennen, du bist keine Familie, du bist eine Witwe wie ich, so ist es nun einmal.«

»Aber ich könnte Christabel mein Leben widmen...«

»Ach, red doch nicht solchen *Quatsch* – ihr dein Leben widmen, das ist ja absurd. Es hat lange genug gedauert, bis du nach Henrys Tod dein Leben wieder aufgebaut hast.«

»Aber um sie davor zu retten, daß...«

»Camilla, hör auf damit, hör sofort damit auf. Diese Melodramatik ist lächerlich, du redest, als ob das Kind aufs Schafott steigen soll. Hier geht es nicht darum, Opfer zu bringen. Niemand kann mich davon überzeugen, daß für ein vollkommen normales, reizendes Kind wie Christabel nicht eine völlig normale und reizende Familie gefunden werden kann. Es liegt nur an der Unfähigkeit des Jugendamts, daß noch keine gefunden worden ist. Hör jetzt mit dem theatralischen Unsinn auf und konzentrier dich.«

Als ich danach mit Fergus nach Hause fuhr, sagte ich, wie leid ich das alles sei, diese Besprechungen und Diskussionen, und das Schlimmste daran sei, daß ich mich den Blakes verpflichtet fühlte. Es galt als selbstverständlich, daß ich bei jedem Schritt konsultiert wurde und daß ich an allen Entscheidungen beteiligt war, die sie trafen. Aber das wollte ich nicht, meine Rolle dabei wuchs mir über den Kopf. Ich war Christabel verpflichtet, nicht ihnen, und das war ein Unterschied. Ich erzählte Fergus, daß ich Mrs. Blake gegenüber ständig heuchelte, daß ich mich dabei ertappte, Dingen zuzustimmen, mit denen ich überhaupt nicht einverstanden war, schlicht und einfach ihrer starken Persönlichkeit wegen. Meine Mutter hätte niemals, niemals eine solche Wirkung auf mich haben können. Fergus sagte, er wisse, was ich meinte, er habe mich noch nie so still und so eingeschüchtert erlebt. Nur als Mrs. Blake unter der Überschrift »Chaos, Inkompetenz und reine Sturheit« eine Liste der Fehler des Jugendamts zusammenstellte und an Mr. Wavell schicken wollte, hatte ich den Mund aufgemacht, und sie hatte so weit nachgegeben, daß sie die angebliche Inkompetenz und Sturheit wegließ. Aber ich hatte geschwiegen, als sie ihr Traktat über Rowena als Mutter vorlas, das sie verfaßt hatte und Phyllis schicken wollte, als Maßstab, der an die Adoptivmutter angelegt werden sollte.

Das Dokument bestand so gut wie ganz aus reiner Phantasie, und trotzdem hatte ich keine Möglichkeit gefunden, ihm zu widersprechen. Es trug die Überschrift: »Meine

Tochter Rowena als Mutter«, und in der kurzen Einleitung stellte Mrs. Blake fest, Rowena sei »eine nahezu vollkommene Mutter« gewesen, deshalb sei es unmöglich, ihr nachzueifern, aber vielleicht sei es eine Hilfe, wenn sie Rowenas »wichtigste Eigenschaften« als Mutter aufliste. Dann zählte sie diese Eigenschaften auf, und allmählich wurde Rowena zu einer Heiligen. Ich hörte, sie habe »alle natürlichen Gaben« gehabt, die eine Mutter brauche, sei »als Elternteil äußerst kompetent« gewesen; ich hörte, sie sei »grenzenlos geduldig« gewesen, habe sich »ganz und gar dem Kind gewidmet«, und vor allem sei sie »außerordentlich feinfühlig gegenüber den Bedürfnissen des Kindes« gewesen. Sogar ihre Fehler wurden als Tugenden verkauft, wie ich jetzt hörte; »statt sich auf sexuelle Beziehungen einzulassen«, habe Rowena zum Wohl der Kinder, nach denen sie sich sehnte, gewartet, bis sie sich selbst ernähren konnte (noch eine Ausgeburt der Phantasie – sie war nie selbständig), sei dann »tapfer« tätig geworden und habe als alleinstehende Mutter ein Kind bekommen. Ich hörte, sie habe, sobald sie schwanger geworden sei, die Arbeit aufgegeben und Sozialhilfe in Anspruch genommen, »weil sie überzeugt davon war, daß Mütter kleiner Kinder zu Hause bleiben und für sie sorgen sollten«. Rowenas unnützes Verhalten, ihre Depressionen, ihre schmarotzerhafte Haltung mir gegenüber wurden überhaupt nicht erwähnt. Sogar ihre »etwas chaotische Art« klang ganz sympathisch, verglichen damit, was für eine Heimsuchung das gewesen war. Am Schluß hatte Mrs. Blake mich gefragt, ob ich noch etwas hinzuzufügen hätte, irgendeine kleine »Einsicht« zur Abrundung des Bildes. Ich sagte »nein« und verachtete mich dafür.

»Du hast es gehört«, sagte ich zu Fergus. »Ich habe nein gesagt.«

»Was hättest du denn gern gesagt?«

»Ach, das weiß ich nicht. Ich glaube, ich hätte gern gesagt, daß die Frau, die Christabel bemuttert, sich nicht einreden lassen darf, Rowena sei vollkommen gewesen. Die Adoptiveltern würden sich bestimmt etwas besser fühlen, wenn sie wüßten, wie schlimm es um Christabel bestellt war. Sie sollten Bescheid wissen über die Wutanfälle und über Rowenas Hilflosigkeit, wenn sie damit konfrontiert war, darüber, daß sie nicht schlafen konnte, und wie Christabel ihre Mutter bei jeder verfluchten Kleinigkeit herausgefordert und gewonnen hat.«

»Aber sie hat sie geliebt«, sagte Fergus. »Das hast du mir selbst gesagt. Rowena hat Christabel vergöttert, sie hatte sonst gar nichts im Leben.«

»Stimmt. Aber das war nicht gut. Sie hätten schwere Zeiten vor sich gehabt.«

»Alle Mütter machen schwere Zeiten durch.«

»Hör auf, Fergus. Ich kann es nicht ausstehen, wenn du mit derart abgedroschenen Bemerkungen daherkommst. Ich will darauf hinaus, daß Christabel und Rowena nicht in einer wundervollen Partnerschaft lebten, ohne jegliche Schwierigkeiten miteinander. Rowena lebte *durch* Christabel, und die Belastung war spürbar. Mrs. Blakes Schreiben klang so, als wären sie eine ganz normale Mutter und ein ganz normales Kind gewesen, und so stimmt das nicht. Es war nichts Normales daran, wie Rowena sich auf Christabel gestürzt hat.«

»Aber selbst wenn das alles wahr ist, und es handelt sich ja nur um deine Beobachtungen, kannst du doch von einer Mutter nicht erwarten, daß sie das in Worte faßt, oder? Du kannst von Mrs. Blake nicht erwarten, daß sie ausführlich schildert, wie ungesund deiner Meinung nach die mütterliche Fixierung ihrer toten Tochter war.«

»Nein, aber sie sollte nicht das Gegenteil behaupten und sie heiligsprechen.«

»Ich begreife nicht, daß das Schaden anrichten könnte. Die Sozialarbeiterinnen werden das sowieso ignorieren, sie werfen es einfach in den Papierkorb. Das ist nicht relevant. Es spielt jetzt wirklich keine Rolle mehr, wie Rowena war.«

Das stimmte, und ich wußte, daß Fergus mich für alles andere als gütig hielt, daß er sich sogar fragte, welche Motive ich haben mochte, Rowenas Andenken so hartnäkkig brandmarken zu wollen. Und doch bestand ich darauf, es sei wichtig, die wahre Rowena in Erinnerung zu behalten, nicht das zum Übelwerden entzückende Geschöpf, das ihre Mutter geschildert hatte.

Christabels sechster Geburtstag rückte näher, und deshalb konnte ich mich nicht befreien von Bildern jenes Tages, des Tages, an dem sie geboren worden war. Ich war den ganzen Juni über in London und dolmetschte für eine Gruppe russischer Kinderbuchautoren, die eine Rundreise durch England machten, und ertappte mich immer wieder dabei, daß meine Gedanken abschweiften, zu Rowena an dem Tag, als sie das Kind geboren hatte, und zu meinem Staunen über den Vorgang selbst. Phyllis hatte bei einer Fallbesprechung gesagt, Christabel könne sich nie an eine neue Mutter »binden«, wenn sie die »Trauerarbeit« für ihre leibliche Mutter nicht »geleistet« habe, und ich ertappte mich bei der Frage, worum es bei dieser Trauer gehe, was Christabels noch jungem Kopf fehle. Wie lebte ihre Mutter in ihrer Erinnerung weiter? Was hielt Christabel von Rowena? Oder hörte Christabel ihre Mutter weinen, sah vor sich, wie die Unordnung ihr täglich mehr über den Kopf wuchs, erinnerte sich daran, daß sie zum Aufstehen zu deprimiert gewesen war? An wen erinnerte sich Christabel?

Ich erwähnte nur wenig davon Phyllis gegenüber, sagte, wie besorgt es mich mache, daß ich nichts über Christabels Erinnerungen wisse. Ich sagte, ich wolle oft mit Christabel über Rowena sprechen, vor allem aus irgendeinem perversen Grund über die schlechten Zeiten, aber das würde ich natürlich unterdrücken, weil ich wußte, daß es grausam und vielleicht auch gefährlich sei. Phyllis sagte, beides müsse nicht unbedingt der Fall sein. Sie sagte, bei Christabels »Entwicklungseinschätzung«, die gemacht werden mußte, ehe sie adoptiert werden konnte, sei herausgekommen, daß sie nicht so stark an ihrer Großmutter und ihrer Tante hänge, wie zu erwarten gewesen war; ich sei viel gegenwärtiger für sie. Weil das so war, sagte Phyllis, sei es möglicherweise eine Erleichterung für Christabel, wenn ich mit ihr über ihre tote Mutter spräche, vielleicht warte sie darauf, daß ich ihr einen Anhaltspunkt gäbe. Phyllis sagte, möglicherweise stecke eine Menge Wut auf ihre Mutter in ihr, und selbst wenn diese Wut sich nur indirekt Luft mache, sei es vermutlich hilfreich, wenn sie überhaupt artikuliert werde.

Also versuchte ich es, brachte Christabel am Tag vor ihrem sechsten Geburtstag, der gleichzeitig ja mein siebenunddreißigster war, in eine Welt zurück, in der Rowena noch am Leben gewesen war. Ich hatte an jenem Tag die Sondererlaubnis, anläßlich ihres bevorstehenden Geburtstags ans Meer zu fahren (die eigentliche Geburtstagsfeier war eine Party bei Betty, und am nächsten Tag durften die Blakes sie bei sich haben). Wir fuhren mit dem Zug nach Brighton. Von Betty kam der übliche Panikanruf – dieses Mal war es ein Ausschlag, aus dem leicht Masern werden konnten, deshalb wolle sie, Betty, kein Risiko eingehen, Christabel gehöre eigentlich ins Bett –, aber damit wurde ich fertig, indem ich sagte, ich brächte sie zuerst zum Arzt (das war nicht nötig, der Ausschlag hatte sich verflüchtigt, als ich bei Betty ankam). Fergus hatte eigentlich mitkommen wollen und war im letzten Augenblick verhindert, und ich hatte mir Sorgen darüber gemacht, Christabel werde deshalb tief enttäuscht sein und den Tag von Anfang an als mißlungen ansehen. Aber sie nahm die Nachricht gut auf, wirkte so eifrig wie eh und je bei der Aussicht, mit dem Zug zu fahren, und ich hielt die Tatsache, daß wir den Zug nahmen, für eine besonders gute Möglichkeit, in Erinnerungen an Rowena vorzustoßen. Sobald sich der Zug in Bewegung gesetzt hatte, sagte ich: »Erinnerst du dich daran, wie du mit Rowena im Zug nach Carlisle gefahren bist?« Sie nickte. Aus irgendeinem Grund war ich sehr nervös und aufgewühlt bei dem Gedanken, weiterzumachen, und fast hätte ich es dabei bewenden lassen, vor allem, weil sie gar nichts dazu gesagt hatte, aber es gelang mir, beim Thema zu bleiben. »Das war eine lange Fahrt, nicht wahr?« sagte ich. Sie nickte wieder. »Ist dir da nicht langweilig geworden? Hat Rowena auf der ganzen Fahrt Spiele mit dir gemacht?«

»Nullen mit Kreuzen«, sagte sie, »aber ich habe den Bleistift kaputtgemacht.«

»Mummy hatte doch bestimmt noch einen dabei.«

»Ich habe alle Bleistifte kaputtgemacht, dann habe ich sie auf den Boden geworfen. Ich habe alle ...« und sie zeigte unter den Tisch, an dem wir saßen, und lächelte ein seltsames, wissendes kleines Lächeln.

»Und was hat Rowena getan?«

»Gar nichts. Sie hat geweint, aber nicht richtig.« Sie lächelte immer noch das merkwürdige, verzerrte kleine Lächeln.

»Hat es dir leid getan?«

»Nein.«

Dann war einen Augenblick lang Pause. Es wirkte geschmacklos, fast unanständig, Christabel weiter auszufragen, Druck auf sie auszuüben. Und ich wollte keinen Schatten auf einen Tag werfen, der glücklich sein sollte. Aber später, als wir auf der Palace Pier standen und sie einen warmen Krapfen aß, wir am Geländer lehnten und den Leuten im Wasser beim Schwimmen zuschauten, sagte sie plötzlich: »Ich habe einen Krapfen gegessen, mit Marmelade drin. Das ist schlecht für die Zähne, aber Mummy hat mir einen für die Fahrt gekauft. Ich habe ihn so gegessen« – und sie zeigte mir, wie sie rundum winzige Stückchen abgebissen hatte, ohne an die Mitte zu kommen.

»Wie nett«, sagte ich schwach.

»Mummy hat die Marmelade aufs Kleid gekriegt, aber das war ihr gleich.« Sie lachte laut auf. »Ich hab sie abgeleckt!« rief sie. »Ich hab getan, als ob ich ein Hund wär, und hab sie schlabber, schlabber abgeleckt, vom Kleid und von Mummys Arm. Es hat ihr nichts ausgemacht.«

Erst mehrere Minuten später, als sie den Krapfen aufgegessen hatte und wir am Strand saßen und Steine ins Meer warfen, schien die Wucht dieser Erinnerung sie zu überkommen. Sie hörte mit dem Steinewerfen auf und legte sich mit dem Gesicht nach unten auf die Kiesel. Es war heiß – ein seltener, vollkommener Sommertag –, und ich glaubte, sie sei nur müde. Ich hatte ihr einen Strohhut gekauft und legte ihn ihr auf den Kopf, um sie vor der Sonne zu schützen; dann streckte ich mich neben ihr aus, mit geschlossenen Augen. Es war angenehm, dort zu liegen. Träge überlegte ich mir, was wir mit dem Rest des Tages anfangen wollten, welchen Zug wir zurücknehmen würden, und dann hörte ich einen leisen Schnüffellaut neben meinem Ohr, und mir wurde klar, daß Christabel weinte. Sie hatte den Kopf von mir abgewandt, aber ich wußte, daß sie weinte. Schluchzer schüttelten den schmächtigen Körper. Ich legte den Arm um ihre Schultern und setzte mich so weit auf, daß ich einen Blick auf ihr Gesicht werfen konnte, aber sie hatte nach dem Hut gegriffen und versteckte sich dahinter. Ich versuchte, sie hochzuheben oder wenigstens umzudrehen, damit ich sie besser in die Arme nehmen konnte, aber die Willenskraft, mit der sie liegenbleiben wollte, überraschte mich – ich konnte sie nicht vom Fleck bewegen. Also lag ich neben ihr, so nahe wie möglich, und wartete. Schließlich hörte das Schluchzen auf. Ich kannte Christabel gut genug, um zu wissen, daß es ihr peinlich war, so geweint zu haben, obwohl sie erst sechs war, und ich wußte, daß es wichtig war, ihr die Gelegenheit zu geben, sich von allein zu beruhigen. Also wartete ich, versuchte angespannt, die kleinste Regung zu deuten. Als sie dann aufsprang, ganz unvermittelt, und zum Meer hinunterrannte, ging ich ihr nicht nach. Sie hatte den Badeanzug an, und ich sah, daß sie liebend gern ins Wasser gegangen wäre, aber ihre orangefarbenen Schwimmflügel waren noch bei mir. Ich blies sie schnell auf, ging zu ihr, streifte sie ihr wortlos über die Arme, und wir gingen gemeinsam ins Wasser.

Für Brighton war die See relativ ruhig, aber es gab trotzdem hohe Wellen, und ich mußte Christabel festhalten. Sie konnte im Schwimmbecken schwimmen, wenn sie die Schwimmflügel trug, aber im Meer fühlte sie sich eindeutig nicht so sicher. Ich hielt sie dicht an mich gepreßt, schützte ihren Körper mit meinem, und gemeinsam hüpften und schaukelten wir in den sanften Wellen, und sie hielt den Kopf hoch, damit sie die nächste Woge kommen sah. In dem warmen Meer und der heißen Sonne war das herrlich. Ihr Körper war so zierlich, daß ich das Gefühl hatte, ich könne sie in meinen Armen zerdrücken – ich kam mir riesengroß und stark und schützend vor. Und ich genoß dieses Gefühl, genoß es, daß ich sie trug, daß ich ihr Sicherheit gab, daß es mich keine Kraft kostete, keine Mühe.

Wir blieben eine Ewigkeit im Wasser, und als die Ebbe kam und ich ihren Sog spürte, gingen wir hinaus, und ich wickelte uns beide in das große Badetuch, das ich mitgebracht hatte. Wir brauchten es im Grunde gar nicht – die Sonne glühte immer noch –, aber es war verlockend, uns einzuwickeln und nebeneinander auf die Kiesel zu legen, Nase an Nase. Christabel bibberte trotz der Hitze und hielt die kleinen Hände unter das Kinn wie ein Eichhörnchen. Plötzlich erinnerte ich mich daran, daß Rowena das auch getan hatte, als sie klein war, wie sie am Rand des Beckens stand und zitterte, während ich, viel dicker und schwerer, höhnisch an ihr vorbei zu den Umkleidekabinen ging. Es war ein so natürlicher Gedanke, das Christabel gegenüber zu erwähnen, und trotzdem war ich nervös, dachte an die grausige amerikanische Gewohnheit des »Teilens« – »danke, daß du das mit mir geteilt hast«, sagte eine Freundin immer zu mir, wenn ich ihr etwas besonders Gräßliches erzählt hatte. Aber ich wußte, daß es Feigheit gewesen wäre, wenn ich den Wunsch unterdrückt hätte, es Christabel zu sagen, ein Harmoniebedürfnis à la Betty, wenn von Harmonie keine Rede sein konnte. »Du siehst so aus wie deine Mutter als kleines Mädchen«, sagte ich und faßte ihre Schulter fester. »Sie hat die Hände genauso nach oben genommen und gezittert.«

»Warum?«

»Weil sie gefroren hat. Bloß frierst du nicht richtig, oder

es liegt nur daran, daß wir so lange im Wasser waren. Als deine Mummy in deinem Alter zum Schwimmen gegangen ist, war ihr wirklich kalt.«

»Warum?«

»Das Wasser war kalt, und die Schwimmbäder auch. Das war in Edinburgh, wo deine Grandma wohnt.«

»Bin ich dort gewesen?«

»Natürlich. Weißt du das nicht mehr? Das große Haus mit der Steintreppe?«

»Bin ich die runtergehüpft?«

»Ich glaube schon. Deine Mummy und ich haben das auch gemacht. Wir haben oft miteinander gewettet, daß wir uns trauen, von der obersten Stufe herunterzuspringen.«

»Hast du das gemacht?«

»Deine Mummy hat es gemacht, ich nicht.«

»Warum?«

»Sie war mutiger als ich. Ich hatte Angst. Deshalb habe ich so getan, als ob ich keine Lust dazu hätte.«

»Warum war sie mutig?«

»Sie war es einfach, bei solchen Sachen.«

»War mein Daddy mutig?«

»Das weiß ich nicht. Damals habe ich ihn nicht gekannt.«

»Mum sagt, er gehört erschossen.«

Sie setzte sich auf, warf das Handtuch ab. Ihr Ton war ganz sachlich gewesen, ohne jede Emotion. Sie versuchte nicht, das Thema fortzusetzen, und ich wußte, daß es falsch gewesen wäre, wenn ich es versucht hätte, aber ich war wütend auf Betty, die über Amos überhaupt nichts wußte. Warum nahm sie das Kind gegen seinen Vater ein, den Christabel nie gekannt hatte und aller Wahrscheinlichkeit nach auch nie kennenlernen würde? Es wirkte so gehässig. Aber es sollte noch schlimmer kommen. Auf der

Rückfahrt kuschelte sich Christabel im Zug an mich und steckte den Daumen in den Mund. Sie war müde, schläfrig. Sie schaute zu mir auf, nahm den tröstlichen Daumen kurz aus dem Mund und sagte: »Bist du böse auf mich?«

»Böse?« sagte ich. »Warum?«

»Mum wird böse, wenn ich am Daumen lutsche. Sie sagt, ich bin kein Baby mehr.«

»Du kannst doch eine Stunde lang oder so ein Baby sein, das können alle.«

»Ich muß ein großes Mädchen sein.«

»Du mußt wirklich kein ...«

»Doch. Wenn ich kein großes Mädchen bin, will mich niemand, außer meiner Mum.«

»Ach, das ist nicht wahr. Alle wollen dich.«

»Nein, sie wollen mich nicht. Meine Mum sagt, es ist unnatürlich.«

»Deine Mum irrt sich.«

»Aber mir ist es egal. Ich bleibe immer und ewig bei ihr, und sie sagt, das geht, und mein Dad sagt auch, daß es geht.«

Dann schlief sie ein. Ich saß da und schaute aus dem Zugfenster und dachte daran, sie einfach mit mir nach Hause zu nehmen. Ich konnte den Gedanken nicht ertragen, sie zu Betty zurückzubringen, wußte aber, daß ich es mußte. Es war nicht nötig, daß mich Maureen an die Folgen erinnerte, falls ich es nicht tat, und außerdem wußte ich genau, daß Christabel zu Betty wollte. Am nächsten Tag war ihre Party, und sie hatte ganz aufgeregt davon erzählt. Betty hatte einen Zauberkünstler engagiert und eine Menge Videos mit Zeichentrickfilmen ausgeliehen – es klang grauenhaft, aber Christabel war ungeheuer aufgeregt. Mrs. Blake hatte, als sie davon hörte, etwas darüber gemurmelt, was es den Steuerzahler koste, solche Feste auszurichten, aber sie hatte in diesem Fall keine ihrer zahlreichen Beschwerden eingereicht. Sie plante einen ruhigen Tag im Garten mit ihrer Enkelin und danach einen Ausflug zu einem Konzert, bei dem *Peter und der Wolf* gespielt wurde. Sie hatte Christabel diese Platte oft vorgespielt, weil sie davon überzeugt war, das Kind sei musikalisch (mit Recht, meine ich). Sie wollte ihr ein Klavier schenken, das in Camillas Wohnung stand, dazu Klavierunterricht, sooft sie kam.

Als ich Christabel bei Betty ablieferte, trödelte ich etwas herum in der Hoffnung, die Gelegenheit zu bekommen, Widerspruch einzulegen gegen das, was ich gehört hatte. Manchmal ging Christabel auf der Suche nach Judy hinaus, und ich unterhielt mich mit Betty, aber heute kam es nicht dazu. Judy war nicht da. Alle Kinder waren fort, und im Wohnzimmer (das im Sommer noch scheußlicher war als im Winter, wenn an rauhen Tagen wenigstens die Wärme und das helle Licht etwas Anheimelndes hatten) saßen nur Betty und Norman. Christabel stürzte sich wie immer auf Betty und umarmte sie überschwenglich, was erwidert wurde. Betty strahlte sie an, und ich sah, daß sie wirklich an Christabel hing. »Wie geht's meinem Mädchen?« sagte sie. »Warst du brav?«

»Ja.«

»Hast du daran gedacht, was ich zu dir gesagt habe? Hast du ›bitte‹ und ›danke‹ zu Isobel gesagt?«

Christabel schaute mich unsicher an.

»Das war nicht nötig«, sagte ich.

»Das ist egal«, sagte Betty, »es gehört sich aber. Jetzt sagst du ›danke‹ zu Isobel, ›vielen Dank für einen schönen Tag‹.«

»Wirklich ...« fing ich an, aber Betty funkelte mich an,

und ich mußte schweigen, während Christabel sich förmlich bei mir bedankte. Es hatte keinen Sinn, noch länger zu bleiben. Ich sagte, ich hoffte, die Party werde schön, und ich käme in zwei Wochen wieder, ehe sie mit ihrer Großmutter in die Ferien fahre. Bettys Miene verdüsterte sich, als ich das erwähnte, und sie rümpfte die Nase und machte ein beleidigtes Gesicht. Als Mrs. Blake dieses Privileg erkämpft hatte, kommentierte Betty, das werde »ein komischer Urlaub für ein Kind, das viel besser dran wär mit Leuten, die es kennt, und wo ein kleines Mädchen richtig Spaß hätte, wo was geboten wird in einem Ferienlager. Aber ich kann nix dran ändern, und ich hab ihr gesagt, es hat keinen Zweck, wenn sie rummault und sagt, sie will mit uns mit«. Jetzt sagte sie, es sei besser, darüber kein Wort mehr zu verlieren, sie wolle nicht, daß Chrissies Geburtstag durch eine Erinnerung an diese Ferien, die ihr drohten, verdorben werde.

Sie brachte mich zur Tür. Ich fragte, ob sie mit zum Auto kommen könne, das ich ein paar Meter weiter geparkt hatte, damit ich ihr ein Geschenk für Christabel geben könne, das am nächsten Tag eine Überraschung für sie sein solle. Betty kam mit, und ich wappnete mich für das, was ich sagen wollte. Es kam völlig falsch heraus. »Christabel sagt, Sie hätten gesagt, ihr Vater sollte erschossen werden«, brach es aus mir heraus.

»So ist es ja auch«, fuhr Betty mich an und wirkte überhaupt nicht überrascht darüber, daß ich das zur Sprache brachte. »Die gehörten alle erschossen, wenn sie ein schwangeres Mädchen sitzenlassen, gehören an die Wand gestellt und erschossen, wenn sie das Mädchen nicht heiraten wollen, wie früher, wie hieß das noch, bei diesen Hochzeiten mit vorgehaltenem Gewehr.«

»Es geht darum«, sagte ich, während ich den Kofferraum aufmachte, »daß Sie gar nichts über Christabels Vater wissen...«

»Will ich auch gar nicht. Geben Sie mir jetzt dieses Geschenk oder was?«

»Er war ein zauberhafter Mann«, sagte ich, »und es ist nicht wahr, daß er...«

»Zauberhaft?« unterbrach Betty. »Na, er hat sich wirklich zauberhaft benommen, das muß ich schon sagen.«

»Sie wissen nicht, wie er sich verhalten hat, und jedenfalls ist es nicht nötig, ihn in Christabels Augen zu verurteilen, oder? Ich weiß, daß Sie gutherzig sind und Christabel lieben, aber wenn Sie so etwas sagen, wenn Sie ihr erzählen, daß niemand sie will, wenn sie nicht ein großes Mädchen ist...«

»Sind Sie jetzt fertig? Ich hör mir das nämlich nicht länger an. Geben Sie das her«, und sie riß mir die Schachtel aus der Hand, »geben Sie das her, und scheren Sie sich weg von hier. Ich weiß mehr über Kinder, als Sie je schnallen können, und ich hab die Nase voll von euch allen, ich hab mit Chrissies Familie mehr Ärger gehabt als mit allen anderen, ich weiß einfach nicht, wofür ihr euch haltet, steckt dauernd die Nase rein, sagt mir, was ich tun soll, und was seid ihr überhaupt für Leute, redet nur Quatsch, gebt das eigene Kind weg und erzählt dauernd Lügen, wollt angeblich, daß sie in einem besseren Zuhause glücklich wird, ihr könnt ihr so was nicht geben, ihr widert mich an, und das ist die Wahrheit, ihr habt alle kein richtiges Gefühl, mir wird *schlecht*, wenn ich euch dauernd so reden höre, und die Briefe, die Maureen kriegt, mit lauter Ausreden drin, warum Chrissie adoptiert werden muß, ich weiß nicht, wie diese Granny die Stirn haben kann, so was zu schreiben, ich weiß nicht, wen sie damit reinlegen will, ich würd mein Enkelkind nie hergeben, *niemals*. Hören Sie doch auf mit dem Altersheim und so, ich würd lieber mit ihr in einer Pappschachtel wohnen, als so was tun, würd ich wirklich, und Sie, *Sie*, Sie sind genauso schlimm.«

Es hatte keinen Sinn, ihr nachzulaufen. Es gelang mir zu sagen »Es tut mir leid«, aber der Rest meiner Entschuldigung ging in ihrer Schmährede unter. Ich sah, daß sie mehr als nur wütend war – sie war tief beleidigt. Vermutlich würde sie nie wieder mit mir reden. Ich hatte meinen leichten Vorteil gegenüber den Blakes eingebüßt und wurde jetzt mit ihnen in einen Topf geworfen.

Aber als ich nach Hause fuhr, wurde ich selber wütend. Woran lag es, daß Betty niemals kritisiert werden durfte? Von Anfang an hatte das Jugendamt sie wie ein rohes Ei behandelt und sich ihretwegen offenbar größere Sorgen gemacht als unseretwegen, hatte sie nicht vor den Kopf stoßen wollen. Warum? Es mußte reines Zweckdenken sein. Sie hatten sonst niemandem, der Christabel hätte nehmen können, und sie hatten Angst davor, für diesen »schwierigen« Fall eine neue Pflegemutter zu suchen. Aber die Hälfte unserer Beschwerden über Betty stimmten, und sie hatten es bestimmt verdient, daß ihnen nachgegangen wurde. Es *war* falsch, Christabel zu erzählen, niemand werde sie adoptieren, wenn sie am Daumen lutsche, falsch, ihr in irgendeiner Weise zu drohen, wenn sie ohnehin schon solche Angst vor der Zukunft hatte. Warum unternahm Maureen nichts dagegen? Warum sprach sie nicht mit ihr? Und dann dieses ganze Theater wegen Bettys Erfahrung – was war ihre Art von Erfahrung in Christabels Fall wert? Sie war an Kinder aus kaputten Familien gewöhnt, die zu ihr kamen, an Kinder, die lange in zerrütteten Verhältnissen gelebt hatten, an Kinder, die keinen Kontakt mehr zu ihren leiblichen Angehörigen hatten. Was davon machte sie zu einer Expertin für Christabel, ein Kind mit einem völlig stabilen Zuhause, bis ihre Mutter ums Leben kam, ein Kind mit Verwandten, die so eng mit ihr in Verbindung blieben, wie es ihnen gestattet wurde? Im Haushalt der Lowes taten sich tief beunruhigende Dinge, die aber so fein gesponnen waren, daß man sie nicht einmal auflisten konnte. Es war wie eine Gehirnwäsche, und wer wußte, was das einem sechsjährigen Kind antat? Körperlich wurde gut für Christabel gesorgt, an der Oberfläche war sie gut aufgehoben und glücklich, aber was war mit ihren Ängsten und Sorgen, was damit, wie mit ihnen umgegangen wurde, vielmehr nicht mit ihnen umgegangen wurde? War die berühmte Betty da etwa nicht im Unrecht?

Ich wußte, daß meine Lage hoffnungslos war. Ich war nur eine Freundin der Familie, ich hatte keinen Status. Wenn ich jetzt meine relativ gute Beziehung zu Betty eingebüßt hatte, und ich wußte, daß das der Fall war, mußte ich sorgfältig darauf achten, daß es mir mit den Sozialarbeiterinnen nicht genauso erging, sonst war ich völlig nutzlos für Christabel. Es fällt mir schwer, so schwer, mich bescheiden zu geben, mich lieb Kind zu machen, aber ich gab mir wirklich Mühe. Ich bat um ein Gespräch mit Phyllis, von der ich das Gefühl hatte, sie sei mitfühlender und besorgter, obwohl eigentlich Maureen für Betty zuständig war. Ich erzählte ihr, darum bemüht, alles an gefährlicher Entrüstung zu verbergen, was Christabel über das mißbilligte Daumenlutschen gesagt hatte.

»So ist sie nun einmal«, sagte Phyllis, »das ist nur Gerede. Betty ist sehr direkt, sie hat sich bestimmt nichts dabei gedacht.«

»Das weiß ich, aber sollte sie sich nicht etwas dabei denken? Ich meine, sollte sie unter diesen Umständen, nach dem, was Christabel durchgemacht hat und was ihr bevorsteht, nicht vorsichtiger sein?«

»Wir sind alle nicht vollkommen«, sagte Phyllis mit einem Seufzer. »Ich nehme an, Betty hat es auf andere Weise wiedergutgemacht, hat sie geknuddelt, nachdem sie mit ihr geschimpft hat, um ihr zu zeigen, daß sie nur Spaß gemacht hat. Sie ist ein sehr herzlicher Mensch.«

»Manchmal sehe ich das nicht so.«

»Ja, aber Ihnen oder den Blakes gegenüber ist sie nicht sie selbst. Glauben Sie mir, sie hat genausoviel Grund, sich zu beschweren, wie Sie von Ihrer Seite aus.«

»Wirklich? Worüber beschwert sie sich?«

»Ach, über Snobismus oder über das, was sie für Snobismus hält. Sie sagt, Christabel kommt zurück und kritisiert ihre Ausdrucksweise und sagt, ihre Großmutter trägt ihr auf, nicht so zu reden wie Betty.«

»Das ist aber doch etwas anderes, als wenn man ihr erzählt, ihr Vater müsse erschossen werden, oder daß niemand sie adoptiert, wenn sie am Daumen lutscht.«

»Für Betty ist das nichts anderes. Es bringt sie genauso in Wut. Sie hat das Gefühl, Christabel wird beigebracht, sie zu verachten, und das regt sie auf. Und es ist schlecht für Christabel, weil es sie verwirrt. Sie lebt bei Betty, nach Bettys Methoden und Maßstäben, und es ist im Augenblick nicht wünschenswert, sie in Frage zu stellen.«

»Ich glaube nicht, daß ich je ihre Ausdrucksweise kritisiert habe.«

»Nein, aber Sie haben gesagt, daß nur dumme Leute den ganzen Tag lang fernsehen möchten, und Sie wissen, daß bei Betty der Fernseher den ganzen Tag lang läuft.«

»Habe ich das gesagt?«

»Offenbar. Und Christabel hat es prompt wiederholt.«

»Es tut mir leid. Aber es gehört nicht in dieselbe Kategorie wie die Gedanken, die Betty ihr in den Kopf setzt, oder?«

»Vielleicht nicht, aber versuchen Sie einmal, das Betty klarzumachen.«

»Sie haben alle Angst vor ihr.«

»Nein, wir haben keine Angst vor ihr, aber wir wissen, im Gegensatz zu Ihnen, was für ein Glück es ist, daß wir sie haben. Unter normalen Umständen könnte Christabel jetzt schon ein halbes Dutzend Pflegestellen hinter sich haben – sie hat Glück, daß sie in der einen bleiben konnte.«

»In der falschen«, sagte ich, ehe ich mich daran hindern konnte.

»Es hat keinen Sinn, wieder damit anzufangen«, sagte Phyllis und runzelte die Stirn. »Wir haben so oft darüber gesprochen. Betty Lowe ist eine unserer besten Pflegemütter, mehr ist dazu nicht zu sagen. So, jetzt habe ich den nächsten Termin...«

»Aber Sie reden mit Betty über das, was ich gesagt habe?«

»Ich werd's versuchen. Und vielleicht können Sie versuchen, mit Mrs. Blake über diese ständigen Anrufe zu reden. Sie treiben Betty zum Wahnsinn.«

»Ich wußte gar nicht, daß Mrs. Blake so oft anruft.«

»Fast jeden Tag, sagt Betty. Sie sagt außerdem, daß Christabel nicht mit ihrer Großmutter reden will und dazu überredet werden muß.«

»Das glaube ich nicht.«

»Warten wir's ab. Vielleicht kommt das heraus, wenn wir Formular D ausfüllen.«

»Was ist das?«

»Wir müssen für das Adoptionsverfahren eine Studie über Christabels Verhalten und ihr emotionales Wohlbefinden anfertigen. Ach, es gibt soviel Arbeit, das können Sie sich gar nicht vorstellen. Ich habe noch nicht einmal

Formular E ausgefüllt, und das ist normalerweise das einfachste, nur eine knappe Beschreibung des Hintergrunds, aber in diesem Fall ist das so schwierig ...«

Fast die ganze Zeit über klingelte das Telefon, und als ich ging, damit sie telefonieren konnte, und die Treppe hinunterstieg, saßen dort lauter Leute, die darauf warteten, mit ihr zu sprechen. Phyllis' Arbeitsüberlastung war keine Einbildung, und ich fühlte mich schuldig, weil ich ihre Zeit in Anspruch genommen hatte, vor allem deshalb, weil es sinnlos gewesen war. Ich fuhr deprimiert nach Hause, nicht nur wegen Christabels Lage, sondern wegen der ganzen Last des Lebens – alles kam mir so finster vor, so mühselig, die Welt als ein Ort voller unlösbarer Probleme. Es schien lange her zu sein, seit ich mich für irgend etwas begeistert oder wenigstens keine Sorgen gehabt hatte.

Als Mrs. Blake anrief, konnte ich es kaum ertragen, mit ihr zu reden. Ich log und sagte, ein Taxi stehe vor der Tür, und ich müsse in einer Stunde nach Paris fliegen. Sie wirkte gekränkt, sagte vorwurfsvoll, davon hätte ich gar nichts erwähnt, und ich sagte wohl ziemlich schroff, mir sei nicht klar gewesen, daß das von mir erwartet werde. Wenn sie sich nicht entschuldigt hätte, wären wir vielleicht im Bösen geschieden, was gar nicht so übel gewesen wäre, aber sie sagte: »Isobel, es tut mir so leid, meine Liebe, ich bin manchmal nicht ganz bei mir, ich wollte nicht so überheblich sein, es liegt an der ganzen Anspannung ...« Ich sagte, das sei nicht der Rede wert, ich könne das verstehen. »Dein Taxi wartet«, sagte sie, »und wenn du aus Paris zurück bist, darf ich dich dann um deinen Rat bitten, wenn du das auf dich nehmen willst, wegen dieser Ferien mit Christabel? Ich will dich jetzt nicht aufhalten, aber es gibt Komplikationen.«

Ich kam mir so niederträchtig vor, weil ich gelogen hatte, so lächerlich. Der Gedanke, in London zu bleiben, nachdem ich behauptet hatte, nach Paris zu müssen, ärgerte mich so, daß ich sofort Fergus anrief, der für zwei Tage in seiner Wohnung war, um sich um eine Dachreparatur zu kümmern, und sagte: »Laß uns ein paar Tage verreisen, jetzt gleich.« Er sagte, das gehe nicht. Die Wohnung habe immer noch kein Dach, und am nächsten Tag komme sein Vater auf dem Weg in die Sommerferien in Devon zu Besuch.

Also fuhr ich nach Hause – in mein »richtiges« Zuhause, nach Cockermouth. Ich kündigte den Besuch nicht einmal an, raste nur nach Euston, nahm den nächsten Zug und fuhr den ganzen Weg von Carlisle aus mit dem Taxi. Ich kam an einem herrlichen Sommerabend um sechs an, und als das Taxi Cockermouth verließ und Richtung Lorton fuhr, ragten die Berge am Ende der Straße so klar umrissen vor mir auf, wie ich sie nie zuvor gesehen hatte. Sie hoben gegen meinen Willen meine Stimmung – einfach durch ihre Macht und Herrlichkeit –, und ich lächelte bei dem Gedanken, daß ich, als ich jung war, geflucht und getobt hatte, weil ich zwischen ihnen zu leben gezwungen war. Ich bezahlte das Taxi auf halber Höhe des Whinlatter-Passes, wo die Straße nach rechts hinunter zum Haus meiner Eltern abbiegt, um mir das Vergnügen zu machen, dort entlangzugehen und meine Eltern zu überraschen.

Es war inzwischen fast halb acht, und obwohl die Sonne noch recht hoch stand, war der Horizont rosig. Bald würde sich der Grasmoor tiefrot verfärben, wäre sein abschreckender Westhang, auf dem keine Blumen wuchsen, plötzlich ein Rosengarten. Einmal waren Rowena und ich am Abend hinaufgestiegen und hatten auf dem Gipfel übernachtet, und auf dem ganzen Weg nach oben – an einem Abend wie diesem – hatten wir über die Trugbilder gestaunt, die das Licht der untergehenden Sonne herbeizauberte. Schiefergraue Felsen wirkten aus der Entfernung wie glatte Bahnen aus pfirsichfarbenem Satin, und das kurze dunkelgrüne Gras, büschelig und trocken, versprach einen weichen Teppich aus feinstem Moos. Auf dem Gipfel hatten wir unser Zelt aufgeschlagen, und dann saßen wir mit gekreuzten Beinen davor, schauten in die orangefarbene Sonne, die langsam hinter dem Solway Firth verschwand, und weinten. Saßen da und weinten, einfach deshalb, weil es so schön war, so vollkommen. Sechzehn, und so sentimental... Dann versprachen wir einander, niemandem zu erzählen, daß wir so kitschige Gefühle gehabt hatten. Als wir am Morgen aufwachten, regnete es, und alles war grau, ein typischer Wetterumschwung im Lake District. Wir stritten uns auf dem ganzen Abstieg, verabscheuten die häßliche Farblosigkeit des scheußlichen alten Bergs, der uns am Abend zuvor so verzaubert hatte. »Das Leben ist gemein«, sagte Rowena, und ich lachte so sehr, daß wir beide wieder gute Laune bekamen. »Das Leben ist gemein« – sie war so stolz auf ihre geistreiche Bemerkung gewesen. Dieses ganz gewöhnliche Schlagwort wurde danach unser Lieblingssatz, wenn etwas Gutes eine Wendung zum Schlechten genommen hatte. »Das Leben ist gemein«, sagten wir dann, und immer, immer, gelang uns dabei wenigstens ein Lächeln.

Ich wußte genau, was meine Eltern jetzt taten: gleich halb acht, also tranken sie ihren Aperitif aus und würden dann essen. An einem solchen Abend saßen sie bestimmt hinter dem Haus, rechts auf der rosenumrankten Veranda, wo ein weißer schmiedeeiserner Tisch mit einer

Bank daneben stand. Von dieser Stelle aus war die Aussicht großartig, reichte unbehindert bis zum Meer hinunter, das an einem klaren Tag deutlich zu sehen war. Links umklammerten Grasmoor und Melbreak wie Fänge den See, hinter Bäumen versteckt, und in der Ferne ragte der Red Pike über die niedrigeren Gipfel in den Himmel. Mutter sagte, seit Rowenas Tod könne sie ihn nie ansehen, ohne zu schaudern, aber ich wußte, daß sie ihn trotzdem anschaute, an einem solchen Abend, und daß sie dachte, wie friedlich und unbedrohlich er wirke. Wer hätte etwas anderes denken können? Ich ging ums Haus, und da waren sie, zwei zufriedene Menschen, die wie hypnotisiert von all dieser Schönheit dasaßen. Ich beobachtete sie einen Augenblick lang, erleichtert darüber, daß sie mir nicht alt vorkamen. Mutters Haar war immer noch schwarz, Vater hatte noch sein ganzes Haar, wenn es auch grau war, und beide waren schlank und sahen kräftig aus. Eine gute Abstammung, daran gab es keinen Zweifel. Ich sprach es aus, als ich mich bemerkbar machte: »Gegen meine Abstammung ist nichts zu sagen.«

Ich blieb drei Tage. Es blieb heiß. Wir picknickten am Crummock Water, und ich schwamm. Die Berge spiegelten sich vollkommen im unbewegten Wasser des Sees, und ich schwamm in gemessenem Bruststil, um die Umrisse nicht zu zerstören. Rowena und ich waren einmal um die Wette über den See geschwommen, von der Stelle, wo der Wasserstandsanzeiger ist, bis zum Bootshaus. Mein Vater erinnerte mich daran, sagte, wie unerträglich befriedigt ich über meinen Sieg gewesen sei und wie wütend, als er mich darauf hinwies, daß ich fünf Zentimeter größer und fast dreizehn Pfund schwerer war, obwohl wir beide zwölf waren, und daß ich im Gegensatz zu Rowena regelmäßig schwamm. »Ihr zwei lagt ständig miteinander in Konkurrenz«, sagte er. »Wir konnten uns nicht vorstellen, daß die Freundschaft hält. Aber sie hat gehalten. Ihr habt einander beigestanden, sie war dir in der Not eine gute Freundin, und du ihr auch.« Darauf erwiderte ich nichts. Er hatte gezögert, ehe er hinzufügte »und du ihr auch«. Die Pause war eine leise Erinnerung an meine »schlimme« Zeit und an Rowenas unerschütterliche Unterstützung. Es irritierte mich, meine Eltern hatten immer beides übertrieben – ihre moralische Empörung über das Vorkommnis und Rowenas Unterstützung.

Lieber Gott, was war das für ein Theater gewesen, und das alles wegen einer solchen Lappalie, aber es war ein Schock für sie gewesen. Es war nicht mehr passiert, als daß ich mit achtzehn mit einer kleinen, einer wirklich winzigen Menge Marihuana festgenommen wurde. Es war mein erstes Jahr an der Universität, und ich probierte das Übliche aus, drehte ein paar Joints wie alle Studenten Ende der sechziger Jahre. Es war alles so albern, in keiner Weise bemerkenswert, aber ich hatte mich an einer Demonstration beteiligt – ich kann mich nicht einmal mehr daran erinnern, wogegen –, und im Gewühl gingen ein paar Fensterscheiben zu Bruch; die Polizei wurde gerufen, und ich wurde mit denjenigen, die den Schaden angerichtet hatten, in ein Polizeiauto verfrachtet. Uns allen wurde Straßenverkehrsbehinderung zur Last gelegt, und denjenigen, die Joints in der Tasche hatten, außerdem der Besitz von Marihuana. Wir bekamen eine Verwarnung, das war alles. Die Universitätsleitung informierte jedoch meine Eltern darüber, und die reagierten entsetzt, ließen mich zum ersten- und einzigenmal im Stich. Ihre angepaßten Gemüter empörten sich über mein Verhalten, und sie waren überzeugt davon, daß ich auf dem Weg ins Verderben war. Wir können noch heute nicht darüber lachen, obwohl es so lange her ist und ich inzwischen als reingewaschen gelte – als ob eine Reinwaschung nötig gewesen wäre.

Rowena war mitten in unseren Krach geraten und hatte einen äußerst beruhigenden Einfluß ausgeübt. Sie hatte zu meinem Ärger gesagt, sie werde mich »im Auge behalten«, und meine Eltern waren getröstet heimgefahren. Natürlich wurde dieses Im-Auge-Behalten ein Witz. Ein köstlicher Rollenwechsel, aber nicht aus der Sicht meiner Eltern, mit denen Rowena eine Zeitlang wöchentlich telefonierte. Vielleicht war das der Grund dafür, daß wir uns danach nicht mehr so oft sahen, ganz abgesehen von ihrem Aufenthalt in Amerika.

Meine Eltern fragten mich natürlich nach Christabel. Ich hatte nichts Gutes zu berichten. Je mehr ich von Betty erzählte, desto aufgebrachter wurden sie, und wie Mrs. Blake konnten sie sich nicht mit dem Gedanken abfinden, daß eine schwarze Familie Christabel adoptierte. »So ein Mist, so ein Mist«, sagte meine Mutter immer wieder, bis es wie ein Vogelruf klang. Mein Vater bedauerte, daß er nicht mehr über Familienrecht wußte, und hoffte, die Blakes hätten einen guten Anwalt. Aber während ich mit ihnen am See saß oder allein Bergwanderungen unternahm, wirkte nichts so schrecklich, wie es in London gewesen war. In gewisser Hinsicht war das gefährlich, das wußte ich. Es war eine Art von Scheinwelt: Alles um mich herum ist friedlich und idyllisch, deshalb gibt es kein Grauen auf der Welt. Und keine Verantwortung. Was hatte das alles mit mir zu tun? Ich war nur eine Freundin.

Und dann, in der letzten Nacht, in der Nacht vor meiner Abfahrt, erschien Rowena wieder in fürchterlicher Gestalt und schrie mich an. Sie kam zum Fenster herein, marschierte mit riesigen, unglaublichen Schritten direkt vom

Red Pike herunter, hatte noch die Bergstiefel an, und ihr Haar triefte vom Wasser des Bachs, in den sie gefallen war, und sie brüllte und heulte, dräute über meinem Bett wie ein Koloß: »*Steh auf! Du kannst dich nicht hier vor mir verstekken, du kannst nicht weglaufen, du kannst Christabel nicht im Stich lassen, fahr zurück, wie kannst du sie nur allein lassen, wie kannst du nur? Fahr zurück ...*« Ich wachte mit hämmerndem Herzen auf, das Bettzeug lastete auf mir, als ob ich darunter begraben wäre. Ich hörte meine Mutter vor der Tür sagen: »Isobel? Isobel? Hast du was, Liebes?« Ich stand auf, öffnete die Tür und sagte, ich hätte einen Alptraum über Rowena gehabt, und wir gingen nach unten und kochten Tee. Meine Mutter war das Mitgefühl in Person, aber als ich gestand, das sei ein immer wiederkehrender Alptraum, wenn ich ihn auch eine Zeitlang nicht mehr gehabt hätte, konnte sie es nicht lassen, mir zu sagen, das sei mein Gewissen; als ob ich das nicht gewußt hätte. »Die Alpträume werden nicht aufhören«, sagte sie überflüssigerweise, »bis Christabel glücklich in einer liebevollen Familie untergebracht ist, die zu ihr paßt.« »Danke, Mutter«, sagte ich, »aber ich kann da wirklich gar nichts tun.« Es gelang ihr, nicht zu sagen: »Wirklich nicht?«, aber ihr Gesichtsausdruck war genauso vorwurfsvoll, und mir gefiel das gar nicht.

Ich war froh, als ich an jenem Nachmittag abfuhr. Es ist anstrengend, von meiner Mutter bemuttert zu werden.

Neuntes Kapitel

Und dann kamen die Carmichaels ins Spiel. Ich war kaum wieder in London und hatte noch nicht einmal mit Mrs. Blake telefoniert, als Phyllis mich besuchte. Sie war vorher noch nie bei mir zu Hause gewesen, und es war etwas ganz anderes, sie in meinem Wohnzimmer zu treffen statt in der kargen Behördenatmosphäre des Jugendamts. Im Gegensatz zu Maureen war sie unbefangen. Sie bewunderte die Farben im Zimmer – Orange-, Braun- und Gelbtöne – und die Bilder. Sie sagte, sie möge Landschaften auch (das war, nachdem ihr meine Sheila Fell aufgefallen war), und wenn sie das Geld hätte, würde sie sich einen Whistler kaufen. Sie schaute sich mit unverhohlener Neugier um – Maureen gestattete sich immer nur schuldbewußte, verstohlene Blicke – und sagte, mein Zuhause sei ausgesprochen schön, und sie sei überrascht: Sie habe geglaubt, ich legte nicht soviel Wert auf meine Umgebung, habe sich vorgestellt, ich sei lässiger. Mir gefiel es ganz gut, daß sie so direkt und persönlich war, etwas, das Maureen und Stella mit äußerster Vorsicht vermieden. Sie schienen ständig Angst davor zu haben, mich näher kennenzulernen.

Wir tranken Kaffee und unterhielten uns über den Lake District – Phyllis hatte einmal ein Cottage in der Gegend von Windermere gemietet, aber es hatte die ganzen vierzehn Tage lang in Strömen gegossen –, und ich wartete darauf, daß sie mir sagte, warum sie gekommen war.

»Ich nehme an«, sagte sie, als sie die zweite Tasse Kaffee ausgetrunken hatte, »ich nehme an, Sie fragen sich, warum ich Sie hier besuche.«

»Ja«, sagte ich, »natürlich tue ich das.«

»Gut«, sagte sie, »ich fange mit dem zweiten Grund an. Ich wollte mich bei Ihnen zu Hause mit Ihnen treffen, weil ich glaube, daß die Beziehung zwischen uns allen falsch angefangen hat, und ich weiß genau, daß es vor allem an diesem scheußlichen Zimmer liegt, in das wir alle hineingepfercht werden, wie in ein überfülltes Klassenzimmer, und ich wirke dann wie eine Lehrerin. Es ist schwer, sich in einer solchen Situation zu entspannen, Besprechungen werden dann leicht zu einer Frage von ›wir gegen die‹.« Ich sagte, das stimme. »Deshalb habe ich gedacht, ich versuche, diese Schranken zu durchbrechen und einen neuen Anfang zu machen, und ich habe gedacht, ich fange mit Ihnen an, weil ich glaube, daß eine entscheidend wichtige Rolle auf Sie zukommt.«

»Wie wichtig?« fragte ich mißtrauisch.

»Hören Sie«, sagte sie, »die Lage ist folgende: Wir haben eine weitere Familie für Christabel gefunden, eine, von der wir glauben, daß sie so ideal ist, wie sie nur sein kann, und ich möchte, daß Sie mir dabei helfen, sie mit Mrs. Blake bekannt zu machen. Sie kennen sie gut, ich nicht. Letztes Mal war es hoffnungslos, ihr Fotos zu zeigen und ihr nackte Einzelheiten vorzutragen; es war ein großer Fehler. Normalerweise arbeiten wir so, aber in diesem Fall ist das nicht die richtige Methode. Ich möchte Ihnen etwas über die Carmichaels erzählen und Ihren Rat einholen.«

Also erzählte sie mir von den Carmichaels. Sie war klug.

Sie fing damit an, daß das gemeinsame Glück das wichtigste an diesem Paar sei. Sie seien keine Wohltäter und nicht versessen auf ein Adoptivkind, weil sie keine eigenen Kinder hätten. Sie hatten sogar zwei, beides Mädchen, sechzehn und achtzehn Jahre alt, aber sie liebten Kinder und hatten das Gefühl, sie sollten noch eins haben, hätten noch viel zu bieten. Beide hatten beruflich mit Kindern zu tun, Mrs. Carmichael war Sprachtherapeutin und Mr. Carmichael Schwimmlehrer und Trainer. Erst dann spielte Phyllis ihre Trumpfkarte aus: Mr. Carmichael war Westinder, Mrs. Carmichael Engländerin. Beide Töchter waren also von der Rassenmischung her genau wie Christabel. Sie ließ mich nicht aus den Augen, als sie das sagte, was mich irritierte.

»Ich bin nicht Mrs. Blake«, sagte ich. »Ich habe nichts dagegen, daß sie zu schwarzen Eltern kommt. Wie sie sind und warum sie Christabel haben wollen, ist viel wichtiger als ihre Hautfarbe.«

Das entsprach genau der Auffassung der Liberalen, aber sie sagte: »Gut, ich bin ganz Ihrer Meinung, aber Mrs. Blake denkt anders, nicht wahr? Und das müssen wir umgehen. Was könnte sie überzeugen?«

»Wie sie sind, glaube ich«, sagte ich.

»Sie meinen, gesellschaftlich?«

»Ihr liegt etwas daran, an der mittelständischen Umgebung. Wo wohnen sie?«

»In Totteridge. Eine hübsche Gegend. Sie haben kein eigenes Haus, aber sie haben eine der hübschesten Sozialbauwohnungen da draußen, die ich je gesehen habe.«

»In Mrs. Blakes Ohren sind das keine Zauberworte«, sagte ich. »Sagen Sie ›Sozialbauwohnung‹, dann ergießt sich ihr ganzer Snobismus über Sie. Das ist fast noch schlimmer als eine schwarze Haut. Großer Gott, es ist widerlich, ich weiß, aber sie kann nichts dafür, sie hat nun einmal so festgefahrene Vorstellungen, meint, ›Sozialbauwohnung‹ sei gleichbedeutend mit Schmarotzertum, mit Versagen; es ist hoffnungslos mit ihr.«

»Es sind reizende Leute.«

»Das glaube ich Ihnen.«

»Meinen Sie, wir können Mrs. Blake wenigstens dazu bewegen, die Carmichaels kennenzulernen und sie in ihrer Wohnung zu besuchen? Sobald sie sie und ihre Wohnung gesehen hat, läßt sie sich bestimmt umstimmen, da bin ich mir sicher.«

»Ich mir nicht. Vermutlich verletzt sie ihre Gefühle, und die Carmichaels werden sie hassen. *Sie* ist kein reizender Mensch, wie Sie wissen. Wie können Sie diesen Leuten Mrs. Blake zumuten? Haben Sie sie gewarnt?«

»Ja, mit aller Vorsicht.« Phyllis lächelte und hob die Augenbrauen. »Sie sind bereit, das Risiko einzugehen, aber es wäre mir lieber, wenn Sie zuerst zu ihnen gingen, ohne Mrs. Blake etwas davon zu sagen, wenn es Ihnen nichts ausmacht.«

Ich mußte nicht dazu überredet werden, war sogar begierig darauf, diese Leute kennenzulernen, wußte im Hinterkopf, daß sie mir mit einem Schlag meine ganze Angst um Christabel nehmen konnten, wenn sie sich als so vollkommen erwiesen, wie Phyllis behauptet hatte. Auf der langen Autofahrt nach Totteridge empfand ich Hoffnung und war aufgeregt, träumte schon von einer wunderbaren Zukunft für Christabel – ich sah vor mir, wie dieser westindische Vater mit Christabel spielte, ihr Schwimm- und Sportunterricht gab, und ich sah seine schüchterne, sanfte Frau vor mir, wie sie neben Christabel am Klavier saß. Ich hörte, wie ich Mrs. Blake von ihnen erzählte, von ganzem Herzen meine Zustimmung gab, und ich sah sogar ihr strenges, faltiges altes Gesicht beim Besuch der Carmichaels weicher werden. Ich war so zu ihren Gunsten voreingenommen, daß die Enttäuschung um so bitterer war.

Sie waren beide äußerst präsentabel und angenehm, aber sie waren so weit von dem entfernt, was ich erwartet hatte, daß das so gut wie keinen Eindruck auf mich machte. Ich hatte schon ein ungutes Gefühl, und mein Optimismus verließ mich, als wir die Wohnung betraten, noch ehe ich die Carmichaels auch nur richtig wahrgenommen hatte. Das war nicht der richtige Ort für Christabel. Der Block lag in einer hübschen Gegend – ringsherum Rasen, viele Bäume, ganz ländlich und nicht weit vom Stadtpark entfernt –, und alles war makellos sauber und gestrichen. Es war eindeutig, daß nur handverlesene Sozialmieter hier wohnen durften. Aber die Wohnung, die oberste von insgesamt sechs, war so steril wie Bettys Haus. An den strahlend weiß gestrichenen Wänden hingen keine Bilder, in den in die Nischen auf beiden Seiten der Gasheizung eingebauten Regalen standen nur etwa ein Dutzend Taschenbücher (den Rest der Regale füllte Porzellan). Die Möbel entsprachen dem Durchschnittsgeschmack, wirkten einfach und modern, mit fröhlichen, knallroten Bezügen. Mir war sofort unbehaglich zumute, als ich ins Zimmer trat.

Wir setzten uns, und der Kaffee wurde gebracht. Das Reden übernahm vor allem Mrs. Carmichael, Lisa. Sie war eine jugendlich wirkende Vierzigerin mit einem netten, offenen, freundlichen Gesicht, die Art von Gesicht, das einen glauben macht, dieser Mensch könne nichts verbergen. Sie war ziemlich mollig, auf schulmädchenhafte, nicht auf matronenhafte Weise. Das Schulmädchenhafte wurde noch dadurch unterstrichen, daß sie einen Pferdeschwanz trug, mit einer Spange über jedem Ohr, um einzelne Strähnen festzuhalten. Sie trug Hosen – beim Umfang ihrer Hüften ein Fehler – und einen weiten, ausgebeulten Pullover. Sie plauderte drauflos, lächelte unentwegt, und ich ertappte mich dabei, daß ich mir immer wieder sagte: »Christabel wird sie hassen, Christabel wird sie hassen.« Es gab keinen Anhaltspunkt dafür – ich war mir einfach sicher. Mr. Carmichael, James, war erträglicher. Physisch war er sehr attraktiv – groß, schlank, mit einem schönen, stolzen Kopf.

Ich kam zu dem Schluß, daß das Interessanteste an den Carmichaels der Erfolg ihrer Ehe sei. (Wenn ihre Töchter sechzehn und achtzehn waren, dann war ihre Ehe nach normalen Maßstäben eindeutig ein Erfolg.) Sie schienen überhaupt nicht zusammenzupassen. Man konnte sich leicht vorstellen, daß für sie allein schon sein Aussehen eine große Anziehungskraft bedeutet haben mußte, aber es war schwieriger, sich vorzustellen, was ihn an ihr angezogen hatte. Allerdings war es von der Persönlichkeit her umgekehrt: Sie hatte die ganze Vitalität, die Energie, während er langweilig wirkte, kaum den Mund aufmachte und nicht einmal dann eine Meinung ausdrücken konnte, wenn er darum gebeten wurde.

Dann kamen die Mädchen herein. Die eine war hinreißend, die andere ganz unscheinbar. Die jüngere, Clare, hatte das Beste von beiden Eltern geerbt. Sie war groß, schlank, hatte das Lächeln ihres Vaters und das herzförmige Gesicht ihrer Mutter, und ihre Hautfarbe war ein schönes Honigbraun. Die ältere, Samantha, war kleiner, mollig wie ihre Mutter und viel dunkelhäutiger. Sie waren beide gesprächig und im Gegensatz zu den meisten Teenagern gern bereit, Fragen zu beantworten. Es war leichter, mit ihnen zu reden als mit ihren Eltern, und ich empfand keinerlei Antipathie. Vermutlich wäre Christabel begeistert von ihnen – sie waren unbefangen, locker, stark extrovertiert. Es war eine Erleichterung, die Zeit damit totzuschlagen, sie danach zu fragen, was sie machten, und zuzuhören, wie Clare erzählte, sie stehe kurz vor dem Sekundarschulabschluß und hoffe, in den Geisteswissenschaften die Hochschulreife zu bekommen, und wie Samantha erzählte, in den Geisteswissenschaften habe sie die Hochschulreife schon, mit vier Einsern, zwei Zweiern und zwei Dreiern, und jetzt wolle sie die Prüfung in drei naturwissenschaftlichen Fächern machen und dann Ärztin werden ... Auf alle Fälle war das etwas anderes als der Versuch, sich bei Betty mit Judy oder Craig zu unterhalten.

»Isobel war eng mit Christabels Mutter befreundet«, erklärte Phyllis, nachdem plötzlich eine peinliche Gesprächspause entstanden war. »Sie ist mit ihr aufgewachsen und hat vor Christabels Geburt mit ihr zusammengewohnt.«

»Es muß ein entsetzlicher Schock gewesen sein, als Ihre Freundin ums Leben kam«, sagte Lisa Carmichael. Es war, als befolge sie Regieanweisungen – »Ausdruck sollte Mitgefühl/Besorgnis/Mitleid zeigen«. Ich brachte es kaum über mich zu antworten.

»Selbstverständlich«, sagte ich grimmig, und: »Natürlich.«

»Das arme kleine Mädchen«, sagte Lisa. »Das arme, *arme* kleine Ding. Und wie geht es ihr? Wie wird sie damit fertig?«

»Wie das Kinder eben tun«, sagte ich kalt. Ich wußte, daß ich ungerecht war.

»Sehr gut, soweit wir das beurteilen können«, sagte Phyllis, »aber natürlich muß sie erst ein festes Zuhause haben, ehe wir es ganz herausfinden können.«

»Und das wird schwierig«, sagte Lisa und nickte weise. »Schwerarbeit. Ich arbeite mit vielen Kindern, die nach solchen Tragödien fast autistisch sind. Manchmal bricht es plötzlich aus ihnen heraus, sie werden wild, gewalttätig, genau in dem Augenblick, in dem sie Fortschritte zu machen scheinen. Aber darauf sind wir vorbereitet, nicht wahr, James? Nicht wahr, Mädels? Wir sind auf Schwierigkeiten gefaßt, wir sind darauf vorbereitet.«

»Ich habe mich gefragt«, sagte Phyllis, etwas verlegen, wie mir schien, »ob wir ein Treffen mit Christabels Großmutter und ihrer Tante vereinbaren könnten, mit den leiblichen Angehörigen. Sie können sich ja bestimmt vorstellen, daß sie sich große Sorgen um Christabels Zukunft machen ...«

»Oh, selbstverständlich«, unterbrach Lisa sie. »Das ist doch zu erwarten, nicht wahr? Wenn sie schon nicht in der Lage sind, ihr das Zuhause zu geben, das sie sich für sie wünschen. Manche Leute würden ihnen das verübeln, aber wir tun das nicht, nicht wahr, James? Nicht wahr, Mädels? Wir verstehen ihren Standpunkt gut, wir verurteilen sie nicht, solche Menschen sind wir nicht, wir wollen Christabel nur glücklich machen.«

»Wie wollen Sie das machen?« warf ich unvermittelt ein.

»Was?«

»Christabel glücklich machen – wie könnten Sie das Ihrer Meinung nach? Ich glaube nicht, daß ich es könnte. Wie kommen Sie darauf, Sie könnten es?«

Lisa lief rot an. Ich sah, daß Phyllis sich über mich ärgerte, und das überraschte mich nicht. »Ich habe nur gemeint«, sagte Lisa und trug eindrucksvolle Würde zur Schau, »daß wir unser Bestes *versuchen* würden, um sie glücklich zu machen. Garantieren können wir es nicht – niemand könnte das. Aber wir haben viel Liebe zu geben.«

»Mum«, warnte Clare.

»Was? Was ist daran falsch? Ich fürchte mich nicht davor, es zu sagen – wir haben tatsächlich viel Liebe zu geben. Das ist der Grund dafür, daß wir noch ein Kind wollen, wir haben das Gefühl, wir können einem Kind viel Liebe und Sicherheit bieten, und nichts ist wichtiger.«

»Dieser Fall liegt ein bißchen anders«, sagte ich gequält. »Viele andere Menschen lieben Christabel. Wie ist Ihnen dabei zumute?«

»Das kann nur gut sein«, sagte Lisa entschieden. »Ein Zuviel an Liebe gibt es unserer Meinung nach nicht, nicht wahr, James? Nicht wahr, Mädels?«

»Aber es wäre ja möglich, daß Sie die Menschen nicht lieben, die Christabel lieben. Es wäre möglich, daß Sie sie überhaupt nicht mögen, und was würden Sie dann tun?«

Aber Phyllis hatte genug davon, daß ich Lisa die Daumenschrauben anlegte. Sie sagte schnell, ehe Lisa antworten konnte: »Falls Lisa und James Christabel adoptieren, haben sie natürlich das alleinige Sorgerecht über sie – es ist ihnen überlassen, ob Verbindungen mit den leiblichen Angehörigen bestehen bleiben. Und in der Anfangsphase wäre es nicht ratsam, daß Christabel ihre Großmutter, ihre Tante oder Sie, Isobel, häufiger als einmal im Vierteljahr sieht. Ihr muß die Gelegenheit gegeben werden, eine richtige Bindung zu entwickeln.«

Das brachte mich tatsächlich zum Schweigen. Ich fragte mich hinterher, warum Phyllis diesen Augenblick gewählt hatte, um mit der für mich beängstigenden Neuigkeit herauszurücken, warum sie mich nicht vorgewarnt hatte. Oder hatte sie ehrlich geglaubt, ich wisse es schon? Wie hätte ich das wissen können? Wie hätte ich mir vorstellen können, daß wir so schnell aus Christabels Leben verbannt wurden? Aber später, als ich mit Fergus darüber sprach, kam es mir vernünftiger vor. Christabel, verstört darüber, daß sie aus Bettys Haushalt herausgerissen wurde, würde den Carmichaels oder jeder anderen Familie, in die sie kam, viel Ärger bereiten. Wenn wir alle in den Kulissen lauerten, hätte sie das nur dazu ermutigt, zu glauben, sie habe eine andere Wahl. Und aus der Sicht von Lisa und James würden sie es schon mit Christabel schwer genug haben, ohne daß sie auch noch Mrs. Blake an Bord nahmen. Es gab keinen Zweifel daran, daß das Jugendamt in diesem Fall durchaus im Recht war, weit mehr als in der Pflegestellenphase. Aber wer war so tapfer, *das* Mrs. Blake klarzumachen? Sie glaubte nicht, daß sie weiterhin so häufig nach London kommen und bei Camilla wohnen könne, um in der Nähe ihrer Enkelin zu sein – während ihrer Besuche fehlte ihr Edinburgh immer mehr –, aber sie war fest davon überzeugt, sie könne ihre Enkelin häufiger sehen, als das während Christabels Aufenthalt bei Betty möglich gewesen war. Die Vorstellung, sie dürfe sie nur viermal im Jahr besuchen, und auch das nur, wenn die Carmichaels damit einverstanden waren, würde sie rasend vor Zorn machen.

Ich sah im Grunde nicht ein, warum ausgerechnet ich ihr das erklären sollte. Es reichte schon, daß ich mich damit einverstanden erklärte, sie zu den Carmichaels zu fahren, wo Phyllis uns erwartete. Auf dem ganzen Weg dorthin gab ich mir große Mühe, mein Vorurteil gegen das Paar zu verschleiern, denn genau das war es: ein reines Vorurteil ohne jede Rechtfertigung. Sie waren ein äußerst reizendes Paar. Sie strahlten nur so vor Nettigkeit. Und man brauchte nur ihre Töchter anzuschauen, brauchte nur einen Blick auf die ganze Familie zu werfen, dann wußte man, daß sie ihre Töchter erfolgreich erzogen hatten. Es wäre ein Glück für Christabel, solche Eltern zu haben. Aber ich konnte meine Abneigung gegen Lisa Carmichael nicht unterdrücken. Sie war zu selbstgefällig, zu aufdringlich, zu überschwenglich. Ich mißtraute ihr, wußte aber nicht, warum. Ich war jedesmal deprimiert, wenn ich mir vorstellte, wie sie Christabel unter die kleinen, tüchtigen Fittiche nahm. Das alles mußte ich vor Mrs. Blake verbergen, der ich statt dessen eine lyrische Schilderung der Familie Carmichael auftischte. Ich ertappte mich dabei, wie ich sagte: »Wirklich, es könnte für Christabel sogar noch ein gutes Ende nehmen, wenn sie nach dem Verlust von Rowena einen Vater und Schwestern und eine neue Mutter bekommt.« Mrs. Blake holte tief Luft und nickte und sagte, genau das habe sie sich erhofft, die Sozialarbeiterinnen hätten sich in der Annahme, sie werde gegen jede Familie Einspruch einlegen, völlig geirrt; sie wolle im Gegenteil nur die bestmögliche Zukunft für ihre Enkelin. »Das ist meine Pflicht, Isobel«, sagte sie, »meine festgeschriebene Pflicht, und ich werde mich nicht davor drücken. Falls diese Leute die richtigen sind, dann werde ich Christabel mit Freuden ihnen überlassen, dann haben sie bestimmt nicht das Gefühl, ich sei unnachgiebig.«

Arme alte Frau. Was? Mrs. Blake »eine arme alte Frau«? Dieser Drache, den ich geschildert habe? O ja, in diesem Augenblick empfand ich Mitleid mit ihr. Sie war entschlossen, über ihren Schatten zu springen, und emotional war der Preis dafür riesig. Sie hatte Blumen für Lisa Carmichael mitgebracht, und als ich das Auto parkte, geriet sie der Blumen wegen plötzlich in Panik. »Glaubst du wirklich, daß ich ihr die Blumen überreichen soll?« fragte sie. »Glaubst du nicht, das sieht so aus, als ob ich mich einschmeicheln will?« Ich sagte, ich sei der Meinung, es werde so gesehen, wie es gemeint war, eine nette Geste, die entsprechend gewürdigt werde. Mrs. Blake nickte, war aber immer noch nervös. Als wir auf die Wohnungen zugingen – »die hätte ich nie im Leben für Sozialbauwohnungen gehalten«, sagte sie anerkennend –, wurde sie noch nervöser und packte mich am Arm.

»Gib mir einen Rat, Isobel«, sagte sie, »wie soll ich mich benehmen? Fremden gegenüber bin ich nicht in meiner besten Form.« Es hatte keinen Zweck, sie damit zu beruhigen, sie solle einfach sie selbst sein – ihr Selbst, ihr ausgewachsenes, starkes Selbst wäre verhängnisvoll gewesen. Deshalb schlug ich vor, sie solle Phyllis die Gesprächsführung überlassen und sowenig wie möglich sagen. »Ich war selber zu kritisch«, gestand ich, damit sie sich besser fühlte. »Ich kann auch nichts dagegen machen, genau wie Sie, und hinterher tut es mir leid, und ich begreife, wie das auf Fremde gewirkt haben muß.« Das nahm sie für mich ein, und sie schenkte mir das natürlichste Lächeln, das ich je auf ihrem strengen Gesicht gesehen hatte.

Das Lächeln war noch da, als Lisa aufmachte. Sie war anders gekleidet, vorteilhafter, trug ein blaues, ganz schlichtes Jerseykleid, dazu einen Schal in Blau- und Grüntönen. Das Haar war nicht zum Pferdeschwanz gebunden, sondern fiel offen um ihr Gesicht. Es war glatt und glänzte, sorgfältig gebürstet. Und sie war leicht geschminkt, etwas rosa Lippenstift und schlecht aufgetragener Lidstrich. Ob das alles Mrs. Blake zu Ehren oder die eigentliche Lisa war, im Gegensatz zu derjenigen, die ich zu Gesicht bekommen hatte, weiß ich beim besten Willen nicht. Aber es machte einen guten Eindruck, als wir auf der Schwelle standen – Mrs. Blake mag es, wenn Frauen elegant sind, und elegant bedeutet für sie die konventionelle, förmliche Art von Kleidung, für die sich Lisa entschieden hatte. Der Anfang war also gemacht, durch das

Lächeln der älteren Frau und die Mühe, die sich die jüngere beim Anziehen gegeben hatte.

Phyllis, die schon im Wohnzimmer saß, war angenehm überrascht und begriff sofort, daß sie im Vorteil war. Dieses Mal gab es Tee. Mrs. Blake registrierte das Porzellan, die Leinenservietten (lieber Himmel, bloß wegen einer Scheibe Kuchen!) und die silbernen Teelöffel. Genauso mußte ihrer Meinung nach Tee serviert werden. Alles ging gut, bis Lisa auf ihren Beruf zu sprechen kam. Sie sagte, wie faszinierend es sei, wie befriedigend, wenn man dazu beitragen oder dafür sorgen könne, daß ein Kind deutlich sprechen lerne. Sie erzählte uns detailliert von einem Jungen, den sie in dem Krankenhaus, in dem sie arbeitete, behandelte, und schilderte, wie er, obwohl er die schlimmste Hasenscharte gehabt habe, die dort je operiert worden sei, sich jetzt verständlich machen könne. Ich sah, wie Mrs. Blake unruhig wurde. Sie interessierte sich nie auch nur im geringsten für Geschichten über Leute, die sie nicht kannte. Sie hustete und sagte: »Ihre Arbeit würde Ihnen bestimmt sehr fehlen, wenn Sie meine Enkelin adoptieren. Sind Sie sicher, daß Sie sie aufgeben wollen?«

Lisa zögerte nicht, begriff überhaupt nicht, daß die Antwort gefährlich sein könnte. »Oh, ich denke nicht daran, meinen Beruf aufzugeben, das ist kein gewöhnlicher Job, es ist eine Berufung.«

Mrs. Blake setzte die Tasse ab. »Das verstehe ich nicht«, sagte sie, und der Klang ihrer Stimme wurde dünner, in der schrecklichen Weise, wie es immer war, wenn sie in Wut geriet.

»Was verstehen Sie nicht, Mrs. Blake?« fragte Lisa und lächelte freundlich, ehrlich verwirrt und ohne jede Vorahnung.

»Sie scheinen zu glauben, daß Sie arbeiten und sich trotzdem angemessen um meine Enkelin kümmern können.«

»Aber natürlich – ich habe mich um meine Töchter gekümmert und bin gleich wieder zur Arbeit gegangen, als die jüngere erst einmal in der Schule war. Christabel ist sechs, das wäre überhaupt kein Problem.«

»Rowena hatte immer vor, ganztags zu arbeiten, wenn Christabel erst einmal an die Schule gewöhnt wäre«, sagte ich hastig, ausschließlich an Mrs. Blake gewandt. »Ich bin mir sicher, daß sie sich kurz vor ihrem Tod nach einer Stelle umsehen wollte.«

»Aber seither ist eine Menge passiert«, fuhr Mrs. Blake mich an. »Sie hat soviel durchgemacht, sie braucht eine Mutter, die sich ihr widmet, braucht bestimmt eine Mutter, die nur für sie da ist.«

»Ich wäre nur für sie da«, sagte Lisa. »Ich würde halbtags arbeiten und wäre immer da, um sie von der Schule abzuholen. Darüber brauchen Sie sich wirklich keine Sorgen zu machen. Und James, mein Mann, arbeitet meistens in den Schulstunden, er ist fast immer da, wenn ich nicht zu Hause bin. Das ist alles sorgfältig organisiert.«

Mrs. Blake war besänftigt, aber etwas von der Herzlichkeit von vorhin war verschwunden. Sie war wieder angespannt und wachsam. Als ein paar Minuten später James Carmichael hereinkam, schenkte sie ihm den üblichen frostigen Blick. Er kam direkt aus dem öffentlichen Hallenbad und trug noch den Trainingsanzug, denselben, in dem ich ihn schon einmal gesehen hatte, mit einer Pfeife um den Hals.

»James ist Schwimmlehrer«, sagte Lisa überflüssigerweise, weil wir alle schon daran erinnert worden waren. »Heute hat er den Kleinen Unterricht gegeben, nicht wahr, James?« James nickte und setzte sich ziemlich linkisch auf die Sofakante.

»Halten Sie das für eine befriedigende Arbeit?« fragte Mrs. Blake ihn von oben herab und zeigte uns allen deutlich, daß es ihrer Meinung nach keine befriedigende Arbeit war.

James schaute ratlos drein. Er trank etwas Tee, so geräuschvoll, daß Mrs. Blake schauderte, und sagte: »Ja, vielen Dank«, als hätte er ein Geschenk bekommen und nicht etwa auf eine Herausforderung reagiert.

Lisa, die natürlich mitbekommen hatte, was Mrs. Blake unterstellen wollte, wurde rot und sagte: »James ist ein hervorragender Lehrer. Die Kinder lieben ihn. Er kann Kindern das Schwimmen beibringen, die niemandem sonst zuliebe ins Wasser gingen.«

»Ach, wirklich«, sagte Mrs. Blake. »Übrigens kann meine Enkelin schwimmen. Meine Tochter hat es ihr ohne jede Schwierigkeit beigebracht.«

»Aber sie kann noch nicht besonders gut schwimmen, sie braucht immer noch Schwimmflügel«, warf ich ein. »Ich weiß, daß James viel für ihr Selbstvertrauen tun könnte.«

Mrs. Blake warf mir einen verletzten Blick zu, als ob ich sie verraten hätte. Sie wechselte plötzlich die Taktik, schaute Lisa direkt an und fragte sie: »Darf ich mich danach erkundigen, wie lange Sie schon verheiratet sind?«

Ich sah, daß Phyllis die Augen schloß, und fragte mich, was jetzt wohl käme.

»Wir sind seit neunzehn Jahren zusammen«, sagte Lisa.

»Eine recht lange Zeit«, sagte Mrs. Blake widerwillig. »Ich war dreißig Jahre lang verheiratet, als mein Mann starb.«

Lisa lächelte höflich, James trank noch etwas Tee, niemand sagte etwas. Ich konnte die Atmosphäre, die entstand, nicht deuten. Ich schaute Phyllis an und sah, daß sie um eine Entscheidung rang. Sie wechselte Blicke mit Lisa und sagte dann: »Genau gesagt, Mrs. Blake, sind Lisa und James zwar in jeder anderen Hinsicht ein Ehepaar, aber sie können nicht offiziell heiraten. Lisas erster Mann ist Katholik und wehrt sich gegen eine Scheidung, und obwohl Lisa ihren Glauben nicht praktiziert, ist sie auch katholisch. Lisa und James leben in eheähnlicher Gemeinschaft, und wie Sie gehört haben, ist ihre Beziehung seit fast zwanzig Jahren völlig stabil, und sie sind allgemein als Mr. und Mrs. Carmichael bekannt.«

Zu meiner Verblüffung war ich genauso sprachlos wie Mrs. Blake. Wie unglaublich – ich war nie auf den Gedanken gekommen, dieses Paar, dieses ideale Paar, könne nicht verheiratet sein, aber was spielte das schon für eine Rolle. Ich empfand sofort Bewunderung für die beiden und mochte sie lieber, weil sie der Konvention genauso getrotzt hatten wie rassistischen Einstellungen.

Aber Mrs. Blake reagierte anders und war schnell damit bei der Hand, das zu artikulieren. »Das Jugendamt hat gebilligt, daß ein unverheiratetes Paar meine Enkelin adoptiert? Das geht doch auf gar keinen Fall – was hat das Jugendamt sich dabei gedacht? Die juristischen Probleme sind unüberwindlich – wem soll sie gehören? Ihm? Oder ihr? So ein Unsinn.«

»Das läßt sich alles ganz einfach mit einem korrekt aufgesetzten juristischen Dokument regeln«, sagte Phyllis.

»Mit was für einem Dokument? Was haben Sie dabei im Sinn? Ein Dokument, so korrekt es auch aufgesetzt sein mag, kann aus diesen beiden Leuten kein Ehepaar machen.«

»Das kann nichts und niemand«, sagte Phyllis ruhig.

»Was ist, wenn sie auseinandergehen? Zu wem würde meine arme Enkelin dann gehören?«

»Wir haben uns das schon bei den eigenen Töchtern überlegt«, sagte Lisa. »Das ist alles geregelt, obwohl es völlig ausgeschlossen ist, daß wir uns je trennen.«

»Sie haben sich schon einmal getrennt«, ging Mrs. Blake auf sie los, »von Ihrem ersten Mann. Mir kommt es so vor, als ob Sie durchaus dazu fähig wären, der Versuchung noch einmal zu erliegen, trotz Ihrer Religion, die, wie ich sagen muß, auch gegen Sie spricht. Praktizierend oder nicht, Sie sind römisch-katholisch, und Christabel ist schottisch-presbyterianisch. Das kommt nicht in Frage. Ich glaube, wir sollten jetzt gehen, Isobel.«

Mrs. Blake schien nie etwas peinlich zu sein. Sie brachte es fertig, ihre Mißbilligung geradeheraus auszusprechen und ließ sich nicht im geringsten von der Sorge hemmen, sie verletze möglicherweise die Gefühle anderer. Wäre sie für die Unterprivilegierten oder gegen Diskriminierung eingetreten, dann hätte sie tapfer und bewundernswert gewirkt, aber weil ihre ganze Entrüstung auf penetrant konventionellen und überholten Ansichten beruhte, machte sie statt dessen nur einen unangenehmen Eindruck. Lisa Carmichael war nicht nur tief beleidigt, sie war auch schockiert. Sie war selbst einer der Menschen, der es genießt, tugendhaft zu sein – das war der Zug an ihr, den ich instinktiv nicht gemocht hatte –, und sie verabscheute es, in eine Lage zu geraten, in der sie nicht ganz und gar edel wirkte. Ich sah, daß sie zu einer Verteidigung ansetzte, daß sie Mrs. Blake keinen triumphalen Abgang lassen wollte, aber Phyllis hatte schon beschlossen, zum Vergeltungsschlag überzugehen. Vielleicht hatte ich mich die ganze Zeit geirrt, und sie konnte Mrs. Blake ebensowenig leiden, wie es Maureen und Stella taten, aber mir kam es so vor, als wäre sie sich erst während dieser häßlichen kleinen Szene schlüssig geworden.

Mrs. Blake war aufgestanden und ging zur Tür, und ich wollte eben eine vage, allgemeine Entschuldigung murmeln und mich ihr anschließen, weil ich ihr nicht zumuten konnte, sich allein mit den Treppen oder mit dem Aufzug herumzuquälen, als Phyllis sagte: »Entschuldigen Sie, Mrs. Blake, aber ich halte es gegenüber den Carmichaels für fair, Ihnen zu sagen, daß sie nach unserem Punktsystem am besten abgeschnitten haben und daß wir sie dem Familiengericht als Christabels neue Eltern empfehlen werden, deshalb meine ich, Sie...«

»Dann werde ich natürlich dagegen klagen«, sagte Mrs. Blake. Sie atmete schwer, schien aber ganz ruhig zu sprechen, ohne die aufsteigende Hysterie in der Stimme, vor der uns allen graute.

»Das ist Ihre Sache, aber...«

»Natürlich ist das meine Sache«, sagte sie in demselben gleichmütigen Ton, den Kopf stolz über den faltigen alten Hals gereckt, wie eine Schildkröte, die sich aus ihrem Panzer herauskämpft. »Es war immer meine Sache, seit meine Tochter ums Leben gekommen ist. Ich bin verantwortlich für das, was aus meiner Enkelin wird, und ich nehme diese Verantwortung an.«

»In Wahrheit, Mrs. Blake, trägt das Jugendamt die...«

»Bitte, hören Sie auf«, sagte Mrs. Blake und hob sogar die Hand, um Phyllis zum Schweigen zu bringen. Lisa und James sahen sie jetzt mit einem Ausdruck an, der fast ehrfürchtig war. »Vielen Dank, ich kenne mich gut mit den ganzen Feinheiten aus, aber in meinen Augen ändern sie gar nichts an meiner Position, kein Jota. Besten Dank für den Tee, Mrs. Carmichael, Mr. Carmichael. Ich bedaure es zutiefst, wenn ich Ihnen Kummer gemacht haben sollte. Es war nicht meine Absicht, meine Einsprüche wie persönliche Angriffe wirken zu lassen. Sie sind gewiß exzellente Eltern. Komm, Isobel, es ist Zeit zum Gehen.«

Ich ging fort wie ein Hündchen, folgte der alten Schreckschraube brav aus der Wohnung. Im Aufzug sprachen wir nicht miteinander. Mrs. Blake summte die stramme Hymne *Onward, Christian Soldiers* vor sich hin, und ich wich ihrem Blick aus. Ich fuhr sie nach Hause, und wir sagten beide kein Wort. Als sie mich in die Wohnung bat, sagte ich, ich hätte keine Zeit. Sie blieb im Auto sitzen, obwohl der Motor weiterlief. »War ich unhöflich zu diesen Leuten?« fragte sie.

»Äußerst«, sagte ich, entschlossen, sie nicht so leicht davonkommen zu lassen.

»Dann tut es mir leid. Ich werde ihnen schreiben und mich entschuldigen.«

»Ich glaube nicht, daß das viel helfen wird.«

»Vielleicht nicht, aber ich will es jedenfalls versuchen.«

»Vermutlich wollen sie jetzt überhaupt nicht mehr, daß Sie Christabel besuchen.«

»Wer?«

»Die Carmichaels.«

»Die Carmichaels werden auf keinen Fall in der Lage sein, mir das Besuchsrecht zuzugestehen oder zu verweigern. Sie werden Christabel *nicht* adoptieren.«

»Vielleicht können Sie die Adoption nicht verhindern, und falls Sie das nicht können, haben Sie sich die Carmichaels für immer zu Feinden gemacht.«

»Ich werde die Adoption verhindern. Ich bin im Recht, und das Recht wird siegen.«

»Ich bin mir nicht so sicher, daß Sie im Recht sind.«

»Isobel, es ist doch ausgeschlossen, daß du glaubst, diese Leute seien die besten Eltern für Christabel?«

»Vielleicht sind sie es. Ich weiß es nicht. Vielleicht sind sie die besten, die gefunden werden können. Mir kommen sie sehr nett vor.«

»Sie sind nicht verheiratet, und die Frau ist katholisch, und sie haben zwei eigene Töchter, die viel zu alt sind.«

»Und er ist schwarz.«

»Das ist im Grunde unerheblich.«

»Wirklich?«

»Ich kann nicht glauben, daß du so schlecht von mir denkst, Isobel. Ich bin keine Rassistin, ich verabscheue Rassismus. Es wäre mir lieber, wenn du mich nicht so verunglimpfen würdest.«

»Es freut mich, daß Sie das sagen.« Mehr brachte ich nicht heraus, und ich wußte, daß ich nicht überzeugt klang, und verachtete mich dafür, so halbherzig zu sein, Mrs. Blake leiden lassen zu wollen, denn im Grunde wußte ich, daß sie nicht der Mensch war, zu dem ich sie in meiner Vorstellung gemacht hatte.

»Ich habe auch gar nichts gegen ihre materiellen Verhältnisse«, fuhr sie fort, »obwohl es mir lieber wäre, wenn Christabel in einem hübschen Haus wohnte, mit einem Garten, in dem sie spielen könnte, und es wäre mir lieber, wenn ihre neuen Eltern interessanter wären, als es Schwimmlehrer und Sprachtherapeuten sind, deshalb wird man mir ein gesellschaftliches Vorurteil unterstellen. Ich will Stabilität für Christabel und eine Umgebung, in der sie gedeiht. Diese Leute können ihr beides nicht bieten.«

»Vielleicht gibt es keine Alternative.«

»Es gibt immer eine Alternative. Ich werde selbst eine Familie finden.«

»Aber Sie haben noch keine gefunden. Sie versuchen es seit einer Ewigkeit, und Sie haben noch keine gefunden.«

»Nein, ich versuche es nicht ›seit einer Ewigkeit‹, wie du das nennst. Ich konnte mich noch gar nicht richtig umschauen, weil ich Angst davor hatte, daß ich dann Ärger mit dem Jugendamt bekomme. Sobald ich den Vorschlag des Jugendamts zu Fall gebracht habe, wende ich mich an das Familiengericht und bitte um die Erlaubnis, nach einer Alternative zu suchen. Zunächst einmal ist wichtig, dem Jugendamt das Handwerk zu legen.«

»Was sagt Ihr Anwalt dazu?«

»Was alle Anwälte sagen: Es wird teuer. Wir besorgen uns aber einen vor Gericht zugelassenen Anwalt und gehen gegen das Jugendamt vor.«

»Dann bleibt Christabel also noch länger bei Betty.«

»Ja. Es geht nicht anders.«

Ich wartete, bis sie an Camillas Haustür angekommen war. Sie ging äußerst langsam den Weg entlang, machte eine Pause, um an einer gelben Rose zu riechen, und zog dann ein Unkraut heraus, das ihr mißfiel. Sie bückte sich mit Mühe danach, legte eine Hand auf die Hüfte, als sie sich aufrichtete – ein jäher stechender Schmerz, nahm ich an. Auf der Schwelle suchte sie nach ihrem Schlüssel, und es kam mir gemein vor, daß ich nicht bei ihr war und ihr half. Als sie im Haus stand, drehte sie sich um und winkte. Ich winkte zurück, und die Tür ging zu. Ich wußte, daß sie sofort zum Schreibtisch ging und Briefe schrieb, stichhaltige Gründe gegen die Carmichaels aufmarschieren ließ. Jetzt drehte sich ihr ganzes Leben darum, diesen Kampf zu gewinnen – sie schien keinen Augenblick lang ans Aufgeben zu denken oder sich zu fragen, ob sie im Unrecht sei. Wie wunderbar, dachte ich, wenn man sich so sicher ist.

Ich war mir nicht so sicher. Ich glaubte nicht, daß die Carmichaels das Richtige für Christabel waren, obwohl ich mir solche Mühe gegeben hatte, das vor Mrs. Blake zu verheimlichen, aber ich konnte mir auch nicht vorstellen, eine Familie zu finden, die genau richtig war. Mrs. Blakes Verachtung für die Art, wie das Jugendamt bei der Suche vorgegangen war, kam mir, wo nicht gerechtfertigt, jedenfalls nicht ganz unbegründet vor. Sie hatten nicht gerade dutzendweise Familien vorgeschlagen, und dabei war Christabel, wie Mrs. Blake sagte, ganz bestimmt ein Kind, das leicht unterzubringen war: attraktiv, ohne Probleme bis auf die, die sich durch den Tod ihrer Mutter ergeben hatten, gesund, intelligent. Ich hätte geglaubt, die ganze Welt würde ihretwegen Schlange stehen. Aber natürlich war in diesen elenden Berichten ein Riesenaufhebens von Christabels angeblichem Mangel an Einklang mit den eigenen Gefühlen und ihrer emotionalen Unreife gemacht worden. Die Sozialarbeiterinnen stellten fest, sie sei nicht so ausgeglichen, wie das ihre Großmutter behauptete, und auf welcher Seite stand ich dabei? Ich glaubte, daß sie alles verdrängte, aber nur für den Augenblick, und daß sie so klug war, ihre wahren Gefühle zu verbergen. Betty wollte, daß sie »glücklich« und »brav« war, und sie lebte bei Betty; deshalb gab sie sich Mühe, »glücklich« und »brav« zu sein. Ihre Großmutter wollte, daß sie offen um ihre tote Mutter trauerte und sich daran erinnerte, wer sie wirklich war; deshalb weinte sie, wenn sie mit ihr zusammen war, und war schwierig. Bei dem ganzen Hin und Her, dem Versuch, zwei widerstreitenden Forderungen gerecht zu werden, wie in aller Welt konnte sie es da zulassen, daß jemand ihre wahren Gefühle kannte? Das war ein Luxus, den sie sich nicht leisten konnte.

In jener Phase, in der Phase vor den Ferien, fiel mir auf, daß ich mir in dieser Gleichung keinen Platz einräumte.

Wo stand ich? Was verlangte ich von der armen Christabel? Sie mußte auch in meinen Augen ein anderer Mensch sein, aber ich war mir nicht schlüssig, in welcher Weise. Mir gefiel der Gedanke, es sei leichter für sie, mit mir zusammenzusein, aber Fergus sagte, das sei Selbstschmeichelei. Er sagte, seiner Meinung nach sei es schwerer für sie, mit mir zusammenzusein als mit ihrer Großmutter oder ihrer Pflegefamilie, einfach deshalb, weil meine Bindung an Rowena so stark gewesen war. Ich war in Rowenas Alter, ich hatte mit ihr zusammengewohnt, ich beschwor Erinnerungen herauf, wie das sonst niemand konnte. Das, meinte Fergus, müsse sie viel mehr verstören, denn wenn sie bei mir sei, werde von ihr erwartet, das Kind zu sein, das sie früher gewesen war, und eine größere Belastung gebe es nicht.

Aus der Sorge, er könne recht haben, graute mir vor den Ferien, aber vor ihnen graute mir ohnehin schon. Statt wie abgesprochen für vierzehn Tage mit ihrer Großmutter nach Rothesay zu fahren, sollte Christabel im Lake District mit Fergus und mir Ferien machen. Ich hätte einer ehemaligen Laienrichterin keine solche Mogelei zugetraut, aber als die Familie, zu der sie mit Christabel fahren wollte, ihre Pläne ändern mußte, hatte sie dem Jugendamt nichts davon gesagt, sondern statt dessen mich gebeten, mit Christabel zu verreisen und nichts zu sagen. Sie wollte mitfahren, damit die Geschichte den Anschein der Glaubwürdigkeit bekam, und dann nach Edinburgh weiterreisen und es am Ende der vierzehn Tage umgekehrt halten.

Ich hätte nein sagen können. Es war schließlich ein dreister, sogar gefährlicher Rollentausch, der Christabel aller Wahrscheinlichkeit nach durcheinanderbringen würde und außerdem ein Nachspiel haben könnte (obwohl es dazu nicht kam). Ich hätte ständig nein zu Mrs. Blake sagen können und hatte es kein einziges Mal getan. Es war eindeutig, daß sie in mir jetzt eine Tochter sah, eine weit nützlichere Tochter, als es Camilla je gewesen war, und ich hatte nichts getan, um ihr die Illusion zu rauben. Aber ich war nicht ihre Tochter, ich hatte nicht annähernd das Gefühl, in einer solchen Beziehung zu ihr zu stehen, und am meisten reizte mich nicht nur die Art und Weise, wie sie mich inzwischen für selbstverständlich nahm, sondern daß sie durchblicken ließ, das sei ein *Kompliment*. Sie schien zu glauben, es sei eine Ehre für mich, daß ich ihr nützlich war, und daß ich nichts lieber täte – sie nahm so verflucht viele Dinge einfach als gegeben hin, wie es meine Mutter ihr Leben lang nicht getan hatte. Meine Sorge galt ausschließlich Christabel, nicht Mrs. Blake, und meine Verpflichtung der toten Rowena, nicht ihrer Mutter. Aber trotzdem sagte ich ja und ließ mich auf etwas ein, das nicht nur illegal war, wie ich annehme, sondern außerdem meine Pläne für den Sommer verdarb. Es kam mir selbstsüchtig vor, daß mir das etwas ausmachte, aber es machte mir etwas aus. Ich hatte mit Fergus in das Ferienhaus seiner Eltern in Hope Cove fahren wollen, in Devon, und nicht in den Lake District, wo ich ihn mit Christabel teilen mußte. Ich hatte Angst davor, wirkliche Angst, zu dritt zu sein.

Die Fahrt nach Norden verlief angespannt und äußerst unbehaglich. Der Abschied von Betty war grauenhaft gewesen. Seit wir uns am Wochenende von Christabels Geburtstag angeschrien hatten, hatte ich Betty nicht wiedergesehen – jedesmal hatte mir Judy Christabel übergeben und sie wieder in Empfang genommen, und ich war erleichtert darüber gewesen –, und ich war nervös, als ich ihr gegenübertrat. Betty war jedoch nicht nervös. Sie hatte schlechte Laune und gab sich große Mühe, sich kalt und distanziert zu geben. Es lief darauf hinaus, daß sie Christabel geradezu hinauswarf. Ihr Koffer stand schon vor der Tür, bereit zum Abholen.

»Ich hab alles gewaschen«, sagte Betty, ignorierte meinen Gruß und hatte eindeutig nicht die Absicht, mich ins Haus zu bitten, »ich hab die ganzen Sachen gewaschen und gebügelt, und die sauberen Schlüpfer langen für vierzehn Tage, wenn kein Unglück passiert. Die Gummistiefel hat sie auch, wie Sie gesagt haben, sie sind in der Tragetasche hier. So, Miss, du paßt gut auf und denkst an das, was ich dir gesagt hab, abgemacht?«

Und sie beugte sich herunter und gab Christabel einen flüchtigen Kuß auf die Wange. Christabel wollte es nicht dabei bewenden lassen. Sie warf die Arme um Bettys Hals, klammerte sich an ihr fest und flüsterte ihr ins Ohr. »Was?« sagte Betty. »Was? Ich kann nix dagegen machen, Chrissie, fang gar nicht erst damit an, ich kann nix dafür, du mußt mit, basta, der Richter hat das gesagt, und wenn ich nicht tu, was er sagt, komm ich ins Gefängnis. Ab mit dir, und sei brav und schick mir 'ne Postkarte. Für 'ne Postkarte bin ich ja wohl gut genug?« sagte sie und funkelte mich wütend an.

»Wir schicken jede Menge Karten«, sagte ich. »Und wir rufen an, wenn Christabel mit Ihnen reden möchte.«

»Das hat keinen Zweck, wir fahren morgen nach Margate.«

»Seid ihr vor mir zu Hause?« fragte Christabel schnell und klammerte sich ängstlich an Bettys Arm.

»Klar sind wir das, am Tag vorher, wir sind alle da, wenn du wiederkommst. Du willst doch zu Betty zurückkommen?«

»Ja«, sagte Christabel, immer noch mit diesem furchtbaren flehenden Blick.

Sie weinte im Auto, und als wir bei Camilla ankamen und ihre Großmutter abholten, weinte sie noch mehr. Erst nach hundertfünfzig Kilometern konnte man sagen, sie habe sich beruhigt, und wir alle hatten eine Mordswut auf Betty, sagten aber vorsichtshalber nichts. Der Verkehr war übel, lange Schlangen, die sich auf dem ganzen Weg nach Birmingham zentimeterweise an Baustellen vorbeischoben, auch dahinter noch, wo wir normalerweise zügig vorankamen. Fergus fuhr (wir hatten seinen großen Kombi genommen), und Christabel saß neben mir auf dem Rücksitz, damit Mrs. Blake den bequemeren Beifahrersitz hatte. Ich las eine Menge Geschichten vor und spielte einfache Kartenspiele mit ihr. Allmählich wurde Christabel munterer. Es ist schrecklich, das Abebben ihres Jammers so zu nennen – wie leichtfertig sagen wir, daß Kinder »wieder munter« werden, als ob ihre Sorgen sich leicht vertreiben ließen und keine echten wären, wie unsere. Ich hatte nicht das Verlangen, ihren Kummer zu bagatellisieren, aber gleichzeitig graute mir davor, daß er nicht nachließ, mir graute davor, sein ganzes Ausmaß kennenzulernen, und deshalb war ich erleichtert, als sie lächelte und auf Scherze reagierte. Als wir von der Autobahn abbogen, sieben Stunden nach der Abfahrt aus London, spielte sie mit Fergus *Ich sehe was, das du nicht siehst* und genoß ungeheuer, wie albern die Dinge waren, die er angeblich sah.

Mrs. Blake übernachtete bei uns, so daß meine Mutter ein volles Haus hatte. Es war sonderbar, die beiden alten Frauen zusammen zu sehen. Noch sonderbarer war der Gedanke, daß sie junge Mütter gewesen waren, die fast ein Jahrzehnt lang Tür an Tür gewohnt hatten. Meine Mutter hatte schon vor Jahren deutlich gemacht, daß sie nie richtige Freundinnen gewesen waren, nur gute Nachbarinnen mit Kindern im gleichen Alter. Und natürlich war Mrs. Blake zehn Jahre älter als meine Mutter, was dabei auch eine Rolle gespielt haben muß. Ich sah, daß Mrs. Blake die Tränen überraschten, die meiner Mutter über die Wangen liefen, als sie von Rowena sprach. (Niemand hatte je Tränen über Mrs. Blakes Wangen laufen sehen.) Fergus und mein Vater zeigten Christabel ein paar vor kurzem geschlüpfte Küken, und wir drei Frauen saßen nach dem Essen beim Kaffee und unterhielten uns. Genauer gesagt, die beiden älteren Frauen unterhielten sich, und ich hörte zu.

Meine Mutter war wesentlich geschickter, als ich es ihr je zugetraut hätte, im Umgang mit schroffen, steifen Menschen wie ihrer früheren Nachbarin. Während ich Mrs. Blake meistens direkt ansprach, näherte Mutter sich ihr in Abschweifungen vom Gespräch und lockerte sie so weit auf, wie es Mrs. Blake vermutlich irgend möglich war. Es überraschte mich, als Mrs. Blake gestand, sie müsse die Tatsache, daß Rowena tot war, erst noch in sich aufnehmen, und sie habe den Verdacht, wenn Christabel erst einmal untergebracht sei, werde es ihr bewußt werden, und sie werde zusammenbrechen. Sie sagte, sie habe das Gefühl, daß nur reine Willenskraft sie zusammenhalte und daß sie auseinanderbräche, wenn ihre Konzentration auch nur eine Sekunde lang aussetze. »Die geistige Anstrengung«, sagte sie, »ist riesig. Tag und Nacht brodeln Pläne in meinem Kopf. Ich weiß, daß ich geradezu besessen davon bin. Mit Camilla ist es natürlich hoffnungslos, sie wird einfach nicht damit fertig, und ich erwarte es auch gar nicht von ihr. Isobel kann mir besser helfen. Sie ist ein Fels der Stärke, die beste Freundin, die Rowena hätte haben können.«

Diese Anerkennung hätte mich rühren müssen – jedenfalls rührte sie meine Mutter –, aber sie tat es nicht. Sie hatte zuviel Ähnlichkeit mit einem unbeholfenen Klaps auf die Schulter, und ich wollte sie abschütteln. Ich war froh, als mein Vater sie am nächsten Tag nach Carlisle zum Bahnhof fuhr, um sie in den Zug nach Edinburgh zu setzen. Dann ließ meine Mutter die Bombe platzen: Sie und Dad wollten zu meinem jüngeren Bruder fahren. Sie hatte das noch nie erwähnt, und die Neuigkeit warf mich völlig um. »Du hast mir nichts davon gesagt!« Fast hätte ich sie angeschrien. Sie sah völlig überrascht aus, sagte, sie habe gedacht, Fergus und ich würden uns darüber freuen, das Haus für uns zu haben. »Wir haben es nicht für uns«, fuhr ich sie an, »wir haben Christabel – falls du dich erinnerst.« Sie schaute mich an, schockiert und schmerzlich berührt. Natürlich mußte ich dann in aller Eile sagen, ich hätte nicht gemeint, wir wollten Christabel nicht bei uns haben, es sei nur so, daß nichts normal sei, wenn wir sie bei uns hätten, und es sei nicht besonders sinnvoll, daß wir mit ihr allein seien. Sie regte sich trotzdem immer noch auf und konnte es überhaupt nicht verstehen. Ich verstand es selber kaum, hatte aber instinktiv etwas dagegen, eine Kleinfamilie zu spielen. Daß meine Mutter hier war, war irgendwie eine Voraussetzung für den Erfolg der Ferien. Aber sie hatte versprochen, zu meinem Bruder zu fahren, der eben von seiner Nordpolreise zurückgekommen war, und er und seine Frau wollten allein verreisen, während sie die Kinder hütete, deshalb ließ sich nichts daran ändern. Die beiden, meine Mutter und mein Vater, fuhren am nächsten Tag ab.

Und da waren wir nun, schliefen nebeneinander wie eine richtige Mummy und ein richtiger Daddy, und nebenan schlief Christabel, unsere liebe kleine Tochter. Sie kam herein und stand neben unserem Bett, wie zu der Zeit, in der ich mich um sie gekümmert hatte. Ich wachte auf und sah, daß sie mich ein wenig ängstlich musterte. Sie war wie immer schon fertig angezogen. Ich lächelte und stand auf. Fergus schlief weiter, wie man das von Vätern nicht anders erwartet. Wir gingen auf Zehenspitzen aus dem Zimmer und frühstückten an dem Fenster mit Blick auf das Tal. Ich dachte, welch ein Glück es war, daß sie keinen der Berge wiedererkannte.

»Was machen wir jetzt?« sagte Christabel. Es war halb sieben und regnete stark.

»Du könntest eine Geschichte lesen«, schlug ich vor, »oder eine Platte hören, während ich bade und mich anziehe.«

»Und dann?« sagte sie.

Mir fiel wieder ein, wie wichtig Pläne für sie waren, ein geregelter Tagesablauf. Es war eine blöde Frage, aber ich ertappte mich dabei, daß ich mich danach erkundigte, was sie bei Betty morgens um halb sieben mache.

»An Schultagen bleibe ich bis halb acht im Bett«, sagte sie, »und samstags und sonntags bis acht.«

»Du stehst nicht auf?«

»Nein. Mum erlaubt es nicht.«

»Was tust du denn die ganze Zeit im Bett? Liest du?«

»Nein.«

»Was dann?«

»Manchmal singe ich.«

»Was? Was singst du?«

»Lieder.«

»Welche Lieder? Sing mir doch etwas vor.«

Aber sie schüttelte traurig den Kopf. Ich ließ sie allein in Mutters großer, gemütlicher Küche, mit einem aufgeschlagenen Buch. Sie stützte die Ellbogen auf den Tisch und starrte das Buch ohne jegliches Interesse an. Ich ärgerte mich ein bißchen darüber, was mich abstieß. Lieber Gott, es war erst der zweite Tag.

Als Fergus erst einmal aufgestanden war, verbesserte sich die Lage. Bis dahin – um acht – hatte ich mir Dinge ausgedacht, mit denen ich Christabel beschäftigen konnte. Wir hatten gemeinsam Holzscheite hereingeholt, die beiden Katzen gefüttert und waren zum Ende der Zufahrt gegangen, dem Postboten entgegen. Sie wurde recht lebhaft, und der ängstliche Ausdruck war verschwunden. Der Regen hörte auf, und Fergus meinte, wir sollten gleich losfahren, solange es noch trocken war, und Steine in den See werfen, der bestimmt ruhig und ideal zum Steinehüpfen war.

Wir fuhren zum Parkplatz am Scales Hill und gingen am Flußufer entlang zum See. Auf dem ganzen Weg spielte Fergus mit Christabel Verstecken; sie liefen abwechselnd voraus und versteckten sich im Unterholz. Ich machte nicht mit. Ich hatte wirklich nicht viel für solche Spiele übrig. Während ich allein weiterging, ohne mich an ihrem Jubel zu beteiligen, dachte ich daran, daß ich mich dazu hätte zwingen müssen, wenn Fergus es nicht übernommen hätte. Ein Kind, ein Kind von sechs, braucht solche Spiele. Ich hatte mit sechs auch leidenschaftlich gern Verstecken gespielt und meine Mutter angebettelt, mitzumachen, und sie hatte immer nachgegeben, wenn meine Brüder und mein Vater nicht dagewesen waren. Jetzt konnte ich mir nicht vorstellen, mit Christabel Verstecken zu spielen.

Dieses Gefühl hielt die ganze Woche lang an. Ich sah immer wieder die Rollen vor mir, die ich hätte spielen müssen, um Christabel glücklich zu machen, und ich wußte, daß ich das nicht ausgehalten hätte. Ich war zu selbstsüchtig, denn es gilt als »selbstsüchtig«, wenn jemand, der Kinder hat, das eigene Vergnügen über das ihre stellt. Und ich hätte das nicht getan, das wußte ich, hätte ihr Vergnügen nicht hinter meines zurückgestellt: Wenn ich Mutter wäre, hätte das Vergnügen der Kinder Vorrang gehabt. Wenn ich lesen wollte und Christabel neben mir vor Langeweile seufzte, legte ich das Buch immer weg und schlug ihr vor, was sie tun konnte. Meistens mußte ich dabei mitmachen – allein machte ihr nichts Spaß, bis auf das Fernsehen, und ich hatte mir geschworen, daß sie eine Fernsehpause einlegte. Ich konnte mir nicht vorstellen, wie es mir möglich wäre, ein Jahrzehnt zu überleben, im Fall von zwei Kindern auch länger, in dem ich ständig kleben, ausschneiden, mit Wasser und Farbe herumpanschen, dauernd Brettspiele machen und sinnlose Gebilde aus Backsteinen, Strohhalmen und Kunststoff bauen mußte. Im Freien kam ich gut zurecht – ich unternahm gern etwas an der frischen Luft –, aber in Wochen wie der, die wir unglücklicherweise erwischt hatten, wenn es neblig war und pausenlos regnete, gab es Grenzen dafür, wie oft eine Sechsjährige bis auf die Haut naß werden durfte.

Ich jammerte Fergus mit all dem die Ohren voll, der mir erklärte, das sei maßlos übertrieben.

»Was zum Beispiel?« forderte ich ihn heraus. »Was ist maßlos übertrieben?«

»Daß du es ein Sklavendasein nennst.«

»Es ist tatsächlich eine Form der Sklaverei, und wenn sie jünger wäre, dann wäre es noch schlimmer. Es läuft darauf hinaus, daß ich alle eigenen Instinkte unterdrücken muß, wenn ich eine gute Mutter sein will.«

»Was für ein Quatsch«, sagte Fergus und mußte laut lachen. »Ich hab noch nie so einen verquasten Blödsinn gehört. Schau mal, wenn Christabel unser Kind wäre, hättest du sie ganz anders erzogen, dann wäre sie *dein* Kind, *mein* Kind, mit unseren Anlagen. Sie wäre daran gewöhnt, sich selbst zu beschäftigen, sie würde das selber wollen, sie würde auf die andere Art von Umgebung, die wir für sie geschaffen hätten, reagieren.«

»Jetzt redest du verquastes Zeug – und Blödsinn dazu«, sagte ich. »Es kommt nicht darauf an, wie ein Kind veranlagt ist oder unter welchen Umständen es lebt, *alle* kleinen Kinder brauchen dieselbe Aufmerksamkeit, man muß auf sie aufpassen und sie anleiten. Für dich wäre das prima, dir scheinen die Beschäftigungen Sechsjähriger Spaß zu machen, aber mir eben nicht.«

»Sie machen dir mehr Spaß, als du zugeben willst.«

»Das ist gelogen.«

»Nein. Ich habe beobachtet, wie du mit Christabel gebacken hast, und du hast es genossen, du hast es genossen, ihr etwas beizubringen; du hast nicht gelangweilt ausgesehen, sondern begeistert.«

»Fünf Minuten lang.«

»Gut – fünf Minuten lang. Und als du diese Collage mit ihr gemacht hast, aus Reis und mit dem anderen Zeug, das du dazu benutzt hast, hat dir das auch Spaß gemacht, ich habe dich beobachtet.«

»Fergus, das waren Ausnahmen. Du weißt ganz genau, was ich meine, und du weißt auch, daß es wahr ist. Ich bin einfach nicht die geborene Mutter.«

»Schön, das ist okay, weil du keine Mutter bist und auch nie eine zu sein brauchst. Lassen wir es also auf sich beruhen.«

Wir ließen es auf sich beruhen. Wir gaben uns große Mühe, die Ferien für Christabel schön zu machen, und ich glaube, es gelang uns – sie wirkte jedenfalls wunderbar lebhaft –, aber für uns waren sie kein Erfolg. Wir gingen verkrampft miteinander um, sobald Christabel im Bett war, und obwohl wir in ihrer Gegenwart wirklich gute Freunde waren, ein glückliches Liebespaar waren wir nicht. Genauer gesagt, wir waren nach den ersten Nächten überhaupt kein Liebespaar mehr. Ich hätte genausogut in meinem Einzelbett liegen können, in dem Christabel schlief. Keine leidenschaftlichen Nächte, keine lasziven Vormittage mit den Köpfen unter der Decke, keine trägen Nachmittage nach dem Essen, von jeher meine Lieblingszeit. Es fiel mir nicht schwer, früh aufzustehen, weil ich meistens die halbe Nacht wach lag und den Tag herbeisehnte. Es war eine Erleichterung, wenn wir draußen waren, ans Meer fuhren, um Christabel eine Freude zu machen, obwohl Silloth am Solway Firth bei diesem Wetter nicht besonders erfreulich war. Ich zählte die Tage und sehnte mich danach, wieder zu arbeiten, versprach mir einen schönen, langen Auslandsauftrag. In Rußland, wenn möglich, so weit weg, wie es ging. Ich war mir nicht einmal sicher, ob ich Fergus bei mir haben wollte, in meiner Wohnung, wenn ich zurückkam. Mir schien, als ob sich unsere Beziehung wieder einmal verändert hätte.

Und so hätten diese Ferien enden können. Ich wäre nach London zurückgekehrt, felsenfest überzeugt, daß es richtig war, für immer allein zu bleiben. Ich hätte Christabel zu Betty zurückgebracht, erleichtert darüber, daß meine Dienstzeit als Mutter vorüber war, und hätte bei aller Entschlossenheit, mich weiter um die Adoption zu kümmern, das Gefühl gehabt, ich hätte alles getan, was ich tun konnte. Aber statt dessen hatte sich, als es Zeit wurde, Mrs. Blake abzuholen und vor der langen Rückfahrt bei ihr in Edinburgh zu übernachten, alles verändert. Fergus und ich wollten heiraten und Christabel adoptieren.

Zehntes Kapitel

An dieser Entscheidung war nichts Romantisches. Wie könnte eine solche Kehrtwendung auch romantisch sein? Aber sie entsprang einer übermächtigen emotionalen Reaktion, der ich anfangs mißtraute: Ich hatte mich mein Leben lang dazu gezwungen, meinen Kopf über mein Herz bestimmen zu lassen, genau wie Rowena das Gegenteil getan hatte.

Es war am letzten Tag, am Donnerstag, einen Tag, bevor wir nach Edinburgh fahren und Mrs. Blake abholen sollten. Als ich kurz nach der Morgendämmerung aufwachte, lag Christabel bei mir im Bett. Sie lag auf der linken Seite, den kleinen Körper meinem zugewandt, den Daumen im Mund, die dichten, langen schwarzen Wimpern auf den Wangen. Das Nachthemd war ihr die Beine hinaufgerutscht, und ihr Hintern war nackt. Sie schlief ganz friedlich, ein halbes Lächeln auf dem Gesicht, und doch sah ich winzige Tränenspuren auf ihrer Haut, wie die Kriechspuren einer Schnecke. Ich lag ganz ruhig da. Fergus hatte sich von mir weggedreht, einen Arm um den Kopf gelegt. Das Zimmer ging nach Südosten, und schon jetzt überflutete die Sonne, die Sonne, die wir seit fast zwei Wochen nicht mehr gesehen hatten, das Tal. Die Vorhänge waren offen, und ich lag reglos im Bett und sah den weiten blauen Himmel und die Umrisse der Berge in der Ferne. Die Ruhe, die beiden schlafenden Körper neben mir, die

Verheißung eines schönen Tages – aus irgendeinem Grund hätte ich am liebsten darüber geweint. Ich wollte, daß alles blieb, wie es war, für immer. Ich konnte mich nicht vom Fleck rühren, wenn ich die Schläfer nicht wekken wollte, aber das machte mir nichts aus. Ich war zufrieden, dazuliegen und zu warten.

Christabel wachte wie üblich um halb sieben auf. Es war unglaublich rührend, ihr beim Aufwachen zuzuschauen: Erst flatterten die Wimpern, dann streckten sich die Beine, und sie schien zu zittern, zu vibrieren, ehe sie die Augen aufmachte. Sie hatte einen überraschten Ausdruck im Gesicht – sie setzte sich halb auf und schaute sich um, als traue sie ihren Augen nicht, und alles sei ein Traum. Sie war unsicher, sogar nervös, wie sie es morgens immer war, und rutschte schnell aus dem Bett. Ich lächelte sie an, legte einen Finger auf die Lippen, und wir schlichen Hand in Hand hinaus. Die Sonne, die durch alle Vorderfenster strömte, hatte das Haus verwandelt – es war jetzt voller Farben, jedes Zimmer, das wir betraten, wirkte belebt und verzaubert, und die große Küche, die in den ganzen zwei Wochen zu riesig, zu leer gewirkt hatte, strahlte jetzt, jeder Topf funkelte, jede Fläche glänzte. Wir frühstückten auf der Terrasse, schauten auf den dunstig-grauen Rasen und die Bäume, in denen die schweren Tropfen vom gestrigen Regen glitzerten. So war es immer, die Wucht der Schönheit im Lake District, die triumphale Verwandlung äußerster Tristheit in vollkommene Herrlichkeit.

Ich nehme an, daß ich blöderweise Tränen in den Augen hatte. Es muß so gewesen sein, denn Christabel nahm meine Hand und fragte: »Warum weinst du?«

»Ich weine doch gar nicht.«

Sie legte den Finger auf eine einzelne Träne, die ich nicht hatte unterdrücken können.

»Ach, das ist doch kein Weinen. Ich war nur glücklich, ich war nur ein bißchen albern.«

Sie runzelte die Stirn, offenbar verstand sie das nicht. Ich versuchte, es ihr zu erklären. »Mir ist ganz komisch zumute«, sagte ich. »Ganz seltsam, ich bin ganz durcheinander, weil es so ein schöner Tag ist.«

»Willst du nicht nach London zurück?«

»Das ist nicht der Grund. Ich will gern zurück, aber dort ist es nicht so schön. Es ist laut und schmutzig.«

Sie schien gründlich darüber nachzudenken. »Mummy hat gesagt, vielleicht wohnen wir einmal hier, aber ich wollte nicht von der Schule weg.« Mir war die Vergangenheitsform aufgefallen und daß sie »Mummy« statt »Mum«, wie sie Betty nannte, gesagt hatte. Ich wußte, wie bedeutsam das war, und wagte kaum zu atmen. »Vielleicht bekomme ich hier mein festes Zuhause?« fragte sie.

»Das glaube ich nicht.«

»Warum?«

»Schau mal, hier wissen sie doch gar nichts von dir, nicht wahr? Und alles wäre fremd für dich. Du hast gesagt, du möchtest nicht von Miss Splint und von deiner Schule weg. London ist doch dein Zuhause.« Sie nickte, schien das Interesse zu verlieren, und im selben Augenblick erschien Fergus, voller Eifer und entschlossen, das Beste aus diesem herrlichen letzten Tag zu machen.

Was jetzt kommt, klingt so roh, so herzlos, daß man es für unverzeihlich halten könnte, aber ich schwöre, daß es uns zu unserem Entsetzen erst wieder einfiel, als wir schon auf dem Weg waren. Aber wie hatten wir es vergessen können? Es wirkt völlig unbegreiflich, und ich kann nur der Sonne und der Wirkung, die sie auf uns hatte, die Schuld geben. Tragödien jeder Art schienen so weit fort zu sein, und ich nehme an, wir verdrängten jede Erinnerung daran, als wir nach Buttermere fuhren und das Auto auf dem dortigen Parkplatz abstellten. Jedenfalls wirkte Christabel so, als erinnere sie sich nicht an den Ort, und verriet mit keinem Wort oder Blick eine Spur von Aufregung.

Es war ein so *freundlicher* Tag, so mild und sanft, und wir wollten bis zum Low Ling Crag gehen, einer kleinen Landzunge am westlichen Ufer des Crummock, wo man gut schwimmen kann (obwohl ich befürchtete, nach dem vielen Regen sei es zum Schwimmen zu kalt). Ich hatte ein Picknick eingepackt, und Christabel trug ihren eigenen unentbehrlichen Proviant – Schokolade, Rosinen, Apfelsaft – in ihrem kleinen Rucksack. Wir schlenderten den Weg zur Scale Bridge hinunter, stießen uns gegenseitig an und kicherten über die schwerbepackten Bergsteiger vor uns und machten ihren lächerlich vorgebeugten Gang nach. Als wir den Ruddy Beck überquert hatten, bogen wir vom Weg ab und gingen über das sumpfige Land am Seeufer entlang. Auf der ganzen Strecke glühten die Ebereschen; dick mit Beeren behangen, sahen sie nicht wie wind- und sturmerprobte Bäume aus, sondern wie friedliche Obstbäume. Die Beeren hingen in so dichten und dicken Trauben, daß sie aus der Ferne wie Äpfel wirkten.

An der Nordseite der Landzunge ist ein schmales Ufer, und am Zipfel, wo sie am weitesten in den See hinausragt, eine kleine Anhöhe. Dort nahmen wir die Rucksäcke ab, und ich breitete die karierte Decke, die ich mitgenommen hatte, auf dem Gras aus. Wir alle trugen Badesachen unter den Hemden und Shorts. Christabel war furchtbar aufgeregt, als wir uns auszogen, und lief hinunter, um den See auszuprobieren: eiskalt. Die Sonne hatte ihn noch nicht erwärmt. Christabel tauchte die Zehen hinein und kreischte, und Fergus holte aus, um sie naß zu spritzen, ließ sich aber zuerst von ihr naß spritzen, und ich lief beiden davon. Ich ging vorsichtig ins Wasser. Es war eisig, aber ich war seit meiner Jugend daran gewöhnt und war immer stolz darauf gewesen, es aushalten zu können. Ich ging langsam bis zu den Hüften hinein, dann tauchte ich ganz ein. Ich schwamm nur ein paar Züge, kehrte um und schwamm sofort zurück. Fergus trug Christabel ins Wasser, ihre Beine um seine Hüften, ihre Arme um seinen Hals geschlungen. Er ließ sie hüpfen, und beide sangen, aber ich war zu weit weg, als daß ich die Worte hätte verstehen können. Ich stieg aus dem Wasser, lief zu meinem Handtuch und rieb mich kräftig ab, ehe ich einen Pullover überzog und auf und ab sprang, um die Durchblutung anzuregen.

Wir blieben zwei Stunden oder länger dort, bis andere Leute kamen – nicht viele, nur eine weitere Familie und ein weiteres Paar, aber an diesem abgelegenen Ort wirkte das wie eine Invasion –, und dann beschlossen wir, weil sich ein paar weiße Wolken bildeten, etwas bergzusteigen. Wir hatten nicht vor, in die Nähe von Sour Milk Gill zu gehen, denn inzwischen, nachdem wir den ganzen Morgen lang den Red Pike vor uns gesehen hatten, war Fergus und mir unser Fehler klargeworden. Wir hatten uns ein paarmal durch Blicke verständigt und uns beim Picknick umgedreht, damit wir zum See hinunterschauten, Richtung Loweswater. Wir wollten nur am Ruddy Beck entlang hinaufgehen, ihn kurz vor der mit Heidekraut überwucherten Spitze überqueren, und dann quer den Abhang hinunter nach Buttermere Dubs und zur Brücke gehen. Wir meinten, es werde Christabel Spaß machen, am Bach entlangzuwandern, und sie werde glauben, sie sei weit nach oben gestiegen, weil der Blick von dort oben so spektakulär ist und die Illusion großer Entfernung vermittelt. Und es machte ihr Spaß. Der Bach hatte Hochwasser und strömte und gurgelte so laut über die Steine, daß es keinen Zweck hatte, sich zu unterhalten. Fergus blieb immer wieder stehen und zeigte Christabel verschiedene Pflanzen, und bald pflückte sie Prachtexemplare unter seiner fachmännischen Anleitung. Wir hielten uns an den Händen, Christabel in der Mitte, als wir den Bach erst einmal an der Stelle übersprungen hatten, wo er zum Rinnsal wird, und liefen Hand in Hand, als wir uns auf den Rückweg machten. Es hatte etwas Freundschaftliches, Unbefangenes. Christabel war alles andere als ein Ärgernis, sie war ein Gewinn, ich sah die Landschaft mit ihren Augen, entdeckte Dinge, die ich seit Jahren als selbstverständlich hingenommen hatte. Mir fiel plötzlich auf, wie gesprächig sie geworden war, wie wissensdurstig und aufgeweckt. Sie wollte wissen, warum der Red Pike so hieß, und Fergus zeigte ihr, daß die Erde tatsächlich rot war. Er redet über ihren Kopf hinweg, dachte ich, aber sie nickte ernst, als er ihr erklärte, wie Syenit im Gestein und Untergrund des Berges die Färbung bewirkt, und das amüsierte mich. Es ist sehr befriedigend, ging mir durch den Kopf, einem intelligenten Kind etwas beizubringen.

Inzwischen waren wir auf dem Weg nach unten. Ich ging voraus. Es gab einen Schaftreibweg, den wir oft gegangen waren, der über den bewaldeten Abhang führte und in der Nähe der Scale Bridge herauskam, und ich glaubte, es werde Christabel Spaß machen, ihn entlangzugehen. Sie mochte Wälder, genoß die geheimnisvolle Stimmung. Ich war diesen Weg in meiner Jugend unzählige Male gegangen, aber das war natürlich lange her, und ich kann nur annehmen, daß er, selten benutzt, überwuchert war. Wie auch immer, der Weg, der nie besonders deutlich zu sehen gewesen war, hörte plötzlich auf. Fergus sagte, ich sei eine hervorragende Führerin, und ermunterte Christabel dazu, mich aufzuziehen, aber wir beide machten uns nicht die geringsten Sorgen. Ich sagte, wir brauchten nur abwärts zu gehen, uns könne nichts passieren. Es gebe keine Felsen, kein Geröll. Es war etwas steil, aber wir hatten festen Boden unter den Füßen, und anfangs kamen wir gut voran, ermutigt vom Glitzern des Flusses unter uns.

Dann sah Fergus einen Weg, der ein Stück bergauf zu führen schien, ehe er hinunter führte, und schlug vor, ihn einzuschlagen. Ich flüsterte ihm zu, möglicherweise kämen wir dann bei Scale Force heraus, ich könne mich jetzt nicht mehr so gut orientieren. Wir hatten keine Karte, hatten nicht damit gerechnet, daß wir eine brauchen würden. Fergus sagte, wir würden den Wasserfall bestimmt hören, ehe wir ihn erreichten, und falls der Weg zum Wasserfall führen sollte, könnten wir vom Weg abzweigen und direkt hinuntergehen. Ich zögerte, aber inzwischen hatte Christabel den neuen Weg eingeschlagen, überzeugt davon, ihn entdeckt zu haben.

Wir stürzten hinter ihr her. Nach nur hundert Metern hörte ich den Wasserfall. »Christabel! Christabel!« rief ich, und Fergus rannte los, um sie einzuholen, aber sie hielt es für einen Wettlauf, lief, so schnell sie konnte, und er fiel in der Eile über einen umgestürzten Baum und büßte seinen Vorsprung vor mir ein. Als er wieder auf den Beinen war, hatte ich ihn überholt und rief immer noch Christabels Namen, versuchte verzweifelt, die rennende kleine Gestalt in roten Shorts und T-Shirt zu erreichen; aber sie war geschickt, flitzte leicht und behende durch das Unterholz, das den Weg überwucherte, und ich war im Vergleich zu ihr ungeschickt und langsam. Sie war als erste am Wasserfall. Ich sah, wie sie stehenblieb, als ich eben die Bäume hinter mir ließ, und da stand sie, schaute auf diesen prasselnden Katarakt und sah direkt vor sich den schwarzen, nassen Felsen, auf dem ihre Mutter ausgerutscht und in den Tod gestürzt war. Es spielte keine Rolle, daß ihr Blickwinkel ein anderer war – es war derselbe Wasserfall, der Felsen war unverkennbar, und als ich sie erreichte, als ich sie in die Arme nahm, schrie und schrie sie nur noch. Ich packte sie fester, versuchte, sie hochzuheben, aber sie wehrte sich und schlug mit den Fäusten auf mich ein, den Kopf zurückgeworfen, die Halsmuskeln vom Schreien verkrampft. Fergus legte von hinten seine stärkeren Arme um sie, und so standen wir drei da, am Rand des Wasserfalls, in einer Umarmung, bei der niemand wußte, wer wen festhielt.

Ich schloß die Augen, ließ die Arme sinken und empfand so unendliche Erleichterung, als Fergus über das Tosen des Wasserfalls hinweg rief: »Ich hab sie! Ich hab sie!«, daß ich auf die Knie fiel. Ich kauerte auf der Erde, zitternd, selbst vom Schluchzen geschüttelt, und empfand solche Angst um Christabel, daß ich es nicht ertrug, sie anzuschauen. Aber dann rief Fergus meinen Namen, und ich schaute auf und sah, daß er Christabel jetzt sicher in den Armen hielt. Er nickte nach unten, um anzudeuten, er gehe jetzt los, und ich solle ihm folgen. Ich stolperte hinter ihm her, achtete nicht darauf, wohin ich trat, und wir rutschten und schlitterten durch die Bäume, bis wir an das Flußufer unter uns kamen. Ich holte Fergus ein, als er stehenblieb. Christabel lag in seinen Armen, schlaff, verbarg das Gesicht immer noch in seinem Hemd, mit eng zusammengerolltem Körper. Hin und wieder war ein kläglicher Schluckauf von ihr zu hören. Mein Gesicht war auch tränenüberströmt, und ich streckte die Hand aus, um sie zu berühren, und die Wärme ihrer Haut, die Berührung des zusammengerollten Körpers schienen mich magnetisch anzuziehen. Ich sehnte mich danach, sie im Arm zu halten, sie zu beschützen, danach, daß sie sich so an mich klammerte wie an Fergus. Mein Blick begegnete dem seinen, und ich nehme an, daß es dieser Moment war, in dem wir uns schweigend einig wurden.

Ich saß auf dem Rücksitz, und jetzt kuschelte sich Christabel an mich. Das körperliche Wohlbehagen hätte nicht stärker sein können. Ich zitterte vor Erfüllung, sie an mich zu drücken, und ich merkte, daß ich aus reinem Glück lächeln mußte. Damals spürte ich, daß ich jeden Menschen umbringen könnte, der versuchte, sie mir wegzunehmen. Ich spürte, daß nichts in meinem Leben vor diesem Augenblick etwas wert gewesen war. Ich hatte das Gefühl, Emotionen, wie ich sie nie gekannt hatte, nicht einmal auf dem Höhepunkt sexueller Leidenschaft, seien aus mir herausgeströmt und hüllten mich ein. Ich brachte es kaum fertig, Christabel aufs Bett zu legen, als wir nach Hause gekommen waren, konnte es kaum ertragen, den kleinen Körper loszulassen. Als wir sahen, daß sie tief und fest eingeschlafen war, ließen wir sie allein, die Tür weit offen, und gingen über den Treppenabsatz in das Arbeitszimmer meines Vaters, von dem aus wir sie im Auge behalten, aber miteinander reden konnten, ohne sie zu stören.

»Es war meine Schuld«, flüsterte ich.

»Um Himmels willen, fangen wir mit den Schuldzuweisungen gar nicht erst an. Wenn irgend jemand daran schuld war, dann ich, weil ich diesen blöden Weg hinaufgegangen bin.«

»Du bist doch gar nicht hinaufgegangen, das war sie.«

»Heiland, genau das habe ich gemeint, lassen wir die Rekonstruktion doch bleiben. Es ist passiert. Das ist schlimm genug.«

»Was sollen wir tun?«

»Was schlägst du vor?«

Ich holte tief Luft. »Ich schlage vor«, fing ich langsam an, »daß wir, du und ich, daß wir...«

»Christabel behalten«, sagte er, eine Feststellung, keine Frage.

»Ja.«

»Gut. Ich bin einverstanden. Aber wenn wir sie behalten wollen und das Jugendamt zufriedenstellen wollen...«

»Müssen wir ehrbare Leute sein.«

»Stimmt. Und das heißt, daß wir heiraten müssen.«

»Ein Mittel, das der Zweck heiligt.«

»Genau.«

»Und dann?«

»Wir können nicht einfach heiraten, damit wir wünschenswerte Eltern werden, ohne uns zu überlegen, wie der Handel hinterher aussieht.«

»Der Handel?«

»Tu nicht so, als ob du blöd wärst, Isobel, das ist nicht überzeugend. Du weißt, was ich meine. Bleiben wir verheiratet? Leben wir richtig zusammen?«

»Selbstverständlich. Es wäre nicht gut für Christabel, wenn es anders wäre, und außerdem könnte ich es allein nicht schaffen, ich brauche einen Vater für sie.«

»Gut, dann ist das erledigt. Wann heiraten wir?«

»Wann du willst.«

»Sollten wir uns nicht erst *vergewissern*, daß wir Christabel auch bekommen? Wenn das der Grund für unsere Heirat ist? Angenommen, wir heiraten, und sie erlauben uns nicht, sie zu adoptieren?«

»Das müssen wir riskieren, weil bestimmt keiner von uns beiden in Betracht kommt, wenn wir *nicht* verheiratet sind.«

Ganz abgesehen von dem, was gesagt wurde, war es ein seltsames Gespräch. Wir flüsterten, damit wir Christabel nicht weckten, aber auch das war keine Erklärung für den ungewöhnlich knappen Wortwechsel. Wir redeten wie Leute, die sich durch ein Gefängnisgitter unterhalten, die wissen, daß sie nicht viel Zeit haben und in jedes Wort, das ihnen gestattet wird, Bedeutsamkeit legen wollen. Es kam mir linkisch und falsch vor. Aber danach saßen wir da und schauten uns an, warteten darauf, daß Christabel aufwachte, beide in recht unbequemen Sesseln, und allmählich überkam mich ein wunderbares Gefühl der Zufriedenheit.

Was wir tun wollten, war richtig, richtig von jedem Standpunkt aus. Ich mußte einfach an die Freude meiner Eltern denken – ich sah ihr Lächeln vor mir – und an die Erleichterung von Mrs. Blake. Sie hatte mehrmals angedeutet, falls ich bereit sei, Christabel zu nehmen – aber ich hatte sie immer unterbrochen, weil ich den sehnsüchtigen Ton in ihrer Stimme nicht ertrug und verzweifelt dagegen ankämpfte, daß sie die Bitte ganz aussprach. In Fergus und mir würde sie die Ideallösung sehen. Und ich empfand keine Spur, keinen Hauch von Märtyrertum, nicht den schleichenden Verdacht, anders wäre es viel, viel besser... Ehe der Nachmittag zu Ende war und Christabel aufwachte, wollte ich die gute Nachricht unbedingt aller Welt berichten.

Meine Eltern waren die ersten, denen wir es erzählten, als sie anriefen, um mit uns zu sprechen, ehe wir ihr Haus verließen. Ihre Begeisterung war grotesk. Meine Mutter sagte immer wieder, wie glücklich sie sei, auch dann noch, als ich ihr den prosaischen Hintergrund unserer Heiratsabsicht erklärte. »Das ist mir gleich«, sagte sie, »das spielt dabei keine Rolle, das ist das Beste, was du in deinem ganzen Leben getan hast, Isobel.« Ich kann nicht behaupten, daß mir das gefiel, aber ich ließ es ihr durchgehen. Sie fragte, ob wir es Christabel schon gesagt hätten, und ich sagte nein. Ich wollte nicht am Telefon, wenn Christabel es möglicherweise hörte, erklären, was hinter unserem Entschluß steckte.

Wir waren beide äußerst vorsichtig und gingen so behutsam und ruhig wie möglich mit ihr um, spürten instinktiv, daß jede Aufregung, auch der glücklichen Art, schlecht für sie gewesen wäre. Sie war gegen sechs aufgewacht und hatte etwas getrunken, dann war sie wieder eingeschlafen, ohne irgend etwas gesagt zu haben. Wir fragten uns, ob wir die Fahrt nach Edinburgh am nächsten Tag ausfallen lassen sollten, beschlossen aber, es sei wahrscheinlich eine gute Idee, mit ihr loszufahren – das hing davon ab, wie sie am Morgen wirkte. Natürlich rief ich Mrs. Blake an und sprach mit ihr, sagte nur, Christabel wirke ein bißchen angeschlagen. Und dann berichtete ich ihr – während die Tür zu Christabels Zimmer zu und Fergus bei ihr war – von unserem Plan. Sie seufzte tief und sagte: »Du machst mich so glücklich, Isobel. Gott im Himmel sei Dank dafür.«

Wir fuhren tatsächlich wie geplant nach Edinburgh. Christabel schlief vierzehn Stunden und wachte auf, ohne daß man ihr die Erinnerung an den Tag zuvor angemerkt hätte. Sie hatte verschwollene Augen und war nicht ganz so unternehmungslustig wie sonst, aber davon abgesehen wirkte sie normal (obwohl wir wußten, daß sie das nach einem solchen Trauma gar nicht sein konnte). Als ich sagte, wir überlegten uns, jetzt gleich nach Edinburgh zu fahren, war sie erpicht darauf und half mit Begeisterung beim Packen, sagte, sie möge lange Autofahrten. Ich lachte und sagte, ich würde sie daran erinnern, wenn wir im Stau steckenblieben und sie sich langweilte. Aber die Fahrt war einfach, sogar angenehm, als nach Carlisle das Stück Autobahn vorbei war, und wir brauchten nur zweieinhalb Stunden.

Mrs. Blake begrüßte uns mit überzeugender Gastfreundschaft. Sie hatte in dem Heim, in dem sie wohnte, zwei Zimmer für uns gebucht. Es war eine äußerst vornehme Wohnanlage, die sie zwar ein »Pflegeheim« nannte, die aber eher einem exklusiven College glich. Wir gingen alle zum Essen in ein Restaurant in der Nähe, und dann, als Christabel in Mrs. Blakes Schlafzimmer schlief, unterhielten wir uns. Alles wirkte völlig einfach: Wir würden so schnell wie möglich mit einer Sondergenehmigung heiraten und den Antrag stellen, Christabel zu adoptieren. Keiner von uns wäre je auf die Idee gekommen, es könne auch nur das mindeste Problem geben. Wir glaubten, die Sozialarbeiterinnen wären hocherfreut über eine derart vollkommene Lösung.

Vielleicht brachten wir ihnen die Neuigkeit nicht vorsichtig genug bei, aber wir waren schließlich auch nicht der Meinung, vorsichtig sein zu müssen. Vielleicht hielten wir zu vieles für selbstverständlich, gingen davon aus, daß Maureen und Stella und Phyllis wußten, wie sehr wir Christabel liebten. Vielleicht sind Sozialarbeiter immer mißtrauisch, vielleicht liegt das im Wesen ihres Jobs. Aus welchem Grund auch immer, unsere Ankündigung stieß auf Schweigen. Fergus und ich waren zu Phyllis ins Büro gegangen, um es ihr zu sagen. Als ich es ihr erzählt und sie volle zwei Minuten lang kein Wort geäußert hatte, sagte ich: »Wir wären also sehr dankbar, wenn Sie uns sagen könnten, wie wir das Verfahren einleiten müssen, ich meine, welche Formalitäten erledigt werden müssen.

Aber wir hoffen, daß es in Ordnung geht, wenn wir Christabel bis dahin bei uns behalten. Ich arbeite erst wieder, wenn sie im September mit dem neuen Schuljahr anfängt, darüber brauchen Sie sich also keine Gedanken zu machen.«

Phyllis holte tief Luft und sagte: »Ich muß schon sagen, ich weiß gar nicht, wo ich anfangen soll. Sie scheinen beide eine ganze Menge für selbstverständlich zu halten. Es ist nicht so einfach, müssen Sie wissen. Die Adoption ist eine äußerst, *äußerst* ernste Sache – Sie können nicht einfach hereinkommen und mir erzählen, daß Sie heiraten und Christabel behalten wollen. So geht es wirklich nicht, es ist komplizierter.«

»Deshalb erkundigen wir uns ja, was wir tun sollen«, sagte ich. »Wir wissen, daß es kompliziert ist, das haben wir inzwischen mitbekommen. Was müssen wir tun? Wo fangen wir an?«

»Als erstes müssen Sie von uns gebilligt werden.«

»Sie meinen, wir müssen beweisen, daß wir ehrbare Leute sind? Das ist einfach, wir können Referenzen über unseren Charakter vorlegen, Bankreferenzen und so weiter ...«

»Das habe ich nicht gemeint. Sie müssen über einen bestimmten Zeitraum hinweg zu Hause von einem Sozialarbeiter besucht werden, damit Ihre Beziehung und Ihre Lebensumstände eingeschätzt werden können. Das dauert Monate.«

»Aber Maureen besucht mich doch schon seit Monaten, das wissen Sie, und Sie haben mich auch schon besucht.«

»*Sie*, aber nicht Mr. Donaldson. Sie muß Sie als Paar besuchen, als Paar, das sich für eine Adoption interessiert.«

»Aber es ist ein Sonderfall, das wissen Sie doch, wir sind

wie Verwandte, wie Onkel und Tante, wie Bruder und Schwester, wir sind keine Fremden.«

»Das spielt keine Rolle.«

»Es sollte aber eine spielen.«

Ich wurde wütend, und Fergus legte beschwichtigend die Hand auf meinen Arm. Er sagte zu Phyllis, er verstehe gut, daß Vorsicht walten müsse, und fragte, ob diese vorgeschriebenen Besuche in der nächsten Woche beginnen könnten, einen Tag nach unserer geplanten Heirat. Sie sagte, das nehme sie an. Sie sagte es so widerstrebend, daß ich mich nicht bremsen konnte. Ich sagte: »Sie wirken nicht besonders angetan.«

»Das kann ich auch nicht behaupten.«

»Warum?«

»Es liegen so viele Schwierigkeiten vor uns.«

»Das war doch immer so. Ich hätte gedacht, daß es jetzt weniger werden. Mrs. Blake zum Beispiel – sie ist begeistert, sie wird Sie jetzt in Ruhe lassen, sie wird nicht gerichtlich gegen die Carmichaels vorgehen. Sind denn diese ganzen Schwierigkeiten jetzt nicht aus dem Weg geräumt?«

»Sie sind nicht aus dem Weg geräumt.«

»Natürlich sind sie das. Mrs. Blake ...«

»Es geht nicht um das, was Mrs. Blake sagt oder denkt. Wir entscheiden, wer Christabel bekommt.«

»Aber der springende Punkt ist, daß sie *keine Einwände* gegen uns hat, alles wird ganz einfach sein.«

»Nein. Wir könnten Einwände gegen Sie haben. Der Adoptionsausschuß könnte Einwände gegen Sie haben.«

»Aber wie wäre das möglich? Ich kenne Christabel ihr Leben lang, und Fergus kennt sie auch schon lange.«

»Sie haben keine stabile Beziehung.«

»Ach, machen Sie sich doch nicht lächerlich, wir waren

in unserem Erwachsenenleben immer wieder zusammen.«

»Genau – immer wieder.«

»Aber jetzt heiraten wir, weil wir beweisen wollen, daß wir zueinander und zu Christabel gehören.«

»Vielleicht ist das gar nicht so gut.«

»Was?«

»Sie heiraten aus einem bestimmten Zweck. Das ist verdächtig.«

»Was ist daran verdächtig, daß wir Christabel zuliebe heiraten wollen?«

»Das ist keine feste Basis für eine Ehe.«

»Ach, reden Sie doch keinen Blödsinn – sie könnte gar nicht fester sein. Ich verstehe einfach nicht, worauf Sie hinauswollen, wir tun das, *weil* wir ihr Stabilität geben wollen und die Art von Zuhause, die sie braucht. Ich *kenne* sie, ich liebe sie, und ich hätte das von Anfang an tun sollen.«

»Aber Sie haben es nicht getan.«

»Das habe ich eben gesagt. Wollen Sie, daß ich noch schlimmere Schuldgefühle bekomme?«

»Nein, aber Sie müssen verstehen, daß das alles verdächtig überstürzt wirkt, und ...«

»Hören Sie auf damit, dieses Wort zu benutzen, als ob wir insgeheim grausige Absichten hätten, und es ist nicht überstürzt, ich kämpfe seit Monaten mit dieser Entscheidung, und das wissen Sie.«

»Ich weiß, daß Sie mir erzählt haben, Sie wollen Ihren Lebensstil nicht ändern und hätten nicht das Gefühl, eine gute Mutter werden zu können.«

»Das stimmt, aber ich habe die Dinge falsch gesehen. Aus dem falschen Blickwinkel. Wirklich wichtig ist nur Christabels Glück. Solange sie unglücklich ist, könnte ich mich niemals wohl fühlen – ach, *Scheiße*, ich wollte nicht, daß es so herauskommt.«

Ich war so durcheinander, spürte, wie ich meine Chancen verdarb, bombastisches Zeug redete, mich schlecht ausdrückte, fluchte, und die ganze Zeit saß mir Phyllis so feindselig wie irgend möglich gegenüber. Ich konnte mir nicht vorstellen, warum ich sie je für mitfühlender als Maureen und Stella gehalten hatte, nachdem sie jetzt noch unzugänglicher wirkte. Trotzdem konnte ich nicht einfach weggehen – ich war völlig in ihrer Macht. Wütend zu werden war gefährlich, unhöflich zu werden verhängnisvoll. Deshalb saß ich zornig da, gab mir große Mühe, mich zu beherrschen, und wußte nicht, wie ich noch einmal anfangen sollte. Fergus war aufgestanden und ging in dem kleinen Büro auf und ab. Er stellte sich hinter mich und legte mir die Hände auf die Schultern. »Was Isobel meinte«, sagte er langsam und freundlich, »war, daß sie weiß, wie sehr sie seit Rowenas Tod versucht hat, ihren natürlichen Instinkt zu unterdrücken, und daß es ihr nicht gelungen ist. Sie wollte Christabel immer zu sich nehmen, aber sie glaubte, sie könne ihr nicht genug bieten, und jetzt, wo sie sieht, was mit dem kleinen Mädchen passiert, hat sie das Gefühl, sich geirrt zu haben. Sie *hat* ihr genug zu bieten, mehr als genug. Und was unsere Heirat anbelangt, auch sie war schon immer denkbar. Vielleicht hat Christabel unsere Entscheidung beschleunigt, aber es ist nichts Unehrliches daran.«

»Ich hoffe, daß ich das auch nicht unterstellt habe«, sagte Phyllis, »aber es bleibt die Tatsache, daß das übliche Verfahren eingehalten werden muß. Es gibt keine Abkürzung.«

»Und Sie können es einleiten? Wir sind nur hergekommen, um Sie darum zu bitten.«

»Selbstverständlich. Der Adoptionsausschuß tritt am 20. September zusammen, in sechs Wochen, bis dahin können Sie einen vorläufigen Antrag stellen, über den beraten wird, aber ich warne Sie, viel Hoffnung kann ich Ihnen nicht machen. Bis dahin sind Sie höchstens zweimal besucht worden, und eine sinnvolle Bewertung ist in diesem Zeitraum nicht möglich. Außerdem ist Christabel ein Gerichtsmündel, was alles beträchtlich verzögert.«

»Wir brauchen also einen Anwalt?«

»Ich glaube, ja, unter diesen Umständen. Selbstverständlich werden wir die Carmichaels dem Ausschuß empfehlen; falls er also unserer Empfehlung folgt und Sie die Entscheidung anfechten wollen, müssen Sie vor den High Court gehen.«

»Aber warum wollen Sie nicht uns empfehlen?« sagte ich, unfähig, länger den Mund zu halten. »Was können Sie denn gegen uns haben?«

»Ich habe nichts gegen Sie«, sagte Phyllis, die Ruhe selbst, aber mir fiel auf, daß sie rot geworden war. »Ich bin im Augenblick noch nicht in der Lage, ein Urteil abzugeben. Wir brauchen alle möglichen Berichte...«

»Dann fangen wir damit an«, sagte Fergus schnell. »Jetzt, sofort, bitte, und was können wir tun, um die Sache zu beschleunigen?«

Phyllis lächelte, ziemlich mitleidig. »Wir sind stark überlastet, Mr. Donaldson«, sagte sie, »wir können nicht einfach Ihnen zuliebe alles andere liegenlassen, so gern wir es täten.«

Ich stand auf, knöpfte mein dünnes Jackett zu, weil mir plötzlich kalt war. »Komm«, sagte ich zu Fergus. »Gehen wir.«

»Darf ich Ihnen eine schöne Hochzeitsfeier wünschen?« sagte Phyllis.

»Es gibt keine Hochzeitsfeier«, sagte ich, bissig, wie ich weiß, »wir heiraten bloß, schnell und im engsten Familienkreis, ohne Theater. Auf dem Standesamt sind nur unsere Eltern, Mrs. Blake und Christabel dabei.«

»Haben Sie Mrs. Lowe gefragt?« sagte Phyllis und runzelte die Stirn.

»Sie gefragt? Sie was gefragt?«

»Ob sie damit einverstanden ist, daß Christabel dabei ist?«

»Ob sie damit einverstanden ist? Was soll das heißen?«

»Vielleicht hat Mrs. Lowe das Gefühl, daß Christabel in den letzten vierzehn Tagen aus dem Gleichgewicht geraten ist und eine Weile Ruhe braucht, und das nächste Besuchsrecht haben Sie natürlich erst in vierzehn Tagen.«

»Haben Sie den Verstand verloren?« sagte ich laut und ignorierte das warnende »Isobel« von Fergus. »Wir reden über eine schlichte Zeremonie, etwas, das nicht länger als eine Stunde dauert. Was könnte Betty dagegen haben? Und außerdem muß sie nicht wieder dorthin zurück, sie bleibt bei uns, das habe ich Ihnen doch gesagt. Ich nehme mir frei, ich werde mich ständig um sie kümmern.«

»Nein«, sagte Phyllis, »das werden Sie nicht. Christabel muß sofort zu ihrer Pflegestelle zurückgebracht werden. Der High Court ist ihr Vormund, die höchste Autorität, und für alle Entscheidungen über ihren Wohnort ist seine Erlaubnis erforderlich. Sie darf den Wohnsitz nicht ohne ausdrückliche Erlaubnis wechseln, und es ist äußerst unwahrscheinlich, daß es genehmigt würde, zumal wir, die kommunale Behörde, die für Christabel zuständig ist, davon abraten würden.«

Sie sagte das alles, als läse sie es aus einer Akte ab, mit einem starren, resignierten Gesichtsausdruck. Ich schluckte und schluckte, weil ich etwas sagen wollte, aber mein Mund war zu trocken – ich war buchstäblich sprachlos. Fergus sagte etwas Versöhnliches, ich weiß nicht mehr, was, und dann waren wir draußen, gingen die schäbige Treppe hinunter und traten auf die laute Straße hinaus, an einem trüben Augusttag mit Nieselregen. »Wie können sie das tun?« fragte ich immer wieder, so sinnlos das war. »Wie können sie nur, welches Recht haben sie?«

»Jedes Recht«, sagte Fergus, der ruhig durch den dichten Hauptstraßenverkehr fuhr.

»Aber das ist doch wildgewordene Bürokratie.«

»Nein, das ist es nicht. Elternlose Kinder brauchen Schutz, und Christabel hatte nach Rowenas Tod keinen juristisch eingesetzten Vormund.«

»Aber sie hat eine Großmutter, eine Tante, warum bekommen sie nicht automatisch die Vormundschaft? Sie sind ihre Verwandten, ihre Blutsverwandten.«

»Isobel«, sagte Fergus müde und schaltete die Scheibenwischer ein, weil der Regen stärker wurde, »du hast offenbar vergessen, daß ihre Großmutter und ihre Tante sie freiwillig der Fürsorge unterstellt und darum gebeten haben, Adoptiveltern für sie zu finden, noch ehe sie wußten, daß das Jugendamt ohnehin die Fürsorge übernehmen mußte. Wir können dem Jugendamt an nichts, was passiert ist, die Schuld geben. Wenn eine liebe, warmherzige Großmutter oder eine reizende, gütige Tante Christabel gleich nach Rowenas Tod zu sich genommen hätte, dann hätten sie bestimmt erlaubt, daß sie dort geblieben wäre, unter entsprechender Aufsicht. Sie wollen sich die Arbeit nicht noch schwerer machen, sie haben es mit genug Kindern in viel schlimmeren Umständen zu tun. Sie tun nur ihre Arbeit.«

»Ich hasse diesen Satz, eine Ausrede für alles.«

»Für uns kommt es darauf an«, sagte Fergus, »daß wir

ruhig bleiben und sie uns nicht zu Feinden machen. Wir müssen alles tun, um Phyllis versöhnlich zu stimmen.«

»Ich hasse sie.«

»Sei nicht albern. Das ist reiner Trotz, das ist kindisch.«

»Und du bist natürlich ungeheuer reif.«

»Ich versuche es.«

»Ach, halt den Mund.«

Und das war das Paar, das eine Woche später heiraten wollte. Fergus trieb mich mit seiner stoischen Haltung zum Wahnsinn, aber ich wußte, daß meine Wut, wie Fergus sagte, unvernünftig war. Die ganze Woche lang, während wir herumjagten, um medizinische Gutachten anfertigen zu lassen, Referenzen beizubringen und uns mit dem von uns beauftragten Anwalt zu treffen, wußte ich, daß ich ohne seine Vernunft verloren gewesen wäre und diese ganzen Vorbereitungen nicht ertragen hätte. Ich wäre auch nicht dazu fähig gewesen, so gut wie er mit Betty fertig zu werden. Er brachte Christabel allein zurück – ich konnte es nicht. Christabel wollte zum erstenmal nicht so gern zurück, machte sich Sorgen, ob »Mum« da sei und sie noch haben wolle, und noch besorgter war sie wegen eines Risses in ihrem neuen Rock. Sie hatte ihn eines Tages beim Wandern angehabt, gegen alle Anweisungen von »Mum«, weil es offenbar ihr bester Rock war, und war damit an einem Stacheldraht hängengeblieben. Ich glaubte, ich hätte ihn recht gut gestopft, jedenfalls für jemanden, der Stopfen für etwas Lästiges hält, aber mein Gestichel war noch deutlich zu sehen. Als Christabel mich verließ, galt ihre ganze Sorge diesem Rock – es gab keine Tränen, kein Bedauern, weil sie mich verlassen mußte. Am letzten Morgen schien sie mir sogar auszuweichen, mich zu ignorieren, und sie gab keine Antwort, wenn ich etwas zu ihr sagte. Deshalb war es ein Glück, daß Fergus sie zurückbrachte und ich nicht gegen ihren Widerstand ankämpfen mußte.

Es war wie immer ein kläglicher Anblick, wie sie ihre Sachen zusammensuchte. Kinder mit Gepäck, die mit Spielzeug in der einen und dem Koffer in der anderen Hand dastehen, wirken selbst unter den günstigsten Umständen verletzlich, aber Christabel vermittelte dazu noch den Jammer eines evakuierten Kindes – ihr fehlte nur noch die Gasmaske. Sie hatte unaufgefordert ihre »Betty«-Kleider angezogen, den Plisseerock, die Rüschenbluse und die knallrosa Lambswool-Strickjacke, und sie hatte darauf bestanden, ihre Lackschuhe selbst zu putzen. Sie schaute immer wieder ängstlich auf die Schuhe hinunter, weil sie sehen wollte, ob sie auch richtig glänzten, und im letzten Augenblick entdeckte sie auf einem weißen Söckchen eine Schmierspur von der Fahrradkette. Das Söckchen mußte ausgezogen und ein anderes gefunden werden, ehe sie zum Abfahren bereit war. Dann machte sie ein Theater wegen Bettys Mitbringsel, wegen aller Mitbringsel für die ganze Pflegefamilie. Sie hatte von Anfang an über die Geschenke geredet, gesagt, alle würden ihr aus Margate etwas mitbringen, und sie müsse auch Geschenke für sie haben. Mich hatte das leicht gereizt, aber Fergus war verständnisvoll und geduldig gewesen und an einem verregneten Tag mit ihr nach Keswick gefahren, wo seiner Meinung nach passende Mitbringsel in den Andenkenläden erhältlich waren. Ich hielt es für absurd, wieviel Geld er dafür ausgegeben hatte, aber ich nehme an, es hatte sich gelohnt, nicht nur, weil es Christabel Spaß machte, sondern auch, weil es ihr Ansehen im Haushalt der Lowes hob. Betty sollte ein Paar Lederhandschuhe bekommen, Norman eine Tartankrawatte (schließlich hatte Christabel die Ferien angeblich in

Schottland verbracht), Judy einen Schal, Marlene ein Armband und alle Jungen Schlüsselringe.

Fergus sagte, die Übergabe sei gut verlaufen, obwohl es zu einem schlimmen Augenblick kam, als die Tür nicht sofort aufging (die Klingel war kaputt, und er hatte sich erst Gehör verschafft, als er den Klopfer benutzte). Christabel stieß Klagelaute aus, und als Betty endlich an die Tür kam, waren ihre ersten Worte: »Na so was, was haben die denn mit dir gemacht? Das sieht mir ja nach schönen Ferien aus, das muß ich sagen.« Christabel hatte sich in Bettys Arme geworfen, zu Bettys offensichtlicher Befriedigung, und danach war alles reibungslos verlaufen. Die Mitbringsel wurden überreicht, und Betty gefielen die Handschuhe, und Norman band sich die Krawatte sofort um. Von ihnen bekam sie eine Puppe in walisischer Nationaltracht – schwer zu glauben, daß das ein Mitbringsel aus Margate sein sollte – und einen Stein. Betty war eindeutig äußerst angetan davon, daß es in Christabels Ferien dauernd geregnet hatte, während sie in Margate eine Hitzewelle genossen hatten und allesamt knallrot vom Sonnenbrand waren, diesem stolzen Beweis für einen erfolgreichen Urlaub.

Beim Hinausgehen hatte Fergus Norman an der Tür erzählt, daß wir heiraten wollten, und Norman hatte gesagt, er habe sich also doch auch noch einfangen lassen, aber Fergus hatte nicht gefragt, ob Christabel kommen und bei unserer Hochzeit dabeisein dürfe. Er meinte, er wolle noch warten, es wäre zu jenem Zeitpunkt nicht taktvoll gewesen, davon zu reden, Christabel wieder mitnehmen zu wollen.

Wir fragten am Donnerstag darauf, zwei Tage vor der Zeremonie. Wieder war es Fergus, der das übernahm, und, ja, es lag daran, daß ich zu feige war. Weil Betty noch nicht erfahren hatte, daß wir vorhatten, Christabel zu adoptieren, war sie offenbar in großzügiger Stimmung und sah keinen Grund, warum Christabel nicht dabeisein sollte. Das einzige, worüber sie leicht verärgert war, war die Tatsache, daß Christabel nicht als Brautjungfer agieren sollte. »Sie ist dafür wie geschaffen«, hatte Betty gesagt, wie Fergus berichtete, »schauen Sie sich das Kind doch an – dafür geschaffen –, sie wär so ein süßes Bild von einem Kind in einem rosa Kleid mit Rosenknospen im Haar, und denken Sie bloß, wie ihr das gefallen täte. Wenn's aber nichts Kirchliches ist, dann könnt sie doch ein Blumenkind sein, könnt ein Körbchen mit Schleifen dran tragen, das würd unheimlich niedlich aussehen.« Nicht einmal der Gedanke an den Spaß, den Christabel tatsächlich dabei hätte oder daran, wie hoch ich in Bettys Wertschätzung gestiegen wäre, brachte mich zum Nachgeben: keine Brautjungfer, kein Blumenkind. Es sollte die zurückhaltendste Zeremonie werden, die wir uns denken konnten, so schlicht und direkt und vor allem so *schnell* wie menschenmöglich.

Mir graute vor dem Tag. Nicht davor, daß ich Fergus heiratete – die Heirat bedeutete mir gar nichts, dieser Teil der Veranstaltung war mir ziemlich gleichgültig –, sondern vor dem ganzen Aufwand, der dazugehörte. Ich wußte, daß hinterher irgendeine Art von Geselligkeit fällig war, und ich verabscheute schon den Gedanken daran, aber wie konnten wir zwei Elternpaare eigens zu dieser lächerlichen Zeremonie nach London zitieren, ohne ihnen irgendeine Form von Gastfreundschaft zu bieten? Ich hatte meine Eltern angefleht, zu Hause zu bleiben, aber meine Mutter sagte, sie habe mich in meinem Erwachsenenleben um wenig gebeten, und jetzt bitte sie mich um diesen einen Gefallen, dabeisein zu dürfen, wenn ich heiratete. Was Fergus' Eltern anbelangte, gingen sie einfach davon aus, daß er sie dabeihaben wollte, und so war es auch. Es hatte keinen Zweck, daß ich höhnische Bemerkungen machte – wenn ich es zugelassen hätte, wäre er für eine richtige Hochzeitsfeier gewesen.

So, wie es dann kam, glich das Ganze einer richtigen Hochzeit mehr, als ich gewollt hatte. Meine Mutter trug ein neues Kleid, einen neuen Hut und so weiter, und seit seiner Pensionierung vor zehn Jahren sah ich meinen Vater zum erstenmal in einem dunklen Anzug mit Weste. (Außerdem trug er eine Rose im Knopfloch, aus seinem Garten.) Fergus' Eltern waren gleichermaßen elegant und strahlten genauso. Neben diesem Quartett sahen Fergus und ich geradezu schäbig aus, obwohl ich mir die fast weinerliche Bitte meiner Mutter zu Herzen genommen hatte, ich solle »nicht zu aufsässig« aussehen, »mein Liebes«. Ich bin mir nicht ganz sicher, was sie damit meinte, aber bestimmt war an meinem schlichten gelben Seidenkleid nichts auszusetzen, wenn ich auch keinen Hut aufhatte und flache Sandalen an den nackten Füßen trug. Fergus trug ein Leinenjackett und weiße Hosen und schwenkte zum Scherz einen Strohhut.

Aber natürlich richteten sich die Blicke aller auf Christabel. Betty hatte gefragt, was sie tragen müsse, und ich hatte gesagt, von »müssen« könne keine Rede sein, sie könne anziehen, was sie wolle. Ich war darauf gefaßt, daß sie in der fluoreszierenden Nylonbluse erschien, die Betty ihr gekauft hatte, kombiniert mit dem Plisseerock, aber mitnichten. Sie trug Weiß, weiße *broderie anglaise*, ein schlichtes, ärmelloses Kleidchen mit einem gebogten runden Ausschnitt und einem gebogten Saum, der ihr knapp bis zu den Knien reichte. Um die Taille trug sie eine rosa Schärpe und im dichten, lockigen Haar eine Schleife in derselben Farbe. Sie sah bezaubernd aus, und sie wußte es. Betty hatte ihr ein Bukett aus weißen und rosa Röschen gekauft – auf einmal soviel Geschmack –, und sie überreichte es mir, aber ich gab es ihr sofort zurück, weil ich merkte, daß sie es eigentlich nicht hergeben wollte. Während der kurzen Zeremonie – die in der Form und in der Atmosphäre nicht annähernd so nichtssagend war, wie ich es mir vorgestellt hatte – sah ich Christabel ständig aus dem Augenwinkel, lächelnd, strahlend, mit vor Aufregung und Freude glühendem Gesicht, und als es vorbei war, drehten wir uns beide um und küßten sie, ehe wir einander küßten. Sie umarmte mich heftig, so heftig, wie sie Betty umarmte, und Fergus hob sie hoch und trug sie in den Armen zum Auto hinaus, als ob sie die Braut wäre.

Dann gingen wir alle zum Mittagessen in ein italienisches Restaurant in der Nähe, mit rosa Tischdecken. Die Kellner taten sehr wichtig mit Christabel, die immer lebhafter wurde, und ich sah, daß ihre Großmutter (die mit Camilla zum Essen gekommen war) sie musterte und ihr am liebsten gesagt hätte, sie solle sich beruhigen, aber es gelang ihr, sich zurückzuhalten. Wir blieben fast bis vier in dem Restaurant, und dann kam der schwierige Teil. Ich wäre am liebsten nach Hause gefahren und hätte das Ganze vergessen, aber wir mußten an die Eltern denken. Fergus' Eltern waren unproblematisch, weil sie bei seiner Schwester übernachteten, die in der Nähe von Cobham in Surrey wohnte, und sofort nach dem Essen abfuhren, um nicht in den Berufsverkehr zu geraten, aber meine Eltern fuhren erst am nächsten Morgen mit dem Zug nach Cockermouth zurück. Sie blieben über Nacht, kamen also mit zu uns. Sie fühlen sich nie wohl, wenn sie bei mir wohnen, und ich weiß nicht, ob das an mir liegt – jedenfalls kommt es nie zu dieser Art von Nervosität, wenn ich bei ihnen wohne. Ich glaube, es liegt einfach daran, daß beide nicht gern bei anderen Leuten sind, nicht einmal bei den eigenen Kindern. Sie sind solche Gewohnheitstiere, daran gewöhnt, daß alles seinen Platz hat, und es fällt ihnen schwer, sich neu zu orientieren.

Zum Glück hatte Christabel die Erlaubnis, bis neun bei uns zu bleiben; daher unterhielt sie meine Mutter und meinen Vater bestens. Sie gingen mit ihr spazieren und spielten danach alle möglichen Spiele mit ihr, so daß die Zeit im Flug verging. Als ich sie beobachtete, dachte ich, wie wunderbar es für Christabel wäre, meine Mutter als Adoptivgroßmutter zu bekommen – welch ein Gewinn. Und weil ich wußte, welch eine vollkommene Granny meine Mutter im Gegensatz zu Mrs. Blake war, nahm ich sie mit, als ich Christabel zurückbrachte. Ich wußte, Betty würde ihr nicht widerstehen können und sich deshalb mehr für mich erwärmen, und ich hatte recht. Alles, was Mrs. Blake falsch machte, womit sie Betty gegen sich einnahm, machte meine Mutter richtig. Sie ist ein so offensichtlich freundlicher, gutmütiger, sanfter, *mütterlicher* Mensch, so gütig, daß sich niemand von ihr bedroht, abgestoßen oder eingeschüchtert fühlen kann. Sie schaute Betty schüchtern an und fragte zögernd, ob es recht sei, wenn sie mit hineinkomme, denn sie sei mit Christabel im Park gewesen, und sie fürchte, ihre Schuhe seien nicht so sauber, wie sie sein sollten, und Betty war hingerissen. Als sie dann in dem scheußlichen Wohnzimmer war, ignorierte sie es nicht etwa, weil es ihr zu peinlich gewesen wäre, Kommentare dazu abzugeben, wie es Mrs. Blake und mir immer ging, sondern schaute sich so unbefangen wie irgend möglich um, bewunderte die Messingleuchter und die Wedgewood-Teekanne auf dem Schrank und die bestickten Schondeckchen, von denen sich herausstellte, daß Bettys Mutter sie kurz vor ihrem Tod angefertigt hatte. Es war die ungezwungenste Stunde, die ich je in Bettys Haus verbracht hatte, und ich weiß genau, daß die Erleichterung auf Gegenseitigkeit beruhte.

Sobald wir im Auto saßen und nach Hause fuhren, fing meine Mutter an. »Wie konntest du mir einen so falschen Eindruck vermitteln?« fragte sie entrüstet. »Ich kann mir nicht denken, warum du so bösartig warst.«

»Welchen falschen Eindruck habe ich dir vermittelt?«

»Mrs. Lowe, Betty, sie ist gar nicht der Drachen, zu dem du sie in diesen ganzen Monaten gemacht hast.«

»Ich habe nie gesagt, daß sie ein Drachen ist, Mutter.«

»Es lief aber darauf hinaus, du hast gesagt, sie ist hart und schwierig und äußerst unfreundlich.«

»Das ist sie auch. Du hast sie erst einmal gesehen.«

»Das reicht. Sie hat Angst vor dir, Isobel, das ist das Problem; du vergißt, wie einschüchternd du wirken kannst, du machst sie nervös, das habe ich gemerkt.«

»Ich kann nichts daran ändern, wie ich bin.«

»Natürlich kannst du das. Du bist steif wie ein Schürhaken in das Haus der armen Frau gegangen – furchtbar. Und du hast auf ihrem Sofa gesessen, als ob es ein Nagelbrett wäre. Mein Mitgefühl ist ganz auf ihrer Seite.«

»Das wäre nicht so, wenn du wüßtest, was sie über Rowena gesagt hat, und das *im Beisein* von Christabel.«

»Was hat sie gesagt?«

»Oh, daß Rowena eine Menge auf dem Gewissen hat, daß sie Christabel nicht richtig erzogen hat. Und du glaubst doch bestimmt nicht, daß es richtig ist, einem Kind zu sagen, daß es nicht weinen und nicht am Daumen lutschen soll, ganz zu schweigen davon, daß sie ihr gesagt hat, wenn sie weint und am Daumen lutscht, wird niemand sie wollen.«

»Das ist bloß Gerede. Ich glaube nicht, daß Christabel das ernst nimmt. Auf mich hat Betty wie ein herzlicher, liebevoller Mensch gewirkt.«

Dieser herzliche, liebevolle Mensch in der Phantasie meiner Mutter ließ am nächsten Tag wissen, sie glaube nicht, Christabel dürfe wieder zu mir kommen, es verstöre sie zu sehr. Ich kam eben vom Bahnhof zurück, nachdem ich meine Eltern zum Zug gebracht hatte, da war Maureen am Telefon und erzählte mir das; berichtete, Christabel habe zum erstenmal seit Monaten wieder ins Bett gemacht und aufs neue jenen Alptraum gehabt, in dem ein Mann sie auf die Suche nach ihrer toten Mutter mitnahm. Betty erklärte, es reiche ihr jetzt, es müsse einem ja reichen, mit diesen ganzen Leuten, sie habe beschlossen, sie könne Christabel nicht behalten, wenn die alle sie dauernd durcheinanderbrächten. Ich versuchte, mich so ruhig wie möglich zu verteidigen, wies darauf hin, Betty sei Christabels Anwesenheit bei der Hochzeit recht gewesen, die eindeutig die Ursache der Überdrehtheit gewesen sei, sie habe sie mit einem neuen Kleidchen und so weiter ausstaffiert, was das Ganze zu einem größeren Ereignis gemacht habe, als es meine Absicht gewesen sei – kurz gesagt: Betty sei an den Folgen nicht ganz unschuldig.

Maureen sagte, sie habe keine Zeit, sich herumzustreiten. Sie sagte, sie habe das Gefühl, es sei im Augenblick besser, wenn Christabel bei Betty bleibe, und sie hätten das Besuchsrecht vorübergehend gestrichen. Als ich protestierte, Mrs. Blake werde empört sein und diese Entscheidung anfechten, sagte Maureen, der Adoptionsausschuß trete nächste Woche zusammen, und je nachdem, was bis dahin passiere, könne sich alles ändern. Es war ein deutliches Signal, wir sollten hübsch brav sein – sonst setze es was.

Wir waren hübsch brav. Niemand versuchte, Christabel anzurufen oder zu besuchen; wir schickten ihr jedoch mehrere lustige Postkarten. Falls Betty meinte, schon das rege sie zu sehr auf, konnten wir es auch nicht ändern – es war bestimmt längst nicht so verstörend, als wenn der Eindruck entstanden wäre, wir hätten jedes Interesse an ihr verloren.

Inzwischen hatten wir so viele Dokumente zur Vorlage beim Adoptionsausschuß angesammelt, wie es in der kurzen Zeit, die uns zur Verfügung stand, möglich gewesen war. Abgesehen von der alles entscheidenden Heiratsurkunde hatten wir beide ein Gesundheitszeugnis, Referenzen von den Geschäftsführern unserer Banken, jeweils drei Persönlichkeitsreferenzen und ein psychologisches Gutachten von einem Freund meines Bruders, einem Psychiater, der die Meinung vertrat, wir seien als Eltern bestens geeignet, und dies auch begründete. Ich hatte außerdem eine Trumpfkarte in der Hand, die ich den Sozialarbeiterinnen bisher noch nicht gezeigt hatte. Einmal, als Rowena zum ersten- und einzigenmal eine Nacht lang von Christabel getrennt gewesen war, hatte sie mir in aller Eile einen Brief geschrieben, in dem stand: »Liebste Isobel, ich fahre jetzt doch zu Jessicas Hochzeit, heute nachmittag, und ich bleibe über Nacht und lasse Christabel bei Leo, aber wenn ich einen Autounfall habe oder mir sonst etwas passiert, ich weiß, jetzt unterstellst du mir eine makabre Phantasie, aber kümmerst Du Dich dann um sie? Bitte! Du bist ein Engel ... ich ruf Dich an, wenn ich zurück bin, warum fährst Du denn nicht zu J.s großem Tag, das wird sie Dir nie verzeihen, alles Liebe, Rowena.« Ich fand diesen Brief in einem Buch. Ich erinnerte mich an den Anlaß. Christabel war drei gewesen. Rowena rief mich später an und sagte, es komme ihr schwachsinnig vor, daß sie diesen Brief geschrieben habe. Ich erinnere mich daran, daß ich, wie schon so oft, zu ihr sagte, es sei noch schwachsinniger, *keine* Vorkehrungen zu treffen, was in einem solchen Fall aus Christabel werden solle. Ich erinnere mich daran, daß sie sagte, das habe sie vor, sofort.

Ich zeigte dem Anwalt diesen Brief, und er meinte, es lohne sich, ihn zu kopieren und vorzulegen, wies mich aber gleich darauf hin, daß er nicht rechtsgültig sei. Ich hatte ihn erst gefunden, als Fergus mit seinen restlichen Sachen einzog und ich Platz für seine Bücher schaffen wollte. Wir hatten jetzt vor, ein Haus zu kaufen, aber bis dahin brauchte Fergus Stellplatz, und beim Aufräumen fand ich den Brief, der in dem Roman steckte, den ich damals gerade gelesen haben mußte. Ich war ungeheuer froh, daß ich ihn nicht gleich nach Rowenas Tod gefunden hatte; er hätte wie ein moralischer Imperativ auf mich gewirkt und mich stark belastet. Jetzt war er ein Pluspunkt, drückte deutlich aus, was Rowena im Falle ihres Todes gewollt hätte, und falls der Adoptionsausschuß das ignorierte, sah es ein Richter am High Court vielleicht anders. Außer diesen ganzen Papieren, ein richtiger Stapel, hatten wir eine außerordentlich überzeugend formulierte Erklärung von Mrs. Blake zu unseren Gunsten, die auch Camilla unterschrieben hatte. Unser Anwalt hatte gezögert, befürchtete, diese Erklärung könne uns mehr schaden als nützen, hatte dann aber beschlossen, sie ebenfalls vorzulegen. Das ganze Päckchen wurde abgeschickt, und dann saßen wir da und warteten. Maureen – jetzt schienen wir es immer nur mit Maureen zu tun zu haben, nicht mit Phyllis – hatte versprochen, uns sofort anzurufen, wenn die Ausschußsitzung zu Ende war, auch wenn es noch keine klare Entscheidung gab. Sie hatte uns ständig daran erinnert, es könne so kommen, daß der Ausschuß oft weitere Berichte anforderte oder die Entscheidung einen Monat vertagte, vor allem, wenn ein Gegenantrag vorlag.

Aber es kam nicht zur Vertagung. Maureen rief um vier an. Sie sagte, der Adoptionsausschuß habe einstimmig beschlossen, der Empfehlung des Jugendamts zu folgen, nach der die Carmichaels die geeignetsten Eltern für Christabel waren. Falls wir das anfechten wollten, könnten wir das tun, aber es nütze aller Wahrscheinlichkeit nach nichts. Die einzige Alternative sei, den Fall vor den High Court zu bringen, was, wie sie uns warnte, sehr teuer werde, und der Ausgang sei ungewiß, außerdem ziehe sich die Angelegenheit dann mindestens noch einmal ein halbes Jahr hin. Sie sagte, wir sollten gründlich darüber nachdenken und unsere Entscheidung schriftlich einreichen. Ich sagte, wir hätten lange genug gründlich nachgedacht: Wir würden gegen die Entscheidung vorgehen und sofort einen dementsprechenden Brief abschicken. »Ich hoffe, Sie wissen, was Sie tun«, sagte Maureen. »Selbstverständlich wissen wir das«, gab ich zurück. »Wir kämpfen um Christabels Glück, wie wir das von Anfang an getan haben.«

Elftes Kapitel

Die Monate vom September bis zum Januar waren eine abstoßende Mischung aus Langeweile und Furcht, wobei die Furcht allmählich die Oberhand gewann. Ich entdeckte, daß ich Angst vor der Justiz habe, vielmehr vor dem, was die Justiz anrichten kann. Mir kommt es so vor, als ob die Justiz, nicht einem Esel gleich, harmlos und lächerlich wäre, sondern so bösartig und gerissen wie ein Panther, der einen in einem Dschungel aus Verdächtigungen und Heuchelei anschleicht.

Alles ist eingehüllt in ein undurchdringliches Geheimnis, und selbst die Anwälte, Diener der Prozeduren, wirkten häufig ratlos. Mich erbitterte besonders, daß sie das zu genießen schienen, daß sie lächelten und die Achseln zuckten und zufriedene Gesichter machten, wenn sie gestanden, man könne nicht sagen, wie das eine oder andere ausgelegt werden würde. Sie schienen nie in der Lage zu sein, irgend etwas befriedigend zu erklären. Ich bin nicht dumm, aber sie sorgten dafür, daß ich mir dumm vorkam, und das ärgerte mich maßlos. Ich ärgerte mich außerdem über die Kosten dieser juristischen Beratung, die überhaupt keine solche war. *Niemand* beriet uns. Sie beantworteten nur Fragen, dachten über Vorschläge nach, widersprachen Plänen. Kein einziges Mal sagten sie: »Was unserer Meinung nach am besten wäre und Ihnen die größte Aussicht auf Erfolg gäbe, ist...« Die Initiative schien immer bei uns zu liegen. Ich schaute mir die aufgelisteten Gebühren an, bis zur letzten Briefmarke und zum letzten Anruf sorgfältig aufgeführt, und sah, daß mir jede Sekunde ihrer Zeit berechnet wurde, sogar der Austausch von Freundlichkeiten. Eines Tages rief ich unseren Anwalt an, um ihn zu fragen, ob unser nächster Termin um zwei oder um halb drei sei. Ein Mandant war bei ihm. Seine Sekretärin sagte, sie rufe zurück. Sie tat es, und der Anruf stand auf der Gebührenrechnung für diesen Tag.

Sie halten das vielleicht für ganz richtig und korrekt, aber ich halte es für kleinlich, wenn man bedenkt, wie horrend Anwaltshonorare sind. Es ärgerte mich außerdem, wie schwierig es war, Termine zu vereinbaren – unsere Anwälte empfingen pausenlos andere Mandanten, und wenn sie Zeit für uns hatten, schauten sie dauernd auf die Uhr. Wir hatten nie das Gefühl, wir seien wichtig und hätten ihre Aufmerksamkeit verdient. Immer schwang die leise Andeutung mit, sie hätten weit, weit bedeutendere Fälle, mit denen sie sich befassen mußten. Wir konnten sie in jenen trostlosen Monaten nur zu ein paar steifen Briefen an das Jugendamt bewegen, in denen sie unser Besuchsrecht geltend machten und die entsprechenden Vorschriften des Vormundschaftsgesetzes zitierten. Mrs. Blake und Camilla bekamen zweimal die Erlaubnis, Christabel zu sich zu holen, allerdings nicht über Nacht, aber Fergus und mir wurde das nicht gestattet. Wir durften sie auch nicht abholen oder zurückbringen – das erledigte jetzt Maureen. Als Christabel bei Camilla war, besuchten wir sie, aber weil wir nicht mit ihr ausgehen durften, konnten wir nur Spiele mit ihr spielen. Es war äußerst besorgniserregend und traurig. Sie war uns im Sommer so nahegekommen, und jetzt sahen wir, wie sie uns entglitt, immer weniger das Kind war, das wir kannten.

Und natürlich wurde sie älter. Körperlich veränderte sie sich in jenen fünf Monaten stärker als im ganzen Jahr davor. Sie wurde größer, nahm zu (»Fleisch auf die Knochen kriegen« nannte Betty das), und ihr hübsches Haar, das ein dichter Schopf gewesen war, war jetzt ganz kurz geschnitten, fast bis auf die Kopfhaut, und obwohl nichts ihr reizendes Gesicht verderben konnte, wirkte es durch die neue Frisur auf seltsame Weise ernster. Um mit dem Wachstumsschub Schritt zu halten, waren neue Kleider nötig geworden, und mir fiel auf, daß sie durchstochene Ohrläppchen hatte. Sie war darüber hocherfreut und zeigte uns voller Stolz die winzigen medizinischen Ohrstecker. Judy und Marlene hatten auch Ohrlöcher, und sie war begeistert darüber, daß sie jetzt dazugehörte. Mrs. Blake war wütend und sagte, sie habe vor, mit Maureen darüber zu sprechen – es sei, meinte sie, eine Verstümmelung, und sie sei sich sicher, daß das Jugendamt so etwas nicht erlauben dürfe. Wir beruhigten sie, verwiesen auf Christabels Freude und sagten, es sei töricht, aus so etwas eine Affäre zu machen. Statt dessen kauften wir ihr Ohrringe, die sie tragen konnte, sobald die medizinischen Stecker herauskamen. Es waren ganz kleine goldene Schmetterlinge, mit denen wir Bettys Entscheidung für etwas Knalliges zuvorkamen.

Aber Christabel war auch in anderer Hinsicht älter geworden. Sie war kein solches Baby mehr, war gewiefter geworden. In ihre Beziehungen spielte jetzt Berechnung hinein, und sie war nicht darüber erhaben, Betty gegen uns auszuspielen (und vice versa, nehme ich an). Sie wußte, man konnte es ihr ansehen, daß es ihrer Großmutter weh tat, als sie sagte: »Meine Mum sagt, ich brauch nicht mehr zu üben. Meine Mum sagt, es macht sowieso nur Krach.« Das war eine Anspielung auf die Blockflöte, die Camilla ihr gekauft hatte. Weil sie bei ihrer Pflegefamilie kein Klavier haben konnte und ihre Tante nicht so oft besuchte, daß sie Klavierspielen lernte, hatte Camilla ihr eine Blockflöte geschenkt, ihr die Griffe gezeigt und ihr ein Heft mit einfachen Melodien zum Üben mitgegeben.

Sie war ganz aufgeregt über ihre Fortschritte gewesen, und ich spürte, daß Betty sich darüber geärgert und deshalb Bemerkungen über den Krach gemacht hatte. Aber das Wesentliche daran war, daß Christabel, als sie das sagte, ganz genau wußte, daß sie uns dazu herausforderte, etwas Abfälliges über Betty zu sagen. Sie war nicht unschuldig, es war ihr bewußt, welchen Ärger sie machen konnte. Ich denke, ihre Großmutter tat gut daran, als sie erwiderte: »Gut, Liebes, vielleicht ist es das beste, wenn du die Blockflöte hierläßt. Wir wollen deine Pflegemutter nicht ärgern.«

In Wahrheit wollte Mrs. Blake Betty ärgern, so gut sie konnte. Sie steigerte sich in einen geradezu peinlichen Haß auf Betty hinein und ließ sich nicht davon überzeugen, daß es ein Fehler sei, gegenüber der Pflegemutter ihrer Enkelin eine derartige Rachsucht zu empfinden. »Ich hasse sie *wirklich*«, sagte sie scharf, »ich kann nichts dagegen tun, und ich fühle mich gerechtfertigt. Ich habe mir große Mühe gegeben, sie zu mögen, sie zu verstehen, aber es ist mir nicht möglich. Ich halte sie für bösartig. Sie hat diese Phase mit voller Absicht so schwierig gemacht, wie sie irgend kann. Sie erlaubt nicht einmal, daß ich mit Christabel telefoniere ... ›Rufen Sie bitte nicht mehr an‹, hat sie beim letztenmal gesagt. Es ist ungeheuerlich.« Hinter diesem Haß, den Mrs. Blake zugab, steckte außerdem, daß Betty eine eidesstattliche Erklärung abgegeben und unterschrieben hatte, in der sie unterstellte, nachdem sie

Christabel ein Jahr lang beobachtet habe, glaube sie, »daß sie sich vor ihrer Großmutter fürchtet«. Sie äußerte außerdem die Meinung, daß »Isobel für Chrissie nicht mütterlich genug ist, obwohl Chrissie an ihr hängt«. Zu unser aller Überraschung ergriff sie dann entschieden Partei für die Carmichaels als Adoptiveltern – »das wäre das Beste, wo Chrissie doch schwarz ist«, hieß es in der eidesstattlichen Erklärung.

Es war sinnlos, deshalb zu explodieren. Wir alle wußten, daß das unser größter Nachteil war, möglicherweise viel katastrophaler als unsere zu kurze Ehe. Es war nicht nötig gewesen, daß Maureen oder Phyllis uns erklärten, weil Christabel schwarz sei und wir in einer von Weißen dominierten Gesellschaft lebten, sei es nötig, daß ihre Familie sie hinsichtlich ihrer Hautfarbe selbstbewußter mache und sie sich nicht als Außenseiter fühle. Wie Phyllis es schriftlich formuliert hatte: »Als schwarzes Kind in einer überwiegend weißen Gesellschaft braucht sie eine Umgebung, in der sie Unterstützung bekommt und lernt, wie sie mit dem Rassismus umgehen muß, auf den sie unausweichlich stoßen wird. Das ist ein Gebiet der Kindererziehung, über das ausführlich diskutiert worden ist, aber die Beweise sprechen dafür, daß weiße Familien nicht in der Lage sind, schwarzen Kindern diese Art von Unterstützung zu bieten.«

Richtig. Damit waren Fergus und ich aus dem Rennen, falls der Richter auch dieser Meinung war. Mrs. Blake widmete ihre ganze Energie der Untersuchung dieses »Gebiets der Kindererziehung«, das Phyllis erwähnt hatte, und nach kurzer Zeit bombardierte sie Phyllis mit Verweisen auf Bücher und Berichte, die bezweifelten, was Phyllis unterstellt hatte. Das sei, behauptete Mrs. Blake als Ergebnis ihrer Recherchen, unbewiesen.

Sie verfaßte außerdem ein eindrucksvolles Schriftstück, in dem sie für Fergus und mich Partei ergriff. Sie beurteilte uns nach den sechs Kriterien, nach denen das Jugendamt sich für die Carmichaels entschieden hatte. Phyllis war verpflichtet gewesen, die Wahl zu rechtfertigen, und hatte dabei aufgelistet, wie die Carmichaels abgeschnitten hatten, und Mrs. Blake nahm sich jeden Bereich vor und leistete meisterhafte Arbeit.

Erstens, hatte Phyllis gesagt, suchten sie nach einem Elternpaar, nicht nach einem alleinerziehenden Elternteil. Die Carmichaels hatten dafür die Höchstzahl von fünf Punkten bekommen, aber Mrs. Blake erklärte, es dürften nur vier sein, weil sie nicht verheiratet waren, und Fergus und ich müßten fünf bekommen. Zweitens galt ein mittelständischer Lebensstil mit einem entsprechenden Berufsbild als wünschenswert für Christabel. Die Carmichaels hatten vier Punkte bekommen, aber Mrs. Blake hielt das, was sie von ihrem Lebensstil gesehen hatte, nicht für mittelständisch und Mr. Carmichaels Arbeit nicht für einen seriösen Beruf, deshalb gab sie ihnen nur zwei Punkte und Fergus und mir fünf. Das dritte Kriterium war die Fähigkeit, »Christabel emotionale Kapazität zur Verfügung zu stellen«. Die Carmichaels hatten dafür fünf Punkte bekommen, was Mrs. Blake scharf in Frage stellte. Sie erklärte, zwei Teenager beanspruchten bereits einen großen Teil der »emotionalen Kapazität« in der Familie der Carmichaels, und Mrs. Carmichaels Beruf lauge sie wahrscheinlich emotional aus, so daß sie kaum Kräfte für Christabels zusätzliche Ansprüche übrig habe. Sie gab ihnen nur einen Punkt (obwohl klar war, daß Phyllis mit »emotionaler Kapazität« nicht das meinte, was Mrs. Blake darunter verstehen wollte). Natürlich gab sie Fergus und mir fünf, weil Christabel konkurrenzlos gewesen wäre. Viertens kam die »Bereitschaft, den Kontakt mit den leiblichen Angehörigen aufrechtzuerhalten«. Die Carmichaels hatten vier Punkte bekommen, was Mrs. Blake zurückwies – sie vertrat die Meinung, sie würden sich feindselig verhalten, während Fergus und ich schon jetzt fast zur Familie gehörten. Nur ein Punkt für die Carmichaels, wiederum fünf für Fergus und mich. Fünftens kam die heikle Aufgabe, »Christabel dabei helfen zu können, den Verlust ihrer Mutter zu verarbeiten«. Mrs. Blake traute den Carmichaels voller Verachtung nicht mehr zu, als daß sie Christabel trösteten, war aber bereit, ihnen wie uns vier Punkte zu geben, mit der Begründung, niemand könne wissen, wie dieses »Verarbeiten des Verlusts« bewerkstelligt werden könne, ehe damit angefangen worden war. Zum Schluß ging es darum, »zu einer rassisch gemischten Familie zu gehören und sich deshalb nicht fremd zu fühlen«. Hier mußte Mrs. Blake den Carmichaels fünf Punkte geben, aber sie weigerte sich, uns mit null zu bewerten. Sie erklärte, man könne sich nicht nur in rassischer Hinsicht fremd fühlen, und gab uns drei Punkte. Wer errät, wer die höchste Punktzahl erreichte, bekommt keinen Preis.

Inzwischen waren Fergus und ich ein Ehepaar und stellten uns darauf ein. Es war nicht besonders schwierig. Wir hatten immer gewußt, daß wir viele Gewohnheiten gemeinsam und einen ähnlichen Geschmack hatten, und wußten, daß ein Konflikt an der häuslichen Front unwahrscheinlich war. Es kam nicht zu einer theoretischen Aufgabenverteilung – die Aufgaben verteilten sich von selbst. Fergus kaufte ein und kochte. Ich machte sauber und räumte auf, kümmerte mich um die Rechnungen, die Wäsche und so weiter. Wir brauchten mehr Platz, aber das war geplant, sobald wir Christabel bekamen. Mrs. Blake warf mit Versprechungen um sich, uns ein Haus zu kaufen, was unklug von ihr war. Es war nicht als Bestechung gemeint, wirkte aber so, und wir lehnten das Angebot schnell ab. Christabels eigenes Geld war schon Grund genug zur Sorge, und wir beschlossen, aufzupassen, daß es noch sicherer für sie allein angelegt wurde.

Mrs. Blake hatte sich einmal recht häßlich gefragt, ob es die Carmichaels auf Christabels Reichtum abgesehen hätten, und hatte sich vorgenommen, mit Phyllis darüber zu sprechen, aber noch ehe Fergus oder ich etwas sagen konnten, hatte Camilla ihre Mutter mit untypischer Härte gebremst und erklärt, so etwas dürfe sie auf keinen Fall tun. Sie hatte statt dessen vorgeschlagen, falls die Carmichaels das Sorgerecht für Christabel bekämen, solle ihre Mutter auch ihnen anbieten, ein Haus für sie zu kaufen, falls ihr wirklich etwas daran liege, daß ihre Enkelin in einer Umgebung mit mehr Platz aufwachse. Mrs. Blake sagte, es sei nicht nötig, auch nur einen Gedanken daran zu verschwenden, da die Carmichaels nicht gewinnen würden.

An manchen Tagen machte mir ihre Zuversicht Mut, und auch ich hatte das Gefühl, es sei ausgeschlossen, daß die Carmichaels uns vorgezogen würden, aber häufiger noch wußte ich, daß sie sich irrte. Das Thema Hautfarbe würde den Sieg davontragen, und sobald das Jugendamt gewonnen hatte und Christabel zu den Carmichaels gebracht worden war, hätten wir Glück, wenn wir sie je wieder zu sehen bekämen. Warum sollten James und Lisa mit Leuten verkehren, die sich gegen sie gestellt hatten? Sie wären keine Menschen, wenn sie dazu bereit gewesen wären. Mrs. Blake und Camilla könnten sich zweimal im Jahr das Besuchsrecht sichern, aber meine Aussichten waren düster – ich hatte keinerlei Recht auf meiner Seite.

Darauf spekulierte Phyllis, als sie uns zu überreden versuchte, das schwebende Verfahren vor dem High Court einzustellen. »Meinen Sie nicht«, sagte sie vorsichtig, »daß Sie versuchen sollten, die Carmichaels zu akzeptieren? Sie wollen Ihnen unbedingt mehr als nur den halben Weg entgegenkommen, ihnen gefällt diese Feindschaft wirklich gar nicht.«

»Ich bin nicht ihre Feindin«, sagte ich gereizt. »Ich glaube nur, daß wir bessere Eltern für Christabel wären, das ist alles.«

»Dann sind Ihre Zweifel also ganz verschwunden?« sagte Phyllis, die Liebenswürdigkeit in Person, aber ich wollte unbedingt einen höhnischen Unterton heraushören.

»Ich habe keine Zweifel, was die Carmichaels anbelangt«, sagte ich, »und seit wir mit Christabel Ferien gemacht haben, habe ich nie wieder an mir gezweifelt. Ich liebe sie, ich kenne ihre Vorgeschichte, ich gehöre auf eine Weise zu ihr, wie es diesen Leuten niemals möglich sein wird. Mir tut nur leid, daß ich so lange gewartet habe, das alles zuzugeben. Wir hätten sie nach Rowenas Tod auf keinen Fall nach London zurückbringen dürfen. Wir hätten sie im Lake District bleiben lassen oder nach Edinburgh bringen müssen, dann wäre das alles nicht passiert.«

»Falls Sie beschlossen hätten, sie zu adoptieren, wäre es sehr wohl passiert«, sagte Phyllis entschieden. »Sie wäre der Fürsorge unterstellt worden.«

»Schöne Fürsorge.«

»Wie bitte?«

»Mir ist es nie wie Fürsorge vorgekommen. Vielleicht haben Sie Ihr Bestes getan, ich bin mir sicher, daß es so war, aber das Beste ist nicht gerade berauschend, nicht wahr? Auch das war uns vorher nicht klar.«

»Ich halte das für ziemlich beleidigend und für nicht gerechtfertigt.«

»Das habe ich nicht anders erwartet.«

»Sie wollen also nicht nachgeben, Christabel zuliebe?«

»Wir tun das alles Christabel zuliebe. Glauben Sie, Mrs. Blake würde mindestens 20000 Pfund für das Gerichtsverfahren ausgeben, wenn sie nicht überzeugt wäre von dem, was sie tut? Glauben Sie das?«

»Ich bin mir nicht sicher, daß das *Geld*, das sie ausgibt, mehr zu bedeuten hat, als daß Mrs. Blake unbedingt gewinnen will.«

»Aber warum sollte sie das wollen, wenn sie nicht glaubt, daß sie recht hat?«

»Sie kann durchaus glauben, daß sie recht hat, aber genau das war ja von Anfang an ein Teil des Problems – sie will keine andere Meinung hören als die eigene. Unser Standpunkt entspricht völlig der Rechtslage, und wir müssen so handeln, wie es unserer Meinung nach am besten für Christabel ist.«

»Das sagen Sie.«

»Soll ich das so verstehen, daß Sie mir nicht glauben?«

»Es fällt mir schwer. Mir scheint, die meisten Jugendämter wären begeistert darüber, wenn ihr Problem dadurch gelöst würde, daß die leiblichen Angehörigen es sich anders überlegen und das Kind adoptieren wollen und ...«

»Sie und Ihr Mann sind nicht Christabels ›leibliche Angehörige‹. Vielleicht kommt es Ihnen so vor, aber Sie sind es nicht. Sie haben beide nie Kinder gehabt, haben nie mit Kindern gearbeitet oder zusammengelebt, trotzdem wagen Sie von sich zu behaupten, Sie seien die idealen Eltern für ein Kind, das die Hilfe erfahrener Menschen braucht. Das macht mich wirklich wütend.«

Das sah ich. Phyllis saß mir in ihrem Büro – in jenen Monaten, seit wir offiziell Gegner geworden waren, trafen wir uns nur noch in ihrem Büro, Privatbesuche standen nicht auf der Tagesordnung – angespannt vor Wut gegenüber und wirkte in ihrem Gehabe so zerstreut wie Maureen. Mir ging durch den Kopf, sie habe möglicherweise Ärger mit Mr. Wavell und anderen Vorgesetzten, denn das Gerichtsverfahren würde natürlich auch für das Jugendamt teuer werden, und falls das Jugendamt verlor, würde die Publicity ihm schaden. Vermutlich wurde Phyllis streng verhört wegen der Lage, in die sie das Jugendamt gebracht hatte, und ganz gleich, wie die Richtlinien aussahen, würde Phyllis vorgeworfen werden, sie in die Praxis umgesetzt zu haben. Vielleicht versuchten Beamte im Hintergrund, sie zu einem Rückzieher zu bewegen, genau wie sie jetzt versuchte, uns zu einem Rückzieher zu überreden – wer wußte schon, unter welchem Druck sie stand? Und schließlich tat sie, wie sie immer wieder sagte, nur ihre Arbeit. Wenn ich sie für eine gute Frau hielt, und das hatte ich immer getan, dann war es schwer zu glauben, daß sie uns absichtlich gegen sich aufbrachte. Wir mußten uns der Tatsache stellen, daß sie den Carmichaels tatsächlich den Vorzug gab.

Das war hart. Mir war übel bei dem Gedanken, sie könne recht haben. Was wußte ich denn schon darüber, wie es war, in einer vorherrschend weißen Gesellschaft schwarz zu sein? Aber was hatte Rowena darüber gewußt? Sie hätte Christabel ohne einen schwarzen Vater aufgezogen, zahllose alleinstehende Mütter tun das, vielleicht Hunderte, vielleicht Tausende, und das hätte so akzeptiert werden müssen. Aber ich begriff natürlich, daß die Situation anders war, seit das Jugendamt den Auftrag hatte, Eltern auszuwählen. Es war verpflichtet, die eigenen offiziellen Maßstäbe anzulegen, und im Fall unseres Jugendamts hieß das, man mußte dem ideologischen Gebot folgen, daß schwarze Kinder wenn irgend möglich von schwarzen Eltern betreut oder adoptiert wurden. Bei der Pflegefamilie war ihnen das nicht gelungen, was sie vermutlich bedauerten, aber wenn sie im schwerwiegenderen Fall einer Adoption den eigenen Richtlinien nicht folgten, hätten sie einen schlechten Eindruck gemacht und Ärger bekommen. Im Gegensatz zu Mrs. Blake verstand ich ihre Haltung. Ich war sogar nahe daran, das zu tun, was Phyllis wollte, nämlich aufzugeben (obwohl ich beim Gedanken an Mrs. Blakes Zorn, von allem anderen ganz zu schweigen, weiche Knie bekam), aber Fergus bestärkte mich in meiner Entschlußkraft. Wie Mrs. Blake hatte er keine Zweifel. Er *wußte* einfach, daß Christabel bei uns besser aufgehoben war, und konnte es nicht erwarten, sie bei uns zu haben.

Sein Eifer machte mir etwas angst. Ich war froh, daß Phyllis, die ihn in dieser Zeit nur einmal sah, nichts davon merkte. Ich bin mir sicher, daß sie diesen Eifer ungesund genannt hätte. Weil es unwahrscheinlich war, daß wir sofort ein Haus fanden, hatte Fergus damit angefangen, aus der kleinen Kammer ein Zimmer für Christabel zu machen. Es war in einem hübschen elfenbeinfarbenen Ton gestrichen und hatte einen braunen Teppichboden, der ein guter, neutraler Hintergrund für einen Läufer war, den ich Christabel selbst aussuchen lassen wollte, aber Fergus hatte andere Vorstellungen. Zu meinem Ärger räumte er das Zimmer völlig aus – nur ein Sofa und eine kleine Kommode standen darin – und baute ein herrliches Hochbett, damit der Boden frei blieb und Christabel das Gefühl hatte, sie habe mehr Platz. Dann bestand er darauf, den Boden mit schwarzweißen Kunststofffliesen auszulegen, damit er größer wirke, und die Wände mit Korkplatten zu verkleiden, damit sie als Pinnwände für Christabels Bilder dienen konnten. Die schlichten gelben Baumwollvorhänge wurden abgenommen und ein Rollo angebracht, das Fergus selbst entworfen hatte. Es zeigte eine Dschungelszene, voller exotischer Blumen und Pflanzen, die heruntergezogen, farbenprächtig und eindrucksvoll war. Auf dem Hochbett lag eine schöne mexikanische Decke, die er von einer Reise mitgebracht hatte, und auf dem Boden, am Fuß der Bettleiter, lag ein runder Teppich, am Rand violett, der zur Mitte hin von Dunkelrot über Lavendel bis Blaßrosa heller wurde. Fergus baute an die schmalen Wände neben der Tür Bücherregale und brachte Tage in Buchhandlungen zu, um sie zu bestücken.

Christabel wußte nichts davon, denn natürlich durften wir sie nicht mehr mit zu uns nach Hause nehmen. Wir erzählten ihr auch nichts von diesem Zimmer, das sie insgeheim erwartete, weil wir wußten, daß es gefährlich war, ihr Hoffnungen zu machen. Aber hätte sie sich überhaupt Hoffnungen gemacht? Wer wußte das mit Sicherheit zu sagen? Ich stellte mir immer wieder vor, wie es wäre, wenn Christabel nach ihrer Meinung gefragt würde: Für wen hätte sie sich entschieden, für uns oder für die Carmichaels? Gegen beide, da war ich mir sicher. Sie hätte sich für Betty entschieden. Maureen sprach das eines Tages aus. Sie berichtete außerdem, Betty sage neuerdings, sie habe nichts dagegen, Chrissie als Pflegekind auf Dauer zu behalten, wie sie es bei Marlene getan hatte. Durch Marlene wußte sie, daß Pflegeeltern ein eingeschränktes Sorgerecht bekommen konnten, einen Status zwischen Pflege und Adoption. Das galt bis zum Alter von achtzehn und erlosch dann. Betty hatte eine Broschüre darüber bekommen, als Marlene zu ihr kam, und sie wußte, daß diese neue Form des Sorgerechts in Fällen wie dem von Marlene und jetzt dem von Christabel praktiziert wurde, wenn ein Pflegekind länger als ein Jahr in der Pflegefamilie blieb. Zu meiner Erleichterung hatte Maureen die Idee verworfen, ehe ich die Nachricht ganz geschluckt hatte. Bettys Zuhause war nicht ideal für Christabel, und Betty hatte keine Chance. Christabel war intelligent, und inzwischen gaben alle zu, daß sie im Haushalt der Lowes geistig nicht gefördert wurde.

Tatsächlich hatte sie im Lesen und Schreiben nicht nur keine Fortschritte gemacht, sie hatte sich verschlechtert, obwohl wir das nie herausgefunden hätten, wenn ich nicht plötzlich auf die Idee gekommen wäre, mit Miss Splint zu sprechen, ihrer geliebten Lehrerin. Folgendes war passiert: Bei ihrem vorweihnachtlichen Besuch bei der Großmutter konnte Christabel das Buch nicht lesen, das ihre Großmutter für sie gekauft hatte – eine schöne Ausgabe von *A Night Before Christmas*. Wir konnten uns alle daran erinnern, daß sie am letzten Weihnachten Wörter wie »Nacht« und »Weihnachten« hatte lesen können und sehr stolz auf ihre Lesebegabung gewesen war, uns immer wieder erzählt hatte, sie gehöre im Lesen zu den Besten in ihrer Klasse. Und es war ein Gebiet, auf dem sich Rowena von Anfang an besondere Mühe gegeben hatte. Ich erinnerte mich an die ausgeschnittenen Bilder auf Pappkarton mit den Wörtern, die sie illustrierten, wie »Katze« in Druckschrift darunter, die schon an der Wand hingen, als Christabel noch ein Baby war. Diese »Leselernkarten« waren damals Mode gewesen, und ich hatte Rowena unbarmherzig damit aufgezogen, aber sie hatte sich nicht beirren lassen. Im Alter von einem Jahr konnte Christabel mit Pappbilderbüchern umgehen, und mit drei war sie in der Lage, die Schlüsselwörter in allen Kinderbüchern zu erkennen. Das kam ganz von selbst – Rowena übte nicht den mindesten Druck auf Christabel aus, sie ließ einfach lustige Bücher herumliegen und war jederzeit, jederzeit bereit, daraus vorzulesen.

Das war alles weg. Ohne Bücher um sich, ohne jemanden, der las, verachtete Christabel jetzt das ganze Medium. Als Camilla ihr ein Buch zum Geburtstag schenkte – so Camilla –, habe Betty gesagt: »Wie kann man ihr bloß ein Buch schenken.« Camilla hatte erwidert, sie glaube, Christabel liebe Bücher, und zur Antwort bekommen: »Nein, nicht mehr, ich mag keine. Mum sagt, ich verderb mir die Augen, und dann krieg ich eine Brille.« Natürlich sträubten sich uns die mittelständischen Nackenhaare, und ich glaube nicht, daß es nur gesellschaftliche Vorurteile waren – unsere kulturellen Wertvorstellungen wurden bedroht, und wir empfanden selbstgerechte Entrüstung. Maureen sagte, wenn Christabel in ihr festes Zuhause komme, werde sie den verlorenen Boden bald wieder aufholen, und es sei kein Grund zur Sorge.

Aber wir machten uns Sorgen, und nach diesem Vorfall ging ich zu Miss Splint. Ich hatte kein Recht dazu, aber Maureen unterließ es, mich darauf hinzuweisen. Ich ging in der ersten Schulwoche im Januar zu ihr, vierzehn Tage vor unserer Gerichtsverhandlung, nachdem sie ihre Klasse nach Hause geschickt hatte. Ich hatte ein schlechtes Gewissen, weil ich genau wußte, wie anstrengend ein normaler Schultag für sie war, aber falls ihr mein Besuch ungelegen kam, ließ sie sich nichts davon anmerken. Sie sagte, sie sei froh, daß sich jemand so sehr für Christabels schulische Leistungen interessiere, daß er zu ihr komme und sich danach erkundigte. Betty, Mrs. Lowe, war das ganze Jahr lang nie in der Schule gewesen. Christabel wurde von Marlene hergebracht, im Taxi (bezahlt vom

Jugendamt), und von ihr wieder abgeholt. Die Sozialarbeiterin hatte zweimal angerufen, war aber kein einziges Mal zu Besuch gekommen.

»Niemand«, sagte Miss Splint, »hat mir persönlich Fragen nach Christabel gestellt. Ich habe ein Formular ausgefüllt, das ist alles. Und ich mache mir große Sorgen um sie. Sie macht erschreckende Rückschritte, selbst wenn man ihr zugute hält, was sie hinter sich hat. Ihre Konzentration ist fort, sie kann nicht mit den anderen Kindern spielen, und was sie malt, läßt auf schwere Störungen schließen.« Sie zeigte mir etliche Bilder Christabels. Alle schienen Brände zu zeigen, Papierbögen, die mit hingeschmierten roten Strichen bedeckt waren, und im Mittelpunkt stand eine kleine Gestalt, gezeichnet wie ein Strichmännchen. Manchmal stand eine zweite, größere Gestalt in der Ecke, entfernt von den roten Pinselstrichen, und auf einem Bild war ein Baum zu sehen, oder etwas, was ich für einen Baum hielt, der aus den Flammen herauswuchs. Ich konnte nicht erkennen, was die Bilder zu bedeuten hatten, aber dann führte Miss Splint mich durchs Klassenzimmer, zeigte mir die Arbeiten von Christabels Klassenkameraden, und mir wurde klar, daß Christabel völlig aus dem Tritt war. Ich dachte, es sei vermutlich dumm, ein paar danebengegangene Bilder einer Sechseinhalbjährigen derart überzubewerten, aber Miss Splint holte zwei Bilder heraus, die Christabel kurz nach Rowenas Tod gemalt hatte, und zeigte sie mir. Sie hatte sie aufgehoben, weil sie so gut waren und weil sie daran dachte, sie bei einem Wettbewerb einzureichen. Sie waren hinreißend, farbenfroh und heiter, und am meisten fiel die Komposition auf. Jedes Detail war sorgfältig gesetzt und genau ausgeführt. Es war schwer zu glauben, daß dasselbe Kind, noch dazu inzwischen älter, die Feuerbilder gemalt hatte, eine einzige wütende Schmiererei.

Ein Grundschulklassenzimmer nach dem Unterricht ist nicht unbedingt der richtige Ort für ein offenes Gespräch, aber ich war einer vertraulichen Aussprache über Christabels Misere mit einer Fremden noch nie so nahegekommen. Es berührte mich stark, daß Miss Splint, Eleanor Splint, das ganze Mitgefühl und die Sorge aufbrachte, die den Sozialarbeiterinnen fehlten, und obwohl man zu ihren Gunsten hätte sagen können, keine Sozialarbeiterin überstehe ihren Beruf auch nur einen Tag lang, wenn sie jeden Klienten mit diesen Eigenschaften überschüttete, ließ sich andererseits sagen, daß Miss Splint in ihrem Beruf genauso eingespannt war und trotzdem Zeit und zärtliche Zuwendung für ein einzelnes Kind übrig hatte. Wir saßen nebeneinander, auf den harten Schulstühlen, sprachen über Christabel, und obwohl die Umgebung, abgesehen von den Bildern und Plakaten an den Wänden, nicht viel freundlicher war als die Büros im Jugendamt, war ich entspannt und fühlte mich wohl. Ich erzählte Miss Splint – es fiel mir schwer, sie mit dem Vornamen anzureden oder sie in Gedanken Eleanor zu nennen – von der bevorstehenden Gerichtsverhandlung und von den Carmichaels. Ich behielt ihr Gesicht genau im Auge, als ich sagte, James Carmichaels Hautfarbe werde den Richter vermutlich für ihn einnehmen – es sei ein stichhaltiges Argument, daß Christabel, weil sie schwarz war, in einer Familie aufwachsen solle, die ihrem rassischen Erbe entsprach und sich mit demselben Rassismus auseinandersetzen mußte, auf den auch Christabel stoßen würde.

Sie lächelte leicht und neigte den Kopf zur Seite. »Wenn ich Richterin wäre«, sagte sie, »ließe ich mir meine Entscheidung nicht von ideologischen Ansichten vorschreiben. Christabel lebt hier in diesem Klassenzimmer in einer multirassischen Gemeinschaft, sie hat viel Erfahrung damit, schwarz zu sein, während andere weiß sind. Und sie hat kein *kulturelles* schwarzes Erbe, sie hat keine Verwandten aus der Karibik im Hintergrund, wie das bei so vielen anderen Kindern der Fall ist. Vielleicht sind diese Carmichaels die richtige Familie für sie, ich weiß es nicht, ich kenne sie nicht, aber sie sollten sie nicht der Rasse wegen bekommen. Das ist zu primitiv.« Dann machte sie eine Pause, griff nach einem Bleistift und spitzte ihn, so daß ich ihr Gesicht nicht richtig sehen konnte, weil sie sich vornüber beugte. »Natürlich«, sagte sie leise, »hält sich Christabel nicht für schwarz, und das ist gefährlich. Es ist sehr schwer für sie.«

»Woher wissen Sie, daß Sie sich nicht für schwarz hält?«

»Das sagt sie. Wir haben eine Leseübung mit Bildern von weißen, schwarzen, chinesischen und indischen Kindern. Auf einer Seite steht die Frage: ›Wer bin ich?‹, und die Kinder suchen sich das Gesicht aus, das ihrem eigenen am ähnlichsten ist – es ist eine Art Test. Christabel sucht sich immer das weiße, blonde, blauäugige Mädchen aus, und wenn die anderen Kinder darauf zeigen und sagen, daß sie das andere Mädchen ist, das Mischlingskind mit Afrohaar und braunen Augen, regt sie sich furchtbar auf und sagt: ›Ich bin nicht schwarz.‹«

»Aber sie schaut doch in den Spiegel, sie sieht sich im Klassenzimmer um, sie muß doch den eigenen Augen trauen, oder?«

»Natürlich, aber sie muß es nicht zugeben. Und sie will nicht zugeben, daß sie einen Vater hat, daß sie einen gehabt haben muß und daß er schwarz gewesen sein muß. Sie ist erst sechs, sie hat das noch nicht zu Ende gedacht und versteht die biologische Rolle des Vaters nicht, aber wenn die anderen Kinder von Vätern sprechen, besteht sie darauf, daß sie keinen Vater hat und keinen haben will.

Es gibt mehrere Kinder in der Klasse, die alleinstehende Mütter haben, aber sie streiten nicht ab, daß es irgendwo einen Vater gibt. Sie denken schlicht und einfach nicht darüber nach. Sie sagen, daß sie nur eine Mutter haben, wenn das Thema zur Sprache kommt, aber sie betonen nicht, daß es gar keinen Vater gibt. Ich habe viel daraus gelernt. Wenn ich ein Kind bekomme, sorge ich dafür, daß es weiß, es hat einen Vater, auch wenn er nicht mit mir zusammenlebt.«

Sie schaute wieder auf und schenkte mir ihr wunderschönes Lächeln. Mir war, als läge eine Spur Spott darin, und ich ertappte mich dabei, daß ich blöderweise rot wurde. »Sind Sie schwanger?« fragte ich.

»Nein. Aber ich wäre es gern. Es gehört nur soviel Mut dazu, sich dazu zu entschließen.«

»Ja, ich weiß.«

»Und ich liebe meinen Beruf. Ich könnte Mutterschaftsurlaub nehmen, aber ich bin mir nicht sicher, ob ich danach noch Lust hätte, zurückzukommen.«

»Wie würden Sie es schaffen? Ich meine, allein mit einem Kind?«

»Oh, ich wäre nicht allein. Meine Mutter würde für das Kind sorgen, und meine Schwestern würden helfen. Es wäre schwierig, das weiß ich, aber ich glaube, durch meinen Beruf habe ich so viel mitbekommen, daß ich darauf vorbereitet bin. Und in meinem Fall wäre der Mann, den ich mir als Vater wünsche, in der Nähe, auch wenn wir nicht zusammenleben.«

Ich schwieg und machte mir Sorgen darüber, sie könne mein Schweigen als Mißbilligung deuten, aber ich wußte nicht, was ich sagen sollte. Ich fühlte mich müde, dachte erschöpft, daß ich das alles schon einmal gehört hatte, und nichts von der Heftigkeit von früher, mit der ich über

Alleinerziehende geurteilt hatte, war mehr da – ich wußte nicht, was ich darüber dachte.

Ich hätte sie gern nach ihrem Geliebten gefragt und danach, warum sie ihn nicht heiraten wolle, ob das ihre freie Entscheidung war oder daran lag, daß er schon verheiratet war, aber ich wollte nicht schnüffeln. Es ging mich nichts an. Also ließ ich sie nach Hause gehen und trottete auch davon. Ich fühlte mich leicht benommen. Wie hätte sich Rowena über Miss Splints Pläne gefreut, die ihr recht gaben. Ich sah kommen, daß Rowenas Handlungsweise bald die Regel sein würde. Trotzdem fragte ich mich wie immer, was Christabel und Miss Splints Kind, falls sie eines bekam, als Jugendliche darüber denken würden.

Dadurch fiel mir jemand ein, an den ich lange nicht mehr gedacht hatte: Amos, Christabels leiblicher Vater. Ich ertappte mich dabei, daß ich mich fragte, was wäre, wenn er davon erführe und nach England geholt würde. Würde er Christabel mit zu sich nach Hause nehmen? Hätte er das Recht dazu, falls seine Vaterschaft bewiesen war? Wäre es gut oder schlecht für Christabel, wenn Amos sie haben wollte? Ich wußte nichts über ihn, wußte nicht, ob er inzwischen verheiratet war, wußte nicht einmal, ob er auf Barbados war. Wäre es fair, ihn in das alles hineinzuziehen? Aber falls er gefunden und in diesen ganzen Schlamassel hineingezogen wurde, wäre er vielleicht damit einverstanden, daß Fergus und ich Christabel adoptierten, könnte er uns vielleicht helfen. Ich hatte Visionen, wie Christabel mitgenommen wurde, um ihr Leben mit Spielen in der Sonne zu verbringen, kitschige, groteske Visionen, in denen sie Blumen im Haar hatte und in das blaue Wasser der Karibik lief... Fergus brachte mich zur Vernunft. Er sagte, er könne sich zu diesem Zeitpunkt nichts Katastrophaleres für Christabel vorstellen als das plötzliche Auftauchen eines Vaters, den sie nie gekannt hatte und dem es möglicherweise gelang, sie in ein Land und eine Kultur mitzunehmen, die so völlig anders war. Und er sagte, das sei eine zu schwere Belastung für Amos, den Rowena schließlich nur benutzt habe. Das führte zu einem Riesenkrach, bei dem ich nicht etwa Rowena verteidigte, sondern Amos angriff, alle Männer angriff, weil sie es zuließen, benutzt zu werden.

In den ersten beiden Januarwochen gab es ständig Streit, während der gefürchtete Gerichtstermin näher rückte. Ich glaube nicht, daß es irgend jemand gab, mit dem ich mich nicht stritt. Ich stritt mich sogar mit der armen, harmlosen Camilla, schlicht und einfach deshalb, weil sie es zuließ, von Maureen herumgeschubst zu werden. Christabel sollte am Samstag vor der Verhandlung zu Camilla kommen, aber im letzten Augenblick sagte Maureen, es passe schlecht und verschob den Besuch auf Sonntag, an dem es Camilla überhaupt nicht paßte, aber sie traute sich nicht, das zu sagen. Ich ertrug es nicht, daß sich Camilla von Maureen einschüchtern ließ, und versuchte, ihr einzureden, sie solle darauf bestehen, daß der Termin am Samstag eingehalten wurde. Sie war nicht zu überreden. Sie kuschte, erlaubte Maureen, daß sie Christabel am Sonntag brachte, und sagte die eigenen Verabredungen ab. Zum Glück war ihre Mutter noch nicht aus Edinburgh angereist, wo sie seit Weihnachten war, um Kräfte zu sammeln, sonst hätte sie Camilla zweifellos ebenso mit Verachtung gestraft wie ich.

Ich stritt mich außerdem mit Mrs. Blake, als ich sie vom Zug abholte, aber das war schließlich nichts Neues. Sie hatte Kontakt zu einer Gruppe aufgenommen, die sich für Familienrechte einsetzte, und war voller Pläne, das

Jugendamt zu verklagen, weil es ihr nicht die Rechte eingeräumt hatte, die ihr als Großmutter, wie sie jetzt entdeckt hatte, zustanden. Ich wandte ein, es sei zu spät, jemanden zu verklagen, und weil Christabel ein Gerichtsmündel sei, hätten für das Besuchsrecht andere Vorschriften gegolten. Im Grunde hatten wir beide nicht die leiseste Ahnung, worüber wir sprachen.

Am Morgen, an dem wir vor Gericht erscheinen mußten, trafen wir uns alle bei Camilla. Alle Streitereien hatten sich inzwischen totgelaufen. Wir waren ein ausgesprochen stilles Grüppchen. Fergus sah in einem Anzug mit weißem Hemd und Krawatte merkwürdig aus. Mrs. Blake war im Sonntagsstaat, samt Fuchsstola – ein scheußliches Ding, obwohl ich noch wußte, daß Rowena und ich uns mit Wonne damit ausstaffierten, als wir noch klein waren. Mrs. Blake würde vom Richter nicht in den Zeugenstand gerufen werden – man hatte uns erklärt, es sei unwahrscheinlich, daß jemand im normalen Sinn in den Zeugenstand gerufen werde, weil es sich um eine Anhörung handelte, nicht um einen Prozeß –, aber sie wollte wie immer Eindruck machen. Ich sah, daß sie sich fest an ihren Stock klammerte, aber ihre Haut war eher bleich, nicht rot vor Zorn wie immer dann, wenn ihr Blutdruck in die Höhe schnellte. Camilla war ganz in Schwarz, worüber ihre Mutter sich beschwerte: Es sei taktlos, sich anzuziehen wie zu einer Beerdigung, und Camilla verteidigte sich damit, sie trage meistens Schwarz und sehe darin am besten aus (was stimmte). Ihre Mutter nahm sich außerdem heraus, laut in Frage zu stellen, ob *ich* »passend« angezogen sei. Ich trug Hosen, elegante Hosen, hellgrau und makellos geschnitten, und eine lila Bluse unter einer weitfallenden Jacke. Ich sagte, ich sei passend für jede Gelegenheit angezogen, und sie ließ es ziemlich beleidigt auf sich beruhen.

Lisa Carmichael sah so aus, wie ich nach Mrs. Blakes Meinung hätte ausehen sollen, trug eines ihrer adretten, altmodischen Kleider, ein vergoldetes Halsband und hatte eine schwarze Handtasche dabei. Sie sah äußerst sauber, frisch und gesund aus. James trug wie Fergus einen dunklen Anzug und sah sehr feierlich aus. Wir konnten nicht umhin, »Guten Morgen« zueinander zu sagen, weil wir in Grüppchen in einem Vorzimmer standen, ehe wir in den Gerichtssaal gingen. Wir standen auf einer Seite, mit unserem Anwalt und Barrister (seinem vor Gericht zugelassenen Partner, mit dem wir nur einmal ganze fünf Minuten lang gesprochen hatten), und Phyllis und Maureen standen mit den Carmichaels und dem Anwalt und Barrister des Jugendamts auf der anderen Seite. Alle sprachen im Flüsterton und schauten immer wieder auf die Armbanduhren. Ich fragte mich, ob Betty und Christabel auch dabeisein würden, aber offenbar hatte der Richter mit beiden schon einzeln gesprochen.

Nachdem wir etwa eine halbe Stunde gewartet hatten, kam ein Mann zu unserem Barrister, sagte etwas zu ihm, und unser Barrister drehte sich um und führte uns zu der Doppeltür auf der entgegengesetzten Seite. Mir fiel auf, daß wir vor der Gruppe des Jugendamts her gingen. Der Gerichtssaal war anders, als ich erwartet hatte, aber vielleicht hatte ich zu viele Krimis gesehen, die im Gerichtssaal spielen. Der Raum sah modern aus, eher wie ein Hörsaal in einer neuen Universität als eine ehrwürdige alte Stätte. Wir standen alle ziemlich nahe aneinandergedrängt, und von einer feierlichen Atmosphäre konnte keine Rede sein, obwohl ich einen kurzen Augenblick lang an ein Krematorium erinnert wurde. Immerhin trug der Richter eine Perücke und eine Robe, was mich geradezu erleichterte – zunächst hatte alles so schäbig und unbedeutend gewirkt.

Wir standen alle auf, als er hereinkam, wie in der Kirche, und warteten, bis er uns aufforderte, Platz zu nehmen. Er nahm hinter einem massiven Lesepult Platz – vielleicht war es auch ein Schreibtisch –, das auf einem niedrigen Podium stand. Er setzte die Brille auf und las irgend etwas, das vor ihm lag. Ich fragte mich, warum er es nicht vorher gelesen hatte, aber vielleicht setzte er sich nur kurz wieder ins Bild. Ich wußte nicht, warum, aber bei diesem Gedanken mußte ich lächeln, und genau in diesem Augenblick schaute der Richter auf und schien mich mißbilligend zu mustern. Es ärgerte mich gewaltig, als ich merkte, daß ich tatsächlich Angst hatte.

Ich hörte allem, was er sagte, aufmerksam zu, kann mich aber nur an äußerst wenig erinnern. Ich erinnere mich deutlicher an Gesichtsausdrücke und die allgemeine Atmosphäre als an alles, was in dieser Dreiviertelstunde gesagt wurde. Nachdem ich unserem Barrister kurz zugehört hatte, kam ich zu dem Schluß, daß er unbrauchbar war, und fragte mich, wie in aller Welt wir bei ihm gelandet waren. Er war gelangweilt, er war langweilig, er legte weder Überzeugungskraft noch Schläue in seine Zusammenfassung unseres Anspruchs, und ich hätte ihn am liebsten beiseite gestoßen und selbst gesprochen. Im Gegensatz zu ihm war der Barrister des Jugendamts, eine junge Frau, die vor dem Gerichtssaal sehr nervös gewirkt hatte, hervorragend. Es war ein Vergnügen, ihr zuzuschauen und zuzuhören, womit ich nicht sagen will, sie sei schön oder besonders beredt gewesen, es lag an ihrer Konzentration und inneren Beteiligung. Es war ein rührender Anblick, wie sie sich in die Schilderung der Carmichaels hineinsteigerte, wie sie Einzelheit an Einzelheit über ihren Hintergrund aneinanderreihte, bis die Carmichaels unwiderstehlich wirkten. Natürlich spielte sie das Thema Hautfarbe hoch und zitierte gut ausgewählte Passagen aus neuen Forschungsprojekten, neben denen die Zitate unseres Barristers völlig überholt wirkten. Phyllis und Maureen wechselten befriedigte Blicke, und Lisa Carmichael senkte bescheiden den Blick. Mir fiel auf, daß ihr Hals gerötet war, und ich fragte mich geistesabwesend, ob das vergoldete Halsband nicht zu eng war – sie hatte einen dicken Hals.

Der Richter stellte beiden Barristers mehrere Fragen, aber abgesehen davon, daß er uns bat, uns zu erkennen zu geben – wir mußten die Hand heben, als unsere Namen verlesen wurden, als ob wir Schulkinder wären –, sprach er weder mit uns noch mit den Carmichaels. Er starrte uns alle lange an, das war alles. Dann legte er die Fingerspitzen aneinander, schloß halb die Augen und faßte zusammen, was er für die wichtigsten Punkte in diesem Fall hielt. Mein Herz machte einen Sprung, als er sich vernichtend über Jugendämter äußerte, die ihrem ideologischen Eifer frönten und vergaßen, daß Kinder Menschen sind, und es machte noch einmal einen Sprung, als er äußerst streng über die mangelnde Zusammenarbeit mit den leiblichen Angehörigen eines Kindes, vor allem mit den Großeltern, sprach. Ich glaubte, ich sei vielleicht zu pessimistisch gewesen, und wir hätten doch noch eine Chance. Nachdem er mit den Verallgemeinerungen fertig war, lobte er Fergus und mich sogar dafür, daß wir als Voraussetzung für Christabels Adoption sofort geheiratet hätten, und sagte, im Gegensatz zu unserer Sozialarbeiterin sehe er darin überhaupt nichts Verdächtiges. Dem folgte ein recht ausführlicher Vortrag darüber, mit welcher Sorge er die Entwicklung der modernen Gesellschaft verfolge und wie schwierig dadurch die Rolle der Justiz werde. Die Justiz, sagte er, könne der Gesellschaft nur folgen, und im Gegensatz zur öffentlichen Meinung diktiere sie den moralischen Wandel nicht. Ich bekam das alles nicht ganz mit, was vermutlich allen so ging, aber es klang seltsam tröstlich, und meine Hoffnungen stiegen noch höher – so hoch, zu Unrecht, daß es ein Schock war, als der Richter plötzlich sagte, er glaube, Christabel sei bei Lisa und James Carmichael besser aufgehoben.

Mrs. Blake rief laut: »Unsinn!«, woraufhin der Richter sagte, falls es zu weiteren Zwischenrufen komme, lasse er die Person, die ihn so unhöflich unterbrochen habe, aus dem Gerichtssaal entfernen. Ich weiß nicht, was er danach sagte. Man hätte mich ebensogut aus dem Gerichtssaal entfernen lassen können. Es kam mir grausam vor, daß ich weitere fünf Minuten dort sitzen mußte.

Die Carmichaels gingen als erste hinaus, natürlich strahlend. Ich wollte sie schneiden, aber Fergus nahm mich am Ellbogen und steuerte mich energisch auf die Carmichaels zu, die der jungen Anwältin begeistert die Hand schüttelten. Lisa Carmichael setzte ihre mitfühlende Miene auf, und in ihre Augen trat Mitleid. »Herzlichen Glückwunsch«, sagte Fergus. »Christabel ist ein wunderbares Mädchen.«

»Ich weiß, ich weiß«, sagte Lisa, erpicht darauf, ihre Dankbarkeit zu zeigen. »Ich kann es gar nicht erwarten, sie kennenzulernen.«

»Sie kennen sie noch gar nicht?« sagte Fergus, obwohl ich ihm erzählt hatte, daß das beim Jugendamt so üblich war.

»Nein, noch nicht, es ist uns wegen des Gerichtsverfahrens nicht erlaubt worden, für den Fall, daß wir sie dann doch nicht bekommen hätten. Wir haben sie noch nicht gesehen, nur Fotos, aber wir haben trotzdem das Gefühl, daß wir sie kennen und lieben, nicht wahr, James?«

Ich glaubte, mir würde schlecht, aber mir gelang ein verkrampftes Lächeln, und obwohl ich es nicht über mich brachte, den Carmichaels zu gratulieren, wünschte ich ihnen alles Gute und sagte, ich hoffte, daß Christabel glücklich werde. Klang das wie eine Drohung? Möglich. Jedenfalls lief Lisa rot an und sagte: »Ich hoffe, Sie und Ihr Mann besuchen uns und überzeugen sich davon, daß sie glücklich ist. Wir tragen Ihnen nichts nach.« Überraschenderweise sagte James Carmichael, ohne das unvermeidliche »Nicht wahr, James?« abzuwarten: »Nein, wir tragen Ihnen wirklich nichts nach, es würde uns freuen, mit Ihnen in Verbindung zu bleiben, wir wollen unserer neuen Tochter ihre Vergangenheit und die Menschen nicht nehmen, die so gut zu ihr waren. Das wäre ganz unsinnig.«

Warum lasse ich an diesen Leuten kein gutes Haar? Es war eine so aufrichtige kleine Ansprache, die mir Tränen in die Augen trieb. Ich wandte mich ab, damit sie es nicht merkten, wobei ich nicht sicher war, wem oder was sie eigentlich galten.

Ich sah gerade noch, daß Mrs. Blake Maureen schlug. Es war kein heftiger Schlag, nur ein Klaps auf die Schulter, aber er kam so unerwartet, daß Maureen wankte und von Phyllis gestützt werden mußte. Fergus und ich stürzten hinüber, aber Camilla hatte sich schon entschuldigt und fuhr ihre Mutter an: »Mutter! Das war unverzeihlich, wie *konntest* du nur!«

»Das war einfach«, rief Mrs. Blake, »ganz einfach. Das habe ich schon lange tun wollen. Das alles, *das* ...« und sie gestikulierte zu den Carmichaels hinüber und schwenkte wild den Stock. »Das ist Ihre Schuld! Ich habe meine Enkelin Ihrer Fürsorge unterstellt, und Sie haben sie mir weggenommen, und es war Ihnen ein *Vergnügen*. Sie haben sie dieser grauenhaften Betty gegeben, Sie haben ihr das

Leben ein Jahr lang zur Hölle gemacht, und jetzt haben Sie verhindert, daß die älteste, beste Freundin meiner Tochter sie bekommt! Das ist alles Ihr Werk, Sie können mich nicht leiden, Sie wollten mir *Böses* antun, und jetzt haben Sie die Justiz auf Ihre Seite gebracht. Gut, Sie haben gewonnen. Ich hoffe, Sie sind zufrieden. Aber glauben Sie ja nicht, daß ich aufgebe, denn ich gebe nicht auf, und ich lasse mich auch nicht davon abhalten, meine Enkelin zu sehen, sooft ich will. Ich bin eine alte Frau, eine *kranke* alte Frau, und ich werde bald sterben, und dann werden Sie sehr erleichtert sein, froh darüber, daß Sie keinen Ärger mehr haben, aber bis ich sterbe, lasse ich mich nicht von meiner Enkelin trennen, ganz gleich, was das Gesetz dazu sagt.«

Es war bejammernswert. Bei einer kräftigeren, jüngeren Frau hätte ein solcher Ausbruch vielleicht furchterregend und häßlich gewirkt, aber bei dieser alten, äußerst gebrechlichen und erschütterten Frau wirkte er nur peinlich und mitleiderregend. Als sie mit dieser Schmährede fertig war, wandte sich Mrs. Blake sofort zum Gehen, mit hocherhobenem Kopf, und obwohl Lisa Carmichael sich ihr nähern wollte, schien sie blind für alle und alles zu sein und stolperte auf den Flur hinaus, wo Camilla sie einholte und zum Ausgang führte.

»Wie entsetzlich«, sagte Lisa, »die arme alte Frau, wie schrecklich, ich meine, als ob wir sie aussperren wollten, als ob wir Christabel ihre Granny nehmen wollten, es ist furchtbar, daß sie uns so sieht, ich kann mir nicht vorstellen, warum. Was haben wir denn getan?«

»Sie ist nur durcheinander«, murmelte ich.

»Sie gibt mir die Schuld«, sagte Maureen etwas bitter. »Ich habe nur meine Arbeit getan. Die Sozialarbeiterin schlagen, das ist die Lösung.«

»Hör mal, Maureen«, sagte Phyllis warnend, »das ist keine professionelle Einstellung. Du mußt Verständnis haben, du darfst das nicht persönlich nehmen.«

»Ich weiß«, sagte Maureen. »Aber es kommt mir persönlich vor.«

»Leben Sie wohl«, sagte ich, weil ich gehen wollte. »Ich nehme nicht an, daß wir uns wiedersehen.«

»Doch, das müssen wir«, sagte Maureen schnell. »In der Übergabephase brauchen wir Ihre Mitarbeit.«

»Und ob wir sie brauchen«, warf Lisa ein, »Sie sind unsere Verbindungsperson.«

War das Schmeichelei, unerträglich schmierige Schmeichelei, damit ich mich besser fühlte? Aber ich durchschaue Schmeichelei schnell, vor allem Schmeichelei, hinter der Absicht steckt. Sie brauchten eine »Verbindungsperson«, wie Lisa das genannt hatte, und Mrs. Blake kam auf keinen Fall in Frage. Mir war das umständliche Verfahren, das folgte, sobald klar war, wer Christabel adoptierte, schon recht detailliert geschildert worden. Es sollte allmählich vor sich gehen, zunächst mit Tagesbesuchen, dann mit einer Übernachtung, dann übers Wochenende, und wenn etwa drei Monate lang alles gut verlaufen war, kam der endgültige Umzug. In der Zwischenzeit würden die Carmichaels soviel wie möglich über Christabel erfahren wollen und sich mit Betty herumschlagen müssen. Dazu kam noch der psychologische Wert, wenn ich der ganzen Geschichte meinen Segen gab und für eine Art von Kontinuität sorgte – ich wußte das alles und hatte nie auch nur einen Augenblick lang daran gedacht, die Sozialarbeiterinnen oder die Carmichaels so anzugreifen, wie es Mrs. Blake getan hatte. Selbstverständlich hatten Fergus und ich auch nicht vor, Einspruch einzulegen und damit die Ungewißheit für Christabel zu verlängern.

Ich wußte, daß ich pflichtschuldig mein Bestes tun würde, und das sagte ich auch. Mrs. Blake wollte sofort einen neuen Kriegsrat einberufen, aber Fergus und ich weigerten uns, daran teilzunehmen. Wir schrieben ihr, weil wir meinten, es sei besser, unseren Standpunkt schriftlich zu formulieren, damit sie sich keine Illusionen mehr über unsere Kooperation machte. Und natürlich halfen wir Camilla dabei, Mrs. Blake dazu zu überreden, sie solle sofort nach Edinburgh zurückfahren. Danach haben wir im letzten Monat alle versucht, zur Normalität zurückzukehren. Es gab nur keine Geistesverfassung mehr, die man als normal hätte bezeichnen können. Seit fünfzehn Monaten war die ganze Zeit Christabels Zeit gewesen, hatte sie jeden wachen Augenblick ausgefüllt. Jetzt ist Christabels Zeit zu Ende gegangen, obwohl Christabel in unserem Bewußtsein immer noch ganz vorn rangiert. Damit diese Zeit zu Ende geht, ist Fergus letzte Woche wieder auf eine Expedition gegangen, nach Botsuana. Es ist keine besonders aufregende Expedition, aber er hatte das Gefühl, wenn er wegfahre, könne das zu der Normalität führen, nach der wir suchen. Es war den Versuch wert. Dieses Mal wird er nur sechs Wochen wegbleiben. Aber ehe er abreiste, ließ er mir diesen Gedanken zurück: Wir sollten ein Kind haben.

Zwölftes Kapitel

Die letzten Spuren von Christabels Anwesenheit wurden beseitigt, die letzten Hinweise darauf, sie werde bei uns leben, wurden ausgelöscht. Maureen kam und holte das Fahrrad ab. Es ist jetzt zu klein für sie, aber Christabel hängt so an diesem Modell, daß es wichtig war, es ihr mitzugeben. Wo werden die Carmichaels es hinstellen, in ihre Wohnung im sechsten Stock? Vielleicht haben sie irgendwo eine Garage, vielleicht legen sie es in den Kofferraum ihres Autos. Ich machte das Rad sauber, ehe ich es übergab. Dabei mußte ich an Stockdale denken, an Rowena und mich im Vorgarten, die Räder auf den Kopf gestellt, während wir die lackierten Teile mit der Möbelpolitur meiner Mutter einrieben (ich glaube, die Politur hieß Min-Cream). Dann putzten wir die Lenkstangen mit Stahlwollekissen, eingetaucht in warmes Seifenwasser, obwohl mein Vater uns schon oft gesagt hatte, daß wir sie damit zerkratzten. Tugendhaft ging ich noch weiter und säuberte die Speichen und die Reifenränder, wo sich der Dreck am dicksten sammelte, aber bis dahin war es Rowena schon langweilig geworden.

Als Maureen zu ihrem letzten Besuch vorbeikam, war sie netter, als sie es je gewesen war. Das Rad stand in Christabels wunderbarem neuen Zimmer, und ich glaube, der Anblick war zuviel für Maureen. »Lieber Himmel«, sagte sie, ziemlich von den Socken, »was für ein schönes

Zimmer, was haben Sie sich da nur für Mühe gemacht.« Vielleicht hielt sie das für untypisch, aber es war auf jeden Fall ein Schock für sie. Ich gab keine Antwort. Von mir sollte sie keine Erklärungen à la Lisa Carmichael zu hören bekommen wie: »Für Christabel ist uns nichts zu mühsam.« Ich stand nur schweigend da. »Und so viele Bücher«, fuhr Maureen nervös fort. »Da wird sich Christabel aber freuen, wenn sie vorbeikommt.« Ich sagte wieder nichts. Wir wußten beide, daß das mit dem »Vorbeikommen« unwahrscheinlich war. Christabel war inzwischen seit einem Monat bei den Carmichaels, und niemand hatte vorgeschlagen, sie könne »vorbeikommen«. Ich hatte gefragt, ob das möglich sei, und hatte zu hören bekommen, es sei unter den »jetzigen Umständen eine Phase der Stabilität« besser für sie. Wann diese Phase vorüber sein wird, wurde nicht deutlich gesagt, und ich habe den Verdacht, daß sie in unserem Fall sehr lange dauern wird, so lange, bis feststeht, daß sich Christabel den Carmichaels genauso »angepaßt« hat, wie es bei Betty auch der Fall war.

Der Wechsel von Betty zu Lisa war eine Katastrophe gewesen. Ich schämte mich, weil ich eine Spur von Befriedigung darüber empfand, daß Betty so schwierig gewesen war und überhaupt nichts getan hatte, um Lisa zu helfen. Während Betty einerseits mit ihrer vielgerühmten Erfahrung im Übergeben von Kindern prahlte, war ihr andererseits das ganze Verfahren zuwider. Sie machte alles schwer, flößte Christabel Schuldgefühle ein, weil sie fortging. Wenn das Kind sich dann an sie klammerte und weinte, verzweifelt beweisen wollte, wie loyal es war, stieß Betty sie weg und sagte ihr, jetzt sei Schluß, sonst rege *sie* sich auf. Wie die Sozialarbeiterinnen dabei zuschauen und trotzdem noch behaupten konnten, Betty sei eine ihrer besten Pflegemütter, weiß ich wirklich nicht.

Lisa war empört über das alles, konnte sich aber nicht dagegen wehren. (Sie schilderte mir diese Szenen, und ich glaubte ihr jedes Wort.) »Ich habe versucht, freundlich zu sein«, beschwerte sie sich. »Ich habe immer wieder gesagt, was es für ein Glück für Christabel war, daß sie eine so gute Pflegemutter hatte, und daß ich hoffe, wir sehen uns in Zukunft oft, aber es ist sinnlos, sie haßt mich, und das zerreißt Christabel.« Wenigstens das begriffen die Sozialarbeiterinnen, und sie sputeten sich. Die Übergangszeit wurde verkürzt, und statt des vorgesehenen Vierteljahrs war nach knapp sechs Wochen alles vorbei. Betty fand das sogar richtig. »Wenn sie mir meine Chrissie schon wegnehmen«, sagte sie, »dann ist's mir lieber, wenn's schnell geht. Sie will nicht weg, und mir bricht es das Herz.«

Als Christabel erst einmal bei den Carmichaels lebte, fingen die ganzen Probleme an. Es war – es ist – unfreundlich von mir, häßliche Motive dafür zu unterstellen, daß Christabel keine Erlaubnis bekommt, mich zu besuchen, wenn ich genau weiß, daß sie völlig aufgewühlt ist. Die Ausbrüche und Wutanfälle, die sie gehabt hatte, als Rowena noch lebte, kamen in dem Augenblick wieder, in dem sie Betty verließ, und ich war diejenige, die Lisa und James tröstete, indem ich ihnen von den Vorfällen von damals berichtete. Ich erzählte ihnen, wie Christabel sich bedenkenlos mitten auf eine Straßenkreuzung gelegt und geschrien oder wie sie mitten in einem Angriff auf ihre Mutter Geschirr vom Tisch gefegt hatte, und ich erzählte ihnen, wie verzweifelt Rowena deshalb gewesen war. Jetzt war Christabel älter und gewalttätiger, aber niemand zweifelte daran, daß das durchgestanden und ausgelebt werden mußte, nicht unterdrückt werden durfte. Man braucht keinen Psychiater für die Erkenntnis, daß das ein normales Verhalten für ein Kind ist, das solange darum gekämpft hat, Trauer und Entsetzen zu unterdrücken. Und ich muß sagen, daß meine Antipathie für Lisa (die nie auf etwas Konkretem beruht hatte) sich verflüchtigte, obwohl ich immer noch nicht behaupten konnte, ich möge Lisa. Inzwischen habe ich Achtung vor ihr. Sie bleibt ruhig, wie sehr sie auch provoziert wird, und nimmt nichts persönlich, wie es bei einer schwächeren Frau möglich wäre. Im Gegensatz zu Betty sieht sie sich nicht im Wettbewerb mit anderen und will nicht um jeden Preis gelobt werden. Sie war von Anfang an stur und entschlossen, aber nicht hart oder fordernd. Sie ist immer noch so und wird es noch monatelang bleiben müssen.

Aber obwohl es ein Trost ist, daß Lisa damit fertig wird und vielleicht sogar gut für Christabel ist, wie Phyllis immer gesagt hat, ist das Gefühl des Verlusts schrecklich. Noch schlimmer ist der Groll, der Groll gegen die Sozialarbeiterinnen und vor allem gegen den Richter. Ich habe etwas dagegen, daß die Justiz über Christabels Schicksal entschieden hat, und ich bin nicht einmal überzeugt davon, daß die Justiz unparteiisch und ausgewogen war, wie das von ihr erwartet wird. Ich glaube nicht, daß Fergus und ich richtig eingeschätzt wurden. Meiner Meinung nach gab die Hautfarbe von James Carmichael den Ausschlag, und ich halte das nicht für richtig. Aber niemand wird je sagen können, ob die juristische Entscheidung die beste war. Angenommen, Christabel wächst heran und haßt ihre Adoptivfamilie und lehnt sie ab: Das beweist gar nichts. Sie hätte Fergus und mich genauso ablehnen und hassen können, und sie hätte es bestimmt auch mit Rowena, ihrer leiblichen Mutter, nicht ganz einfach gehabt. Angenommen, sie wächst heran und wirkt mehr wie eine Tochter der Carmichaels als die beiden eigenen Töchter, hängt stärker an ihnen und ist ihnen in den Prinzipien und Gewohnheiten ähnlicher als die leiblichen Kinder: Auch das bewiese nichts, höchstens die Macht der Umgebung. Niemand wird je mit Gewißheit sagen können, daß es für Christabel besser war, zu den Carmichaels zu kommen als zu uns. Und diese Erkenntnis tut am meisten weh, die Erkenntnis, daß wir es nie wissen werden, daß wir nie die Chance bekommen werden, herauszufinden, welch eine Mutter ich, welch ein Vater Fergus geworden wäre. Vielleicht wäre das eine Erfüllung für mich gewesen, von der ich gar nichts weiß.

Davon träume ich jetzt – nicht von der Vergangenheit, keine Alpträume von Rowena, ich träume von der Zukunft, die mir genommen worden ist. Ich sehe mich, älter, mit Christabel, älter, und wir tun alltägliche Dinge, kaufen gemeinsam ein (was sehr seltsam ist, weil ich Einkaufen hasse, weil ich nie im Leben mit einem anderen Menschen zum Einkaufen gegangen bin). Wir gehen Arm in Arm, lachen, Mutter und Tochter, und wir suchen Kleider für Christabel aus, die zu einer schönen Jugendlichen mit langen Beinen und einem wilden Haarschopf herangewachsen ist. Wir suchen Rottöne und leuchtendes Lila aus, exotische Kleider mit Perlen und winzigen Spiegeln, und Christabel dreht sich im Kreis und wendet sich mir zu, damit ich zustimme, und ich tue es. Oder wir gehen an einem See entlang, und sie spricht ernst, vertraulich mit mir, und ich höre aufmerksam zu. Wir sind uns immer nahe, sind Freundinnen.

Natürlich sind meine Tagträume lächerlich. Ich habe Augen, ich habe Ohren, ich war eine Tochter, wenn schon keine Mutter. Mein Familienleben war fröhlich und glücklich, ich liebe und mag meine Mutter, die mich liebt und mag, aber trotzdem habe ich sie häufiger traurig als froh gemacht. Ich weiß also, daß meine Träume absurd sind und mir Dinge über mich zeigen, deren ich mich schäme. Wollte ich Christabel nur, um ein gräßliches, sentimentales Bedürfnis zu befriedigen? Das will ich nicht hoffen. Meiner Meinung nach wollte ich sie aus Liebe. Schlicht und einfach, um ihr etwas zu geben und für sie zu sorgen. Ich hätte nie geglaubt, daß ich das je für jemanden tun wollte.

Ich will das nicht für Fergus tun. Oh, ich bedauere nicht, daß wir geheiratet haben; wenn ich das sage, heißt das nicht, daß ich Fergus nicht anziehend finde, daß er mir nicht gefällt, daß ich nicht mit ihm leben will. Im Gegenteil, ich sehne mich danach, daß er aus Botsuana zurückkommt. Ich freue mich darauf, diese Wohnung zu verkaufen, samt Christabels Zimmer, und gemeinsam ein Haus zu kaufen, das ein richtiges Zuhause werden kann. Vermutlich werden wir nach Edinburgh ziehen, nicht nur, weil uns beiden der Gedanke gefällt, zu unseren Wurzeln zurückzukehren, sondern weil Fergus dort eine Stelle in der naturwissenschaftlichen Fakultät der Universität angeboten worden ist. Ich sehe keinen Grund, warum mir Edinburgh nicht mindestens so viele Arbeitsmöglichkeiten bieten sollte wie London. Und wenn ich will, kann ich immer noch monatelang ins Ausland reisen. Es gibt wunderhübsche Häuser in dem georgianischen Stadtteil New Town, und wir stellen uns ein Haus auf dem Kamm eines der Hügel vor, von denen aus man auf der einen Seite das Meer und auf der anderen die Burg sehen kann. Ich bin mir sicher, daß wir dort sehr glücklich sein werden. Fergus ist ein guter Partner für mich, wir ergänzen uns fast vollkommen, und außerdem gibt es zwischen uns ein Maß an Leidenschaft, das wir gern vor anderen Menschen verstecken. Aber ich habe nicht das Gefühl, daß ich ihm alles gebe, was ich habe. Das gehört zu den Vorzügen unserer Beziehung: Er bedroht mich nicht, indem er mich vereinnahmt oder beherrscht. Ich bin immer noch ich selbst, ein Einzelwesen. Aber in der Mutterschaft, wie ich sie verstehe, wie ich sie immer habe verstehen wollen, gibt es kein Einzelwesen mehr. Mutter zu werden heißt für mich, sich ganz, völlig, für immer zu geben.

Wenn das erschreckend und extrem klingt, liegt es daran, daß ich selbst erschreckend und extrem bin. Ich hasse das, was ich halbherzige Mutterschaft nenne, ein Kind zu bekommen, weil es ein Requisit ist, ein Bonus, ein Statussymbol, ein Beweis dafür, daß man eine Frau ist. Ich verachte diejenigen, die erklären, sie seien »ohne etwas dabei zu denken« Mutter geworden, »wirklich, es ist einfach so gekommen«. Ich kann es nicht ertragen, wenn Mutterschaft bedeutet, das Kind zur Welt zu bringen und es dann an eine ganze Kette von Ersatzmüttern weiterzureichen – Kindermädchen, Au-pair-Mädchen, Tagesmütter. Ich kann es verstehen, wenn eine Mutter dazu gezwungen ist, aber es gibt auch Mütter, die schon vor der Geburt die Absicht haben, das Kind abzuschieben, und trotzdem stolz auf ihre verlogene Mutterschaft sind.

Wenigstens gehörte Rowena nicht zu diesen Müttern, wenigstens hatte sie die Absicht, alles zu geben, was sie hatte. Aber ich wollte das nie. Ich hatte Angst davor. In meiner Angst fand ich starke Argumente, die mir mehr Sicherheit gaben, ich redete mir ein, ein Kind zur Welt zu bringen, Mutter zu werden, sei eine Form des Selbstmords, ein Selbstmord am Ich. Und ich wollte nicht Selbstmord begehen. Ich liebte mich und liebte mein Leben zu sehr. Aber für Christabel hätte ich es schließlich doch getan. Dieses »natürliche« Gefühl, auf das ich gewartet hatte, stellte sich schließlich ein, und eine Zeitlang verzehrte mich das heftige Verlangen nach der Mutterschaft.

Ich nehme an, das ist eine Art von Strafe, ein Urteil über mich, die Art von grausamem Streich, den das Schicksal uns spielt. Ich kann nicht Mutter werden, Punkt. Ich kann nicht tun, nicht erfüllen, was Fergus vorgeschlagen hat. Weil wir heirateten, um Christabel zu bekommen, hatte ich es nicht für nötig gehalten, ihm mehr zu sagen, als er unbedingt wissen mußte. Und das war, daß ich niemals ein eigenes Kind haben würde.

»Fergus«, sagte ich zu ihm, »wenn wir Christabel nicht bekommen, werde ich kein eigenes Kind haben, das weißt du, nicht wahr? Es ist mein Ernst. Du glaubst mir, daß es mein Ernst ist?« Er sagte, er glaube mir, Christabel befriedige seinen Wunsch, Vater zu sein. Im Gegensatz zu Frauen, die Mütter sein wollen, die Schwangerschaft und die Geburt brauchen, um dem Bedürfnis gerecht zu werden, könnten Männer ohne den biologischen Teil auskommen. Er sagte, er wolle Vater sein, an der Fortpflanzung liege ihm nichts. Das war also in Ordnung. Obwohl es natürlich nicht in Ordnung war, denn ich sagte ihm nicht, was er nicht unbedingt wissen mußte, ich sagte ihm nicht die ganze Wahrheit, und ich hoffe, ich komme damit durch und muß es ihm nie sagen. Wenn daraus ein schlechtes Gewissen spricht und sogar Angst, dann hat das gute Gründe.

Ich fühle mich schuldig. Ich weiß, ich hätte dieses Geheimnis unbedingt lüften müssen, aber wenn ein Geheimnis wirklich geheim geblieben, wenn ein ganzes Jahrzehnt verstrichen ist und niemand es erfahren hat, dann ist es so gut wie unmöglich, sich davon zu trennen. Es bleibt in mir wie eine fest verschlossene Kiste, und es wäre schwierig und schmerzhaft, den Deckel aufzustemmen. Wenn Fergus mich gedrängt hätte, dann hätte ich es ihm gesagt. In vielerlei Hinsicht wäre es mir lieber, wenn er mich bedrängt hätte – es wäre ein so guter Zeitpunkt gewesen, es ihm zu sagen. Nachdem er hingenommen hatte, daß wir kein gemeinsames Kind haben würden, hätte ich fortfahren und sagen sollen: »In Wahrheit kann ich sowieso kein Kind bekommen, Fergus. Ich habe mich vor zehn Jahren sterilisieren lassen. Es war nach einer Abtreibung, der zweiten, und ich kam zu dem Schluß, es sei dumm, das Risiko einzugehen, daß es wieder dazu kam, denn ich wußte ja, daß ich keine Kinder wollte. Also ließ ich mich sterilisieren, und ich habe es nie bereut. Ich war erleichtert. Ich schien so leicht schwanger zu werden, trotz aller Vorsichtsmaßnahmen, ich war nicht einmal mit der Pille hundertprozentig sicher, ich war offenbar besonders fruchtbar. Ich ertrug den Gedanken nicht, mich weiter mit Hormonen vollzupumpen, wo ich doch auf keinen Fall ein Kind wollte.«

Das alles hätte ich sagen sollen, eine richtige kleine Ansprache. Fergus wäre überrascht gewesen, aber es hätte nichts geändert, da bin ich mir sicher. Jetzt ändert es doch etwas. Er wird sich fragen, warum ich ihm so etwas Wichtiges vorenthalten habe.

Das frage ich mich selbst. Es ist nicht stichhaltig, wenn ich, wie eben jetzt, sage, ich hätte das Geheimnis so lange und so sicher bewahrt, daß es zu schwer sei, es zu lüften. Es lag an etwas anderem, an der leisen Befürchtung, er könne mich anders sehen. Ein solches Gefühl ist sinnlos, es hält einer logischen Untersuchung nicht stand. Ich zweifle nicht an Fergus, ich kenne ihn wirklich sehr gut, und er ist nicht dazu fähig, mich abzulehnen, weil ich keine Kinder bekommen kann. Dazu ist er nicht fähig. Aber ich glaube, er hätte sich vielleicht über die Bedeutung eines solchen Schritts mehr Gedanken gemacht – könnte sie sich machen –, als ich ertragen hätte, ertragen könnte, und vielleicht hätte er alles wissen wollen – wird alles wissen wollen –, was dazu geführt hatte. Ich will nicht zehn Jahre zurückgehen und über jene zweite Abtreibung und das unglückliche Ende meiner Beziehung zu Nick sprechen. Ich bereute die Abtreibung nicht, sie war einfach, und es fiel mir auch nicht schwer, darüber hinwegzukommen, aber es tat mir weh, Nick zu verlieren, den ich geliebt hatte. Er wollte, daß ich unser Kind bekam, und verstand nicht, warum ich es nicht wollte, und das wiederum hatte viel damit zu tun, daß sich seine Gefühle änderten. Als er mich verließ – obwohl er sagen würde, ich hätte ihn hinausgeworfen –, litt ich unter dem Gedanken, daß ich mich so in ihm getäuscht hatte. Das war der Mann, mit dem ich drei Jahre lang zusammengelebt und den ich geliebt hatte, der Mann, dessen Kind ich hätte bekommen können, und jetzt war er nur wegen einer Abtreibung ein anderer Mensch.

Über nichts davon will ich mit Fergus sprechen. Die Tatsache, daß ich unfruchtbar bin, hat mit dem Menschen, der ich bin, nichts zu tun, und falls doch, falls ein Mann glaubt, das verändere mich in seinen Augen, ich hätte keine Liebe verdient, dann ist es gut, wenn ich ihn loswerde. Aber ich hätte es Fergus sagen sollen, und ich denke nicht gern daran, daß ich es ihm mit Absicht nicht sagte. Und ich weiß, falls ich möglicherweise nach seiner Rückkehr dazu gezwungen sein sollte, es ihm zu sagen, dann wird er nur die Achseln zucken und sagen, dann sei es sinnlos, darüber zu reden. Falls er, wie ich befürchte, nachhakt, wird es genauso einfach sein zu sagen, ich wolle nicht darüber sprechen. Vielleicht ist er eine Zeitlang still, vielleicht regt er sich sogar auf, aber das geht vorbei.

Wovor ich mich wirklich fürchte, ist, daß er eine Adoption vorschlagen könnte. Vielleicht weist er darauf hin, es gebe andere Christabels, und wir könnten ein solches Kind suchen und adoptieren. Aber das will ich nicht. Ich habe Christabel gewollt, ich will sie immer noch, aber dieser Muttertrieb ist nicht übertragbar. Ich bin nicht wie Lisa Carmichael. Ich habe nicht das Gefühl, daß ich »noch etwas zu geben« habe. Ich bin nicht wie Betty, ich will nicht einfach ein Kind hätscheln und im Mittelpunkt seiner Welt stehen. Ich will Christabel, die diesen starken Wunsch in mir geweckt hat, ihr alles zu geben, was ich habe. Ich glaube nicht, daß ein anderes Kind das könnte.

Trotzdem bedeute ich ihr nichts. Betty war jemand, Miss Splint war jemand, aber ich bin niemand, soweit ich das beurteilen kann. Als ich Christabel zum letztenmal sah, brachte ich sie mit Maureen zum ersten Tagesbesuch vom Haus der Lowes zur Wohnung der Carmichaels.

»Ich hab sie fertig«, sagte Betty im üblichen, schroffen ablehnenden Ton, »und ich hab ihr gesagt, der Richter sagt, sie muß fort, sonst komm ich ins Gefängnis.« Christabel fing an zu weinen.

»Das mit dem Gefängnis stimmt nicht, Betty«, ermahnte Maureen sie.

»Woher wollen Sie das wissen?« sagte Betty unhöflich. »Sie wissen doch gar nichts nicht. Klar kann ich ins Gefängnis kommen, das ist so, wenn man was gegen das Gesetz macht, dafür ist das Gesetz doch da, oder?«

»Von Gefängnis kann keine Rede sein«, sagte Maureen energisch. »Sie würden nur eine Verwarnung bekommen, weil es nun einmal sein muß.«

»Das sag ich doch«, rief Betty. »Genau das hab ich zu Christabel gesagt, es hat keinen Zweck zu jammern, sie muß fort, es kann gar nicht früh genug sein, wo sie jede

Nacht herumjault und dauernd sagt, sie will bei mir bleiben, und ich ihr sag, das geht nicht, und sie sagt, bei Marlene geht's doch auch, und ich sag, mit Marlene ist das ganz was anderes, für *dich* bin ich nicht gut genug, ich red nicht fein genug und les die Bücher von deiner Grandma nicht, also hör auf damit. Aber sie hat's diesem Richter gesagt, stimmt's? Sie waren dabei, Maureen, dann müssen Sie das doch wissen. Sie sagt, sie hat ihm gesagt, daß sie bei mir bleiben will.«

»Ja, hat sie«, sagte Maureen kalt. »Sie hat Sie sehr lieb, Betty, deshalb müssen Sie ihr helfen, sich von Ihnen zu lösen.«

»Das kann ich nicht«, sagte Betty und fing plötzlich an zu weinen. »Gott weiß, daß ich's probiert hab, aber sie war so lange bei mir, sie ist meine Chrissie, und daß sie jetzt zu Fremden kommt...«

»Sie waren auch eine Fremde«, erinnerte Maureen sie. »Jetzt kommen Sie schon, Betty, geben sie Chrissie einen Kuß und wünschen ihr einen schönen Tag, sonst fühlt sie sich schlecht, stimmt's, Christabel?«

Ein Blick auf das Kind reichte, um zu sehen, daß sie sich schon jetzt erbärmlich fühlte. Sie saß steif und mit steinerner Miene neben mir auf dem Rücksitz von Maureens Auto. Sie reagierte auf keine Frage, und als ich nach ihrer Hand griff, riß sie sich los. Maureen sah uns im Rückspiegel, sagte aber nichts. Christabel drehte ihr Gesicht weg und schaute aus dem Fenster. Ich stellte mir vor, daß sie innerlich vor Zorn explodierte, aber wir konnten nur das beherrschte Äußere sehen.

»Christabel«, sagte ich, »bitte, rede mit mir, *bitte*. Das kann ich einfach nicht ertragen.«

Sie schwieg und rutschte noch weiter in die Ecke, als ob sie das Gefühl hätte, ich könne sie anstecken.

»Schön, nickst du wenigstens oder schüttelst den Kopf, wenn ich rede? Bitte.« Sie schenkte mir weder ein Nicken noch ein Kopfschütteln. »Ich will, daß du folgendes weißt«, fing ich an, dann brach ich ab. Ich wollte, daß sie wußte, daß ich sie haben wollte, mir das aber nicht erlaubt worden war, und wie sollte ich ihr das sagen? Das hätte sie nur noch mehr gegen die Carmichaels aufgebracht. »Ich will, daß du folgendes weißt«, fing ich von vorn an. »Ich habe dich sehr lieb und werde dich immer sehr liebhaben. Glaubst du mir? Weißt du, wie lieb ich dich habe? Weißt du, wie lieb Fergus dich hat? Bitte, Christabel, nick doch, wenn du weißt, daß ich dich liebe, auch wenn das alles ein Rätsel für dich ist.« Ihr Kopf blieb unbeweglich. Maureen räusperte sich bedeutsam. »Okay«, sagte ich, »du glaubst also, daß ich dich nicht leiden kann, du glaubst, du bist mir völlig egal, du glaubst, die schöne Zeit, die wir miteinander hatten, war gar nichts wert, stimmt's?« Sie schüttelte kaum wahrnehmbar den Kopf, und ich stieß einen gewaltigen Seufzer der Erleichterung aus.

»Du willst nicht weg von Betty, oder?«

Deutliches Kopfschütteln.

»Du hast Angst davor, von ihr wegzugehen, stimmt's?«

Deutliches Nicken.

»Du fürchtest dich davor, daß du die Carmichaels nicht magst und sie dich nicht mögen?«

Deutliches Nicken.

»Und daß dich Betty dann nicht wieder nimmt und du nirgends hin kannst? Hast du davor Angst?«

Entschiedenes Nicken, das Gesicht eine Spur vom Fenster abgewandt.

»Aber so wird es nicht kommen. Die Carmichaels mögen dich jetzt schon. Sie haben dich gleich gemocht, als sie dich bei Betty besucht haben. Sie sind ganz aufgeregt darüber, daß du bei ihnen leben wirst, das sind sie wirklich. Und Miss Splint kann sie gut leiden.«

»Woher weißt du das?« sagte Christabel aggressiv, drehte sich aber um und schaute mich an.

»Sie hat es mir gesagt. Lisa war bei ihr, um sich deine Hefte und Bilder anzuschauen, und Miss Splint hat mir am Telefon gesagt, sie hält sie für eine reizende Frau, die du bestimmt gut leiden kannst. Du kannst sie fragen, sie sagt es dir.«

Wieder Schweigen, aber der Kopf wurde nicht weggedreht.

»Betty sagt, ich kann nicht mehr Video gucken, weil die kein Video haben.«

»Das stimmt«, sagte ich. »Sie haben kein Video, aber sie haben eine Katze mit zwei Jungen, und du darfst dein Fahrrad haben, und du hast doch gesagt, daß du die Videospiele jetzt langweilig findest.«

»Ich mag keine Katzen.«

»Wirklich? Früher hast du sie gern gehabt.«

»Betty sagt, das sind gräßliche Viecher, sie riechen schlecht. Betty sagt, man muß nicht fragen, ob jemand eine Katze hat, weil wenn Leute eine Katze haben, stinkt das ganze Haus.«

»Bei den Carmichaels stinkt es nicht, und die Kätzchen sind süß.«

»Welche Farbe?«

»Eins ist getigert, das andere schwarz.«

»Wie heißen sie?«

»Sie haben noch keinen Namen. Lisa hat gemeint, du könntest ihnen einen Namen geben.«

Christabel verzog verächtlich den Mund. Ich sah, wie sie registrierte, was für ein billiger Trick das war. »Ich mag keine Katzen«, wiederholte sie. »Ich mag auch keine kleinen Katzen.« Nach einer kurzen Pause fügte sie hinzu: »Jedenfalls nicht besonders.«

Wir waren fast da. Sobald wir angekommen waren, sollte ich mich kurz darauf verabschieden, ganz gleich, was passierte. Das war meine letzte Gelegenheit, mit Christabel zu reden, und dadurch, daß Maureen vorn saß und die Atmosphäre angespannt war, konnte von idealen Bedingungen keine Rede sein. Ich wußte, daß ich ihr etwas vermitteln sollte, was Phyllis »ein positives Bild« von der Zukunft genannt hatte, aber mir lag die Vergangenheit mehr am Herzen und die Rolle, die ich in ihr gespielt hatte. Ich hatte nur Reue im Kopf, Rechtfertigungen und Ausreden, und damit konnte ich eine Sechsjährige nicht belasten. Deshalb sagte ich, als wir zu der Siedlung kamen, in der die Carmichaels wohnten: »Eines Tages erzähle ich dir alles über das letzte Jahr, Christabel, und vielleicht verstehst du das besser, wenn du älter bist. Aber jetzt, Liebling, denk nicht darüber nach, denk nur an das Gute, das vor dir liegt.« Sie gab keine Antwort, und das überraschte mich nicht.

Wir stiegen aus. Sie stand neben dem Auto, während Maureen ihre Sachen aus dem Kofferraum holte. In einer Hand hielt sie einen Regenschirn, einen kleinen, wie er für Kinder hergestellt wird, hellblau mit weißen Tupfen. Fergus hatte ihn ihr eines Tages geschenkt, als es regnete, und seither hing sie daran. In der anderen Hand hielt sie einen kleinen Koffer, das letzte, was Rowena für sie gekauft hatte. Es paßte wenig hinein – ein Schlafanzug, eine Haarbürste, ein Pullover, dann war er schon voll –, aber er sah hübsch aus mit dem buntgestreiften Griff und den ebenso bunten Riemen. Sie stand mit diesen Sachen da und schaute zur Wohnung der Carmichaels hinauf. Ihr Gesicht war ausdruckslos und blieb so, als wir im Aufzug hinauffuhren. Wir standen eng beieinander, weil der Aufzug klein war (es gab zwei im Haus, und der zweite war viel größer). Christabels Gesicht reichte mir bis zur Taille. Sie wandte den Blick nicht von meiner Gürtelschnalle, als ob das glänzende Metall sie hypnotisiere. Mir fiel nichts ein, was ich hätte sagen können.

Die jüngere Tochter der Carmichaels, Clare, machte die Tür auf und ging sofort in die Knie, um Christabel auf gleicher Höhe zu begrüßen. Maureen und ich standen verlegen im Flur und warteten ab. Clare war klug. Sie erwartete keine Antworten auf ihre munteren Fragen und wußte, wie man dem kalten Blick einer aufmüpfigen Sechsjährigen zu begegnen hat. Sie lächelte dauernd und umarmte Christabel. Ich sah, daß Christabel sich versteifte und dagegen ankämpfte, aber Clare ließ sie rechtzeitig los, ehe es zu ernsthaftem Widerstand kam. Dann erschien Lisa und führte uns alle hinein. Es roch köstlich – nach einem Schokoladenkuchen, der noch im Ofen war, wie uns mitgeteilt wurde.

»Magst du Schokoladenkuchen, Christabel?« fragte Lisa.

»Nein«, sagte Christabel, »ich mag nur gekaufte Kuchen, wie die, die meine Mum kauft.«

Lisa geriet einen Augenblick lang aus dem Konzept, aber sie fand schnell wieder zu ihrer fröhlichen Art zurück. »Na ja, das macht nichts«, sagte sie, »es sind genug andere da, die ihn essen, wenn er aus dem Ofen kommt, und vielleicht überlegst du es dir später ja noch anders.«

»Nein«, sagte Christabel. Sie stand immer noch unter der Tür, den Schirm und den Koffer in den Händen, während wir anderen uns mitten im Zimmer befanden. Clare und Lisa forderten sie immer wieder auf, sie solle doch »richtig hereinkommen«, aber sie blieb hartnäckig auf der Schwelle stehen. Wenn man sie nicht mit Gewalt ins Zimmer ziehen wollte, blieb nichts anderes übrig, als darauf zu warten, daß sie sich von sich aus bewegte. Wir setzten uns alle. Ich schaute auf die Uhr. Es war Zeit zum Gehen, aber dann hätte ich an Christabel vorbeigehen müssen, die die Tür versperrte.

Clare brachte zwei Kätzchen herein und setzte sie auf den Boden. Wir alle bewunderten sie, Maureen überschwenglich. Es war deutlich, daß sie Christabel dazu verlocken sollten, den Kaminläufer zu betreten, doch das begriff sie genau und ignorierte die Kätzchen. Aber natürlich waren sie voller Energie und sprangen in alle Richtungen, und es war unvermeidlich, daß Christabel der Endpunkt einer ihrer Ausflüge war. Sie landeten beide zu Christabels Füßen und wollten ihre Schuhe ablecken. Christabel hob einen Fuß, und beide Kätzchen klammerten sich verzweifelt daran fest, und sie konnte nicht anders, sie mußte lächeln. Sie streckte den geliebten Schirm aus, und ein Kätzchen sprang danach, verfehlte ihn, fiel hin und stieß einen schrillen Schrei aus. Christabel ließ den Schirm und den Koffer fallen, hob das Kätzchen auf und wiegte es in den Armen. Ich hielt es für höchste Zeit zum Gehen.

Ich habe sie seither nicht mehr gesehen, habe aber mit ihr telefoniert – äußerst unbefriedigend. Es scheint mir nie möglich zu sein, sie auf taktvolle Art nach dem zu fragen, was ich wirklich wissen will, und ihr scheint es nicht möglich zu sein zu antworten.

»Wie geht es dir?« frage ich.

»Gut«, sagt Christabel, mit dünner und zittriger Stimme.

»Schläfst du gut?« frage ich blöderweise, und sie sagt: »Ziemlich.«

»Ziemlich?«
»Manchmal wache ich auf.«
»Warum? Träumst du wieder schlecht?«
»Weiß nicht.«
»Wie geht's den Kätzchen?«
»Gut.«
»Hast du ihnen schon Namen gegeben?«
»Ja. Eins heißt Betty, das andere Norman.«
»Seltsame Namen für Kätzchen.«
»Sie heißen nach meiner Mum und meinem Dad.«
»Aha.« Pause. »Macht dir das Radfahren Spaß?«
»Nein.«
»Warum nicht?«
»Mein Rad ist zu klein. Ich komme mit den Füßen auf den Boden.«
»Ich glaube, deine Großmutter will dir ein neues, größeres zum Geburtstag schenken.«
»Ich will keins.«
»Warum?«
»Ich mag keine Fahrräder mehr.«
»Was ist mit dem Schwimmen? Hilft dir James dabei, daß du besser schwimmen lernst?«
»Nein.«
»Warum nicht?«
»Ich mag nicht schwimmen. Ich will nicht ins Wasser.«
»Wie schade. Schwimmen macht Spaß, wenn man es richtig kann. Vielleicht hast du im Sommer Lust dazu.«
»Bestimmt nicht.«
So verliefen unsere verkrampften Gespräche, bis mir vor ihnen graute. Christabel klang so lahm und trostlos, obwohl mir Lisa später versicherte, sie lebe sich gut ein, »in Anbetracht der Umstände«.

Das schlimmste am Umzug war natürlich der Schulwechsel gewesen. Christabel weinte um Miss Splint. Als das Toben und die Wutanfälle anfingen, erzählte mir Lisa recht offen davon und war entschlossen, darin ein gutes Zeichen zu sehen, aber gleichzeitig bat sie mich, eine Zeitlang nicht mehr anzurufen. Sie erteilten auch Mrs. Blake Hausverbot, die das übel aufnahm. Natürlich war Mrs. Blake wieder in Edinburgh und mußte sich damit abfinden, jeden Gedanken an einen Einspruch gegen die Entscheidung des Richters aufzugeben. Sie sagte mir, sie habe schon über 20 000 Pfund ausgegeben, und falls sie sich auf einen weiteren Rechtsstreit einlasse, plündere sie Christabels Erbe, deshalb habe sie darauf verzichtet. Sie hatte den Carmichaels geschrieben, ihr Zorn habe den Sozialarbeiterinnen gegolten, nicht ihnen, und sie hoffe, es werde ihr gestattet, ihre Enkelin in den wenigen Jahren, die ihr noch blieben, gelegentlich zu sehen. Die Carmichaels waren vorsichtig gewesen: Selbstverständlich wollten sie, daß Christabel mit ihrer Großmutter in Kontakt bleibe, aber erst müsse sie sich richtig einleben, und ein halbes Jahr müsse man rechnen. Sie schlugen vor, Mrs. Blake könne Christabel alle vierzehn Tage anrufen und sie in den Sommerferien besuchen. Aber als Christabel Ende März so schwierig wurde, baten sie darum, die Anrufe vorübergehend einzustellen, und sofort hatte ich Mrs. Blake am Telefon.

»Es ist empörend«, tobte sie, »daß man mich daran hindert, mit Christabel zu sprechen. Es ist grausam, ausgesprochen grausam, und völlig grundlos.«

»Doch, es gibt einen Grund«, sagte ich. »Sie ist im Augenblick schwer gestört, und ich nehme an, wir erinnern sie an ihre Vergangenheit.«

»Sie kann ihre Vergangenheit nicht abschütteln.«

»Nein, aber solange sie sich daran klammert, hat die

Gegenwart keine große Chance. Ich glaube, die Carmichaels wollen sie nur etwas fester an sich binden.«

»Meiner Meinung nach ist das eine äußerst seltsame Methode, das zu versuchen, aber ich nehme an, wir können nichts dagegen unternehmen.«

»Nein.«

»Wenn nur du und Fergus sie hätten, Isobel, dann sähe alles anders aus, dann wäre es zu diesen ganzen Unerfreulichkeiten gar nicht erst gekommen.«

Das bezweifelte ich, aber ich sagte es nicht. Vielleicht wäre es noch viel unerfreulicher geworden, vielleicht wären Fergus und ich genauso erpicht darauf gewesen, Mrs. Blakes Anrufe zu verhindern, vielleicht wären die Wutanfälle bei uns noch schlimmer gewesen, und ich wäre, im Gegensatz zu Lisa, nicht damit fertig geworden. Es war so verlockend einfach, dem Urteil des Richters die Schuld an allem zu geben, während sie, wenn Schuldzuweisungen schon nötig waren, beim Schicksal lag, eine freundlichere Formulierung dafür, daß Rowena schuld daran war. Mrs. Blake hatte schon lange damit aufgehört, das zuzugeben. Wir alle hatten damit aufgehört. Rowenas Verantwortung für das ganze Unglück war inzwischen so gut wie ganz in Vergessenheit geraten. Wir konnten nicht schlecht über eine Tote sprechen, und das hätte auch keinen Sinn gehabt. Wir waren so feindselig gegenüber den Sozialarbeiterinnen und später gegenüber der Justiz geworden, daß Rowenas Versäumnisse uns belanglos vorkamen, und doch waren sie die Wurzel des ganzen Übels gewesen. Wir ließen Maureen und Phyllis für Rowenas Sünden büßen, und trotzdem warfen sie uns das kein einziges Mal vor, gingen sie kein einziges Mal auf uns los und sagten, sie hätten die Last, die wir ihnen aufbürdeten, nicht gewollt. Wenn nur...

Aber ich kann mir nicht erlauben, so weiterzumachen. Ich bin sentimental geworden und schwelge in Selbstmitleid. Ich habe Christabel verloren. Ich bezweifle, daß ich sie je zurückbekomme. Wird sie mit achtzehn zu mir kommen und, sobald sie dazu in der Lage ist, die Carmichaels verlassen? Warum in aller Welt sollte sie das tun? Ich werde ihr nichts bedeuten – ein paar verschwommene Erinnerungen, jemand, der zum Geburtstag und zu Weihnachten Karten und Geschenke schickt, eine vage Gestalt an der Peripherie ihres neuen Lebens. Und ich habe sie nicht verdient, habe sie nie verdient, obwohl nur äußerst wenige Mütter die Prüfung bestünden, wenn es darum ginge, daß sich Mütter ihre Kinder verdienen müssen. Ich muß lernen, diesen Ansturm mütterlicher Gefühle zu unterdrücken, und zweifellos wird mir das gelingen. Mit Entschlossenheit läßt sich das schaffen, und ich bin äußerst entschlossen. Ich werde schlaue Tricks lernen, um damit fertig zu werden, ich werde mich auf meine (sogenannte) Selbstzucht konzentrieren und darauf, wie ungern ich sie aufgäbe. Ich werde an Geschichten über verheerende Erfahrungen mit Teenagern denken und froh darüber sein, daß ich nichts dergleichen ertragen muß. Wenn die Sehnsucht am stärksten wird, werde ich besonders hart arbeiten und mich so anstrengen, daß mich Erleichterung überkommt. Und wenn Fergus zurückkommt, ziehen wir nach Edinburgh, und das wird helfen, die Verbindung abzuschneiden und meine Wunden zu heilen. Schließlich ist keine der Verletzungen, die ich erlitten habe, tödlich.

Postskriptum

Welch ein herrlicher Tag für einen Geburtstag – der leicht neblige Anfang, der in England, vor allem im Lake District, weit sicherer gutes Wetter ankündigt als ein vom frühen Morgen an klarer blauer Himmel. Der leichte, schleierähnliche Nebel zog schwebend von Berg zu Berg, ohne das Land zu verdüstern, und hing über den Seen, ruhte auf der Oberfläche, so daß er wie Rauch aussah, den ein Riese gleichmäßig ausblies. Ich stand am Morgen meines Geburtstags, am Tag der Sommersonnenwende, am Rand von Crummock Water und schaute auf den See hinunter, über dem der Gipfel des Red Pike aus dem weichen Dunst aufstieg, dunkelblau vor dem hellen Blau des graustichigen Himmels. Kein Laut, kein Vogel, kein Fisch, kein einziges Auto auf der Straße am anderen Seeufer.

Langsam ging ich den Pfad entlang zum Bootshaus. Jeder Zweig, der unter meinen Füßen knackte, hallte in der Stille wider. Mein Herz hämmerte, aber nicht vor Angst. Als ich zum Bootshaus kam, in dem immer nur ein einziges Ruderboot liegt, kauerte ich mich auf das schmale Kiesufer und schaute zu, wie der Nebel sich langsam vom Wasser löste und die glühende Sonne durchbrach und die weiche, verschwommene Oberfläche in etwas Festes, Blendendes verwandelte. Es war erst acht, aber die Hitze war stark.

Ich zog die Shorts und den Pullover aus – ich war den ganzen Weg vom Haus meiner Eltern gelaufen, die ganzen drei Meilen, war vor zwei Stunden aufgebrochen – und ging langsam in den See hinein, langsam, weil es mir Freude machte, nicht weil ich mich gegen die Kälte wappnen wollte. Es war nicht kalt. Das Wasser war seidig, klar, und aus der Tiefe stieg die Hitze der letzten beiden heißen Monate auf. Ich schwamm hinaus, mit dem Blick auf den Mellbreak, auf dessen Hängen ich Schafe sah, die wie Geröll wirkten. Als ich weit draußen war, ließ ich mich auf dem Rücken treiben und schloß die Augen. Ich war in Hochstimmung, einfach deshalb, weil ich gesund und kräftig und glücklich war. Ich spürte neue Kraft in mir, fühlte mich wohl, fühlte, daß ich zu meinem wahren Selbst zurückkehrte.

Ich war vor einem Monat hier angekommen, blaß und verhärmt und so apathisch, daß sich meine Mutter voll eifriger Anteilnahme fragte, ob ich schwanger sei. Nein, Mutter. Ich war müde, ausgelaugt von den ganzen Emotionen in den Monaten nach Rowenas Tod, von meinem fehlgeschlagenen heftigen Wunsch nach Christabel, erschöpft von Schuldgefühlen und Scham und schließlich Reue. Fergus hatte beschlossen, noch einen Monat länger in Botsuana zu bleiben, und ich wurde mit der Last meines Elends nicht mehr allein fertig. Also packte ich, kam nach Hause, und nach einer Weile ließ mich meine bestürzte Mutter in Ruhe. Sie gab mir zu essen, sorgte für mich, folgte mir mit ängstlichen Blicken, aber sie ließ mich in Ruhe, es gab keine Verhöre. Sie tat mir leid. Ich wußte, daß sie mir alles gegeben hatte, was sie geben konnte, und mein Unglück war das ihre. Sie wird sich nie befreien. Ihr Leben lang werden ihre Kinder die Macht haben, sie vor Sorge um sie zu lähmen. Es ist nicht möglich, erwachsen zu werden und dieses Band zu lösen, denn es steht nicht in unserer Macht, es zu lösen; es ist keine Nabelschnur, die durchschnitten werden kann.

Aber ich habe kein solches Band. Ich schwamm, ich ließ mich treiben, und nichts konnte mich verankern. Fergus ist mir wichtig, meine Eltern sind mir wichtig, auch an meinen Brüdern liegt mir viel, aber sie haben keine Macht über mich. Nur ein Kind hätte so auf mich wirken können, vielleicht ein eigenes, vielleicht Christabel, aber ohne ein Kind hängt mein Glück nicht von anderen Menschen ab. Ich muß um niemanden leiden als um mich selbst, und das ist ein gewaltiger Segen. Kräftig, lärmend, mit heftig rudernden Armen und Beinen schwamm ich zum Bootshaus zurück und wühlte das stille Wasser auf, durch das ich zuvor nur hindurchgeglitten war. Beim Hinausgehen sah ich, daß ich große Wellenschläge hinterlassen hatte. Ich schaute zu, wie sie sich legten, ehe ich ging. Niemand hätte erraten, daß hier jemand geschwommen war.

»Alles Gute zum Geburtstag, Liebling«, sagte meine Mutter, als ich nach Hause kam. »Was für ein schöner Morgen, genau wie an dem Tag, an dem du geboren wurdest, der glücklichste Tag meines Lebens.«

»Und warum war er das, liebe Mutter?« fragte ich ernst, weil ich natürlich wußte, daß sie mir es erzählen wollte.

»Weil du ein Mädchen warst und ich schon zwei reizende Jungen hatte.«

»Wenn es wieder ein Junge gewesen wäre, dann wäre es also nicht der glücklichste Tag deines Lebens gewesen?«

»Hör mal, Isobel, du weißt doch, was ich meine.«

»Ich weiß, was du meinst. Ich bin froh, daß ich dir einen so glücklichen Tag geschenkt habe.«

Wir küßten uns. Sie schenkte mir eine Tasche, eine

dunkelbraune Umhängetasche aus weichem Leder in der Art, von der sie weiß, daß sie mir gefällt. Sehr aufmerksam. Wir küßten uns wieder. Mein Vater kam herunter, und wir saßen alle draußen und frühstückten in der Sonne. Dann klingelte das Telefon, und meine Mutter stürzte hin. Sie rief aufgeregt heraus, es sei Fergus. Er gratulierte mir zum Geburtstag und nannte mir das Datum seiner Rückkehr. Meine Mutter musterte mich, als ich an den Frühstückstisch im Freien zurückkam.

»Alles in Ordnung?«

»Bestens. Fergus kommt nächste Woche zurück.«

»Oh, wunderbar. Das ist wunderbar. Er muß dir sehr gefehlt haben.«

»Er hat mir gefehlt«, gab ich zu. Ich wollte ihr nicht die Illusionen nehmen, wollte aber auch nicht übertreiben. Meine Mutter möchte, daß mir Fergus furchtbar fehlt, daß ich so leide, wenn er fort ist, wie sie gelitten hat, wenn mein Vater fort war, und damit kann ich nicht dienen.

»Alles in allem war es ein gutes Jahr«, wagte sie sich vor. Mein Vater schaute sie warnend an. »Weil du geheiratet hast«, fuhr sie hastig fort. »Ich meine, so ein freudiges Ereignis seit deinem letzten Geburtstag.« Dann machte sie eine Pause. Ich sah ihr an, daß sie sich nicht bremsen konnte. »Wer weiß, was das nächste Jahr bringt?«

»Ja, wer weiß das schon?« sagte ich feierlich. Ich wollte nicht so grausam sein, ihre Hoffnungen zunichte zu machen, wenn ich nicht direkt lügen mußte.

»Achtunddreißig«, sagte mein Vater nachdenklich. »Ein gutes Alter.«

»Warum?«

»Oh, die Hälfte des Lebens und so. Die Hälfte des Lebens, aber noch nicht der Höhepunkt«, und er lachte.

»Achtunddreißig ist für eine Frau ziemlich alt«, sagte meine Mutter stirnrunzelnd. »Jung würde ich das nicht nennen.«

»Das habe ich auch nicht getan«, sagte mein Vater, ein wenig gereizt wie immer, wenn meine Mutter ihn, meistens mit Absicht, mißversteht. »Ich habe nur gesagt, daß Isobel mit achtunddreißig die beste Zeit ihres Lebens noch nicht erreicht hat.«

»Bei mir war das aber so, ich bin mir sicher, daß ich da den Höhepunkt schon überschritten hatte. Natürlich hatte ich da auch schon drei Kinder.«

»Natürlich«, sagte ich, »durch Kinder reift man schneller.«

»Wirklich?« sagte meine Mutter und machte ein ängstliches Gesicht, als wäre sie auf ein Geheimnis gestoßen, das ihr nicht gefiel.

»Ich habe nur gedacht, das hast du gemeint.«

»Ich habe nur gemeint, daß meine besten Jahre früher lagen.«

»Du bist immer noch in den besten Jahren, Liebes«, sagte mein Vater und lachte. Nachdem er damit angefangen hatte, machte er jetzt einen Rückzieher, aber meine Mutter ließ das nicht zu.

»Sei nicht albern«, sagte sie stirnrunzelnd. »Ich bin fast siebzig und werde langsam senil.«

»Ich kenne niemanden, der weniger senil wäre«, sagte ich. »Falls ich mit siebzig noch so aktiv und gesund sein sollte wie du, wäre ich begeistert.«

»Dann kann ich nur hoffen, daß du soviel Glück im Leben hast wie ich«, sagte meine Mutter und fügte mit unmißverständlicher Betonung hinzu: *»In jeder Hinsicht.«*

Die Art von Glück, die sie meint, werde ich nicht haben, aber das ist nicht wichtig. Ich verbrachte meinen Geburtstag friedlich im Garten, lag in der Sonne, und nichts konnte mir die neu entdeckte Zufriedenheit nehmen. Natürlich dachte ich an Christabel. Ich rief sie an – Telefongespräche waren jetzt wieder gestattet, und sogar ein Besuch war erlaubt, ehe wir aus London nach Edinburgh zogen – und wünschte ihr einen glücklichen siebten Geburtstag. Sie klang fröhlich und redete recht munter, ganz natürlich über ihre Geschenke und die Party im Schwimmbad, die »Daddy« für sie organisiert hatte. James war also so schnell »Daddy« geworden, wie Norman »Dad« geworden war (obwohl mir auffiel, daß sie weiterhin von »Lisa« sprach). Christabel ging es gut. Rowena konnte endlich in Frieden ruhen.

Erst als ich das dachte, wurde mir bewußt, daß ich schon lange nicht mehr von Rowena geträumt hatte. Sie war nicht mehr in meinen Träumen aufgetaucht, und ich hatte ihre Stimme nicht mehr gehört. Monatelang hatte sie mich zur Schlacht um Christabel angestachelt. Jetzt war sie nur noch eine Erinnerung, eine Freundin, an die ich oft dachte, aber voller Zuneigung, nicht mit Grauen. Und mit der tobenden Rowena war auch das Verlangen nach ihrem Kind verschwunden, der einzige Wunsch nach Mutterschaft, den ich je gehabt hatte. Mir wurde schwach bei dem Gedanken, daß dieser Wunsch beinahe auf die Probe gestellt worden wäre – ich hätte versagt. Für Rowena war die Mutterschaft notwendig, ganz gleich, mit welchen Folgen für das Kind; für mich war sie es nicht. Es wäre mir gegen den Strich gegangen. Aber ich bin froh, daß ich diesen überwältigenden Drang empfunden habe. Ohne die kurze Erfahrung eines solchen Verlangens hätte ich vielleicht nie verstanden, warum Frauen wie Rowena der Gesellschaft trotzen, gegen den Moralkodex verstoßen und einen eigenen Weg gehen. Ich hatte das schon immer gern verstehen wollen. Jetzt verstehe ich es. Ich habe um Christabel gekämpft, und ich habe verloren, aber in dieser Niederlage lag mein Sieg.

Margaret Forster, 1938 in Carlisle geboren, studierte Geschichte in Oxford. Sie hat zahlreiche Romane und mehrere Biographien, u. a. auch über die Dichterin Elizabeth Barrett Browning, veröffentlicht. Ihre beiden auf deutsch erschienenen Romane *Es sind die Töchter, die gefressen werden* (1982) und *Ich glaube, ich fahre in die Highlands* (Arche 1990) wurden große Erfolge. Margaret Forster lebt mit ihrem Mann und drei Kindern in London.

Roswitha Quadflieg
Der Tod meines Bruders
Die subjektive Wahrnehmung einer Familie
Ein Bericht
109 Seiten. Geb.

Der Bruder ist verunglückt. An einem heißen Pfingstsonntag auf einer norddeutschen Landstraße. Noch keine 34 Jahre alt. Ein fremdgewordener Bruder, der – anders als die übrigen Geschwister – nie häuslich geworden ist in diesem Leben. Eigentlich ein verhinderter Behinderter, ohne daß es jemand hat wahrnehmen wollen...
»Es gibt Bücher, die man sich nicht beschreiben lassen kann. Man muß sie selbst lesen. Das Erstlingswerk der sechsunddreißigjährigen Schriftstellerin und Graphikerin Roswitha Quadflieg ist so ein Fall. Ein schmaler Band, die Sätze präzise gefeilt – ohne ein Wort zuviel oder zuwenig. Eine nüchterne Reflexion über das Leben und den Tod, die sich in ihrer altmodischen Sprache wie schönste Poesie liest.« Irene Mayer-List, DIE ZEIT

Roswitha Quadflieg
Fabels Veränderung
Roman
104 Seiten. Geb.

Simon Fabel, für seinen Galeristen der erfolgreiche Maler gängiger Bilder, für seine Freunde der Eigenbrödler hinter dem Deich, hält inne. Ein Gedanke hat ihn an jenem verhangenen Herbstmorgen nach seinem 42. Geburtstag eingeholt: Daß jener Mensch, wäre er geboren, heute fast 19 Jahre alt sein würde...

»Roswitha Quadflieg erzählt diese leise Beziehung zwischen Vater und Kind so einfach und in wunderschönen Sätzen – kein Wort ist da überflüssig –, daß der Leser völlig hineingezogen wird in dieses imaginierte Leben zu zweit...«

Barbara Dobrick, Norddeutscher Rundfunk